Библиотека
журнала
«Иностранная
литература»

ИЛЛЮМИНАТОР 018

*Лучшие книги
в лучших переводах*

Peter Ackroyd

The House of Doctor Dee

Питер Акройд

Дом доктора Ди

р о м а н

перевод с английского

Владимира Бабкова

Москва

ИНОСТРАНКА

БСГПРЕСС

2000

УДК 821.111−311.1Акройд
ББК 84(4Вел)−44
    А42

Ответственный редактор серии
В.Бару

*Художественное оформление
и макет серии* А.Бондаренко

На обложке: миниатюра
из книги С.Трисмосина «Splendor Solis», Лондон, XVI в.

Акройд П.
А42   Дом доктора Ди: Роман / Пер. с англ. В. Бабкова — М.: Ино-
странка; Б.С.Г.– ПРЕСС, 2000.— 400 с. — (Иллюминатор).
ISBN 5–94145–004–4 («Иностранка»)
ISBN 5–93381–039–8 (Б.С.Г.— ПРЕСС)

«Дом доктора Ди» — роман, в котором причудливо пере-
плелись реальность и вымысел, история и современ-
ность. Образ его центрального героя, средневекового
ученого и мистика, знатока оккультных наук доктора Ди,
воссоздан автором на основе действительных документов и расцвечен его богатой фантазией. Блестяще рекон-
струированная атмосфера эпохи придает книге неповто-
римый колорит.

УДК 821.111−311.1Акройд
ББК 84(4Вел)−44

ISBN 5–94145–004–4 («Иностранка»)
ISBN 5–93381–039–8 (Б.С.Г.–ПРЕСС)

1

Я унаследовал этот дом от отца. Тогда все и началось. При его жизни я ничего о доме не знал, а поглядеть на него впервые собрался только летом нынешнего года. Дом был в Кларкенуэлле, районе для меня почти незнакомом, и я поехал на метро от «Илинг-Бродвея» до «Фаррингдона». Я вполне мог бы позволить себе взять такси, но мне с детства нравилось перемещаться под землей. Собственно говоря, я довольно часто ездил в Сити или Уэст-Энд, и теперешнее путешествие мало чем отличалось от прежних — разве что пересадка вызвала более острое, чем обычно, ощущение перемены. Оно возникает, когда выходишь на «Ноттинг-хилл-гейт» и едешь на эскалаторе вверх, с Центральной линии на Кольцевую. Дальнейший маршрут для меня уже не столь привычен, и потому нужна бывает легкая адаптация; по пути от «Эджуэр-роуд» и «Грейт-Портленд-стрит» к старому центру города я начинаю сильнее чувствовать свою обезличенность. Всякий раз, когда закрываются автоматические двери, я словно еще глубже погружаюсь в забвение — или это забытье? Даже пассажиры меняют облик, другой кажется сама атмосфера вагона: растет общая угнетенность, а иногда и подспудный страх.

Перед станцией «Фаррингдон» поезд вынырнул из туннеля, и я на мгновение увидел бледное небо; оно напомнило мне о мягком, унылом свете Илинга, но как только я вышел из метро на Каукросс-стрит, эта иллюзия рассеялась. Ибо свет в городе меняется: жемчужный на западе, мрачный на юге, рассеянный на севере, яркий на востоке — а здесь, поблизости от центра, все вокруг было словно подернуто туманом. Я почти ощущал на языке привкус гари.

Наверняка именно это и было причиной тревоги, закравшейся ко мне в душу, пока я искал дорогу к дому, оставленному мне отцом, — к дому, о котором я не знал ничего, кроме адреса. Прежде чем отправиться сюда, я нашел Клоук-лейн на карте Лондона и в своем воображении уже зачислил ее в разряд прочих стандартных улиц, забитых магазинами и офисами; но, идя по Тернмилл-стрит к площади Кларкенуэлл-грин, я понял, что это место не похоже на другие центральные районы города. Здесь было одновременно и просторнее, и пустыннее, точно после какого-то давнишнего вражеского набега. Саму Клоук-лейн оказалось трудно найти. Я думал, что она проходит ярдах в тридцати к северо-западу от площади, но, двинувшись в этом направлении, обнаружил, что огибаю территорию, примыкающую к церкви Св.Иакова. Я приехал в пятницу, под вечер, и у церкви было безлюдно; кроме трех кошек, сидящих на куске разрушенной южной стены, да голубей, воркующих среди памятников, я не заметил тут ни единого живого существа.

А потом я увидел его. Он расположился на небольшом пустыре, в конце аллеи, и на мгновение я закрыл глаза; отворив калитку и собираясь приблизиться к нему, я поймал себя на том, что упираюсь взглядом в бледные вьюнки, щавель и крапиву, проросшие между разбитыми камнями, которыми была вымощена дорожка. Я терпеть не могу сорняков, так как они напоминают мне о моем детстве; я до сих пор помню слова отца, говорившего, что они вырастают на телах мертвецов, и потому, идя по аллее, я безжалостно давил их каблуком. И только остановившись и подняв взор от искалеченной мною дурной травы, я заметил, как необычен этот дом. С улицы мне показалось, что это постройка девятнадцатого века, но теперь я понял, что его нельзя отнести к какому-нибудь определенному периоду. Дверь и веерообразное окно над ней наводили на мысль о середине восемнадцатого столетия, но желтый кирпич и грубоватые лепные украшения третьего этажа явно были викторианскими; чем выше дом становился, тем моложе выглядел — видимо, его несколько раз перестраивали и ремонтировали. Но больше всего заинтересовал меня первый этаж: он был шире остальных, за исключением цокольного, который — я заметил это, лишь подойдя ближе, — занимал такую же внушительную площадь. Эта часть дома не имела кирпичной облицовки; ее стены, сложенные из огромных камней, были, по-видимому, еще старше, чем дверь восемнадцатого века. Наверное, прежде здесь стоял дом гораздо больших размеров, от которого уцелели только первый и цокольный этажи; надстраивали же их уже не с таким размахом, и потому центральная часть дома вырастала из древнего зародыша подобно широкой башне. Нет. Она напоминала торс человека, который приподнялся, опираясь на руки. Когда я шагнул на ступеньки, у меня возникло ощущение, будто я собираюсь войти в человеческое тело.

Я вынул ключи, доставшиеся мне по завещанию, и отпер дверь. Из прихожей пахнуло воздухом, в котором мне почудилась примесь какого-то сладковатого аромата: словно пыль в этом старом доме была сдобрена сиропом или марципаном. Затем я ступил внутрь и, присев на корточки сразу за порогом, внимательно прислушался. Дело в том, что я очень боюсь крыс — да и вообще любой живности, которая заводится в пустых домах, — и если бы я сейчас что-нибудь услышал или заметил малейший признак какого-либо движения, я бы тут же запер за собой дверь и больше сюда не вернулся. Я продал бы все это и втайне был бы рад нашедшемуся оправданию. Но никаких шорохов не было. Совсем рядом с домом пролегала Фаррингдон-роуд, а чуть поодаль находился небольшой застроенный участок, принадлежащий тресту Пибоди[1]; однако здесь царила мертвая тишина. Я словно угодил в звукоизолированную комнату.

Я распрямился и прошел по широкому холлу. Слева была лестница, а справа — темно-коричневая дверь, которая, похоже, вела в какое-то другое помещение. Она была заперта. Я нетерпеливо подергал ручку и по глуховатому эху, донесшемуся с той стороны, заключил, что там расположен спуск на цокольный этаж. Оставив эту дверь в покое, я направился в конец коридора.

---

[1] Джордж Пибоди (1795—1869) — американский миллионер, на чьи средства в Лондоне были построены многоквартирные дома для бедняков. (*Здесь и далее — прим. перев.*).

Комната, куда я попал, оказалась неожиданно огромной: она занимала чуть ли не весь первый этаж, но потолок у нее был низкий, и потому здесь ощущался недостаток пространства. Внутренние стены были сложены из того самого камня, что я видел снаружи, а несколько удлиненных окон, видимо, были прорублены еще в пору постройки этой части дома. Комната тоже имела необычную форму: она соединяла собой оба крыла дома, образуя нечто вроде обнимающего прихожую закрытого внутреннего дворика. Здесь стояла кое-какая мебель — стул, диван, деревянный сундук, — но это лишь подчеркивало общую пустоту и тишину. Я был слегка растерян и, пожалуй, даже подавлен: я понимал, что все это теперь принадлежит мне, но не чувствовал ни малейшей связи между собой и тем, что находилось у меня перед глазами. Однако если не я хозяин всего этого, то кто же?

Я вернулся обратно в холл и поднялся по лестнице. На каждом из двух остальных этажей было по две комнаты; благодаря большим окнам и высоким потолкам в них дышалось гораздо свободнее, чем в той, которую я только что покинул. Отсюда были видны многоквартирные постройки, а за ними шпиль Св.Иакова; можно было увидеть и площадь Кларкенуэлл-грин, хотя собственно площадь была лишь небольшим пятачком среди магазинов, офисов и громоздких зданий восемнадцатого и девятнадцатого веков, превращенных в обычные жилые дома. Задние окна верхних этажей выходили на виадук над линией метро; старинные крутые улочки за ним вели к Саффрон-хилл и Ледер-лейн. Я все еще был здесь чужаком и теперь испытывал довольно странное, хотя и объяснимое чувство: словно весь этот дом и я внутри его абсолютно ничем не связаны с миром, который нас окружает. Что изменил здесь мой отец? Все комнаты были обставлены очень просто, и, хотя ничто не говорило о каких-либо недавних жильцах, я не заметил и признаков ветхости или небрежения; ни одна лампочка не перегорела, оборудование маленькой кухоньки, отгороженной от большой комнаты на первом этаже, было в исправности. Дом выглядел так, словно его настоящий хозяин уехал в долгое путешествие, заранее подготовив все к своему возвращению. Однако отец никогда не упоминал ни о каких домах в Кларкенуэлле. Возможно, удивляться этому и не стоило, потому что недвижимости у него было много — хотя, насколько я знал, все прочие земельные участки имели чисто коммерческое назначение. Кроме того, это был единственный дом, отказанный мне по завещанию впрямую. Почему отец выделил его из других?

В последние годы я виделся с ним нечасто — возможно, потому, что он всегда был занят делами своей «империи», как саркастически выражалась мать. По-моему, он разочаровался, поняв, что из его единственного ребенка не вышло ничего путного, хотя тут я могу и ошибаться. Он никогда не говорил об этом, а мать была слишком поглощена своими собственными проблемами, чтобы обращать внимание на мои.

Я не был с ним, когда он умирал. Весь тот день я проработал в Британской библиотеке, а когда добрался до больницы, мать уже, по ее выражению, «почти все утрясла». Я даже тела не видел: для меня он как бы просто исчез. Конечно, я навещал его в финальной стадии болезни, но к тому времени рак успел пожрать львиную долю его плоти, и отец стал почти неузнаваем. Последний раз я заходил к нему, еще живому, вместе с матерью; она встретила меня в отделении беглым поцелуем в щеку.

— Привет. — Я пытался выглядеть по возможности бодро, однако присутствие матери всегда отчего-то стесняло меня. Во всяком случае, мы оба знали, что она ждет не дождется, когда он умрет. — Как наш старик?

— Ты бы лучше не называл его так. Он угасает. — Мы прошли в его палату и сели по обе стороны кровати. Он неподвижно смотрел в потолок широко раскрытыми под воздействием морфия глазами, но мать начала беседовать со мной поверх него, точно мы собрались за кухонным столом. — Ты, наверное, из библиотеки, Мэтти?

Мне было уже двадцать девять лет от роду, но она держалась и говорила со мной так, словно я по-прежнему был ребенком. Я терпеть не мог обсуждать с ней свою работу и потому непроизвольно адресовался к отцу, стараясь, впрочем, к нему не прикасаться.

— Меня попросили выяснить кое-что о елизаветинских костюмах. Для театра. — Мне почудилось, будто он вздохнул. — Оказывается, молодые люди в шестнадцатом веке часто носили кожаные кепки. По-моему, в мире вообще не бывает перемен.

Он разомкнул губы, затем провел по ним языком.

— Сядь здесь, рядом со мной.

Эта перспектива ужаснула меня.

— Не могу, отец. Я же собью все эти штуки. — Из его ноздрей шли пластиковые трубки, к руке была прикреплена капельница.

— Сядь сюда.

Что ж, я подчинился ему, как всегда; мать в это время глядела в сторону, и лицо ее выражало заметное отвращение. Я не хотел садиться к нему слишком близко, поэтому устроился на самом краешке кровати и заговорил еще быстрее, чем раньше.

— Я ни разу об этом не думал, — сказал я, — но некоторые черты человеческого поведения, видимо, остаются неизменными. — Я привык обсуждать с ним общие или теоретические вопросы; мы толковали о них со страстью аналитиков, которая роднила нас больше, чем что бы то ни было иное. С матерью дело обстояло наоборот: я никогда не поднимался выше самых банальных разговоров о повседневных происшествиях, и она, похоже, была вполне этим довольна. — Возьми, к примеру, елизаветинских швей. Они работали, сидя на полу со скрещенными ногами. Люди шили таким образом тысячи лет.

— Ты разве не слыхал о зингеровской машинке, а, Мэтти?

Отец не улавливал ни слова из нашего разговора, но тут вдруг подался вперед и дотронулся до меня.

— Нечто проникает сквозь завесу, — сказал он мне в ухо. Я почуял рак в его дыхании и тихонько пересел на свое место рядом с кроватью. Он откинулся назад и заговорил с кем-то невидимым. — Позвольте мне почистить вашу накидку, мой добрый доктор. Вы узнаете музыку? Это музыка сфер. — Он обвел комнату глазами, и мы оба вздрогнули, когда его взгляд скользнул по нам. — Вы узнаете эти сияющие улицы и аллеи, жемчужную реку и светлые башни в голубой дымке? — Он смотрел на сеть пластиковых трубок. — Это ровесник нашей вселенной, город, где вы родились впервые.

— Не обращай на него внимания, — настойчиво зашептала мне мать поверх кровати. — Не верь ему. — Внезапно она поднялась и исчезла за дверью. Я глянул на отца и, провожаемый его странной улыбкой, последовал за ней. Мы пошли по больничному коридору, выкрашенному в зеленовато-желтый цвет; палаты по обе его стороны были отделаны в таких же тонах. Я знал, что на каждой кровати кто-то лежит, но старался туда не смотреть и только однажды уловил какое-то движенье под одеялом. Без сомнения, все эти пациенты, подобно моему отцу, были погружены в навеянные морфием грезы, и смерть здесь представляла собой лишь последнюю стадию управляемого и заключенного в жесткие рамки процесса. Она и на смерть-то не походила.

— Как тут хорошо, спокойно, — сказала мать. — С больных глаз не спускают.

Я был так потрясен отцовским поведением, что ответил ей совершенно свободно:

— Ты, наверно, хотела бы, чтоб здесь еще музыка по радио играла. Надеть на всех розовые пижамы, а в руки дать воздушные шарики. — Мимо прошла медсестра, и я сделал паузу. — Знаешь, есть такое выражение — святая смерть?

Она поглядела на меня с неприязнью.

— Ты говоришь прямо как твой отец.

— А почему бы и нет?

— Тебя, видно, тоже хлебом не корми — дай поторчать где-нибудь на старом кладбище. Вечно он болтал о призраках и всякой такой чепухе. — Я был удивлен подобными сведениями о нем, но решил промолчать. — Ты любишь его, Мэтти?

— Нет. Не знаю. Все пользуются этим словом, но, по-моему, оно ничего не значит.

Как ни странно, она будто почувствовала облегчение.

— Вот и я так считаю.

Мы вместе вернулись к нему в палату, где он все столь же оживленно беседовал с кем-то, кого я не мог видеть.

— Вы слышите запах моего распада? Конечно, я готовлюсь преобразиться и пройти обновление. Это ваша заслуга, мой добрый доктор. Все это ваша заслуга.

— Ему бы надо нормального доктора, — сказала моя мать. — Может, кликнешь кого-нибудь?

Отец взял мою руку и вперился в меня странным серьезным взглядом.

— Уловляете ли вы свет, что проникает сквозь камень этого чудесного града? Ощущаете ли тепло истинного пламени, что обитает во всех вещах?

Я не мог больше выносить этот бред и потому, не ответив матери ни слова, отнял свою руку и покинул палату. С тех пор я ни разу не видел его живым.

Однако я унаследовал все. Матери же он не завещал ничего, что было, пожалуй, логично; даже дом в Илинге, где мы жили все вместе, перешел ко мне. Вот до чего он, оказывается, ее ненавидел. Конечно, я сразу же попросил ее считать наш общий дом своим, но это ни в коей степени не умерило ее гнева и раздражения против меня. Наоборот, усилило их, ибо она считала, будто ей предложили нечто и так уже являющееся ее собственностью. Она пыталась скрыть свои чувства, разговаривая со мной грубо и вульгарно, как поступала всегда, но я ощущал за этим подозрительность, ее негодование и ее ярость. Вскоре после похорон она устроила мне испытание, пригласив к нам на жительство своего любовника — «миленка», как она его называла. Я ничего не сказал. Что я мог сказать? Но именно тогда я решил посмотреть дом отца в Кларкенуэлле.

— Дорогой мой, — обратилась она ко мне несколько дней назад. — У нас с миленком возникла мысль о покупке новой машины. — Она всегда старалась, чтобы ее речь звучала изысканно, а выходило все только фальшиво и некстати.

— Какой марки? — Я знал, что она хочет от меня услышать, но мне приятно было потянуть время.

— Я и не знаю. Миленок сдвинулся на «ягуаре». — Так она себя и выдавала словечками вроде «сдвинулся»; ее обычный лексикон и светские манеры постоянно вступали друг с другом в противоречие.

И вновь я не сказал того, что от меня требовалось.

— Последней модели?

— Ох, дорогой, я ничегошеньки в этих машинах не понимаю. Может, привести миленка, чтоб объяснил?

— Нет, — быстро сказал я. С меня было уже довольно. — Я уверен, что ты разрешишь мне заплатить за нее.

— Ну зачем же тебе, дорогой...

— Отец ведь наверняка имел это в виду, как ты считаешь?

— Думаю, да. Если ты так ставишь вопрос. Думаю, что в принципе это и мои деньги.

Она уже не раз повторяла примерно то же самое: он ничего ей не оставил, но «в принципе» все это было ее. Я понимал, почему отец так не любил жену, хотя, будучи католиком, не мог позволить себе с ней расстаться. Вошел Джеффри, «миленок». Я было решил, что он стоял в коридоре, ожидая положительного решения вопроса о финансировании новой покупки, но он, похоже, не собирался говорить о машине. Джеффри был самым заурядным человеком с одной спасительной чертой: он сознавал свою заурядность и всегда как бы неявно извинялся за нее. Он работал инспектором строительного управления в одном из лондонских районов; от природы робкий и неуклюжий, он выглядел еще более незаметным в компании моей матери, которая часто щеголяла в броской одежде. Как ни странно, такое положение вещей, по-видимому, устраивало их обоих.

Но почему я задумался об этих людях здесь, в Кларкенуэлле? Ведь они всего лишь фантомы, порожденные моей слабостью, их голоса для меня далеко не столь реальны, как форма этой комнаты на первом этаже отцовского дома или фактура камня, из которого сложены ее толстые стены. Здесь, по крайней мере, передо мной забрезжила свобода. Теперь я мог покинуть этот ужасный дом в Илинге, который так угнетал меня и действовал мне на нервы в течение последних двадцати девяти лет — то есть всю мою жизнь, — и переселиться на новое место, не имеющее, по крайней мере для меня, вовсе никакого прошлого. Поддавшись порыву внезапной экзальтации, я громко произнес в пустой комнате: «Пусть мертвые хоронят своих мертвецов». Но даже в момент произнесения этих слов я толком не знал, зачем их говорю.

Потом я заметил одну вещь. Тени вокруг меня падали под необычным углом, будто не совсем соответствуя тем предметам, которые их отбрасывали. И в душу ко мне закралось странное опасение: что тени отчего-то лежат и в тех местах, где их быть не должно. Нет, это были не тени — просто какие-то контуры, вдруг обозначившиеся на пыльных поверхностях в меняющемся свете этого летнего вечера. Так, значит, отец приходил сюда украдкой и перешагивал порог этой комнаты? И сидел здесь, как я, повесив голову? Разве не он сказал мне давным-давно, что пыль — это остатки кожи покойников?

Можно было просидеть тут весь вечер, постепенно облекаясь во все новые и новые покровы тьмы и тени, но я стряхнул с себя оцепенение. Мой чемоданчик дожидался в прихожей; в густеющих сумерках я забрал его и медленно поднялся по лестнице. Спальня и примыкающая к ней ванная были на втором этаже, и я начал распаковывать свою одежду так аккуратно, точно находился в чужом доме. Но я до того устал, что еле справился даже с этой пустяковой задачей. Я лег на кровать, закрыл глаза и очутился на Клоук-лейн. Оказывается, все прежнее только померещилось мне: я еще не входил в дом, который оставил мне отец. У него было четыре двери, одна черная, другая светлая и прозрачная, как хрусталь, третья зеленая, а четвертая красная. Я открыл первую дверь, и дом был наполнен черной пылью, подобной пороху. Открыл вторую дверь, и комнаты внутри были призрачны и пусты. Открыл третью дверь, и мне явилось водяное облако, словно дом был фонтаном. Затем я открыл четвертую дверь и увидел горн. Прежде чем я успел двинуться с места или сделать что-нибудь, рядом со мной раздался отчетливый голос: «Ну вот ты и пропал, человечек».

Я сел, уверенный, что этот голос прозвучал где-то в комнате, но уже через мгновение сообразил, что, должно быть, задремал и увидел сон. Однако краткий отдых не помог мне обрести душевный покой; стоял летний вечер, и спальня не была стылой, но пока я дремал, сюда каким-то образом закралась прохлада. Я поднялся с узкой кровати и включил электрический свет, надеясь, что он рассеет мои смутные тревоги, но лампочка оказалась слишком яркой: эту комнату строили, наверное, в начале девятнадцатого века, и современное освещение для нее не годилось.

Наутро я проснулся таким голодным, каким не бывал еще ни разу в жизни. Но несмотря на то, что еды я с собой не привез, мне не хотелось покидать дом: по непонятной причине я боялся, что не смогу найти его снова. Я лежал на кровати и ждал. Но кого или чего мог я ждать? Я не собирался заточать себя в этих стенах, точно какой-нибудь монах шестнадцатого века, сколь бы заманчивой ни была такая перспектива, и в конце концов встал с постели. Проснулся я полностью одетым, и сейчас меня охватило отвращение к одежде, в которой я провел ночь; поэтому я снял ее и аккуратно сложил в угол. Затем умылся и оделся опять и лишь потом рискнул выйти на свежий воздух. Я зашагал по Клоук-лейн туда, откуда пришел вчера, но не утерпел и оглянулся на дом. Теперь он был моим, я знал это, но обернулся, поддавшись абсолютно немыслимому опасению: мне почудилось, будто он вдруг исчез.

Тщательно обойдя стороной церковный двор, я приблизился к Кларкенуэлл-грин и посмотрел вокруг. Место по-прежнему выглядело пустынным, даже каким-то разоренным, и пока я шел по Джерусалем-пассидж в направлении Кларкенуэлл-роуд, мне попадались только заколоченные здания, неработающие конторы да временные заборчики с потрепанными афишами, скрывающие, очевидно, незастроенные участки земли. Не было признаков ни супермаркета, ни даже бакалейной лавки; складывалось впечатление, что весь этот район существует отдельно от прочих частей города. Я остановился передохнуть у развалин монастыря Св.Иоанна, но чтобы добраться наконец до торговых точек, мне пришлось миновать еще Чартерхаус-сквер и скопление узких улочек близ Смитфилда. Что мне было нужно? Хлеб. Суп. Сыр. Молоко. Масло. Фрукты. То, что было нужно людям во все времена.

Но мне нравилось бродить вдоль полок Смитфилдского супермаркета, куда я наконец попал: сандвичи в герметичной упаковке, салаты в целлофане, пластиковые пакеты с молоком и апельсиновым соком так и сверкали на искусственном свету. Я помедлил около охлажденных продуктов и с особенным удовольствием задержался у застекленных морозильных камер — там, припорошенные инеем, лежали ломтики камбалы и цыплячьи грудки. Затем пошли полки с маринованными овощами и фруктами, ряды консервных банок с горошком и помидорами, россыпи хлебных батонов и булочек. Я был умиротворен предлагаемым мне изобилием и даже подумал, что жить в самом конце времен совсем неплохо. Когда я выходил из магазина с полными сумками, среди зеленых помойных баков и черных пластиковых мешков с мусором поднялся ветер; по улице с кричаще-яркими вывесками полетели обрывки газет и конфетные обертки, и я огляделся в поисках дороги домой.

Сначала я взял такси, но шофер не мог проехать по улочкам с односторонним движением близ Клоуклейн, и я вышел из машины на южном краю Кларкенуэлл-грин, рядом с маленькой типографией. Я начинал понемногу свыкаться с планировкой этого района и без труда отыскал обратный путь к старому дому. Открыв калитку, я уже собирался пойти по вымощенной камнем дорожке, но внезапно отступил назад в испуге: рядом с аллеей, в зарослях сорняков и чертополоха, согнулся человек в темном плаще. Он стоял спиной ко мне, точно завязывал шнурок, — и вдруг, даже не обернувшись, метнулся в сторону, будто хотел свирепо сбить меня с ног. Однако ничего не произошло. Он растаял в воздухе или, как мне на мгновение показалось, в моем собственном теле.

Конечно, я сразу понял свою ошибку: наверное, это была просто движущаяся тень, которую отбросила неожиданно взмывшая вверх большая птица. Но я был все еще потрясен, пусть даже и обманом зрения, и поспешил к дверям дома. В холле я заметил, что разорвал правую штанину. На ней зияла широкая прореха, словно от удара ножом; должно быть, я зацепился за что-нибудь, выбираясь из такси. Вдруг меня охватила необъяснимая злость — я злился на себя, на свои страхи, на этот дом, умудрившийся так сильно вывести меня из равновесия. Спустя несколько минут я прошел на кухню и аккуратно разложил продукты по полкам. В атмосфере этого дома было что-то требующее порядка. Но аппетит у меня уже пропал, и я сидел, глядя на яркие разноцветные пакеты и бутылки, точно не понимая, что это такое.

Теперь все готово; верните ребенка домой. Слышался ровный стук, источник которого, похоже, был где-то совсем рядом. Я распрямился, очнувшись, — из горла у меня невольно вырвалось нечто вроде рыдания, — и обнаружил, что до сих пор сижу в кухне, хотя и на другом стуле; тем временем стук становился все громче и громче. Сбитый с толку, я огляделся вокруг, желая убедиться, что я в комнате один и тут нет какого-нибудь незнакомца, стучащего по стене кулаком и строящего мне рожи; но потом услышал разносящееся по тихому и скудно обставленному дому эхо и понял, что кто-то стоит у входной двери. Однако я все еще медлил. Подойдя к раковине, я плеснул себе в лицо холодной водой; затем, очень медленно и осторожно, направился в прихожую. На дорожке перед домом стоял Дэниэл Мур; он глядел на окно моей спальни, точно знал, где меня искать.

— Ты весь мокрый, — сказал он.

— Знаю. Я спал.

Он скользнул по мне любопытным взглядом.

— Я не мог тебе дозвониться.

— Тут отключен телефон.

Как мне объяснить, кто такой Дэниэл? Подобно мне, он был профессиональным исследователем, и мы так часто сталкивались в Британской библиотеке, хранилище газет в Колиндейле, Национальном архивном центре и прочих местах, что стали заговаривать друг с другом. Люди, которые работают со старыми книгами и документами, сходятся быстро — в основном, как я подозреваю, потому, что мы не очень-то в ладу с остальным миром: мы движемся назад, в то время как все окружающие по-прежнему устремлены вперед. Надо признать, что мне нравится это ощущение. Один заказчик может попросить меня разобраться в бумагах восемнадцатого века, другому нужна информация о каком-нибудь ремесленнике девятнадцатого, но я бываю равно доволен в обоих случаях: работая, я словно возвращаюсь в места, которые знал когда-то, а потом забыл, и внезапный проблеск узнавания напоминает мне кое-что и о самом себе. Иногда это дает странный и тем не менее приятный эффект: я поднимаю взор от книг и документов и обнаруживаю, что смотрю на мир вокруг себя как бы с более далекого расстояния, но вижу его более явственно, чем прежде. Настоящее делается частью непрерывного исторического процесса, столь же таинственной и непознаваемой, сколь и любая другая эпоха, и я озираюсь по сторонам с таким же счастливым интересом, какой испытал бы, перенесись я вдруг в шестнадцатое столетие. Если моя работа подразумевает особый взгляд на прошлое как на сегодняшний день, то сегодняшний день, в свою очередь, может стать частью прошлого. Я никогда не был склонен к чрезмерной откровенности и потому ни разу не заводил с Дэниэлом Муром бесед на подобные темы. Он выслушал бы меня с обычным суховатым вниманием, глядя мне в лицо своими ясными глазами, а потом перевел бы разговор на что-нибудь другое. В любом случае, он видел свою работу в ином свете: по-моему, она была для него всего лишь скромным занятием, которому он мог предаваться в одиночестве.

— Похоже, — сказал он, — что я, как обычно, слишком рано?

Я совсем забыл, что пригласил его осмотреть дом.

— Да уж конечно. Добро пожаловать в Аббатство Кошмаров.

— Спасибо, Мэтью. Ты и впрямь смахиваешь на героя готического романа. — Он уставился на мою ногу, и я с ужасом понял, что на мне до сих пор те самые, так неожиданно порванные брюки.

— Домашняя авария, — я попытался выдавить из себя смешок. — Минутку, сейчас переоденусь.

Я оставил его в коридоре, а сам побежал наверх; когда я вернулся, он осматривал комнату на первом этаже со своей обычной тщательностью, за которой угадывалось едва ли не легкое презрение. Дэниэл был невысоким бледным человеком с правильными чертами лица; сейчас он поднялся на цыпочки, положив руку на одну из стен.

— Сколько лет этому дому?

— Определи сам. Я всегда считал, что ты разбираешься в таких вещах.

— Сначала я был готов назвать восемнадцатый век, но, пожалуй, ошибся бы. Эта комната старше. Много старше.

— Мне тоже так показалось.

— Шестнадцатый?

— Possibile[1]. — Я заговорил, как моя мать, и тут же пожалел об этом.

— В Лондоне очень мало таких древних домов. Я бы сказал, тебе повезло. — Он прошел мимо меня в коридор и направился к двери, ведущей на цокольный этаж.

---

[1] Возможно (*лат.*).

— Не выйдет, — сказал я. — Там заперто. — Но не успел я закончить, как он повернул ручку, и дверь отворилась. Похоже, он нимало не испугался темноты внизу, но я помедлил, прежде чем ступить за ним на лестницу. — Как ты думаешь, — прошептал я, — здесь могут быть крысы?

— Конечно. И преогромные. — Тогда это не вызвало у меня удивления, но я не почувствовал никакого запаха; не было даже намека на какую-нибудь гниль или сырость. Потом что-то мягко скользнуло по моему лицу, и я с криком отшатнулся назад; Дэниэл рассмеялся и зажег свет, дернув за не примеченный мною шнурок выключателя. — Ай, какие мы нервные!

Теперь перед нами открылось помещение полуподвального этажа — каменный пол, белёные стены и неглубокие ниши, все как бы слегка взволновавшееся под внезапным потоком лучей, — которое занимало всю площадь дома и, однако, было совершенно пустым. Дэниэл шагнул к одной из стен.

— Здесь была дверь, Мэтью. Видишь, ее заделали? — Он повернулся, явно довольный тем, что очутился в этом древнем замкнутом пространстве. — Она выходит на запад; наверное, раньше отсюда можно было попасть на берег Флита[1].

— Что плавно и неспешно катит волны.

— Как-как? — Он уставился на меня удивленным взором, но я лишь пожал плечами. — А сейчас посмотри-ка сюда. — Он указал на притолоку бывшей двери, где проступали неясные отметины; на фоне белой стены его бледная рука с тщательно ухоженными

---

[1] Эта лондонская река была заключена в трубу в XVIII веке.

ногтями казалась чуть ли не прозрачной.

— Разве это не просто царапины?

Он вгляделся в них внимательнее, хотя следы были почти незаметными.

— Нет. Похоже на какие-то знаки.

— Наверное, дата постройки. — Я отер влажное от пота лицо.

— Знаешь, что я думаю? Раньше это не было полуподвалом. Это был первый этаж, и глинистая почва Лондона понемногу осела под ним. Твой старинный дом опускается в землю.

Мы снова сидели наверху, хотя мои ощущения слегка спутались и я не мог бы сказать с уверенностью, где мы находимся — выше или ниже уровня земли. Я извинялся за свой обморок, объясняя его тем, что не успел поесть.

— Ты и не падал в обморок, — сказал он. — Ты всего только закрыл глаза и прислонился к стене. Никаких эксцессов. — Он пристально смотрел на меня, однако невозможно было угадать, что за чувство скрывается под этим внимательным взглядом — если там, конечно, вообще что-то скрывалось. — По-моему, Мэтью, нам просто необходимо установить, кому принадлежал этот дом. Я считаю, это прямо-таки наш профессиональный долг.

— Я не уверен, что хочу это знать. — Мне не сиделось на месте, и, встав со стула, я подошел к небольшому деревянному столику у одного из узких окон этой старинной комнаты; окно смотрело на запад, туда же, куда и слепая дверь на цокольном этаже, и сквозь пыльное стекло виднелась Фаррингдон-роуд, текущая там, где раньше пролегало русло Флита. Коснувшись руками полированного дерева, я случайно наткнулся на ручку выдвижного ящика; глянув вниз, я открыл ящик и обнаружил в нем стеклянную трубку, напоминающую лабораторную пробирку почти двухфутовой длины с каким-то странным загибом на конце. Она пробудила во мне отвращение, и я поскорее задвинул ящик. — Надоело сидеть в четырех стенах, — сказал я Дэниэлу. — Пойдем перекусим?

Он не ответил, и я повернулся к нему. Его не было. Он исчез, и во внезапной панике я выскочил из комнаты — но сразу же увидел, как он с торжествующей улыбкой спускается ко мне по лестнице.

— Я просто хотел взглянуть, как там и что, — произнес он. — Спросил разрешения, но ты был за много миль отсюда.

— Я не...

— Ты о чем-то задумался. Смотрел в окно. Ну я и решил действовать на свой страх и риск. Кажется, ты говорил что-то насчет прогулки?

Когда мы вышли, я оглянулся на дом и впервые заметил, что фасад первого этажа, отнесенный мною к восемнадцатому веку, был всего лишь камуфляжем, оболочкой, скрывающей внутренность шестнадцатого века. И я ощутил на своих плечах новую ответственность: словно какое-то заблудшее существо подошло, приласкалось ко мне и теперь безмолвно взывало о том, чтобы я принял на себя заботу о его тихой жизни. По крайней мере, таково было мое тогдашнее чувство.

— Ага. Вот и кларкенуэллский колодец[1]. — Мы направлялись к площади и только что покинули Клоук-лейн, как вдруг Дэниэл обнаружил укрывшуюся от моего внимания достопримечательность этого района. Перед нами была металлическая лесенка, ведущая вниз, к круглому отверстию в земле; тут были даже деревянное ведерко и маленькая модель колодца, показывающая, как он выглядел пять столетий тому назад. Все это находилось в пристройке к какому-то учреждению на улице рядом с церковью Св. Иакова и было защищено толстым стеклом — потому я сегодня и прошел мимо, ничего не заметив. На прикрепленной к ведерку бумажке было что-то написано от руки, и я согнулся, чтобы разобрать надпись: «Здесь был колодец, выкопанный в двенадцатом веке, — тогда он назывался Колодцем клириков. Во время рождественского поста на этом месте устраивались религиозные спектакли, так как колодцы часто считались символами источников духовных благ». Живая вода. И перед моим мысленным взором встал древний Кларкенуэлл, край холмов и бегущих ручьев, — а нынче грунтовые воды текли в мой дом по трубам.

— Смотри-ка, интересно. Но нет. Это не поможет нам разгадать тайну. — Я выпрямился и подошел к Дэниэлу, изучающему маленькую карту, которая была приклеена к толстому стеклу с обратной стороны. — В шестнадцатом веке всю эту территорию занимал женский монастырь. — Он посмотрел на меня с ка-

[1] В переводе с английского слово «Кларкенуэлл» означает «колодец клириков».

кой-то очень странной улыбкой. — Я гляжу, тут немногое изменилось. — Потом он снова перевел взор на карту. — Твой дом не обозначен как отдельное жилье.

— Так, значит, я живу в обители монашек?

— Может, он был не обителью, а каким-нибудь подсобным строением. Но ты не волнуйся. В шестнадцатом веке люди себя в стены не замуровывали. — Но я уже успел представить себе, как они тихо передвигаются вдоль толстых каменных стен моего дома и мягко ступают по полу большого помещения, с тех пор наполовину ушедшего под землю. — В любом случае, кто-то ведь должен был жить там и после Реформации. Твой дом уцелел.

А что еще уцелело? Я мог вызвать в воображении священные холмы и луга Кларкенуэлла, но столь же отчетливо, во всех подробностях, помнил и свою утреннюю прогулку по улицам, пролегающим теперь поверх них. На Кларкенуэлл-роуд было так много мастерских по изготовлению и ремонту часов, а в переулках, ведущих вниз, к Смитфилду и Литл-Бритн, такое множество маленьких типографий — они ли выбрали это место или само оно каким-то образом выбрало их? Есть ли здесь какая-нибудь связь с пилигримами, приходившими некогда к этому колодцу?

— По-моему, тут что-то необычное, Мэтью. Видишь, прямо за монастырем был средневековый бордель? Кажется, на улице Тернмилл-лейн? — Он быстро повернулся на каблуках, и взгляд его ясных глаз скользнул по окружающим нас зданиям и перекресткам, прежде чем устремиться в направлении станции «Фаррингдон».

— Я ее знаю, — сказал я, пытаясь проследить, куда он смотрит. — Сейчас там одни конторы.

Мы миновали площадь и уже зашагали по нынешней Тернмилл-стрит, как вдруг нам пришлось остановиться. У входа в одну из контор без вывески стоял полицейский фургон, и на наших глазах из дома вывели трех женщин. Одна из них осыпала полицейского бранью, и Дэниэл, похоже, был сильно потрясен этим зрелищем: в воздухе буквально запахло насилием.

— Ненавижу сцены, — пробормотал он. — Ты не против, если мы пойдем обратно той же дорогой?

Я хранил молчание, пока мы не свернули за угол. Затем произнес:

— Если ты обещаешь не смеяться, я расскажу тебе кое-что очень любопытное.

— Попробую.

— Около года тому назад я гулял у Темзы. Знаешь, рядом с Саутуорком? И вдруг мне почудилось, будто я вижу мост из домов. Мерцающий мост, перекинутый через реку.

— Мост на Темзе обвалился, обвалился, обвалился...[1]

— Нет, серьезно. Это был словно мост из света. Я видел его только одно мгновение, а потом он исчез. Но на один миг оба берега соединились мостом.

— Это могло быть что угодно, Мэтью. — Почти не прислушиваясь к моим словам, он обернулся и посмотрел на отъезжающий полицейский фургон.

---

[1] Начальные строки детской песенки: «Мост на Темзе обвалился, / обвалился, обвалился, / мост на Темзе обвалился, / милая моя...» Ею сопровождается игра, участники которой по двое пробегают под «мостиком», образованным руками других пар.

— Но было и еще кое-что. Ты слушаешь, Дэниэл? Когда я смотрел на этот мерцающий над водой мост, мне почудилось, будто я вижу людей, идущих по нему вдоль полосы света. Они поднимались и опускались все вместе, точно шли по волнам. Но ты, конечно, ничему этому не поверишь.

Несколько секунд он молчал.

— Может быть, мы все-таки пообедаем? Я страшно проголодался.

На другой стороне площади, примерно в двадцати ярдах от священного колодца, был итальянский ресторанчик, и Дэниэл побежал туда так, словно за ним гнались. Я настиг его только внутри, когда он уже уселся за один из столиков.

— Вот что я придумал, — сказал он. — На следующей неделе постараюсь разузнать об этом доме побольше.

Я сменил тему и, пока мы ели, пытался обрисовать свои планы на будущее — говорил, что собираюсь переехать в Кларкенуэлл насовсем, что отделаю и заново меблирую комнаты, что обращусь в какую-нибудь фирму по разбивке садовых участков и велю им очистить от мусора и засадить пустырь вокруг дома. Я толковал лишь о ремонте да переустройстве; при этом как бы подразумевалось, что прошлое дома не имеет значения.

— Теперь, когда ты богат, — внезапно сказал он, точно мы и не беседовали ни о чем другом, — тебе, наверное, неинтересно по-прежнему рыться в библиотеках...

— Я не стану бросать работу только потому, что получил наследство.

— Ну и глупо, по-моему. Но ты не дал мне закончить. Если ты собираешься заниматься другими вещами, то я вполне готов предпринять небольшое расследование.

Его слова вызвали у меня тревогу.

— Нет. Не надо. Это мой дом. Я хочу выяснить все сам.

Похоже, он был разочарован.

— И как далеко ты намерен зайти?

— Пойду назад. До самого начала, если потребуется.

Вскоре мы покинули ресторан. Дэниэл сказал, что у него назначена встреча в другой части Лондона, а я решил как следует насладиться летним вечером. Усевшись на погосте у церкви Св. Иакова, я посмотрел поверх крыш туда, где стоял старый дом. И вдруг заметил какое-то движение: это могла быть летучая мышь, но мне на мгновенье померещилось, что над Клоук-лейн взмыл в небо темный человеческий силуэт.

Зрелище

«А куда делся летающий человек? — спросил у соседа один из толпы, наблюдавшей эту сцену. — Где была проволока?»

«Не видел я никакой проволоки. Это было что-то вроде волшебства на старинный манер».

«Обман зрения, — сказал другой, дерзкий низкорослый человечишка в зеленой куртке и кожаном камзоле. — Все это чистые ребячьи забавы».

Я с удовольствием привязал бы его к задку телеги да высек за столь пустые слова. Обмана здесь не было, нет, и волшебства тоже; была тауматургия, или наука чудодейства. Сие есть математическое искусство, которое упорядочивает видимость и весьма необычным образом влияет на человеческое восприятие. Итак, я, доктор Ди, пришел, дабы поразить ваш разум своими mirabilia[1]; перед вами созданные мною картины и образы, лукаво притягивающие взор, — и разве может проникнуть в их тайну какой-то простолю-

---

[1] Здесь: чудесами (*лат.*).

дин, олух, глазеющий на них с яблоком или куском сладкого пирога во рту? Во всех делах этого мира, доступных нашему постижению, есть нечто истинное и нечто ложное — так кто здесь может сказать мне, что реально, а что нереально?

Чудеса сии творятся разными способами: иные с помощью пневматики, иные благодаря натянутым веревкам или пружинам, имитирующим движение живых существ. Краска лучше ложится на шероховатые стены, нежели на гладкий мрамор, и потому в колеблющемся свете мой искусственный дом выглядит достовернее. Мои свечи возжжены за бутылями из окрашенного стекла, а блестящий таз посылает их многоцветные лучи на сцену, и каждый зритель может усложнить для себя игру света и тени. Однако все имеет свой источник, или корень, в оптической перспективе, каковая пересоздает мир в согласии с направленьем лучей и естественных линий. Начало чудесам дает свет, посредством своих эманаций правящий всеми деяниями и страстями в сем низшем мире. Так пусть же сие зрелище изобилует светом, в то время как дом поворачивается вокруг себя и темный силуэт старца взмывает над городом. Дивясь тому, что происходит у них на глазах, люди покидают телесные оболочки и в воображении своем взлетают вместе с ним к первопричине. Слова мои просты и ясны, однако смысл их более глубок, чем вы думаете.

До сего дня я сотворил много дивных вещей. Однажды я смастерил летающего деревянного голубя, во многом подобного статуе Диомеда, что играет на трубе, а созданный мною в пору далекой юности ска-

рабей Аристофан поднялся на самый верх Тринити-
холла¹. К тому времени я уже знал историю механи-
ческих чудес и вычитал их секреты в старинных кни-
гах: у Агеллия прочел о деревянной мухе, которую за-
ставлял парить в воздухе математик Архит; у
Платона — об удивительных изделиях Дедала; у Гоме-
ра — о машине Вулкана, приводимой в движение скры-
тыми колесами. Да и в Нюрнберге появился недавно
железный жук — выпущенный из руки умельца, он об-
летел гостей за столом, а затем, будто бы смертель-
но устав, снова вернулся на руку хозяина. Более того —
встречь направляющегося в тот же город императо-
ра был послан искусственный орел; одолев большой
путь, он достиг цели, развернулся и, все еще держась в
небе, сопровождал властелина до самых ворот. Вот
так мы побуждаем сгустки мертвой земной материи
оживать и вырываться за пределы своей обычной
сферы.

Однако существуют более поразительные чудеса,
и их умею творить только я. У меня есть особое зер-
кало; оно порождает изображение, висящее в воздухе
меж вами и его поверхностью, и благодаря законам
перспективы я могу создать много необычных вещей:
вы войдете ко мне в комнату и явственно увидите зо-
лото, серебро и драгоценные камни, но стоит вам
протянуть руку — и вы убедитесь, что все это лишь
пустота. С помощью ветра, дыма, воды, грузов или
пружин я могу тронуть вашу душу самыми разными
видениями. И вот сегодня я заставил человека воспа-
рить в воздух.

---

¹ Тринити-холл — колледж Кембриджского университета.

Я приехал сюда месяц назад, дабы сконструировать механизм зрелища. Натаниэл Кадман, джентльмен, горячо упрашивал и молил меня подготовить представление в честь передачи ему наследства; и поскольку доля его земель находится за больницей для бедняков, где совсем недавно был воздвигнут огромный деревянный амбар, представление решено было устроить именно здесь. Это чуть правее и далее Шордитчской церкви, по ту сторону дороги, идущей из Бишопсгейта и Хаундсдитча, почти сразу за Хоглейн, где ныне то и дело вырастают маленькие домики. Всякое утро я приезжал сюда верхом из Кларкенуэлла, скача весьма резво на рассвете дня, когда туман плотен, как добросовестно сбитое масло, и роса блестит на загородных полях, точно лягушечья икра. Обыкновенно я еду по Кларкенуэлл-роуд и пересекаю Сент-Джон-стрит среди телег и подвод, текущих в город с ферм близ Хокли — в этом приходе, где ютится и мой печальный неуклюжий дом, мне знакомы каждый сад, каждая беседка, каждый флюгер и каждое тисовое древо. Кратчайший путь лежит через Пардонское кладбище и Олд-стрит, движение по коей ныне чрезвычайно затруднено скамьями сапожников, лотками торговцев снедью и штопальщиками чулок, которые выставляют на обозрение свои трухлявые вывески, точно находясь в центре города; здесь я тоже быстро проезжаю мимо белого креста далее, на Чизуэлл-стрит, ибо опасаюсь карманников — в ближайших подворотнях их всегда великое множество. Моя сумка из собачьей кожи накрепко привязана к поясу, так как я знаю, что сии мерзавцы, подобно червю в соломине, видят все, сами оставаясь незримыми. Затем я минýю ветряные мельницы на Финсбери-филдс — топи и трясины сей заболоченной местности распространяют вокруг себя невыносимый смрад — и наконец добираюсь до Хог-лейн и Кертин-роуд. Прежде здесь охотились на лис; в те годы Маллоу-филд и Банхилл-филд оглашались звуками рога и победными кличами верховых, затравивших зверя, однако ныне все это прочно забыто и там, где в былую пору зеленели ровные лужайки, воздвигнуты многочисленные здания. Далее я следую вниз по Шордитчу и въезжаю на Колд-лейн, которая совсем недавно была лишь грязной дорогой, ведущей в поля, а ныне по обе стороны застроена маленькими домиками. Затем я попадаю на луг, где неделю или две тому назад встретил меня приветствием Натаниэл Кадман. Это был юный повеса, крепыш, облаченный в камзол из черной тафты и щегольскую кожаную куртку с хрустальными пуговицами; рукава его нового камзола облегали запястья весьма ровно, а прорезь кармана на изящных белых штанах до колен была не без вкуса отделана кружевами. Что за удивительная тварь человек, сказал я себе, слезая с лошади: о своем камзоле он печется более, нежели о своей судьбе.

«Итак, пытливый ведовщик, — произнес он, приближаясь ко мне, — что нынче у вас в суме? Какие еще бумаги привезли вы для подготовки нашего праздника?»

«Наше зрелище делается не ради пустого увеселения толпы, как в Хаундсдитче или на Чипсайде, — отвечал я. — Я захватил с собой описания своих новейших открытий в геометрии и оптике, а также технических ухищрений, основанных на пропорциях мер и весов».

Я знал, какую приманку надо использовать: услыхав слово «новейшие», он сразу навострил уши.

«Человеку дано творить много удивительных вещей, — сказал он. — Позвольте мне?..» Он взял у меня бумаги и стал просматривать их, точно что-нибудь смыслил. «Вы не пожалели чернил, доктор Ди, но для меня все это темный лес. Я не принадлежу к вашему ордену Inspirati[1] — так, кажется, вы себя именуете?» Речь его лилась бойко, и я лишь кивал, не успевая вставить ни слова. «Мне не понять и строки из ваших сочинений».

Ну и бес с тобой, мелькнуло у меня в голове; однако я с терпеливым видом взялся объяснять ему, что те, кто наиболее упорно изучал свойства пространства, занятого веществом, и постиг, что поверхности соседствующих элементов соединяются под воздействием вечносущих природных сил, умеют производить удивительные опыты. Воздух, огонь и вода стремятся в разные стороны согласно своим естественным влечениям, и задача механика состоит в том, чтобы направить их ход в нужное русло.

«А посему наука гидравлика, — закончил я, — позволяет нам воплощать замыслы весьма дерзновенные».

«Хитроумный вы человек, доктор Ди...»

«Таково мое ремесло».

«...и деяния ваши по-прежнему для меня тайна».

Я улыбнулся про себя, подумав, как озадачил его.

«Здесь нет никакой тайны, — ответил я, — поми-

[1] Здесь: посвященных (лат.).

мо той, что лежит в основе всего мира, построенного на взаимопроникновении стихий».

«Но все это сложные и неудобоваримые материи. Гидравлика. Стихии. Мало кого интересует подобная чепуха». Он улыбнулся, отвесил поклон и вернул мне бумаги. «Однако люди непременно будут в восторге от вашего зрелища».

«Что ж, все служит единой цели, Натаниэл Кадман. Я доволен». Тут он запахнул свою синюю бархатную епанчу и вместе со мной зашагал к деревянному амбару, где готовились декорации. Воистину, ты похож на павлина, подумал я: тот тоже чванится своим блестящим оперением, но испачканные навозом ноги выдают в нем простого обитателя птичьего двора.

Когда мы вошли, плотники, столяры и маляры усердно трудились, хотя до нашего прибытия они явно не слишком налегали на работу. Их хлеб достается им нелегко; кроме того, они должны соблюдать осторожность, ибо крушения помостов, сцен и декораций, а также небрежное обращение с механизмами, огнестрельными орудиями и порохом, используемыми в спектаклях, часто влекут за собою увечья и гибель людей. Конечно, кровь есть сок, взлелеявший всех нас, но я не желал бы, чтобы мой собственный отрыск увидел, как ее проливают вотще. Впрочем, одних благих намерений в сем деле недостаточно, и еще прежде начала работ я собрал для себя маленькую модель из дерева и бумаги — кусочек к кусочку, сочленение к сочленению — и с ее помощью в подробностях разыграл весь спектакль. Ныне, войдя в амбар, я убедился, что подготовка движется согласно замыслу: один по-

мост был расположен на уровне глаз, второй — над
ним, а третий — под углом, дабы легче было видеть
сцену. Тем временем мастеровые работали с деревом и
медью, с оловом и свинцом, создавая такой шум, что я
едва мог расслышать собственные мысли. На подмос-
тях были свалены шкивы для облаков, обручи и голу-
бое полотно для неба, а также человеческие фигуры,
вырезанные из картона и раскрашенные белым и розовым. Живописец, Робин Микс, трудился не покладая
рук, и моему взору предстали готовый дом и улицы вокруг, оконные и дверные проемы, обманный мох и цветы из клея и бумаги. В середине сцены уже появились
расписные двойные двери, коим надлежало распахи-
ваться под действием особого механизма; за фальши-
вой стеной, снабженной величавыми бутафорскими
колоннами, были укрыты двигатели и рычаги для
поднятия моих фантомов в воздух.

Микс приблизился ко мне и отвесил глубокий поклон.

«Мой добрый доктор, — сказал он, — beso los manos[1].
Как поживаете?» Это был маленький человечек в ладно пригнанной одеже из тафты и с бутоньеркой, запах коей перебивал исходящее от рабочих зловоние.

«Хорошо, слава Богу».

«Не поминайте здесь Бога, мой добрый доктор. В
этих стенах стоит такой шум, что меня невольно
преследуют мысли об аде. Как и всякий другой, я люблю лицедейства и зрелища, но подготовка к ним может свести с ума!»

Я уже собирался выразить неудовольствие по по-

---

[1] Здесь: ваш покорный слуга (исп.).

воду небрежно брошенной на пол цветной ткани, однако решил не спешить с этим и удостоил его улыбкой.

«Всякое большое дело требует времени, — ответил я, — ведь мы так несовершенны».

«Я ожидал от вас подобных слов, доктор Ди». Он говорил столь дерзко и развязно, что мне захотелось ударить его. «Но я многое отдал бы за то, чтобы нашей трагедии предшествовала немая сцена».

Он рассмеялся собственной шутке, и мне пришлось осадить его. «Уж коли вы заговорили о трагедиях, мистер Микс...» — и тут я напомнил ему несколько правил относительно иерархии представлений: что для трагедии нужно иметь на сцене колонны, возвышения и скульптуры, тогда как для комедии довольно балконов и окон. «А что до идиллий, — продолжал я, — то здесь нам потребны ваши деревья, холмы и травы».

«Шелк, — сказал он. — Шелк для цветов. Он гораздо лучше даже того материала, что использует сама природа». Он слегка повернулся, будто в танце. «Боже милосердный, какое великолепие можно сотворить из тонкого шелка различных оттенков — какое изобилие плодов и деревьев, цветов и трав! А не угодно ли вам ручьев с хрустальными берегами и перламутровым руслом? А ракушек из слоновой кости, лежащих между камнями? О Боже милосердный!»

«Когда ваши деревья и цветы канут вниз, мистер Микс, произойдет еще большее чудо».

«Вниз?» — по его изнеженному лицу прошла легкая тень изумления.

«Под сценой будет спрятан механизм; когда его

включат, все ваши декорации медленно опустятся».

«И что же мы увидим вместо них?»

«О! чудо, мистер Микс, чудо».

Так и случилось, когда отдельные части всей картины начали приходить в движение. Звуки виолы и лютни исподволь услаждали душу, и музыка таинственным образом превращалась как бы в символ всего зрелища; в завораживающих переборах струн слышались созвучия, подобные эху самой небесной гармонии. На моей сцене слились воедино нумерология, геометрия и астрология. В сопровождении музыки появился усеянный звездами небесный свод — множество сияющих светил на иссиня-черном фоне; а затем на том же волшебном фоне возникли одиннадцать небесных сфер, дивно вращающихся вместе с планетами и звездами. Ничто не погибает, но все пребывает в вечности, а именно: Луна, Меркурий, Венера, Солнце, Марс, Юпитер, Сатурн, неподвижные звезды небесной тверди, кристальное небо, перводвигатель и, наконец, — высшее небо, которое есть божество и источник всей нашей жизни и света.

Засим небесный купол разверзся, и оттуда внезапно спустились круги из стекла и света, один в другом, все внутри некоей сферы и все словно бы в постоянном вращении; каковые свет и перемена форм сразу приковали к себе глаза толпы, и люди уже едва замечали над этой блистающей сферой бесконечное множество ярких огней, льющих свои лучи вниз, на сцену. То были неподвижные звезды, кои всегда одинаково отстоят друг от друга и не могут ни сблизиться, ни разойтись ни на йоту. И в тот же миг раздалась бо-

лее громкая и звучная музыка, harmonia mundi[1], подобная самому перводвигателю, что предвосхищает собою все сферы; после чего, когда перед ними возник сей великий образ, в рядах зрителей распространилось сладостное благоухание. Образ — нет, не образ, но символ. О, картина небесного мира, уменьшенная в неизмеримое число раз! О, двояковыпуклое стекло, благодаря коему мы можем лицезреть на земле все пропорции и чудеса рая! И вот тогда с раскрашенного свода вселенной спустились три парящие в воздухе фигуры (их удерживали невидимые глазу железные цепи) в царственных облачениях из белого, черного и красного — они символизировали собою астрологию, натурфилософию и оптику, кои помогают нам узнать тайную суть природы. Потом на все пала завеса тумана и тьмы, и представленье окончилось.

Засим послышался гул голосов, точно в амбаре загудели целые рои мух. Были такие, что сидели молча, не в силах объять разумом увиденное; прочие же со всем пылом обсуждали достоинства механизмов, декораций и тому подобное.

«Здесь нет ничего нового, — изрек один. — Все это лишь замаскированное старье. И почему только он мусолит старые фабулы, когда настоящее предлагает столько интересных тем?»

«Новомодные штучки, — сказал другой, — а что в них проку? Как будто новизна что-то значит».

«Словно в краю вечных льдов, — сказал третий. — Нет человеческих деяний и страстей, могущих тронуть нас».

---

[1] Мировая гармония (*лат.*).

Иные же лишь потягивались, да вздыхали, да пялились на своих товарищей рядом. Я стоял сзади, склонив голову, в черной бархатной накидке и черной мантии, уподоблявших меня почтенному служителю церкви. Я не промолвил ни слова, однако все примечал, и мое сердце уходило все ниже и ниже: для чего готовил я свое зрелище, по завершении коего большая часть зала принялась зевать и чесать в затылках, словно вовсе ничего не увидя? Я распахнул перед ними сокровенные глубины ведомого мира, но небесные сферы были для них не более чем детскими цацками, трюкачеством и обманом, ровно ничего им не говорящими. Неужели истинное знание всегда достигается лишь таким путем? Я, потративший столько сил на подготовку этого редкостного зрелища, был удостоен едва ли не меньшего внимания, чем какой-нибудь старый лгунишка-математик, на чьи рисунки глядят мельком один раз, а потом забывают. Да, я творил чудеса, но воистину нет дива большего, нежели глупость и забывчивость тех, кто населяет сей мир.

Натаниэл Кадман подошел ко мне, глупо улыбаясь, что делало его похожим на плутливого уличного мальчишку.

«Вот моя рука, — сказал он. — Возьмите ее. Клянусь Богом, сэр, я люблю вас. Я не любил бы вас сильнее, будь вы даже наследником целого королевства». Я поклонился ему. «Дабы выразить свои чувства словами, мне не хватило бы и тысячи лет...»

Но тут его хлопнул по спине другой бездельник, и он мигом замолк. «Так это он? — спросил подошедший. — Это и есть твой умелец? Тот самый доктор?»

Натаниэл Кадман помахал рукой, точно француз. «Наш достопочтенный мастер, Джон Ди», — сказал он.

«Ваш покорный слуга, сударь», — отвечал я с очередным поклоном, сплетя под накидкою пальцы и не размыкая их.

«Когда он был моим покорным слугой, — присовокупил дуралей Кадман, — это стоило мне более ангелов[1], чем наберется в раю».

При этих словах я осенил себя крестом. Новоприбывший джентльмен (а вернее, просто-напросто неоперившийся юнец) был облачен в щегольское платье с чудовищно огромным батистовым воротником и сапоги, которые достали бы ему до самых глаз, если б не препона из кружев на уровне шеи. «По-моему, — сказал он, представясь как Бартоломью Боудель, — я знал вас и прежде?»

«Если вы знали меня прежде, сударь, тем легче вам будет узнать меня теперь».

«О, так вы платонист, сэр. Пощадите. А я-то думал, что вы обычный механик».

«Мир полон ошибок и лживых слухов; жизнь слишком коротка, чтобы опровергать их все».

Услыша эту отповедь, он замолчал, но тут к нам присоединились другие приятели Натаниэла Кадмана того же пошиба и стали уговаривать нас отобедать вместе. Я не ищу себе спутников, будь то светские кавалеры или извозчики, ибо они отвлекают меня от беседы с самим собой, которая так помогает моей работе; долгое пребывание в обществе повергает меня в столь глубокую пучину сомнений и недовольства, что

---

[1] Ангел, ангел-нобль — золотая монета, имевшая хождение в ту пору.

я едва отдаю себе отчет в своих поступках. Однако на сей раз я не видел способа уклониться: они приветствовали меня льстивыми речами и настойчиво упрашивали поехать с ними в город. «Но мои механизмы, — сказал я, — и все декорации к зрелищу следует сохранить в неприкосновенности».

«За одну ночь их не под силу испортить ни крысам, ни паукам, — промолвил Натаниэл Кадман, — и я сомневаюсь, чтобы какой-нибудь злодей или мошенник умыкнул ваши сферы и звезды. Вы напрасно тревожитесь, доктор Ди. Скоротайте часок с нами, вашими почитателями. Давайте поедем в таверну».

Когда я ответил на эту вежливую просьбу согласием, мне померещился чей-то шепот: «А доктор-то не дурак поесть»; однако я не обернулся, но зашагал чуть впереди них и устремил свой вспыхнувший взор в поля, дабы излить туда гнев. Был весьма приятный тихий вечер, и все сошлись на том, чтобы оставить своих лошадей пастись на лугу (под присмотром слуг, которые уберегут их от конокрадов) и отправиться к городским воротам пешком. Молодые люди выбрали «Семь звезд», что на Нью-Фиш-стрит, — в этом трактире, или харчевне, подавали свежую убоину, — и посему мы вступили в город со стороны Артиллери-ярда и Фишерс-Фолли. К тому времени, как мы добрались до Бишопсгейт-стрит, эти лодыри совсем разрезвились и скакали, точно молоточки в клавесине; благодаря кружевным манжетам, шелковым чулкам, плоеным воротникам и драгоценным побрякушкам их можно было бы принять за труппу итальянских фигляров, кабы не английские проклятья, коими они сыпали в изобилии.

Когда мы миновали Бишопсгейт-стрит и пошли по крутым извилистым переулочкам, весьма напоминающим подъем на колокольню Св.Павла, даже этим обезьянам стало нелегко держаться поодаль от стен; они пробирались меж тесно понастроенных городских жилищ, распихивая идущих под сумеречным небом носильщиков и лоточников с воплями: «Позвольте! Позвольте!» У одного бездельника была с собою резная деревянная трость, которой он лупил по вывескам на домах и лавках; видя, как неистово сотрясаются в вечернем воздухе изображения солнца, луны, а также различных зверей и планет, я едва сдерживал негодование. Здесь и так стоял невероятный шум — мимо тащили бочки, повозки и лестницы, а лошадей и быков то и дело потчевали кнутом, — усугублявшийся вдобавок криками бакалейщиков и кузнецов, торговцев тканями и скобяным товаром, чьи сердитые возгласы мешались с общим гамом прохожего и проезжего люда.

Выйдя на Темза-стрит — мои пустоголовые спутники всю дорогу валяли дурака, перепрыгивая через деревянные столбики на обочине, — мы наткнулись на компанию пестро одетых штукарей, показывающих трюки, от коих с презрением отвернулся бы любой подмастерье, а именно вынимающих кольца из скатерти и цветные шарики из чашек. Подобно туркам, они выделывали курбеты около костра, и тут один из приятелей Натаниэла Кадмана, хлыщ в шляпе без ленты и с заколками на поясе, вскочил к ним в круг, подцепил своей рапирой два кольца и швырнул их в воздух. Тогда главарь труппы, человек с впалыми щеками и носом величиной с амстердамский сыр, выхва-

тил кинжал и принялся размахивать им. «Ах ты, негодяй! — завопил он. — Ах, негодяй!» Однако наш повеса только рассмеялся в ответ и пошел своим путем; фокусник же поднял камень и запустил ему вслед, как собаке, после чего, еще дрожа от ярости, возобновил свое прежнее занятие. Вот так, подумал я, все плоды нашего умения и труда идут на потребу зубоскалам, что презирают нас и издеваются над нами; и кто я для мира, если не уличный шут, все знания коего служат одной цели — надуть своего ближнего? Прогулка с этими чуждыми мне буянами могла бы ввергнуть меня в полное отчаяние, но, пробираясь по шумным и зловонным улицам, я мало-помалу восстановил душевное равновесие. Величавое солнце клонилось к закату над крышами; те заалели, точно кровь, и все старые камни города вдруг как бы объяло огнем. О, пусть только повелители света приоткроют свои лики, пусть распахнут окна своих тайных чертогов, и все будет спасено!

Наконец мы добрались до Нью-Фиш-стрит и харчевни, стоявшей бок о бок с посудной лавкой. Здесь царили шум, грязь и теснота; даже самые бревна были, казалось, источены червями до сердцевины, и я содрогнулся, точно готовясь вступить в собственную могилу. Войдя в зал, мои спутники сразу сбросили плащи, и откуда-то тут же выскочил кабатчик, крича: «Добро пожаловать! Скатерть джентльменам!» Нас усадили на деревянные табуреты, за длинный, потемневший от времени стол на козлах, испещренный таким количеством щербин и царапин, что их можно было счесть за каббалистические письмена. Засим прибежал половой со своими «Чего изволите?» и «Что бы вы желали откушать?» Именно эти слова, а не волшебные поэтические строки являются истинным знамением времени, однако и им суждено кануть в ночь праха. «Что вам угодно?» — еще раз спросил он и получил заказ на жаркое и выпивку — не на какой-нибудь жалкий кувшин эля, известного под названием «Бешеный пес», или «Подыми ножку», или «Пей-гуляй», а на хорошее вино с добавкой сахара по нынешней моде. Натаниэл Кадман велел подать рагу из баранины, и гуся, и куликов, а все прочие щеголи вокруг него повытаскивали свои табакерки и принялись плевать на устланный камышом пол. В зале было невыносимо надымлено; но разве не учит нас Парацельс, что материальный мир есть просто-напросто сгустившийся дым?

Потом они стали болтать, смеяться, отпускать разные замечания, и все это так громогласно и со столь глупым шутовством, что у меня заболела голова; они уже порядком выпили, и тут со мною заговорил франт, сидящий напротив.

«Вы глядите на нас сычом, любезный доктор. Помилуйте. Неужто наш смех оскорбляет вашу непостижимую мудрость?»

«Я жду своей доли жаркого», — был мой ответ.

«А может, вам не по вкусу это местечко? Или компания?»

Мне надоело сносить его колкости. «Нет, сударь, для меня все едино. В тазу, говорят люди, всякая кровь одного цвета».

«Ах, стало быть, вот что говорят люди? Но я вам скажу, что они говорят еще, любезный доктор. Они говорят, что вы гадаете по планетам и звездам, составляете гороскопы и занимаетесь иными предсказаниями. Что у вас в ходу ворожба, нашептывания и амулеты».

«Вы высоко забрались в своих речах, — отозвался я, стараясь сохранить доброе расположение духа. — Что ж, и у самых низких деревьев есть верхушки».

К этому мигу разговоры за столом успели стихнуть, но тут все рассмеялись, и мой франт воспылал гневом. «Я слыхал, что в былые времена, — произнес он, — чародеи и им подобные считались проходимцами».

На стол поставили дымящееся жаркое, и я поймал готовые слететь с моего языка слова, а именно: «Чтоб тебе в аду обезьян нянчить!» Но хотя его друзья сразу же занялись трапезой, этот продолжал исторгать из себя свои жалкие мыслишки. «Я не из числа ваших преданных учеников, — сказал он, — и вы не сможете заморочить меня своими чарами, магическими знаками и анаграммами. Вы велите мне помочиться сквозь обручальное кольцо, чтобы моя жена понесла? Да я лучше буду ходить с вязовым прутиком, чем с вашим дурацким посохом Иакова! Все ваши детские забавы и цацки ничего для меня не значат».

Услыша такую глупость, я рассмеялся, но он по-прежнему пялился на меня, и я отложил хлеб с ножом. «Я бы с легкостью опроверг все ваши безрассудные обвинения, кои вы, несомненно, почерпнули у какого-нибудь болтуна, любителя плести байки. Однако я не расположен спорить на эту тему. Не теперь. И не здесь».

Но он вцепился в меня, будто рак. «Вы, верно, опасаетесь злоумышленников, которые, притаясь под стеной или окном, могут вызнать у вас тайны человеческой души? Однако, сэр, эта лошадь уж давно сорвалась с привязи; у нас в городе многим не по нраву ваши занятия...»

«Злобные и презренные людишки».

«...а кое-кто говорит, что вы вероотступник, воскрешающий мертвых и созидающий новую жизнь».

Я протянул вперед руку и заметил, что она дрожит. Сам того не ведая, он коснулся истины, которая была выше его понимания, и поверг меня в глубочайшую скорбь — но что мог я ему ответить? Стараясь не терять присутствия духа, я улыбнулся. «Только что вы убеждали меня в своем неверии, а теперь толкуете о воскрешении мертвых. Право же, вы как младенец».

«Я передаю чужие слова, любезный доктор. Сам-то я в это не верю. Ходят слухи, что вы неудачливый алхимик, маг, не способный исполнять свои деяния без тайной помощи сами знаете кого».

Мое терпение кончилось. «Это грязная клевета, — сказал я, — в которой нет и золотника правды». Он лишь рассмеялся в ответ, и мой гнев возрос. «Неужто болтовня дураков и измышленья завистников стали для всех вас новым евангелием? Неужто мое доброе имя и слава зависят от людей, стоящих настолько ниже меня, что я их едва замечаю?»

«Напрасно не замечаете».

«Достанет с меня и того, что их нельзя не слышать. Вы жадно внимаете их россказням, и вот вам результат — я исподтишка заклеймен как пособник дьявола и заклинатель злых духов». К этому времени все они уже основательно напились и даже не смот-

рели в мою сторону — не отвлекался только щеголь
напротив. «Всю свою жизнь, — продолжал я уже более
спокойно, — я упорно добывал знания. Если вы сочте-
те меня вторым Фаустом — пусть будет так». Затем я велел подать еще вина и спросил у этого неве-
жи, как его зовут.

«Бартоломью Грей», — ответил он, нимало не
смущаясь, хотя лишь секунду назад был свидетелем
моего раздражения и, так сказать, уже раз о меня
ожегся.

«Что ж, мистер Грей, пожалуй, вы с лихвою наслу-
шались басен. Не желаете ли теперь почерпнуть то-
лику мудрости, дабы вернее судить о вещах?»

«С радостью, любезный доктор. Но, прошу вас, не
ешьте больше соли, иначе ваш гнев перехлынет все
границы».

«Не страшитесь гнева, мистер Грей, если вам не
страшна правда».

«Откровенно говоря, я не страшусь ничего, а потому продолжайте».

«В течение последних тридцати лет, — начал я, —
пользуясь разными способами и посещая многие страны, с превеликим трудом, ревностью и усердием стремился я овладеть наивысшим знанием, какое только
доступно смертному. Наконец я уверился, что в сем
мире нет человека, способного открыть мне истины,
коих жаждала моя душа, и сказал себе самому, что искомый мною свет может быть обнаружен лишь в
книгах и исторических записках. Я не составляю го-
роскопов и не ворожу, как вы легкомысленно полагае-
те, но лишь пользуюсь мудростью, которую накопил
за все эти годы...» Я сделал паузу и отхлебнул еще вина.

«Однако для вящей складности повествования мне следует начать с начала».

«Да-да, цельтесь в белую мишень, — сказал он. — Перед вами tabula rasa».

«Мои родители были достойными людьми, снискавшими немалое уважение соседей, ибо отец мой служил управителем в поместье лорда Гравенара. Последыш в семье — все остальные дети были гораздо старше, — я, как говорят, держался особняком и играл в полях близ нашего старинного дома в восточном Актоне. Нет нужды упоминать о поразительной несхожести ребячьих натур — ведь и самый дух состоит из многих различных эманаций, — но я обладал характером замкнутым и возвышенным: играл всегда в одиночку, сторонясь товарищей, как назойливых мух, а когда отец взялся учить меня, сразу полюбил общество старых книг. Не достигнув и девятилетнего возраста, я уже овладел греческим и латынью; бродя меж изгородей и дворов нашего прихода, я с наслажденьем повторял по памяти стихи Овидия и периоды Туллия. Я читал овцам «Словарь» Элиота, а коровам «Грамматику» Лили, а затем бежал восвояси, дабы углубиться в труды Эразма и Вергилия за своим собственным маленьким столиком. Конечно, я делил комнату и ложе с двумя братьями (оба они теперь покоятся в земле), но родители понимали мою любовь к уединенности и преподнесли мне ларец с замком и ключом, где я хранил не только одежду, но и книги. Был у меня и ящичек, в коем я прятал свои записи и многочисленные стихи собственного сочинения — отец рано обучил меня письму.

Я вставал в пять часов утра и спешно ополаскивал лицо и руки, слыша зов отца: «*Surgite! Surgite!*»[1] Все домашние молились вместе, а затем он отводил меня в свою комнату, где я упражнялся в игре на лютне: мой отец неустанно пекся о том, чтобы я овладел мастерством музыканта, и благодаря ежедневным занятиям я весьма преуспел в пении и игре на различных инструментах. К семи мы собирались за общим столом, на котором уже стоял завтрак — мясо, хлеб и эль (в ту пору называемый пищею ангелов); после трапезы я садился изучать правила грамматики, стихотворной импровизации, толкования иноязычных текстов, перевода и тому подобного. Моими товарищами по детским играм были Гораций и Теренций, хотя уже тогда я питал глубокий интерес к истории своей страны и начиная с ранних лет искал подлинной учености, а отнюдь не пустых забав.

Однако вскоре настало время подыматься в иную сферу, и в месяце ноябре года от Рождества Христова 1542-го отец отправил меня в Кембридж для занятий логикой, при посредстве коей я мог бы и далее овладевать высокими искусствами и науками. Тогда мне было около пятнадцати лет, ведь я появился в сем мире тринадцатого июля 1527 года...»

«*Рождение ваше*, — весьма внезапно заметил Бартоломью Грей, — *угодило не на свое место, ибо ему надлежало быть в начале повествования. Любовь к порядку есть такой же неотторжимый признак тонкого ума, как и способность открывать новое. Уж конечно, столь искушенному ученому это должно быть известно?*»

---

[1] Подъем! Подъем! (*лат.*).

Я пропустил его дерзость мимо ушей и продолжил рассказ. «Почти все эти годы я так рьяно стремился к знаниям, что неизменно соблюдал один и тот же режим: спал еженощно лишь по четыре часа, два часа в день отводил на еду и питье, а все прочие восемнадцать (за исключением времени, потребного на молитву) тратил на чтение и научные штудии. Я начал с логики и прочел «De sophisticis elenchis» и «Topic» Аристотеля, а также его «Analytica Prioria» и «Analytica Posteriora»[1]; но моя жажда знаний была столь велика, что вскоре я обратился к другим ученым трудам как к источнику чудного света, коему суждено сиять вечно и никогда не померкнуть. Меня нимало не соблазняли развлечения моих товарищей по колледжу; я не находил радости в попойках и разврате, костях и картах, танцах и травле медведей, охоте и игре в шары и прочих бессмысленных городских увеселениях. Но хотя я терпеть не мог шаров и примеро[2], у меня была шахматная доска и кожаный мешочек с фигурами; я передвигал их с клетки на клетку, вспоминая свою собственную судьбу вплоть до сего мига. Я брал фигуры, выточенные из слоновой кости, поглаживал их пальцем и размышлял о том, что монархи и епископы[3] — не более чем муравьи для человека, могущего предсказать их перемещения.

Спустя семь лет я получил степень магистра искусств, а почти сразу же после того покинул университет и перебрался в Лондон, дабы продолжить свои

---

[1] «О софистических опровержениях», «Топика», «Первая аналитика», «Вторая аналитика» (лат.).
[2] Старинная карточная игра типа покера.
[3] Шахматный слон по-английски называется епископом (bishop).

философские и математические занятия. До меня дошли слухи о бедном ученом джентльмене по имени Фердинанд Гриффен; он посвятил научным изысканиям много лет и мог бы (как говорили люди, осведомленные о моих собственных пристрастиях) научить меня обращению с астролябией и прочими астрономическими инструментами, что было бы естественным продолжением моих геометрических и арифметических штудий. Его старый дом находился во владениях лондонского епископа, в тупичке неподалеку от реки, близ Сент-Эндрю-хилл...»

«Я знаю, где это, — сказал он. — У стекольной мастерской на Аддл-хилл».

«Чуть западнее». Я освежился еще одним глотком вина. «Я пришел к нему в середине лета 1549 года и застал его за работой; он управлялся со своими глобусами и сосудами проворно, как юноша. Он ласково приветствовал меня, ибо уже ожидал моего прибытия после нашего обмена несколькими учеными письмами, и не мешкая показал мне кое-какие редкие и искуснейшим образом сделанные приборы, на которые (по его словам) ушли вся его жизнь и состояние, а именно: отличный квадрант пятифутового диаметра, превосходный *radius astronoticus*, на вертикальную и поперечную рейки коего были весьма хитроумным способом нанесены равные деления, чудесную астролябию и большой металлический глобус. Вот так случилось, что Фердинанд Гриффен стал моим добрым наставником и вместе с ним я всерьез занялся астрономическими наблюдениями, неустанно пользуясь чрезвычайно тонкими и чрезвычайно удобными приборами, с каковыми он научил меня обращаться бережно и умело. Мы начали определять — зачастую с точностью до часа и минуты — порядок смены различных влияний и воздействий небесных тел на нашу часть мира, где властвуют стихии...»

Здесь я прервал речь, убоявшись сказать слишком многое человеку, не сведущему в сих областях знания, в замешательстве опорожнил свою кружку с вином, а затем перешел на другую тему.

«Река протекала так близко от его дома, что мы брали с собой квадрант и спускались по Уотер-лейн к пристани Блэкфрайарс, а там кричали проходящим мимо баржам и рыболовным судам: «На запад! На запад!», покуда кто-нибудь из корабельщиков не замечал нас. Затем мы переправлялись на открытые поля близ Ламбетской топи и, установив квадрант на твердой почве, наблюдали за движением солнца. Перемещаясь туда-сюда со своим громоздким квадрантом, мы частенько едва не сваливались вверх тормашками в Темзу, но всегда успевали выскочить на сухой берег. Разве под силу воде утопить в себе солнечный инструмент? Нет, не бывать тому никогда. Наши измерения дали иным злобным горожанам повод называть нас чародеями или колдунами, но Фердинанда Гриффена это нисколько не волновало, и с тех самых пор я перенял у него уменье презирать невежественную толпу и не прислушиваться к ее речам. Он оказался для меня прекрасным наставником и во многих прочих отношениях — это был истинный волшебник во всем, что касалось книг, ученых трудов, диалогов, изобретений и суждений о различных важных вопросах. Вы заявляете, будто я воскрешаю мертвых; нет, я созидаю новую жизнь...» Тут я снова умолк, опасаясь, что затронул чересур серьезный предмет, но Бартоломью Грей лишь поковырял в зубах да кликнул человека, велев подать еще вина. «Затем, — присовокупил я, — мне довелось отправиться за море, дабы побеседовать и обсудить кое-что с другими учеными мужами».

«Колдунами? — невпопад отозвался он; видимо, хмель уже поглотил последние крохи его разума. — Чародеями?»

«Они не имели ничего общего с тем, что невежды называют колдовством». Я отпил еще вина, дабы загасить пламя в груди. «Я занимаюсь дивными науками, кои проясняют наш слабый взор и позволяют увидеть божественную мощь и благодать во всем их великолепии. Я — ученый, сударь, а не какой-нибудь колдунишка или шарлатан. Чьим мнением, как не моим, интересовались при дворе, услыша глупые предвещания неких так называемых астрономов о громадной комете 1577 года, посеявшие величайший страх и смуту? А кто снабдил наших корабельщиков верными картами и таблицами, позволившими им предпринять путешествия в Катай[1] и Московию и затеять торговлю с сими дальними странами? Кто, наконец, познакомил ремесленников нашего королевства с евклидовыми законами, кои принесли им неизмеримую пользу? Все это сделал я, и только я. Разве шарлатаны способны на такое?»

«О Боже, — сказал он, охмелевший до последней степени. — Я не понимаю ни одного вашего слова».

«Зато я понимаю. Я посвятил изучению наук целых пятьдесят лет — Господи, сколько же было содеяно и пережито в этой безоглядной погоне за мудро-

---

[1] Катай — старинное название Китая.

стью! Помните ли вы случай, когда в поле у здания «Линкольнс инн»[1] была найдена восковая фигурка с толстой булавкою в груди?» Кажется, он мотнул головой, но меня уже подхватило потоком слов. «Гнусные клеветники пустили слух, что фигурка — моих рук дело и что я пытался злыми чарами извести королеву Марию. Все это мерзкая ложь, безумные измышления, однако я много недель оставался узником Тауэра, а двери моего лондонского дома были забиты, и я едва перенес муки, причиненные мне сей несправедливой карой. Ладно, ладно, сказал я себе, мои жестокие соплеменники, мои бессердечные соплеменники, мои неблагодарные соплеменники, теперь я знаю вас и знаю, что я должен делать. В последние годы ходила молва, будто я лишаю землю плодородия, будто я занимаюсь ночными грабежами, — какой только грязью меня не обливали! Но знаете, что самое худшее? Что я вынужден зарабатывать на жизнь у такого вот Натаниэла Кадмана, угождая охочей до зрелищ толпе». На миг я замолчал, однако никто более не слыхал моей жалобы. «Ну вот, мистер Грей. Теперь вам известно, сколько я претерпел тычков, обид и уязвлений. Прошу вас не умножать их числа».

Здесь он немного смутился, однако тут же отхлебнул еще вина и высоким, но не лишенным приятности голосом затянул куплет из песни «Судьбинушка-судьба»:

Луна — моя подружка,
А филин — братец меньший,

---

[1] Одна из лондонских юридических корпораций.

Мою тоску поймет дракон
Да черный ворон вещий.

«Я возьму этот напев себе в спутники, — промолвил я, — ибо мне пора покидать вас, джентльмены, и отправляться домой...» Я оглядел своих сотрапезников, в разной степени расслабленных хмелем. «Мне надо отдохнуть после представления».

«Я был поражен, — сказал один из них, уставясь в свой кубок, — когда увидел сферы, окруженные сиянием. И все вращалось. Это было отменно сделано. Право, отменно сделано».

«Желаю вам доброй ночи, — повторил я. — Мне следует вернуться в свою собственную сферу». Я поклонился Натаниэлу Кадману, который не мог оторвать от стола головы и сидел скрючась, как самый несчастный пьяница. «Желаю вам всем доброй ночи».

Предшествуемый слугой с фонарем, я вышел на Нью-Фиш-стрит, а затем отослал мальчишку прочь. Ночь выдалась ясная, и чтобы найти дорогу в Кларкенуэлл, мне было вполне довольно света неподвижных звезд.

2

Я решил прогуляться по ночному городу. Уже покинув кладбище и идя в направлении старого дома, я вдруг замедлил шаг и остановился. Я не хотел возвращаться на Клоук-лейн, по крайней мере пока, и, как частенько бывало прежде, решил побродить по извилистым лондонским улочкам. Мне больше нравится город, погруженный во тьму; тогда он открывает мне свою истинную природу, под которой я, наверное, разумею его истинное прошлое. В дневные часы над ним властвуют его временные обитатели, среди которых так легко раствориться и затеряться. Поэтому днем я держусь в стороне. Например, представляю себе, будто люди вокруг одеты по моде какого-нибудь минувшего столетия, хотя и понимаю, что это чистый каприз. Но бывают случаи, когда чей-либо вид или жест мгновенно переносит меня назад во времени; похоже, тут работает некий избыток генетической памяти, так как я знаю, что передо мной средневековое или елизаветинское лицо. Когда из альпийского ледника было извлечено тело упавшего ничком и замерзшего неолитического путешественника, все сочли это уникальным подарком судьбы, позволившим заглянуть в прошлое. Но прошлое возрождается рядом с нами постоянно, в телах, которыми мы владеем, или в словах, которые произносим. А иные сцены или ситуации, замеченные однажды, словно сохраняются навеки.

Нет, это неверно. Уже в миг своего возникновения они становятся частью непрерывно текущей истории, и, как я уже говорил, бывают случаи, когда я иду по сегодняшнему Лондону и узнаю в нем то, что он есть: город другого исторического периода со всеми его таинственными условностями и ограничениями. Я часто слышал от отца одну фразу: «Видеть в вечности временное, а во времени вечное». Как-то раз я наткнулся на снимок Уайтхолла, сделанный в 1839 году, и он помог мне понять ее смысл; на снимке был изображен мальчонка в цилиндре наподобие печной трубы, растянувшийся под уличным фонарем, а через дорогу от него стояли в ряд двухколесные кебы. Все здесь дышало вечностью, и даже грязь на мостовой словно излучала сияние. Но это же чувство я испытываю и сейчас, когда, выйдя с кладбища, вижу вон ту женщину, открывшую дверь на улицу, и одновременно слышу выхлоп автомобиля, который проезжает где-то неподалеку. Такие вещи исчезают и вместе с тем как бы существуют вечно.

Я миновал Кларкенуэлл-грин и углубился в Джерусалем-пассидж. Неоновые часы, висящие на одном из зданий, показывали уже почти полночь; с минуту я смотрел, как они раскачиваются на ветру и цифры горят на их циферблате. В четырнадцатом веке очень высоко ценился необычный камень под названием «садастра». Снаружи он был черный или темно-коричневый, но, будучи расколот, в течение нескольких мгновений сиял как солнце. Мне подумалось, что это сияние могло быть сродни сиянию неоновых цифр, которые сейчас привлекли мой взор. Поблизости находились два-три человека; их бледные лица отсвечивали в оранжевых лучах фонарей, и казалось, что они бесшумно плывут над тротуарами. Я покинул Джерусалем-пассидж, пересек Кларкенуэлл-роуд и вступил под арку монастыря Св.Иоанна Иерусалимского. Здесь лежал кусок фундамента, отмечающий местоположение аббатства тамплиеров, возведенного в двенадцатом веке и разрушенного в годы Реформации. Несомненно, камни, из которых оно было сложено, пошли на постройку кое-каких больших домов по соседству (парочка этих глыб вполне могла покоиться и в стенах моего собственного дома), однако они были печальными памятниками великой катастрофы. Так полагал Дэниэл Мур, и теперь я согласен с ним в том, что разрушение богатейших монастырских библиотек со всеми их рукописями и другими сокровищами привело к возникновению огромного пробела в истории нашего острова. Мало того что была стерта с лица земли целая католическая культура — не менее чреватой последствиями оказалась и гибель древних монашеских летописей, относящихся к раннему периоду британской истории. Одним махом было покончено со всей разветвленной структурой, на которой держалось прошлое.

Но что это за шум у Холборнского виадука? Словно бы глубоко из-под земли донесся чей-то яростный вопль; он был глух, метался и бился в некоем тесном пространстве. Потом я свернул за угол, на Гилтспер-стрит, и заметил старуху, скрючившуюся в телефонной будке; она прижимала к лицу трубку и что-то кричала в микрофон. Я продолжал шагать в ее сторону и вскоре увидел, что на приклеенной к стеклу бумажке написано: «НЕИСПРАВЕН». Так с кем же она говорит? Помню, однажды мне надо было позвонить по телефону со станции «Ченсери-лейн»; сняв трубку, я услышал гул множества голосов, точно вой ветра за окном. Может быть, на другом конце линии всегда кто-то есть. Нет, все это чепуха. Ночные прогулки иногда порождают в душе необъяснимые страхи. Крышу жилого дома на углу Сноу-хилл венчала маленькая параболическая антенна; пока я глядел на нее, принимающую с неба сигналы, мне снова померещилось, будто над Клоуклейн взмыл вверх силуэт человека.

«А! Это ты? Явился наконец?» Старуха вышла из телефонной будки и теперь кричала мне вслед. Я быстро зашагал прочь. «Знаешь, откуда на тротуарах столько дерьма? Это не собаки гадят. Это старики-пенсионеры». Она захохотала, а я все торопился дальше, к Феттерлейн и Хай-Холборн. На первом этаже доходного дома Дайера есть магазинчик видеотехники; спеша к нему, я видел на дюжине экранов одно и то же изображение; там было столько света и энергии, что сама витрина, казалось, вот-вот полыхнет огнем и разлетится вдребезги. Когда я подошел еще ближе, оглядываясь, дабы удостовериться, что старуха меня не преследует, я стал различать на экранах множество несущихся куда-то звезд и планет. Видимо, это был один из тех эффектных научно-фантастических фильмов, которые снимались в семидесятых и начале восьмидесятых годов; рядом с витриной, целиком поглощенный зрелищем космического полета, стоял какой-то юноша. Он уперся руками в толстое стекло; создавалось впечатление, будто он распят на этом сияющем фоне. Я хотел сказать ему, что все здесь обман, кинематографические трюки, но для него это, возможно, было истинной картиной вселенной. Я ничего не сказал и прошел мимо.

Мне памятен тот день, когда я впервые начал понимать Лондон. Подросток лет пятнадцати-шестнадцати, я ехал на автобусе, идущем из Шепердс-Буша в Далидж; небо над Ноттинг-хилл-гейт и Куинзуэем было затянуто облаками, но вдруг в них открылась брешь и вырвавшийся оттуда солнечный луч упал на металлический поручень передо мной. Это ослепительное сверкание точно заворожило меня; вглядываясь в глубины света и сияющего металла, я ощутил такой необыкновенный восторг, что не смог усидеть на месте и выскочил из автобуса, когда он остановился у Мраморной арки. Я чувствовал, что меня посвятили в какую-то тайну — что я краем глаза увидел ту внутреннюю жизнь и реальность, которая скрывается во всех вещах. Я подумал о ней как о мире огня; поворачивая на Тайберн-Уэй, я верил, что смогу найти его следы повсюду. Но этот огонь был и во мне самом, и я обнаружил, что бегу по улицам, словно они — моя собственность. Каким-то неведомым образом я присутствовал при их рождении; вернее, внутри меня самого было нечто, всегда существовавшее в здешней почве, здешних камнях и здешнем воздухе. Теперь этот изначальный огонь покинул меня; должно быть, потому-то я и кажусь самому себе чужаком. Постепенно, с течением лет, город внутри меня померк.

Однако есть места, куда я возвращаюсь до сих пор. Временами меня тянет спуститься по Кингсленд-роуд и постоять у старой Хокстонской лечебницы для умалишенных рядом с Уорф-лейн; именно сюда, по ее собственной просьбе, Чарльз Лэм приводил свою сестру, и однажды я попытался пройти по их следам через поля, скрытые теперь под каменными мостовыми прилегающих улиц. Она всегда приносила с собой смирительную рубашку, и они плакали, добравшись до ворот лечебницы. Я останавливаюсь там, где стояли они, прямо перед входной аркой, и шепчу свое собственное имя. Бываю я и на Боро-Хай-стрит; я прохожу по ней от Саутуоркского моста до зданий бывшей Королевской тюрьмы и Маршалси[1] и, хотя эта прогулка всегда дается мне очень тяжело, неизменно повторяю ее снова и снова. Были случаи, когда я бродил по этому району до изнеможения, теряя ориентацию и способность думать. Я хотел, чтобы Старый город похоронил меня в себе, чтобы он стиснул меня и задушил. Неужели среди темных теней его прошлого не нашлось бы ни одной, способной поглотить меня? Однако не все мои путешествия сопровождались такими гнетущими чувствами. Было одно чудесное место, где меня всегда ожидал покой: я опять и опять возвращался на Фаунтин-корт в Темпле — там, рядом с маленьким круглым прудиком, под вязом, стояла деревянная скамейка. Ощущенье покоя здесь, в центре города, было настолько глубоким, что казалось мне порожденным каким-то важным событием минувших времен. А может быть, сюда год за годом приходили люди вроде меня и само место пере-

---

[1] Маршалси — старинная лондонская долговая тюрьма.

няло спокойствие своих посетителей. Я часто думаю о смерти как о похожем состоянии — словно я чего-то жду рядом с вязом и прудом. Моего отца близкая смерть не пугала, а, наоборот, чуть ли не радовала: помню, как он насвистывал в ванной, уже зная, что жить ему осталось всего несколько месяцев. Он никогда не сокрушался, не жалел себя и не выказывал признаков беспокойства. Складывалось впечатление, будто ему известно кое-что о следующем этапе пути; как я упоминал, он был католиком, однако столь глубокую уверенность ему, похоже, придавали некие более личные убеждения. И вновь, выйдя с Хай-Холборн на Ред-Лайон-сквер, я задумался об унаследованном мною старом доме. Почему ни одна из прогулок по городу не привела меня на Клоук-лейн или в ее окрестности? Почему я избегал Кларкенуэлла или позабыл о нем?

Я достиг обломка каменной колонны, поставленной на Ред-Лайон-филдс в память об июньской резне 1780 года; в дни Гордоновских бунтов солдаты убили здесь несколько детей, а три месяца спустя Джон Уилкс объявил о сборе средств на этот памятник. Камень уже так растрескался и выветрился, что смахивал на кусок обыкновенной скалы, подточенной временем; но, повинуясь внезапному порыву, я стал на колени и дотронулся до него. В конце концов, меня связывало с этим местом и еще кое-что. Всего в нескольких ярдах отсюда, на углу Ред-Лайон-пассидж, я впервые увидел работы Пиранези. Альбом с его гравюрами, купленный мной у лоточника, назывался «Фантазии на тему темниц», но, по-моему, там не было ровно ничего фантастического. Я сразу узнал этот мир; я понял, что это и есть мой город.

Я принес книгу домой; хотя с тех пор минуло уже лет шесть или семь, я и сейчас помню, с каким восторгом переворачивал ее страницы. На первой гравюре были изображены две маленькие фигурки перед гигантской каменной лестницей; их окружал сплошной камень, взвихряющийся галереями, арками и куполами. Мир Пиранези был миром бесконечных каменных руин, запутанных переходов и заколоченных окон; здесь были каменные глыбы, тяжелые, мрачные, чьи контуры тонули в тени; здесь были гигантские кирпичные ниши, огромные полотнища из рваной ткани, веревки, блоки и деревянные краны, устремленные ввысь, к расколотым каменным балконам. Художник часто использовал обрамление в виде разрушенной арки или ворот — оно вовлекало меня в картину, и я ощущал себя ее частью; я тоже был в тюрьме.

Все тут выглядело брошенным: мост, повисший над пропастью меж двух наполовину уцелевших башен, гнилые стропила, разбитые окна, массивные портики с полустертыми надписями, которые уже нельзя было прочесть. Цивилизация великанов-строителей пришла в упадок и погибла, оставив после себя эти монументы. Но нет, так быть не могло. Здесь чувствовалась несокрушимая мощь, живая сила. Смерть не имела над ней власти; она была присуща самому этому миру. Я глядел на последнюю гравюру с изображением расплывчатой фигурки, поднимающейся по каменной лестнице лишь ради того, чтобы очутиться лицом к лицу с очередным неприступным каменным бастионом. Мне казалось, будто в этой крошечной фигурке есть что-то от меня самого; и вдруг моего плеча коснулся отец. Видимо, он уже наблюдал за мной некоторое время, потому что мягко заметил: «Знаешь, ведь все может быть и по-другому». Больше он ничего не сказал и, стоя сзади, положил ладонь мне на шею. Я стряхнул его руку и снова вперился в гравюру, обнаружив там еще один лестничный пролет, ведущий вниз, в какую-то каменную бездну. Тогда мне и пришло на ум, что город этот в действительности подземный. Вечный город для тех, кого поймало в свою ловушку время. Я все еще стоял на коленях перед памятником на Ред-Лайон-сквер, но вместе с тем словно входил в каменную стену полуподвала на Клоук-лейн. Я становился частью древнего дома.

Быстро поднявшись, я отряхнул одежду от грязи и зашагал в направлении Нью-Оксфорд-стрит и Тотнемкорт-роуд. Совсем рядом с Блумсбери-сквер есть клочок булыжной мостовой, где поставили несколько новых телефонов «Меркьюри», и в темноте я наткнулся на них. «Лондонский камень не такой, — заметил Дэниэл Мур, когда я показал ему «Фантазии на тему темниц». — Прежде чем смотреть на Пиранези, надо выучить итальянский». Я хотел поделиться с ним своим восторгом, но он взирал на репродукции едва ли не с отвращением. «Он сентименталист, — сказал Мур, — а не провидец». — «Но разве ты не видишь, как тут пустынно?» — «Нет. На самом деле это не так. Может, ты и видишь только камень, ну а я вижу людей. Думаешь, почему я пишу свою книгу?» Эта книга, над которой он работал в течение всего нашего знакомства, была историей лондонского радикализма. Как-то он рассказал мне о ней в своей обычной застенчиво-пренебрежительной манере, но я запутался во всех этих магглтонианцах, «болтунах», беменистах и членах «Лондонской эпистолярной группы[1], и они стали казаться мне представителями одной гигантской секты или сообщества. Однако Мур души в них не чаял — этот придирчивый, утонченный человек был одержим идеями некоторых беспокойных, даже опасных лондонцев. Однажды он взял меня на прогулку по тавернам и молитвенным домам, где они собирались; таких мест осталось мало, большей частью на востоке Лондона в районе Лаймхауса и Шадуэлла, и они выглядели до того жалкими, до того запакощенными, что трудно было связать с ними прозрения и мечты их прежних посетителей. Насколько я понял из объяснений Дэниэла, беменисты верили, будто мужчины и женщины носят рай в себе и весь мир имеет облик одного человека; его называли Адамом Кадмоном, или Человеком-Вселенной. Не то чтобы весь космос представлялся им в виде человеческой фигуры — хотя были радикалы, последователи Сведенборга, которые считали, что это именно так и есть, — скорее, они наделяли наш мир и всю бытийствующую вселенную человеческими чертами. Мы зашли в «Семь звезд» на Эрроу-лейн, где в начале восемнадцатого века встречались моравские братья, и Дэниэл поведал мне историю о некоем мистике и маленькой девочке, которая все время просила его показать ей ангелов. Наконец он согласился, привел ее к себе в дом и поставил перед задрапированной нишей. «Ты действительно хочешь увидеть ангела?» — спросил он. Она упорствовала в своем желании, и тогда он отдернул завесь; на стене за нею висело зеркало. «Гляди сюда, — сказал он. — Вот тебе ангел». — «Очарова-

---

[1] Лондонские религиозные секты XVII — XVIII веков.

тельная история, Мэтью, не правда ли?» — «О да». — «Но ты заметил, насколько это в духе радикалистов? Самое смиренное существо может быть исполнено благодати. Божественное заключено внутри нас, а греха не существует вовсе. Нет ни рая, ни ада».

Как в этом городе могли родиться столь необычные системы взглядов? Он задал мне этот вопрос, когда мы брели по Шадуэлл-Рич. Ответ напрашивался сразу: здесь во множестве жили ремесленники и мелкие торговцы, а они-то и подвержены такой форме помешательства больше всего. Однако Дэниэл, похоже, считал, что тут сыграла свою роль аура самого места. Впрочем, я уже пресытился здешними видами. Лаймхаус был полон выхлопных газов, дыма, огрызков недостроенных зданий; я буквально задыхался, однако упорно тащил его прочь к наземной линии метро. Так завершилось наше путешествие в поисках того, что он называл «вечносущим евангелием».

А еще как-то раз он возил меня на юго-запад Англии и в старый центр радикальных движений Гластонбери. Члены одной лондонской секты четырнадцатого века — они называли себя «Божьими братьями» — сбежали в этот город от преследований и организовали тут свою общину. Пожалуй, мы выбрали для своей поездки самый неудачный день в году: всю дорогу от Лондона до Эндовера боролись с ливнем и ураганным ветром, а потом, на пути в Гэмпшир, угодили в окутавший трассу густой туман. Мы еле ползли в сторону Гластонбери, так как видимость была отвратительная; маленькие столбики у обочины шоссе походили на часовых, закутанных в шинели, а большие столбы казались торчащими из тумана церковными шпилями. Купы деревьев, маячившие поодаль, можно было бы принять за редкие кучки религиозных радикалов, с трудом пробирающихся сквозь мглу. Без сомнения, нечто подобное и послужило пищей для местных легенд и «явлений», но я не способен был думать ни о чем, кроме лондонского тепла и уюта. Добравшись наконец до Гластонбери, мы не обнаружили никаких следов древней общины — на ее месте вырос какой-то промышленный гигант. Это можно было предвидеть, но всю обратную дорогу Дэниэл хранил странное молчание. Когда мы подъезжали к Лондону, туман рассеялся; был поздний вечер, однако звезды впереди затмевало расплывчатое красное зарево. Мы словно возвращались в пылающий горн, и мою душу объял покой.

Я вышел с Нью-Оксфорд-стрит на Тотнем-корт-роуд одновременно с боем часов, донесшимся от церкви Св.Джайлса-на-Полях; здесь я прибавил шагу, так как в подъездах и у дверей домов, стоящих вдоль улицы, залегла армия ночи. Я боюсь их, этих мужчин и женщин, кутающихся в грязные одеяла, но меня пугают не просто бездомные и бродяги. Я прекрасно знаю, что меня отталкивает любая человеческая крайность. Меня отталкивает страдание. Сейчас, переходя улицу и уголком глаза наблюдая за двумя грудами тряпья, беспокойно зашевелившимися в сумерках, я боялся грязи и заразы — но больше всего, пожалуй, внезапного нападения. А что им терять? Будь я таким, как они, я возроптал бы на этот мир и поджег город. Я захотел бы разметать всех и вся, объединившихся против меня. Я стал бы грабить магазины, вход в которые мне заказан, и громить рестораны, где мне не дают еды. Я обратил бы свою ярость даже на фонари, которые мешают мне спрятаться от врага. Но когда я шел мимо, ни один из них не заговорил со мной, ни о чем не спросил и вообще не обратил на меня внимания, точно я был частью какого-то иного мира. Действительно ли они покорились и готовы терпеть скрепя сердце — или ждут чего-то, как моравские братья в «Семи звездах»?

Но нет, здесь было другое. С тех пор город неизмеримо вырос, и по мере того, как он разрастался во всех направлениях, его обитатели становились все более пассивными и покорными; эти люди, спящие на улицах, были обыкновенными честными горожанами, но гигантский Лондон с помощью какой-то магии высосал из них душу. Я поглядел вдоль Тотнем-корт-роуд и, уже не в первый раз, отметил чрезмерную яркость освещения и тишину ночного города. Два столетия назад эти улицы были более темными, более зловонными, более опасными, их наполняли крики, визги и смех. Но теперь, стоя в окружении бездомных, я слышал лишь едва различимое гудение неоновых фонарей да вой ветра, гуляющего около Сентер-Пойнта[1]. Благодаря чему же все естественные звуки стали казаться в этих местах нереальными и фальшивыми, а искусственные шумы — самыми что ни на есть натуральными? Город был залит светом, ибо он праздновал свой триумф. Он научился расти, вбирая в себя энергию своих обитателей и отнимая у них силы. Они даже не шелохнулись, когда я направился к Шарлот-стрит.

Я завернул за угол и сразу увидел в конце широкого проспекта сверкающий глобус. Конечно, у этого по-

---

[1] Сентер-Пойнт — тридцатитрехэтажное административное здание в центральной части Лондона.

стоянного и вездесущего сияния была и другая задача: посылая во тьму свои лучи, эти символы и эмблемы отвергали смерть и знание о ней. Это был праздник искусственной жизни, из которой изгнали всякую память о духовном. Странно — нечто подобное мог бы сказать мой отец. Однако это были мои собственные ночные мысли.

Глобус освещал всю округу, и Шарлот-стрит лежала в глубокой тиши. Он был символом мира — реального мира, так как, подойдя ближе, я увидел, что это неоновая модель земли с материками из лампочек разного цвета. Внизу была надпись «Мир вверх тормашками»; там, в полуподвале, находился бар или ночной клуб, к закрытой двери которого вела с улицы крутая лесенка. Внутри было светло; когда я смотрел вниз, дверь вдруг распахнулась и оттуда вырвался сноп ярких лучей. Из бара вышла женщина и остановилась на пороге, но фон был таким контрастным, что я мог различить лишь ее силуэт и очертанья прически; однако она меня заинтриговала. Отступив в уличную тень, я следил, как она поднимается по металлической лестнице; звонкий стук ее каблучков порождал эхо, внезапно оборвавшееся, когда она ступила на тротуар. Она рассеянно огляделась, точно думая поймать такси; затем повернула лицо ко мне, и я поднял руку в изумлении и ужасе. Это был Дэниэл Мур. Я видел его ясно. Я различал под косметикой его знакомые черты. Он прикрыл свои редеющие волосы большим белым париком и надел красное платье. До меня даже донесся аромат фиалок. Но это был Дэниэл. Он не заметил меня, потому что вновь повернул голову и медленно тронулся пешком к Фицрой-сквер. Он шел свободным шагом, ничуть не напоминающим его обычную нервную походку, и явно наслаждался этой ночной прогулкой по Лондону. Ошеломленный, я стоял у дверей какого-то закрытого магазина. В голове у меня было пусто. Я все смотрел и смотрел на сияющую модель мира, перевернутого вверх тормашками.

Кабинет

Огромный мир расстилается передо мною, и на моем столе плещутся голубые дельфины, которые любят маленьких детей и звуки музыкальных инструментов; вот змеи зеленого и серого цвета, что живут по шесть веков и чьи головы могут согласно их воле принимать формы собачьих и человеческих; а вот и морские драконы в алых отметинах — они изрыгают в воду пламя, вызывая тем самым кипение океана; среди них плывут грифоны, киты и стаи всяческих более мелких рыб, кои резвятся на поверхности пучины. Нептун со своим трезубцем мчит на морских конях, а у зыбучих песков и водоворотов сидят русалки с зерцалами в руках. Все, что есть на земле, имеет свое подобие в море, но вдобавок я вижу на лике этого иного мира галеоны, широкогрудые купеческие корабли, барки с прямыми парусами и рыболовные суда. Найдется ли равнодушный, который, поглядев на них, не возжелал бы немедля отправиться в путь? Ибо передо мной лежит карта всего света, theatrum orbis terrarum, и на нее нанесены города, леса, реки, горы и даже несметное число маленьких городков, что составляют сей низший мир.

У северных врат расположена *Terra Septemtrionalis Incognita*[1], где, по слухам, обитают племена людей, держащих во рту кресала; на крайнем юге предполагают существование другой дикой страны. Однако не все здесь неизведано; многое было открыто благодаря геометрическим исчислениям и морским путешествиям недавних лет, так что известный нам мир простирается ныне далеко за пределы Богемии или Татарии. Наши мореплаватели и космографы очертили на карте Атлантиду, или Новый Свет, где были найдены крокодилы, живущие тысячу лет, и перепела, страдающие падучей болезнью; отдельные ее области, или территории, мы нарекли Норумбегой, Новой Францией и Мокозой — в последней части света была обнаружена лошадь, которая плачет и вздыхает по-человечески. Там же обитает и агопитек — обезьяноподобный козел, чья речь весьма похожа на нашу, хотя и неразборчива, словно кто-то торопливо говорит во власти гнева или скорби.

Под рукой у меня Африка, а в ней Берберия, где живут львы, совокупляющиеся задом наперед, и пантеры, что источают благоухание редчайших пряностей. В Нумидии, не столь далеко оттуда, живут люди с собачьими головами и хвостами, а также мерзкие гиены, что селятся в склепах мертвецов и едят только трупы. В Ливии обитает единорог, что питается ядом и умеет обращаться как в мужчину, так и в женщину; здесь же живет племя астомийцев, чей век необычайно

---

[1] Неведомая северная земля (*лат.*).

долог, — они не едят и не пьют, питаясь лишь воздухом и ароматом плодов. В Селенетиде есть женщины, которые откладывают и высиживают яйца, производя на свет детей в пятьдесят раз крупнее обыкновенных, а в далеком Краю Негров водятся василиски, убивающие взглядом, гидры о двух головах и саламандры, холодные как лед. Сейчас на моем столе нет нужных отчетов, не то я пересказал бы вам их все. О чудный мировой театр, в коем так легко затеряться! Я стою здесь, в своем кабинете, и одновременно взмываю в воздух, подобно великому умельцу Икару, и вдруг обнаруживаю, что лечу высоко над желтыми песками Самотры, держа путь к волшебным Монакабо, Капасьясе, Тапробане, Бакорнаре и Бирам. А там я вижу людей, чьи тела светятся в темноте, и дерево феникс, что цветет раз в сто лет и благоухает сильнее, нежели мускус, цибетин или амбра. На этом дальнем, дальнем берегу я наблюдаю под звездами чудеса мира и зрю перед собой существо, рожденное дважды, — оно возвышает голос с горы, молвя: «Я есмь белизна черноты, и краснота белизны, и желтизна солнца, я изрекаю правду и никогда не лгу..» — и тут я вздрогнул и проснулся, ибо это был всего только сон, измышленный мною.

Хотя, откровенно говоря, я был бы не прочь поспать и подольше; иногда, вот как теперь, все мои штудии кажутся мне совершаемыми в полудреме — состоянии, когда разум пробужден лишь наполовину. Накануне я выпил с теми пустомелями чересчур много вина, поэтому с утра мной владеют уныние, сонливость и головокружение. Поглядите — я даже отвлекся от надлежащих занятий и зря трачу время, болтая языком над простертой передо мною тарра *mundi*[1]. Впрочем, пока я разглядывал берега и горы, морские течения и водовороты, искусно изображенные художником, мне вспомнилось иное путешествие — я имею в виду то, во время которого я столкнулся с бессчетными капризами погоды и одолел великое множество долгих и трудных дорог.

Это паломничество было затеяно мною после пребывания у Фердинанда Гриффена. Постигнув все, чему он мог меня научить, и слегка наскучив весами и песочными склянками, я решил посетить серьезных ученых и почитателей знания, живущих за пределами нашего отечества. Было одно место, долженствующее стать главной целью моих странствий, ибо я хотел увидеть селение, где родился величайший мудрец Филипп Авреол Теофраст Бомбаст, известный под именем Парацельса. Он появился на свет в маленьком городке Мария-Айнзидельн, не далее чем в двух часах ходьбы от Цюриха, и дабы достичь этого высокогорного края, расположенного в сердце Альп, я был вынужден долго идти, подвергаясь действию пронзительной сырости и холода, страшась нападения лихих людей и диких зверей, отдыхая в домах, где было мало покоя и еще меньше удобств, рискуя головой в своей жажде припасть к одному из драгоценнейших ключей или источников моей жизни. Но хотя это было весьма трудное и опасное зимнее путешествие, я был тогда достаточно юн, чтобы презирать опасность; меня влекло к великому Мастеру Парацельсу точно магнитом, и все бури и ураганы мира (так я полагал) были бессильны воспрепятствовать мне на моем пути.

---

[1] Карта мира (*лат.*).

Я отправился в дорогу глухой ночью и доплыл на лодке до Гринвича; там мне пришлось ждать большого весельного катера, дабы попасть в Грейвзенд, что в нескольких милях от Лондона. Потом я сел на корабль, не забыв взять с собой кое-какую провизию, а именно галеты, хлеб, пиво, растительное масло и уксус; имелся в моей суме и добрый запас пергамента, перьев и чернил (с мешочком черного пороха, чтобы можно было наболтать еще), ибо я решил вести записи о том, что увижу на чужбине. Итак, мы вышли в открытое море, однако на третий день плавания купеческий караван из двенадцати судов, среди коих был и наш корабль, рассеялся под влиянием тумана и бури. У меня в кармане лежал мой собственный магнитный компас, дар благородного мистера Гриффена, и мне нечего было бояться. Я с готовностью принялся толковать кормчему нашего судна об измерителях земных и небесных склонений, об астролябиях и кросс-штаффах[1], но едва я завел речь об эксцентриситете и параллаксе, как он коротко ответил мне, что является знатоком приливов и течений, а не инструментов. Я был удручен и встревожен, ибо считал, что только наука может спасти нас от шторма, но он хлопнул меня по спине и рассмеялся.

«Все в порядке, любезный звездочет, — сказал он. — Я знаю свои маршруты и свои сигналы, свои гавани и свои вехи лучше, чем узор на собственной руке».

«Но послушайте, мой добрый капитан, — конечно, вам и вашему лоцману известны начала гидрографии и астрономии?»

---

[1] Кроссштафф — инструмент, служивший для определения высоты светил, особенно солнца, над горизонтом.

«У меня в голове крепко сидят все рифы и течения. Что еще нужно? Сейчас я нарисую вам наш путь...»

Он изобразил наш маршрут пальцем на старом сосновом столе, и я воззрился на него, изумленный. «А как же расчет отклоненья от курса и проверка его по полночным звездам? Ведь буря сбила нас с пути, и вернуться на него мы можем лишь с помощью скрупулезных исчислений».

Мой пыл снова рассмешил его. «Да разве неподвижные звезды и планеты спасут меня от коварных стремнин и водоворотов? Не думаю. Разве можете вы взглянуть на солнце и предсказать мне грядущие штормы и смерчи? Нет уж, Джон Ди, тешьтесь себе на здоровье своей арифметикой да геометрией; а мне дайте править по собственному разумению».

Вскоре я оставил его — буря к той поре как раз улеглась, а туман поднялся, — но он, верно, и в одиночестве продолжал посмеиваться надо мною. Но кто будет смеяться последним? Вы можете проложить курс, опираясь на опыт, но только знание способно привести вас к истинной, достойной цели. Ваши глаза, мой славный капитан, помогут вам одолеть этот узкий пролив; но астролябия, столь презираемая вами, посвятит вас в тайны движения небесных сфер. Мало уметь свободно перемещаться по свету; надо обучиться видеть его в лучах разума. Подумайте сами. Разве я не прав?

На четвертый день морских скитаний мы достигли острова Хол-ландия (в просторечии Хайлигланд) и, не отважась войти в реку Эльву[1] прежде наступле-

---

[1] Эльва — старинное название Эльбы.

ния утра, спустили паруса, после чего нас всю ночь швыряло туда-сюда по волнам — моряки называют такой прием «лечь в дрейф», но я бы назвал это лежанием в скверне. Затем, на рассвете, мы вошли в устье и добрались до пристани Штаде, из какового места, сев в фургон и переправясь через реку, поехали в Гамбург по весьма густым и протяженным дубовым лесам. Так началось мое путешествие в чужих краях, занявшее всю зиму: в почтовой карете по топям и песчаным равнинам, в фургоне по горам и лесам, пешком сквозь туман и град, верхом мимо рощ и озер, — и ни разу не уклонился я от своего маршрута, проходящего через Гамбург и Лейпциг, Виттербург и Дрезден. Вопреки общепринятой схеме подобных поездок и минуя наиболее оживленные пути, я достиг Виттербурга, ибо мне говорили, что в архиве тамошнего огромного собора хранятся чрезвычайно редкие и любопытные карты еще не изведанных частей света. Разве мог я не пожертвовать удобствами передвижения и не взглянуть на земли, покрытые пеленою и мраком нашего собственного невежества?

Виттербург — город, полный ученых, но у меня было рекомендательное письмо к великому астроному Гегелиусу, уроженцу тех мест, и после совместного вкушения рыбы и мяса он согласился проводить меня в собор, где имя его служило ключом ко всем бережно хранимым сокровищам. Конечно, молвил он, мне не составит труда увидеть карты неведомого мира, но известно ли мне, что совсем рядом скрывается иная таинственная область? (Мы беседовали по-латыни, и я передаю здесь содержание нашего разговора несмотря на то, что оно может стать доступно глазам и ушам черни.) Засим он сообщил мне, что около 1500 года в Виттербурге проживал знаменитый маг доктор Фауст; вняв моей пылкой просьбе, он с охотою взялся отвести меня в его обиталище. После благодарственной молитвы мы встали из-за стола и, немного потолковав о началах магии, отправились в путь по зловонным улицам городка; но меня ждало разочарование, так как старинное жилище Фауста оказалось ветхим домишком, в котором не было заметно никаких следов его искусства.

Гегелиус увидел, как я огорчен, и поинтересовался, не желаю ли я посетить лес близ городка, где, по свидетельству молвы, доктор Фауст занимался волшебством и где он умер — или, скорее, был унесен Дьяволом в качестве последнего результата своих трудов. Да, ответил я, разумеется. Стояла зима, и я испытывал недомогание, однако был еще так молод, что не обращал внимания на эту помеху. Мы вышли из ворот города, украшенных многообразными каменными головами, которые весьма напоминали окровавленные головы разбойников на Лондонском мосту, и довольно скоро добрались до опушки леса. Я кутался в меховой плащ, а моя шапка была оторочена кошачьими шкурками, как принято в Московии, однако в этих владениях Фауста царил такой холод, что я не мог выговорить ни слова. Недавно пробило три часа пополудни, но под сенью деревьев уже сгустились сумерки, и я едва различал тропу. Гегелиус все время шагал впереди и наконец вывел меня к растрескавшемуся и почернелому пню футов шести в диаметре. «Вот здесь, — сказал мой проводник, — стоял Фауст, и отсюда он был унесен». Я вскочил на то, что осталось от этого необычайно старого дерева, и холодная сырость мгновенно улетучилась из моих костей. В тот же миг прошло и мое недомогание. Возможно, внутри пня еще теплилась толика дьявольского огня; во всяком случае, двигаясь за Гегелиусом обратно к городским воротам, я чувствовал себя здоровым и веселым как никогда. Мои шаги словно направляла некая потусторонняя сила, и теперь я хотел знать все. Я хотел понять все. Гегелиус отвел меня в собор, где мы с благоговением разглядывали древние карты, но мне чудилось, будто в том старом погибшем древе я уже снискал более богатый мир. А сейчас довольно об этом.

Итак, освеженный и вдохновленный целебной прогулкой по лесу Фауста, я снова пустился в путь. После Виттербурга и Дрездена я дошел до деревянного столба, что отделяет владения курфюрста Саксонского от королевства Богемии, а оттуда, минуя песчаные и каменные холмы, покрытые снегом долины и множество диких чащоб, прибыл на почтовой карете в Прагу; из Праги я направился в Нюрнберг — через шесть дней езды по равнинам, перемежаемым скалистыми грядами, мы достигли сего города, расположенного в пустынной песчаной местности, открытой натиску снега и льда. Стояли суровейшие морозы, но я упорно шел по городам и весям, ежедневно меняя пристанище, живя на вонючем пиве и грубом хлебе и ночуя на грязных соломенных подстилках. В ту пору денег у меня было мало, ибо англичане дают своим младшим сыновьям меньше, чем на чужбине принято давать незаконнорожденным, — но это к слову.

Из Нюрнберга я направился в Аугсбург, а оттуда, взяв коня в городской извозчицкой конторе, — на за-

пад Германии и далее, в Нидерланды[1]. Миновав Линдау
у озера под названием Акрониус, я поплыл на лодке в
Костнец, что на рубеже между Германией и Швейца-
рией, а затем в Шафхаузен. Воды Рейна катили быстро, и я оставлял позади милю за милей, но Бог мой, что
это было за путешествие! Оно едва не положило конец моим скитаниям. Я не страшусь воды, ибо знаю,
что она является одной из необходимых частей сего
подлунного мира, но наша стремящаяся вперед лодка
так сильно кренилась на борт, что волны то и дело
захлестывали ее; мы сидели мокрые по колени, а вода
все прибывала да прибывала. И это еще пустяки.
Вскоре нам преградила дорогу каменная ступень высотою локтей в пятьдесят; река свергалась вниз с
грохотом, вскипая сплошной пеной, и меня охватил
панический страх, что нас увлечет туда и мы найдем свою погибель в этом могучем бурлении. Однако я
вспомнил Фауста и громко вознес молитву своему
собственному ангелу-хранителю или демону; в тот
же миг лодочник сбросил свое потрепанное одеяние,
схватил веревку и поплыл к пристани, таща за собой
лодку. Я взял весло, и мы вместе с другим путешест-
венником стали помогать вести лодку, подвергаясь
постоянному риску утонуть: тогда мне чудилось,
что смерть уже близка, но сознание этого лишь уве-
личивало мои силы. Наконец мы подошли к берегу, и
нас выбросило на сушу. Каким благотворным оказалось это приключение: я ощущал себя гигантом, которому удалось пережить Потоп. Я воздел руки в мо-

---

[1] Тогдашние Нидерланды охватывали территорию современных
Нидерландов, Бельгии и Люксембурга.

литве, но мне почему-то мерещился я сам, стоящий в лесу и осиянный светом; я пытался возблагодарить Господа за избавление от опасности, но слова не шли с языка — я онемел, точно в великом изумлении. Потом невдалеке залаяла собака, и я опомнился. Пора было двигаться дальше, ибо я не терпел промедления: истинная цель моего похода была уже совсем близко.

В течение некоторого времени я был принужден передвигаться пешим, делая более вздохов, нежели шагов, и спустя пять часов с превеликими усилиями добрался до маленького городишка Эглизо. Там я сразу востребовал себе ложе и поел на старинный манер, застелив его скатертью. Наутро, чуть свет, я снова тронулся в путь — за небольшую мзду стражник открыл мне ворота пораньше — и через шесть часов ходьбы (ибо мили в Швейцарии столь длинны, что протяженность конного или пешего похода измеряют там в часах, а не в милях) по лесам, холмам и огороженным пастбищам наконец увидел в раскинувшейся впереди долине городок Мария-Айнзидельн. Внезапный ливень, короткий и обильный, немного замедлил мое продвижение, но я поплотнее запахнулся в плащ, прижал к груди суму, дабы противоборствовать ветру, и шаг за шагом спустился к стенам, окружавшим то самое место, где звуки небесной гармонии впервые коснулись слуха нашего великого учителя Парацельса.

Мария-Айнзидельн, чистенький городок с домами, сработанными большей частью из дерева и глины, лежит на северном берегу озера Тигеринус; улочки его оказались довольно узкими, однако за стенами высился изрядной величины замок, недавно разрушенный.

Скоро я нашел себе прибежище на постоялом дворе под вывеской, изображающей Длань, и осведомился у тамошней служанки, миловидной девицы в опрятном красном платье и белой пелерине наподобие ирландской, где можно отыскать дом Парацельса, к коему я так упорно стремился. Она охотно ответила мне на своем родном наречии, и я спешно вышел во двор, под морозное небо. Как я уже говорил, городишко был невелик, и после двух поворотов я внезапно наткнулся на маленький мостик через ручей, упомянутый служанкой; а там, сразу за ним, виднелась стена дома с выписанной на ней головой мага. Портрет был сделан искусно и изображал его, как всегда, без бороды. Чуть повыше было начертано изречение мудреца на латыни, которое я перевожу так: «То, что над нами, совпадает с тем, что под нами, и се есть источник чудес». Я поглядел вверх, на высеченные в камне окна этого старинного дома, твердо уверенный, что одно из них освещало фигуру малютки Парацельса, когда он впервые узрел великолепие солнца и стоял, любуясь танцами звезд.

Открылась дверь, на пороге вырос древний старик и поманил меня войти. Он обратился ко мне на ломаном французском, сочтя меня странником из тех краев, и я отвечал ему по-галльски. «Хотите увидеть его одежды? — спросил он. — Мы храним их здесь». Я откликнулся согласием, и он повел меня по коридору, непрестанно утирая влагу, сочащуюся из его глаз и носа; затем мы начали подниматься по источенной червем лестнице, а его французские слова все звучали поверх моей головы. «Каждый год наши горожане устраивают праздник в его память, — говорил он, — и в этот день мы показываем платье, которое он обычно носил». Я не совсем понял, как это возможно, ибо по достижении десятилетнего возраста Парацельс покинул свою родину, отправясь на диспут с немецкими учеными, но решил не спорить. Он привел меня в комнату, где стоял очень громоздкий ларь, или сундук. «Наши реликвии, — сказал он, открывая его весьма бережно. — Говорят, будто больные излечивались от одного прикосновения к ним». Он подал мне шляпу и мантию, каковые я подержал в руках с должной почтительностью. Затем, весьма довольный моим скромным поведением, он прошел со мною по комнате и показал мне чернильницу, стило и перочинный нож; далее настала очередь нескольких книг, не столь уж древних, и перстня, который (по его словам) был снят с руки Парацельса после его кончины. Он готов был продолжать демонстрацию, но я уже достаточно нагляделся и, презрев свою стесненность в средствах, отыскал для него серебряную монету. «Вам следует знать, — пробормотал он, ведя меня обратно к двери, — что у нас в Айнзидельне до сих пор обитают духи».

«Духи, сударь?»

«Да, наподобие тех, что видел наш славный учитель. У нас в округе множество подземных ходов и пещер, и людям, работающим там с лампами, досаждают эти… эти…»

«Но разве вы запамятовали, чему учил нас Парацельс? Что все духи обитают внутри нас? Что все, существующее на земле и в небесах, есть и в самом человеке?»

Он не понял, о чем я толкую, так что я пожелал ему доброго дня и снова вышел на узкую улочку. Когда я возвращался по маленькому мостику, отчаянный вопль заставил меня взглянуть на берег ручья; и там, на возвышающемся посреди грязи валуне, сидела молодая женщина, чье одеяние было пестрым, как майский шест, а лицо и руки — белыми, как молоко.

«Отчего ты кричишь? — воскликнул я на том наречии, которое полагал для нее родным. — Что за хворь гложет тебя?»

«Мне хорошо, — ответила она. — Я довольна. Ступай своей дорогой». После чего она стала вопить и хохотать попеременно, но в такой необычной манере, что я сам почувствовал дрожь в членах. Затем, совершенно внезапно, все ее тело задергалось в страшных корчах, так что она соскользнула с валуна на берег ручья; ее живот вздымался и опадал, а по рукам пробегали сильнейшие судороги. Вместе с тем лицо ее искажалось многими удивительными гримасами, из-за которых рот то и дело открывался и перекашивался на сторону, однако глаза были неизменно устремлены на меня. Я уже собрался идти дальше, как вдруг она выкрикнула «Ду! Ду!», известное мне ангельское имя. Глас ее в тот миг был громок и ужасающ, исходя из глотки подобно лаю хриплого пса, а когда я поглядел вниз, на нее, то увидел, что из открытого рта ее обильно источается пена. Звуки, которые вырывались из ее уст, напоминали слова «чек, чек» или «кек, кек», а потом слышалось «твиш, твиш», точно шипела огромная петарда. Вскоре раздался иной мерзостный звук, приведший мне на ум кошку, что готовится выблевать содержимое своей утробы, — и правда, эту молодую женщину тут же сотрясла неистовая рвота.

«*In nomine Deo...*»[1] — *начал я, сверх всякой меры обеспокоенный мыслью, что в нее вселился бес.*

«*Что? Это ты? Так ты еще здесь?*» — *она испускала громкие вопли, а тело ее понемногу оседало в грязь. Затем ее уста крепко сомкнулись, а из ноздрей изошел голос, как бы говоривший «Сожги его. Сожги его». В это мгновенье я тронулся с места, и она прокричала мне:* «*Нынче случилось то, что доставит тебе большую радость*». *Затем наступила тишина, и, обернувшись, я увидел, как она сидит на берегу, горько плачет и в скорби своей заламывает руки.*

Скоро я вернулся в гостиницу, усталый и опечаленный, не получив того, что искал, и наткнувшись на то, чего не пытался найти. Было уже около полудня, и в лицо мне, лежавшему на кровати, светили солнечные лучи; но потом я как бы увидел скользнувшую мимо тень и сел, ибо меня вдруг оросил пот. В этот миг я услышал слово, что моя мать умерла. Я поднялся и записал день и час, а также прочие обстоятельства на листке бумаги, впоследствии сохраненном мною несмотря на все трудности и опасности обратного пути в Англию. И правда, как было записано, так и свершилось: дома мне передали известие о смерти матери, происшедшей в то самое время, когда меня посетило видение. Перед кончиной ее несколько дней подряд трясло в лихорадке (что странным образом уподобляется корчам той бесноватой у Парацельсова дома), но мое путешествие и растущая жажда знаний сообщили мне столь приподнятое состояние духа, что я нимало не горевал о ней. Разве сам Пара-

---

[1] Во имя Божье... (*лат.*).

цельс не оставил свою семью в поисках мудрости — а кто такой я, чтобы меня сдерживали подобные путы? Передо мною лежал целый мир, мне предстояло его покорить, и я был отнюдь не из тех, кто наследует лишь по крови.

Итак, я вновь собрал свои книги и снял жилье в Карпентерс-ярде, неподалеку от Кристофер-элли и к югу от Литл-Бритн, рядом со скрытой клоакой. Тут держали свои заведения книготорговцы и печатники, и, хотя в иных лавках была только обычная чепуха для безмозглых простолюдинов, образцом коей служат «Сэр Гай Уорикский» или «Плач девы», я нашел и много других книг, малых печатных опусов и сочинений, трактующих о полезных и любопытных предметах. Я мог бы оставаться здесь и читать вечно, однако спустя несколько месяцев разбранился с хозяйкой своего жилища. Это была обыкновенная владелица пивной, одевавшаяся с абсолютно неуместным щегольством и столь дерзкая, что однажды она прямиком вошла ко мне в кабинет, даже не озаботясь постучать в дверь. Я был углублен в свои занятия, и, так как эта женщина не могла в полной мере постигнуть, что я делаю, она завела какой-то дурацкий разговор, не переставая поглядывать на мои бумаги.

«Что это, — спросила она, — выводите вы своим пером? Похоже на колдовские заклинания».

«Мне чужды подобные вещи, мистрис Аглинтино».

«Вот как? Неужели? Ну, а я думаю...»

«Оставьте при себе ваши убогие думы. Я не дал бы за них и...»

«И гроша?» — Она рассмеялась чересчур громко.

«Куда там гроша — и рваного исподнего». По мере

произнесения этих слов моя досада росла. «Да как вы посмели вломиться сюда?»

«Я вас не боюсь, — отвечала она, перебирая кружева на своей домотканой юбке, покуда я подымался из-за стола. — Нет на свете мужчины, который мог бы меня напугать».

«Я и не собирался пугать вас, сударыня. Но я не потерплю, чтобы в мои бумаги подглядывали, а из моей работы делали посмешище. Не потерплю».

«Работы? — промолвила она. — Теперь-то я вижу, что это всего лишь дитячьи каракули».

При сих словах я впал в жесточайший гнев и немедля заявил, что съезжаю. На следующий день я подыскал себе жилье на углу Биллитер-лейн и Фенчерч-стрит: там было недавно перестроенное здание, которое называли «новым доходным домом», однако оно и после переделки источало сырые испарения и миазмы, довольно скоро изгнавшие меня оттуда.

И вот ныне вы снова находите меня в моем собственном мире, вдали от голубых просторов Татарии и красных пятен Германии и Италии. Theatrum orbis terrarum уже свернут, убран в футляр и заперт в сундуке, и теперь я разворачиваю перед вами иную карту со своими теченьями и водоворотами, маяками и вехами, а именно — великую карту Лондона, по коему я за все эти годы совершил не одно кругосветное плавание. С Биллитер-лейн я вновь переехал на запад и выбрал себе пристанище на Сикоул-лейн, рядом со стекольным заводиком на Саффрон-хилл, что было весьма полезно для моих упражнений в перспективе. Но дабы проложить курс по той улице, где я когда-то жил, мне не надо ни компаса, ни подзорной трубы!

Она вливается во Флит-лейн, однако прежде вы сворачиваете на другую улочку по имени Уайндеген-лейн[1], которая названа так потому, что она упирается в речушку Флит и на противоположный берег там никак не попадешь. Итак, снова вспять, и мысленно пройдите со мною несколько шагов на север до Холборн-бриджа и Сноу-хилл, где есть акведук. Затем поверните на юг и проследуйте меж канав Флит-лейн, что у самых стен тюрьмы, а потом идите дальше, на Флит-бридж и к Городскому валу[2]. Вперед, вперед! Здесь и ныне все так же, как было прежде и будет всегда, ибо град сей, питаемый божественными эманациями и земными соками, не может ни исчахнуть, ни умереть.

Последние двадцать лет или более я бродил среди ломовых извозчиков и кебменов, торговцев и зевак, распутников и носильщиков; мне привычны сутаны и плоеные воротники, шапки и локоны париков; я знаю лечебницы для бедных и прекрасные церкви для богачей. Я знаю районы Портсоукен и Даунгейт, где столь часты убийства; Лангборн и Биллингсгейт, где вам при нужде подделают документы и окажут так называемые куртуазные услуги; Кэндлвик-стрит и Уолброк, печально прославившиеся своими самоубийствами; Винтри и Кордуэйнер, где случаются преступления, о коих лучше не упоминать. Я знаю Рэтклиф, Лаймхаус, Уайтчепел, Сент-Катерин, Стретфорд, Хогстон, Сордайк и все эти печальные места за городскими стенами. Я повстречал девушку на Темза-

---

[1] Wind-again (*англ.*) — «ступай обратно».
[2] Городской вал — стена, окружающая исторический центр города.

стрит, ухаживал за ней на Тауэр-стрит и обвенчался с нею в церкви Св.Данстана. У Крестоносцев[1] я похоронил своих мертворожденных детей, двоих мальчиков и одну девочку, а за боковыми вратами монастыря на улице Майнорис покоятся в земле мои братья.

И все же я вновь слышу в сем городе смерти возгласы «Спелые вишни, сладкие яблоки!», или «Прекрасные севильские апельсины!», или «Кому артишоки?», слышу, как предлагают шарфы, лучины и камышовые подстилки. Я знаю, где раздобыть перчатки или очки, мольберт живописца или гребень цирюльника, медную трубу или ночной горшок. Я знаю самые людные места — харчевни и игорные дома, арены для петушиных боев и площадки, где катают шары. Я знаю продавцов одежды с Лондонского моста и ювелиров с Чипсайда, зеленщиков с Баклерсбери и торговцев тканями с Уотлинг-стрит, чулочников с Кордуэйнер-стрит и башмачников с Лондонского вала, скорняков с Уолброка и держателей скобяных лавок с Олд-Джуэри, где стоит такой шум от тележек и повозок, так гремят кареты и колесницы — а тут еще стучат молотами, а там набивают обручи на бочки, — где снуют такие орды мужчин, женщин и детей, что кажется, будто ты угодил в чрево Левиафана. Однако здесь, именно здесь я создал свои философские труды и выполнил свои научные опыты; среди этого гама, едва ли не в самой гуще зловонной толпы вглядывался я в светлый лик природы и находил знаки, коими заявляет о себе spiritus mundi[2].

---

[1] Братство крестоносцев — монашеский орден в Англии XIII — XVII веков.
[2] «Мировой дух» (лат.) — мистическая субстанция алхимиков.

И вот теперь я с женою и домочадцами живу в Кларкенуэлле — я перебрался сюда пятнадцать лет тому назад (отец мой, слабый и измможденный до последней степени, обитает в благотворительном приюте). Это весьма здоровое место близ Кларкенуэлл-грин и чуть в стороне от Тернмилл-стрит, где и по сю пору находится колодец клириков; сад мой позади дома сбегает к реке Флит, а далее к северу расстилаются поля Хокли, где стреляют по мишеням лучники. Сам дом стар и просторен; в нем столько коридоров, спален, горниц, комнатушек и мелких закутков, что в них не заблудился бы разве лишь второй Минос. А я сижу в своем кабинете на верхнем этаже, и вокруг меня лежат мои бумаги. Ибо именно в сей комнате я столь ревностно тружусь к вящей славе своей родины, именно здесь я вчитываюсь в самые различные манускрипты, а также брошюры и иные печатные издания. Если выйти отсюда и пересечь лестничную площадку, вы попадете в мою лабораторию, оснащенную всем необходимым — есть там сосуды из глины, из металла, из стекла, а есть и из смешанных материалов; там же я храню реторты и колбы для занятий пиротехникой, так что стены и потолок лаборатории ныне сильно закопчены вследствие моих опытов с горючими веществами. Кроме того, здесь поставлена небольшая перегородка, а за нею расположен целый склад всяческих реактивов и необычных предметов, кои могут пригодиться мне в моих делах, — например, большой пузырь с четырьмя фунтами очень сладкой клейкой массы, напоминающей камедь. Здесь же имеются мешочки с некоторыми порошками, а также свинцовые ящики для стеклянных банок с жидкостями — все это весьма полезно и удобно держать под рукой. А еще здесь есть прозрачная трубка, каковую следует укрыть толстым слоем земли и навоза. И довольно о ней, ибо не время пока говорить яснее.

Однако мало что в этом доме, да и во всем государстве, может сравниться с моим кабинетом. Тут стоят глобусы, лучшие из сделанных Герардом Меркатором, — хотя на иных есть поправки как географического, так и космического свойства, внесенные мною собственноручно и касающиеся, к примеру, местоположения и путей комет, кои мне привелось наблюдать. Тут имеются песочные часы для измерения продолжительности моих штудий и универсальная астролябия, недавно изготовленная Томасом Хиллом с Чипсайда. Но истинная гордость моя заключена в книгах: печатных и писанных древле от руки, в переплетах и без оных, их у меня около четырех тысяч. Среди них есть сочинения на греческом, на латыни и на нашем родном языке, однако все они найдены мною — да, я выискивал и собирал их даже в пору царствования королевы Марии, когда меня чуть не сгубило облыжное обвинение в колдовстве. Некоторые из сих драгоценнейших памятников старины были обнаружены буквально среди отбросов, ибо я находил их в углах разграбленных церквей и монастырей, где им грозила опасность истлеть вовсе. Иные прежде хранились в большом шкафу, или каркасе с ящиками, который я вывез из разрушенного кабинета одного старинного дома (он и сейчас стоит там же, за булавочной мастерской, в унынии и запустении); названья сих книг были выведены на передней части ящиков обычным мелом, и все же сердце мое подпрыгнуло, едва я увидел их. Я знал, что они содержат сотни чрезвычайно редких свидетельств, и теперь каждая из них помещена мною в особый ящичек или футляр, а то и заперта в сундук. Для их копирования и своих собственных писаний мне надобен немалый запас чернил и разного рода перьев — все это лежит по левую руку от меня. Я наполняю чернилами полость своего стила и, усевшись за рабочий стол, по коему разбросаны мои записи, начинаю составлять хронику чудес.

Но мне нет нужды пояснять вам, что чудеса кроются и в моих книгах — среди них есть превосходные и чрезвычайно редкие труды Зороастра, Орфея и Гермеса Трисмегиста, а также фрагменты древних эфемерид[1]. Моя комната стала целой вселенной, или академией, для ученых любой специальности; здесь имеются поистине блестящие сочинения, например «De verbo mirifico» и «De arte cabalistica» Ройхлина, «Книга о квинтэссенции, или новой бесценной жемчужине» Брунсвика — она была выпущена в свет Петром Добрым из Пулы и заново переиздана Яном Лациниусом, знаменитая «De occultia philosophia» Корнелия Агриппы, «De incantationibus» Помпонацци, «Corpus Hermeticum», составленный Турнебусом, а также весьма полезные и приятные для чтения «Clavicula Solomonis» и «Солнце совершенства». Не могу я забыть и о великолепнейшем перле из сокровищницы ученых трудов, открытом мною лишь недавно, — о «Steganographia» Тритемия. Нельзя обойти вниманием и удивительные, божественные дисциплины, трактаты о коих опубликованы самим Парацель-

---

[1] Эфемериды — астрономические таблицы.

сом, или те глубокие взаимосвязи, каковые можно проследить с помощью «De harmonia mundi» Франческо Джорджи, «De institutione musicae» Боэция и «De divina proportione» Пациола[1]. Этих трудов не найдешь за деньги ни на рынке, ни в книжной лавке, ибо они написаны для избранных.

Среди сих томов в переплетах лежат превосходные трактаты моего собственного исполнения, каковые ради вечной памяти в умах человеческих помечены моей лондонской печатью Гермеса. Я употребил долгие годы отнюдь не на выдумывание пустых загадок и побасенок — нет, я постоянно размышлял о грядущих поколениях. И мои труды, посвященные различным областям знаний, размещены мною в соответствии с тремя космическими уровнями — природным, интеллектуальным и небесным: от тех, что способствуют наилучшему постижению механики, а именно «Элементов геометрии» и «Введения в математику» (сюда же я отношу и «Общие и частные рассуждения о благородном искусстве навигации», а также многочисленные работы по горологии[2], перспективе, геометрии и прочим предметам), до тех, что предназначены вниманию мудрых, начиная от моей «Propedeumata aphoristica» и далее, по пути усложнения, вплоть до самых ценных и возвышенных сочинений, кои я держу рядом с собою, — они известны под общим именем «Liber Mysteriorum»[3]. Круг моих сверше-

---

[1] «О чудотворном слове», «Об искусстве каббалы», «Об оккультной философии», «О заклинаниях», «Сборник трудов по алхимии», «Соломонова ключица», «Криптография», «О мировой гармонии», «О законах музыки», «О божественной соразмерности» (лат.).
[2] Горология - здесь: наука измерения времени.
[3] «Начала мудрости в афоризмах», «Книга тайн» (лат.).

ний столь широк, что тут, насколько я знаю, меня еще не превзошел никто; вот почему я вынужден хранить свои бумаги в крепких сундуках, подальше от глаз и языков заурядных софистов. В наши безотрадные времена трудно снискать себе должное публичное уважение успехами в высоких искусствах; а посему, ни в коей мере не рассчитывая на справедливость соотечественников, я присоединяюсь здесь к нашим предкам и кладу рядом с их трудами свои собственные. Когда я думаю о дерзких, гнусных, безрассудных и насквозь лживых баснях, измышленных в мой адрес и в адрес моих философских усилий, я нахожу прибежище от болтливых языков здесь, в своем кабинете, где все века молчаливо лежат передо мною. Это мой quietus est[1], мой пропуск (как теперь говорится) в страну свободы. А где еще можно обрести свободу, если не в воспоминаниях и думах о прошлом?

Конечно, не все известно или может быть известно — утрачены даже многие сведения о нашем собственном королевстве, но у меня здесь имеется «Historia Regum Britanniae»[2], а также различные манускрипты, касающиеся прошлого Британии и собранные Неннием и Гальфридом Монмутским. Прежде у меня хранился еще один томик — не знаю, что с ним сталось, ибо его похитили, когда я был заточен в Тауэр как колдун, но я и ныне словно вижу его перед собою. Это была маленькая, толстая старинная книжица с двумя застежками, изданная в 1517 году от Рождества Христова, и в ней содержались некоторые сведения о древ-

---

[1] Здесь: разрешение уйти на покой (*лат.*).

[2] «История Британского Королевства» (*лат.*).

них поселениях, захороненных в недрах нашего острова, и о весьма многочисленных городах, давно канувших в землю. Как я уже сказал, мою чудесную книгу украли, но утрата сия ничто по сравненью с общим разрушением, сожжением и разграблением стольких знаменитых библиотек в царствие короля Генриха; тогда едва не уничтожили весь бесценный кладезь нашего прошлого, и древние рукописи использовались для протирания подсвечников или чистки сапог, а то и для отхожих мест. Моя коллекция составлена из бриллиантов, кои я нашел в разных уголках страны, так что у меня в кабинете лежит толика сокровищ британской древности, вечных свидетельств ее неувядаемой славы, остатки некогда удивительно обширного корпуса великолепных трудов наших предков. Давным-давно на побережье Британии высадились исполины, а позднее — те, кто спасся от наводнения, поглотившего Атлантиду. Нельзя забывать об их глубоких откровениях.

Вот почему тот, кто желает стать подлинно ученым и знающим человеком, должен набираться мудрости у книг; из пренебрегающих ими выходят отнюдь не философы, но лишь софисты, знахари да шарлатаны. Это они лгут, что учение делает человека женоподобным, застит его глаза пеленою, ослабляет разум и порождает тысячи недугов; сам Аристотель говорит нам: «Nulla est magna scientia absque mixtura dementiae», а это то же самое, что сказать: «Не бывает глубоких знаний без примеси безумия». Но тут я не соглашусь даже с Аристотелем, ибо имеющий знания владеет цветком солнца, совершенным рубином, волшебным эликсиром, магистерием. Сие

есть истинный философский камень, обитель пре-
славного духа, эманация мировой души.

Книги не умирают подобно Адамовым детям. Конечно, мы нередко видим их рваными в мелочных лавках, тогда как еще несколько месяцев тому назад пе-
реплет их был цел и они лежали в книжных магази-
нах; однако это не настоящие труды, а просто мусор
и новомодная мишура для черни. Люди держат у себя
в спальнях или ставят на полки тысячи таких безде-
лушек; они верят, будто обрели драгоценности, хотя
это всего только преходящие забавы преходящей поры, имеющие не большую ценность, чем бумажки, по-
добранные на свалке или нечаянно выметенные из собачьей конуры. Истинные книги дышат мощью по-
стижения, каковая есть наследие веков: вы берете
такую книгу во времени, но читаете ее в вечности.
Взгляните вот на это сочинение, «Ars Notoria»[1], пре-
восходно переложенное с греческого Мастером Мат-
феем; заметьте, как точно каждое слово отражает
сущность предмета, а каждая фраза — его форму.
Сколько же можно познать (даже в нынешние дни,
когда мир страдает старческим слабоумием), если
любая строка открывает тебе, как тайные и неведо-
мые формы вещей связаны в своих первопричинах! Однако сие предназначено отнюдь не для узколобых ми-
стиков, что видят кругом сплошные тайны и чита-
ют книги только в надежде напасть на какое-нибудь
откровение; из одного корня произрастают как ди-
кая олива, так и сладостная, и подобные люди лишь
попусту разевают рот и шепчут «Микма», или «Фи-

---

[1] «Достославное искусство» (*лат.*).

зис», или «Гохулим», не понимая смысла сих священных имен.

Но я нашел источник всей этой мудрости. Я припадаю к чистейшему ключу, ибо здесь, около меня, лежит богатство нашего острова. Точно так же, как я могу созерцать портрет Парацельса на стене своей комнаты и переносить его образ на эти страницы, чтобы он представал перед теми, кто обратит к ним свой взор, в виде мерцающего света, — вот так же могу я извлечь из окружающих меня книг их квинтэссенцию и передать ее сегодняшнему миру. Непреходящее молчаливое присутствие сих томов будет ощущаться не только мною, но и многими поколениями наших потомков. У невежд существует поверье, будто в старых домах есть духи, что населяют стены или деревянные лестницы; но если в моем кабинете и живет какой-либо дух, то это дух прошлых веков. Кое-кто презирает меня и издевается надо мною за то, что я живу прошлым, но эти люди попадают пальцем в небо: подобно навигатору, прокладывающему курс с помощью неподвижных звезд, изучившие прошлое обретают власть над настоящим. День нынешний словно переменчивый шелк, что играет на солнце многими цветами, а в тени становится бесцветным, — он тоже несет на себе следы и печати эпох, давно канувших в Лету, но увидеть их может лишь знающий, как на него взглянуть. И я сижу за большим столом посреди своего кабинета, вдали от шума и навязчивой мирской суеты; мои книги охраняют меня от всех выпадов злобных дураков и помогают мне обрести свое истинное лицо. Душа моя спокойна.

Однако я не столь глуп, чтобы позабыть заветы великих мудрецов — среди них были Пико делла Мирандола и Гермес Трисмегист, — которые утверждали следующее: быть собой значит быть миром, вглядываться в себя значит вглядываться в мир, познать себя значит познать мир. Человек могущественнее солнца, ибо он заключает в себе солнце, прекраснее рая, ибо он заключает в себе рай, и тот, кто видит это ясно, богаче любого царя, потому что он постиг все искусства и овладел всей земной мудростью. Нет, я говорю не о своем жалком смертном теле, не об этом несчастном одре пятидесяти лет от роду, а об истинном, духовном теле, коим я наделен: это оно алчет знаний и устремляется к славе, когда я сижу в окружении своих книг.

Я вышел в сад подышать свежим воздухом после сладковатой затхлости своего кабинета и едва успел спуститься к поросшему травой берегу Флита, как услыхал странные звуки, словно кто-то поблизости бормотал во сне. Рядом была маленькая постройка наподобие домика из обожженного кирпича; подойдя к отверстой ее стороне, я прянул назад при виде человека в рваной черной хламиде, расстегнутой и распахнутой у него на груди. Голова его была закутана в грязный кусок материи с узким вырезом спереди, откуда выглядывало лицо. Он поднял голову и некоторое время не мигая смотрел на меня.

«О, хозяин, — воскликнул он затем, — я всего только отдыхал тут у речки. А вы, мне сдается, почтенный джентльмен — так пожалейте меня». Я ничего не сказал, но коснулся ногою войлочной шапки, которую он бросил на землю, подвинув ее к нему. «Я страдаю ужасной и мучительной хворью, что зовется падучей, — снова заговорил он. — Я упал тут навзничь и пролежал аж до самого рассвета».

«У тебя нет такой хвори, — промолвил я, — какую нельзя было бы излечить плетьми у позорного столба».

«Ей-Богу, сэр, мне кажется, будто я там и родился, столько мне выпало пинков. Мое имя Филип Дженнингс, и падучая не отстает от меня вот уж восемь лет. И нет мне от нее исцеления, ибо эта хворь у нас в роду. До меня ею маялся отец». Тут я слегка заинтересовался: однажды мне довелось прочесть весьма глубокий труд о недугах, кои мы наследуем по крови. «Подайте мне грошик ради Христа, сэр, дабы я не покатился по дурной дорожке».

«Неужто ты так обессилел, — заметил я, отступая на шаг, чтобы не слышать исходящего от него смрада, — что не можешь доковылять до церковной паперти?»

«О, я побывал во всех церквах. Я был у Святого Стефана на Коулман-стрит, у Святого Мартина в Лудгейте, у Святого Леонарда на Фостер-лейн, но меня отовсюду прогоняли взашей».

«Да еще, верно, грозили заклеймить тебе ухо? Такой ведь у них обычай?»

«Вы хорошо их знаете, сэр, — эти попы дерут носы выше шапок. Волос у них долог, а ум короток».

Я не стал ему поддакивать. «А ты неглуп, — сказал я, — хоть и одет в лохмотья. Чем же ты живешь в этой юдоли скорби?»

«Я брожу себе один, и нет у меня дружка в утешенье, разве вот пес». И правда, рядом с ним лежала клубком собачонка, кожа да кости, — она шевельнулась, когда он тронул ее. *«Пробавляемся чем можем. У вас в городе запрещено умертвлять коршунов да воронов, ибо они пожирают отбросы на улицах, — так это и есть наши товарищи».*

После сих слов я ощутил к нему некоторую жалость. *«Ну ладно, я дам тебе корочку ржаного хлеба с отрубями...»*

«Что ж, голодное брюхо всякой крохе радо. И старая кость лучше пустой тарелки».

«Недурно плетешь, — смеясь, промолвил я. — А может, для вас с собакой найдется и горячий пирог».

«Вот и славно, а после я с вами распрощаюсь. Двину ко граду Риму».

«Что-что?»

«Это музыка нищих, сэр. Я сказал, что уйду из Лондона».

Его странная речь пробудила во мне любопытство. *«А ну-ка, спой мне еще, музыкант».*

«Нонче я задавил темняка в чупырке».

«И это значит?..»

«Что я скоротал прошлую ночь в этой конуре. А теперь кройте мне гать до большака, шершавцы недалече».

«А это?» — его слова походили на неведомый мне язык наших далеких предков.

«Это все равно что сказать: отпустите меня на большую дорогу. Леса рядом».

«Я не понимаю твоих слов и не понимаю, откуда они взялись. Поведай мне что-нибудь об их возрас-

те и происхождении».

«Не знаю, сколько им лет и кто их придумал, но меня научил им мой отец, а он научился у своего, и так шло Бог весть с каких давних пор. Сейчас я дам вам урок. Вот, глядите, — он показал на свой нос. — Нюхач-обманщик. — Потом на рот. — Зев. — Потом на глаза. — Склянки. — Потом поднял вверх руки. — Уцапы».

«Погоди, — сказал я, — погоди, я принесу тебе еды». Я поспешил на кухню, где прислуга уже готовила трапезу, и велел собрать мне побольше хлеба и мяса. Все это я сложил на блюдо, но не забыл прихватить с собой и грифельную дощечку с мелом, дабы записать то, что он будет говорить.

«Клев, — сказал он, взяв принесенный мною ломоть мяса. — Панюшка, — он имел в виду хлеб. — Важно для моей тявки. Хорошо для собаки». Тут они оба набросились на еду, однако, насытясь как следует, он вытер рот грязным рукавом и заговорил снова. «Светляк — это день, а темняк — ночь. Соломон значит алтарь, патрик — поп, а вытьба — причитания нищего на паперти». Все это я записал. «Меркун значит огонь. Нынче ночью было страх как зябко, сэр, и я хотел умастить пер в куток или скантоваться под новой чуйкой».

«Что означает?..»

«Я хотел спрятать задницу в дом или укрыться на ночь теплой одежей». Он привстал с земли и потрепал по спине свою собачонку. «Я не стану дыбать ваш гаманок, — сказал он, — потому что вы нас накормили. Но нет ли у вас цацек? А ну-ка, переведите!»

«Денег?»

«Верно! Денег! Мне надобны деньжата!»

Я вернулся в дом и нашел на печке немного мелочи; придя обратно к нищему, я отдал ему эти пенсы без всякого сожаленья, ибо разве не открыл он мне новый язык и тем самым — новый мир? «Это тебе, — промолвил я. — А как кличут твоего пса?»

«Ляшок, сэр. Он у меня вылитый бесенок».

Вскоре он покинул меня, однако сначала я проводил его до берега Флита. «Теория гласит, — сказал я, — что параллели, поскольку они представляют собою несходящиеся линии, никогда не пересекаются. Как ты думаешь, это правда?»

«Я таких вещей не понимаю, сэр. Знаю только, что камчатный кафтан бумазеей не латают. Я не вашего роду-племени, а потому ухожу от вас». Тут он помолчал; затем, вынув из кармана своей драной хламиды какие-то мелко исписанные бумаги, с улыбкой подал их мне. «Я доставил вам много хлопот, сэр, и уж наверняка изрядно надоел...»

«Нет, нет. Это не так».

«Но прочтите то, что я вам оставляю». Не прибавив более ни слова, он вместе с собачонкой отправился своей дорогой, шагая вдоль реки и напевая старинную песенку висельников: «Почто не любишь ты меня, судьбинушка-судьба?» Я наблюдал за ним, покуда он не скрылся из виду, а затем со вздохом вернулся домой и снова поднялся к себе в кабинет.

Поведать ли вам мои сны? В первом сне я узрел перед собою множество книг, свежеотпечатанных и трактующих о весьма странных предметах; среди них был один большой, толстый том in quarto, на заглав-

ном листе коего было крупными буквами выведено имя моего дома. Во втором сне я гулял меж Олдгейтом и потернами Тауэр-хилла; внезапно меня настиг великий и могучий порыв урагана, и тогда я громко крикнул нескольким исполинам вокруг меня: «Я должен скакать в Кларкенуэлл; некто пишет там обо мне и моих книгах». В третьем сне я понял, что умер, и, когда мои внутренности были вынуты, беседовал с разными людьми будущего. В четвертом сне мне привиделось, будто у жены моей, мистрис Кэтрин Ди, погиб в чреве ребенок; я велел дать ей мирры в подогретом вине, а спустя час стал избавлять ее от мертвого младенца, и дитя оказалось книгою в черной обложке, липнущей к пальцам. В пятом сне я обнаружил, что нахожусь в чудесном маленьком кабинете, который в давние века мог бы быть кельей какого-нибудь ученого, обладателя философского камня; в различных местах стояло выведенное золотом и серебром имя — *Petrus Baccalaureus Londoniensis*[1]; и среди многих иных писаний, исполненных весьма изящно, были в том кабинете иероглифические заметки о домах, улицах и церквах нашего города. Над дверью же были начертаны некие стихи, а именно:

*Immortale Decus par gloriaque illi debentur
Cujus ab ingenio est discolor hic paries*[2].

Я взглянул на самого себя, и увидел, что весь я испещрен буквами и словами, и понял, что обратился в книгу...

---

[1] Петр, бакалавр лондонский (*лат.*).
[2] Вечная слава и почести мужу тому воздаются,
Кто дарованьем своим стену сию расцветил (*лат.*).

Где-то раздался оклик, и я вышел из забытья. На-верное, глаза мои истощились от работы, ибо я при-крыл их в состоянии между грезой и бодрствованием, вовсе не собираясь дремать. Но я мигом опомнился. Было одиннадцать часов утра, и мистрис Ди звала меня к обеду. Я успел заметно проголодаться и живо спустился по лестнице вниз, где, к моему вящему удо-вольствию, уже был накрыт стол. Я давно изгнал с кухни всех угрюмых замарах, и теперь моей жене по-могают только миловидные и чистоплотные слу-жанки. Она села за длинный стол напротив меня и с надлежащим смирением склонила голову, покуда я просил Господа благословить трапезу. Затем я разре-зал телятину, и мы молча и с должной степенностью принялись за наше вареное мясо, нашу крольчатину, наши пироги и ватрушки. У нас бывает лишь по две перемены блюд, ибо, как я говорил Кэтрин Ди, избы-ток хлеба и мяса порождает меланхолию; в наиболь-шей степени этим свойством обладает зайчатина, и потому она решительно нами отвергнута. Мелан-холия суха и прохладна, а значит, меланхоликам сле-дует воздерживаться от жареного мяса и мяса с из-лишком соли; вместо мяса, приготовленного на уголь-ях, им лучше употреблять вареное. По тем же причинам я отказался от горячего вина, а дабы избе-жать вялости и раздражительности, обхожусь без коровьего молока, миндального молока и яичных желтков. Кэтрин Ди знакома со вкусами своего мужа и полностью ведает закупкой продуктов: я даю ей деньги на месяц, после чего, вооруженная моими по-ученьями касательно тайных достоинств и проис-хождения всех яств, она с прислугой идет на рынок и покупает там только хорошее масло, сыр, каплунов, свинину и бекон.

«Вы заметили, что на Кау-лейн водружен майский шест?» — спросила она, когда я, сидя против нее, попивал белое вино.

«Я вернулся другим путем». Я решил ничего не говорить ей о том бродяге в саду, ибо знал, что это встревожит ее.

«Свадьба будет. Слыхали? Дочка Гроссетесте, торговца, выходит нынче замуж».

«Ну так что же?»

Моя жена была облачена в опрятную домотканую юбку, подрубленную снизу без всякой бахромы, ибо я люблю, чтобы она носила платье попроще; однако на ней был еще красный кружевной передник, и, говоря со мною, она начала его одергивать. *«Да ничего, сэр. Ровным счетом ничего. Кое-кто считает, будто она миленькая, но по мне так она всегда дурно одевалась. И это с ихним-то достатком! Небось многие станут завидовать ее мужу».* Она все одергивала передник. *«А майский шест до чего роскошный, доктор Ди! В жизни такого не видывала. Может, сходим поглядеть? Если вы не возражаете?»*

«Жена, не обратиться ли нам к трапезе, что стоит перед нами? Довольно болтать, помолчи же ты наконец!»

«Как вам угодно, сударь». Она ненадолго затихла, и мы опять занялись едой. *«Муженек, — сказала она минуту спустя, — прошу вас взять кусок этого каплуна. Вы ничего не кушаете. Вы даже не отведали капустки».*

Я сунул в капусту палец и облизал его. *«Не могу я ее есть. Она переперчена и пересолена».* Я видел, что жена расстроилась, и захотел еще немного укорить ее. «А что это за мясо? Надо же было испортить мою любимую вырезку! Как говорят лондонцы, Бог посылает нам мясо, а Дьявол его готовит». Я нанес недурной удар. «Оно напичкано чесноком, дабы скрыть, что оно порченое, — коснись я его теперь, и от меня будет вонять три дня. Ничему-то тебя не научишь. Стыдись!»

«Воля ваша, доктор Ди, я уж промолчу. Только я старалась как могла».

«Ладно, ладно, хватит болтать. Ешь. А поговорить успеешь и после обеда».

Наша горница очень удобна для трапезы, здесь стоят большие дубовые лари и стулья, украшенные причудливой резьбою в старинной манере; на стенах висят расписанные красками полотнища с изображением священных историй, а также зверей и трав. Тут и муки Иова, и снятие седьмой печати[1], и возведение Иерусалима — словом, вечные аллегории, посредством коих мы упражняем душу, даже сидя на табуретах и вкушая пищу. В углу стоит роскошное кресло, обитое алым бархатом с золотою вышивкой, однако оно используется редко, только для высоких гостей. Когда я был отроком, мы спали на соломенных тюфяках, подложив в изголовье чурку; ныне же мы отдыхаем на подушках и едим на олове, тогда как прежде с нас довольно было и глины. Мы разжились турецкими коврами, медью, мягким льняным бельем; шкафы наши отделаны металлом, а внутренние комнаты украшены столь богато инкрустированными столика-

---

[1] Эпизод из Апокалипсиса.

ми и столь искусными витражами, что они поражают взор вошедшего туда впервые. Да-да, мир меняется; но и внутри нас должен быть свет, отражающий значение сих перемен.

Я ел, погруженный в раздумья, как вдруг жена прервала мою трапезу смехом. «До чего ж вы любите горчицу, сударь! От нее у вас покраснеет нос и побуреет лицо, даже вина не понадобится. А вы, я гляжу, и на него налегаете!»

Мгновенье я смотрел на жену, однако она по-прежнему сохраняла вызывающий вид. «Коли вино дурное, мистрис, то, уж конечно, оно производит внутренний разлад».

«Дело не в вине, а в том, кто его пьет». Я промолчал, и она, похоже, раскаялась. «Я принесу вам коврижку, сударь, — она впитает в себя хмельной напиток, точно губка».

Когда обед приблизился к концу и последние блюда были убраны со стола, я сполоснул в чаше руки и велел подать мне книгу.

«Какую книгу?» — дерзко спросила Кэтрин Ди.

«Ту, что я читал давеча после обеда. Ты разве не видела? Неужто глаза твои стали подслеповаты?»

«А! Вы имеете в виду то собрание старых басен, которым вы наслаждались у камина?»

«Не басен, сударыня. Деяний древних королей английских».

«Я убрала ее, — ответила она. — Подальше от ароматов того самого мяса, что так вам не понравилось».

Она все пыталась ужалить меня своею дерзостью. «Ну, хватит молоть языком. Поди принеси мне книгу».

Она не двинулась с места. «Разве я не хозяин в собственном доме?»

«Воля ваша».

«Так-то. А теперь отыщи мою книгу».

Смеясь, она встала с табурета, подошла к ларю, открыла его и, шутовски взмахнув рукою, протянула мне «Gesta Regum Britanniae»[1]; затем уселась рядом на ночной горшок с крышкой, дабы глядеть, как я читаю. Но мне не суждено было отдохнуть в мире. «Совсем забыла, — промолвила она спустя несколько минут. — У нас был гонец из больницы. Вашего батюшку все грызет лихорадка».

«Это пагубная хворь», — отвечал я, не переставая читать.

Протекло еще немного времени. «Так скажите мне, муженек. Не взглянуть ли нам на майский шест? После трапезы полезно прогуляться».

«Довольно!» Я отложил книгу, вышел в коридор и, желая облегчиться, кликнул прислугу с ночным горшком. Удалясь в маленькую комнатушку рядом с прихожей и напустив полный сосуд, я хотел было опорожнить его в окно (ибо как раз начался дождь), но тут запах моей мочи ударил мне в ноздри; я заметил в нем примесь сильного аромата, подобного аромату свежей корицы, и это сразу напомнило мне о выпитом после вчерашнего зрелища вине. Но теперь, когда оно растворилось и вновь сгустилось внутри меня, в нем стало больше силы; из него уже была удалена летучая субстанция, а после изгнания всей влаги оно обратилось бы в камень. А если изготовить из него сухой по-

---

[1] «Деяния британских королей» (*лат.*).

рошок, минеральное вещество, то не окажется ли возможным удобрять им почву — ведь говорят же люди, что человеческая моча идет ей на пользу, — и, будучи как следует очищен, не увеличит ли он урожаи тысячекратно? Здесь имелось нечто, достойное более пристального изучения, и я забрал горшок с собой в лабораторию, где намеревался провести дальнейшие опыты по возгонке и фиксации[1].

В алхимии я не какой-нибудь жалкий неофит, которому едва хватает денег на буковый уголь для своего горна; за эти годы я раздобыл или купил все необходимые принадлежности и вещества, и теперь мне ни к чему раскапывать мусорные кучи в поисках грязных образцов. Но я также не имею ничего общего и с хтонической магией прошлого, что некогда таилась по лесам и пещерам: то была пора ведьм и колдуний, гномов и сатиров, эльфийских подкидышей и чародеев, коим прислуживали инкубы, обитатели могил, адские колесницы, Бесхребетник и прочая нечисть, порождаемая ночным мраком. Какая слепота и невежество царили в старые времена, когда каждое бранное слово почиталось нами за обладающее дьявольской силой, а каждая бабья сказка за истину, когда мы верили, что прикосновенье ясеневой ветви вызывает у гадюки головокружение и что если легонько дотронуться до летучей мыши листиком вяза, она потеряет память! Однако все это пустяки, о коих я не сожалею. Воистину, в них можно даже заметить некий смысл, если, как говорится, взглянуть на них при свете — при том ярком

---

[1] Фиксация — переход из жидкого в твердое состояние.

свете, что является дорогою жизни и носителем эманаций солнца и звезд.

Да, я не замшелый алхимик, но и не новоиспеченный астроном вроде тех, что, стремясь объяснить небесные явления, выдумывают разные эксцентрики и эпициклы, хотя прекрасно знают, что подобным глупостям нет места во вселенной. Эти горе-ученые обожают новые пути, но последние отнюдь не всегда бывают кратчайшими: иные мудрецы лезут через изгородь, не замечая рядом открытой калитки, а иные следуют проторенной тропою вместо того, чтобы пойти прямиком через поле. Они точно голодные волки, воющие на недосягаемую луну, тогда как и эта луна, и звезды, и вся небесная твердь находятся внутри них самих — только они этого не постигают.

Будем ли мы слепо взирать на небеса, уподобляясь волку, или быку, или ослу? Нет, не в том наше предназначение. Но дабы получить хоть малое понятие о глубочайших истинах, увидеть хоть проблеск божественной лучезарности, необходимо объединить астрономию с астрологией, а также с алхимией, известной под именем astronomia inferior[1]; тогда, следуя Пифагору, мы восстановим целое, или Единое, давшее начало сей триаде. Столь безмерна жажда знаний и столь безграничны возможности пытливого человеческого ума (в последнем убедился я сам), что нам дано постигать вечное, а не преходящее. Конечно, те, кто не понимает этих исканий, не могут оценить важности их результатов, но придет время, когда все истинные поклонники мудрости прислушаются к сим

---

[1] Низшая астрономия (*лат.*).

теориям и станут черпать из их бездонного кладезя.

Вот она, вечная взаимосвязь. В астрономии мы наблюдаем за семью планетами в их извечном порядке — Юпитером, Сатурном, Марсом, Солнцем, Венерой, Меркурием и Луною, тогда как в наших опытах проходим сквозь семь алхимических врат — прокаливание, фиксацию, растворение, дистилляцию, возгонку, разделение и проекцию[1]. Затем в астрологии мы объединяем то и другое, изучая тайные влияния планет и звезд и в то же время ослабляя узы каждой стихии в сем материальном мире. Звезды живут и посредством spiritus mundi влияют на нас; между всеми живыми существами возникает взаимная склонность или отталкивание, и проникнуть в эти отношения значит получить власть над всем миром. В нашем низшем мире не происходит ничего, что не направлялось бы высшими силами; все движенья и перемены в подлунной сфере вершатся с помощью вечносущего неба, символами и посланцами коего являются планеты и звезды. Итак, когда Луна стоит между двадцать восьмым градусом Тельца и одиннадцатым Близнецов, наступает пора искать сокрытые семена жизни. Мне уже случалось указывать, что когда Сатурн с Луною разделены шестью десятками градусов Зодиака, семена эти должно собирать и закапывать глубоко в теплую почву. Следует найти естественные лучи возжженных звезд, действующие равно в обеих сферах, на предметы видимые и невидимые, во всякий час и на всяком определенном уровне. Таким образом сии

---

[1] Проекция — посыпание порошком (философского камня) расплавленного металла в тигле с целью вызвать его трансмутацию.

лучи могут быть выделены и использованы для того, чтобы, словно утренняя роса, пробудить и вспоить новую жизнь.

То, что вверху, отыщешь и внизу; то, что внизу, есть также и вверху. И тут, пав на колени, мы постигаем еще один великий секрет: солнце, злато и душа человека подобны друг другу. Если я овладею светом и страстями, бушующими в душе, я смогу начать поиски или извлечение из обычных веществ материальной субстанции золота. Следовательно, если я хочу сотворить этот металл, я должен очиститься сам и сделаться (фигурально говоря) проводником света, обитающего во всех вещах. Однако если я могу извлечь из простых отбросов наиболее драгоценную и божественную субстанцию, то у меня есть полное право возгласить, что внутри сего бренного мира и нас самих кроется нечто вечное, неизменное и нетленное.

Доказывая эту истину, я поставил столько редких и замечательных опытов, что теперь и не счесть. Я проникал в глубь таких поразительных хитросплетений, видел такие диковины, что описать порожденья паров и фимиамов, тайное равновесие серы и ртути, доведенье до совершенства хризолита и берилла было бы задачей, достойной самого великого Гермеса Трисмегиста. Я скажу только одно. Покуда нами правит бренный разум, наша способность к постижению столь низка и взор столь замутнен, что является нужда отринуть наши внешние свойства и устремить взор внутрь себя; сделав так, вы увидите, что созданы из света. Истинный человек есть человек астральный, скрывающий в себе не звездного демона (как утверждают некоторые толкователи), но саму божественную сущность. И потому, если вы в ходе своих исканий не сможете сделаться равным Богу, вы не познаете Бога — ведь подобное познается лишь подобным. Человек некогда был Богом и станет Им снова. И я повторяю опять: после смерти подверженная тлену материя становится невидимой, и точно так же, как последние отбросы в ходе химической женитьбы могут обратиться в золото, мы, люди, вернемся к свету. И тут нас осеняет дыханием величайшей тайны мира; ибо нельзя ли восприять этот свет и слиться с божеством еще до наступления смерти? Тогда я взлетел бы, поднялся, взмыл и воспарил на такую высоту, где мог бы узреть в сосуде Творения форму форм, изначальное число всех счислимых вещей. И сие наделило бы меня способностью видеть великие грядущие события задолго до их свершенья или проникать в глубины древности так, как если бы моя бренная оболочка существовала от века и до века. Но мне было бы дано и еще гораздо большее: используя этот свет, я мог бы породить жизнь в собственных ладонях. Рядом со мною лежит готовый стеклянный резервуар в ожидании моего человечка, но об этом ничего более нельзя говорить и писать. О, что за чудный соблазн, что за невероятное счастье — заниматься наукой, чей предмет столь древен, столь чист, столь прекрасен, столь превосходит все сущее в неисчерпаемом многообразии его частей, свойств, характеров и отношений, столь глубоко родствен порядку и абсолютному числу!

Но полно. Я не стану вдаваться в скучные рассуждения или цветистую риторику, каковые вполне бесполезны, хотя и почитаются простолюдинами за признак утонченности ума. Чистейший смарагд сияет ярче всего, когда он не смазан маслом. Свет за окном померк, и мгновенье назад раздался удар грома, сопутствуемый блеском молнии. Я беру листы, которые подарил мне тот нищий в саду, но могу разобрать лишь, что они испещрены какими-то непонятными строками на английском. Там есть мелко начертанные слова «дом» и «отец», но больше я ничего не могу различить в сгущающейся тьме. Поэтому я зажигаю свечу и гляжу на огонь. Сумрак расходится по мере того, как тает воск: вещество не погибает, но преобразуется в пламя. Вот он, последний урок. Посредством сего огня материальная форма свечи обретает духовное бытие. Она становится светом и сиянием в этой бедной захламленной келье, моем кабинете.

3

Я очень плохо помню свое детство. Иногда мне с трудом верится, что оно вообще у меня было. Даже на смертном одре я едва ли вспомню что-нибудь более отчетливо; скорее всего, у меня будет такое ощущение, словно я появился на свет и сгинул в пределах одной ночи. Хотя зачастую, смежив глаза, я вижу перед собой какие-то улицы и здания, где, наверное, побывал младенцем. Случается, что я узнаю в лицо людей, которые говорят со мной во сне. Да-да, что-то я все-таки помню. Например, лиловый цвет. Пыль в воздухе, когда луч солнца проник сквозь стекло.

— По-моему, — произнес я, — там было окно. — Раньше я никогда не рассказывал о себе ничего подобного; видимо, меня побудила или подтолкнула к этому тишина старого дома, и я слушал, как мой голос уходит во тьму и теряется в ней.

— Любопытно, почему ты помнишь так мало. — Мы с Дэниэлом Муром сидели в большой комнате на первом этаже через несколько дней после того, как я видел его на Шарлот-стрит; стоял чудесный летний вечер, и белые стены словно дрожали на свету.

— Похоже, я был очень глупым ребенком.

— Нет. Здесь что-то посерьезнее. Ты совсем не интересуешься собой. И своей жизнью. Точно пытаешься не замечать ее.

— Ну, ты тоже никогда ни о чем таком не говоришь.

— Я — другое дело. Я-то как раз очень даже собой интересуюсь. — Он поглядел в сторону. — Это у меня чуть ли не навязчивая идея, оттого я и помалкиваю.

Слушая Дэниэла, я думал о той ночи, когда увидел его одетым в женское платье. Во время нашей беседы я не мог думать почти ни о чем другом: точно кто-то сидел с ним рядом и ждал подходящей минуты, чтобы вмешаться в разговор. Существует предположение, что первый человек был двуполым; значит ли это, что, глядя на Дэниэла, я гляжу на некий сколок изначального состояния мира?

— Пойду налью тебе выпить, — вот и все, что я сказал. Затем отправился на кухню и со смутным удовлетворением посмотрел на стопку сверкающих тарелок, блестящие ножи и аккуратно заставленные снедью полки. Честно говоря, я не помнил, чтобы так заботливо все раскладывал или так старательно начищал посуду. Но где же вино и виски? Бутылки были куда-то убраны, и я обнаружил их, только догадавшись заглянуть в шкафчик под раковиной. Прежде такой рассеянности за мной не водилось, и я как следует ущипнул себя перед возвращением к Дэниэлу.

— Мне бы твою увлеченность, — заметил я, наливая ему его любимое виски.

— Но она у тебя есть. Только ты увлечен прошлым

в более общем смысле. Ты обожаешь свою работу.

— Сейчас ты скажешь, что я бегу от самого себя. Или избегаю настоящего. — Он ничего не ответил и принялся рассматривать свои тщательно подрезанные ногти. — И, пожалуй, будешь прав. Терпеть не могу глядеть на себя. Или *внутрь* себя. Ей-Богу, не верю, будто там есть что-нибудь, кроме пустоты, откуда время от времени выскакивает по нескольку слов. Наверное, поэтому я и других не могу увидеть как следует. Оттого что никогда толком не видел себя.

— Мне кажется, тут кое-что поинтереснее. — Он встал и, подойдя к стене, провел пальцем по тонкой трещинке. — Я думаю, что ты, сам того не понимая, как бы создаешь себя заново. Точно пытаешься построить новую семью. Обрести новое наследие. Потому ты и забываешь свое собственное прошлое.

Я отвечал более раздраженно, чем хотел.

— Ну, а ты? Что ты сам-то помнишь?

— О, я помню все. Помню, как сидел в колясочке. Как начал ходить. Как прятался под обеденным столом. — Он заметил, что я удивлен. — В этом нет ничего особенного. — Он помедлил, и я снова ощутил присутствие той женщины, в которую он превращался, надевая красное платье и светлый парик. — По-моему, с тех пор все стало немножко не так.

— Значит, ты тоскуешь по детству?

— А кто не тоскует? Кроме тебя? — Его стакан пустел чересчур быстро. — Помнишь тот мост через Темзу, что тебе привиделся?

— Конечно.

— У меня есть одна мысль на этот счет. Ты, наверное, вряд ли захочешь, чтобы я ею с тобой поделился? — Его обычная скептическая, даже надменная интонация на мгновенье исчезла.

— Что-нибудь связанное с твоими моравскими братьями или как их там?

Он притворился, будто не слышит.

— По-моему, время можно представить себе в виде такой же осязаемой субстанции, как огонь или вода. Оно может менять форму. Перемещаться в пространстве. Понимаешь, о чем я?

— Не совсем.

— Это и был твой мост. Кусок остановившегося времени. — Он снова налил себе виски. — Ты когда-нибудь думал о том, почему окрестности твоего дома выглядят так необычно?

— Значит, ты тоже это заметил?

— Мне кажется, что все время стеклось сюда, в этот дом, а снаружи ничего не осталось. Ты у себя все время собрал. — Я был до того изумлен, что не нашелся с ответом. — А вот тебе еще один вариант. Существуют измерения, в которых время может двигаться в обратную сторону.

— То есть кончаешь дело, не успев начать?

— Разве нет песенки с таким названием?

— Не помню. — Мы выжидающе посмотрели друг на друга, и я понял, что молчать больше нельзя. — Я видел тебя недавно ночью, Дэниэл.

— О чем ты?

— Я видел тебя на Шарлот-стрит.

На секунду он очень крепко вцепился в край стула.

— Могу дать вполне разумное теоретическое объяснение, — сказал он. — Была такая группа радикалов, которые переодевались в знак протеста против всеобщего Морального Разложения. Это весьма древняя традиция. — Я удивленно поглядел на него, затем рассмеялся. — Приятно, что ты видишь в этом и смешную сторону, — произнес он. Однако не мог заставить себя посмотреть мне в глаза и потому уперся взглядом в свой стакан. — Разобраться в собственной личности — ужасно непростая задача, Мэтью, и мне она не по силам. Я уже говорил тебе, что очень интересуюсь самим собой, но вот ключа к этой загадке так до сих пор и не нашел. По крайней мере, тут мы с тобой похожи. В старые времена никто не ломал голову над такими вещами — возможно, потому, что тогда люди жили в упорядоченной вселенной...

— Ну нет, об этом думали всегда.

— ...но мы просто-напросто в тупике. Разве не славно было бы вернуться к какой-нибудь из прежних теорий? Насчет души и тела? Или четырех основных соков в организме[1]?

— Они ведь никогда не подтверждались опытом.

— Ошибаешься. Всякая теория хороша для своего периода. Неужто ты думаешь, что средневековые врачи не излечивали своих пациентов с помощью белой селитры, вытягивающей черную желчь? Когда-то эти средства работали, хотя теперь мы так же не способны пользоваться ими, как те эскулапы нашими. Тебе следовало бы это помнить. Естественно, что сейчас находятся люди, считающие, будто они могут заработать снова. — Он уже почти не обращал на меня внимания и, казалось, разглядывал что-то в углу комнаты. — Наверное, поэтому многие так интересуются магией. Магией секса.

---

[1] Кровь, флегма, желчь и черная желчь (меланхолия).

— Что?

На миг он словно бы смутился, и на его лице промелькнуло почти вороватое выражение.

— Да нет, ничего. Просто я думал, что именно привлекает меня в том... ну, в том самом. Я никогда толком этого не понимал. Иногда мне чудится, что я раскапываю в себе какой-то сгинувший город. Понимаешь, о чем я говорю? — Он встал со стула и принялся ходить вокруг меня. — Почему все так таинственно, так умело спрятано? Как то заделанное окно наверху. — Он остановился. — Здесь ведь наверняка есть заделанное окно, или я не прав? — Он снова начал расхаживать по комнате, еще более возбужденный, чем прежде. — Мы считаем, будто внутри нас кроется какая-то таинственная золотая сердцевина. Что не подвержена ни ржавенью, ни тленью. Помнишь, откуда это? А ну как мы найдем ее — не окажется ли она обманкой, пиритом? — Он подошел к одной из старых стен и провел своей изящной рукой по ее рябоватой каменной поверхности. — Когда я переодеваюсь, я, должно быть, выгляжу дураком. И все-таки это часть меня. Я испытываю от этого странное удовольствие. Как от секса, только без него самого. Совершенно ничего не понимаю.

Мне надоело слушать его откровения, и я решил переменить тему.

— Это правда, что ты сказал о радикалах?

Он повернулся ко мне лицом.

— Конечно. Лондон — родина чудаков. В восемнадцатом веке группа гомосексуалистов развела в Тайберне костры и спалила виселицы. Потому-то публичные казни и перенесли в Ньюгейт. — Он улыбнулся и снова сел на стул. — Боюсь, я гораздо более робок.

Я понимал, что он и сейчас не договаривает всего до конца, но мне по-прежнему не хотелось проникать в суть его навязчивых идей; это было бы чересчур болезненной операцией, ненужной крайностью. Он почувствовал мое беспокойство и взмахнул рукой, точно подводя черту.

— А теперь, — сказал он, — мы должны, как в настоящей истории с привидениями, обследовать чердак старого дома.

— Но здесь нет чердака.

— Хм. А как насчет подвала?

— Там мы уже были.

— Верно. А чулан под лестницей?

— Отсутствует.

— По-моему, там найдется хотя бы шкафчик.

Мы отправились в прихожую; как он и предполагал, под лестницей, за панельной перегородкой, обнаружился небольшой чуланчик. Сначала я не заметил маленького шпингалета сбоку, но Дэниэл опустился на колени и тут же открыл его. У меня создалось впечатление, что ему и не надо было искать защелку.

— Как ты догадался, что тут есть чулан? — спросил я.

— Под лестницами всегда бывают каморки. Ты что, не читал леди Синтию Асквит? — Но в этот миг я понял, что он прекрасно знает мой дом. — Ага, — теперь он заговорил быстрее. — Трубы. Интересно, вода поступает к тебе прямо из подземного Флита? Это объяснило бы твое поведение.

— Какое еще поведение?

— Эй, а это что такое? — Слегка напрягшись, он выволок наружу деревянный ящик, прикрытый куском черной материи. Пока он стягивал ее, я отвернулся. —

Игрушки, — сказал он. — Детские цацки. — На мгновение я закрыл глаза. Когда я повернулся снова, он вынимал оттуда картонную рыбку с жестяным крючком; рядом лежали кукла из тех, что надеваются на руку, и волчок. Я поднял маленькую книжку — ее страницы были сделаны из какой-то блестящей ткани.

— Это я помню, — сказал я, глядя на букву «Д», по которой карабкался ребенок.

— Что?

— Теперь я вспоминаю кое-что из своего детства. Это мои игрушки. Но откуда они взялись в этом доме?

Вдруг раздался громкий стук в парадную дверь; он был таким неожиданным, что мы на миг вцепились друг в друга. «Мэтью! Мэтью Палмер! Где там мое дитятко?» — это кричала в почтовый ящик моя мать, и в смятении я запихнул игрушки обратно в чулан и закрыл его: мне не хотелось, чтобы она увидела их у меня в руках. Дэниэл встал — он показался мне необъяснимо смущенным, — а я поспешил к двери; мать подставила мне щеку для поцелуя, и я уловил исходящий от ее кожи запах «Шанели». Этими же духами она пользовалась в годы моего детства.

— Миленок там машину ставит, — сказала она. — Может, и вовсе сюда не доберется. — Я представил ей Дэниэла, и она взглянула на него со странной смесью любопытства и отвращения. — Кажется, мы с вами встречались?

— По-моему, нет.

— Что-то в вас есть знакомое. — Она была словно озадачена. — Еще минутку, и вспомню.

Внезапно в холле возник Джеффри, и Дэниэл воспользовался секундной заминкой, чтобы улизнуть. Он опять показался мне каким-то пристыженным, а мать проводила его мрачным взором. В этот момент я заметил, как она постарела: она явно сбавила в весе, а ее правая рука легонько дрожала.

— Ну вот, — сказала она. — Покажи-ка нам с миленком свой дом.

Я подошел к двери и проследил, как Дэниэл отворяет калитку и, не оборачиваясь, торопливо уходит по Клоук-лейн. Мне вдруг захотелось поглядеть на дом сбоку; обогнув угол, я увидел на верхнем этаже заложенное кирпичом окно. Он знал о нем, точно так же как знал о чулане под лестницей. Теперь мне стало ясно, что он хорошо здесь ориентировался и, должно быть, нарочно привел меня туда, где хранились мои детские игрушки. Но разве такое возможно? Откуда ему все знать?

— А твой отец был темной лошадкой, — сказала мать, когда я вернулся в холл. — Это ж надо, припрятать целый дом для себя одного. — Она направилась в большую комнату так беззаботно, точно была здесь хозяйкой. — Пошаливал тут, наверное.

— По-моему, этот дом не слишком подходит для таких вещей.

— Много ты знаешь. — И опять я увидел, насколько глубока ее враждебность к отцу и даже ко мне; можно было подумать, будто когда-то она подверглась насилию с нашей стороны или нас разделяла кровная месть. — Ладно, ладно. Куда миленок-то задевался? — Я поглядел назад, но Джеффри уже исчез. В этом доме ничто не оставалось на месте.

— Я тут побродил малость, — сообщил он. Оказывается, он успел подняться без нас по лестнице, и меня внутренне покоробило его чересчур вольное поведение в доме моего отца. — А вы можете получить за него хорошие деньги.

— Я не хочу продавать его. Буду здесь жить.

Я порадовался, что голос мой прозвучал так ровно, и с удовольствием увидел на лице матери страх.

— Но ты же не станешь продавать дом в Илинге? — немедля спросила она. Чтобы помучить ее, я сделал недолгую паузу.

— Нет, конечно. Он ваш.

— Ты славный мальчик. — Мать явно вздохнула свободней и достала из сумочки зеркальце; поглядевшись в него, она смахнула с лица немного пудры. Я видел, как та осела на старые каменные плиты у нас под ногами. — Нельзя не признать, что ты лучше своего отца. — Я хотел спросить ее об игрушках, которые только что нашел, но у меня язык не поворачивался заговорить с ней о своем детстве. — Ну так как, ты покажешь мне дом?

Все шло хорошо, пока мы не поднялись на самый верхний этаж.

— Сколько тут пыли, — сказала она. — Весьма типично для твоего отца. — Она помахала рукой, точно отгоняя от себя муху или осу; но я ничего не заметил. Мы спустились этажом ниже, и я, к своему удивлению, обнаружил, что в моей спальне нет ни пылинки; словно кто-то позаботился о том, чтобы подготовить комнату к моему приходу. За неимением лучшего занятия Джеффри решил выступить в своей профессиональной роли инспектора и теперь увлеченно выстукивал стены и изучал потолок. Похоже, мать одобряла его действия: это выглядело так, будто дом, а следовательно, и мой отец, стали объектами некоего критического разбирательства, которое до сей поры все откладывалось.

— Что это было? — спросила она.

— Ты о чем?

— По-моему, там что-то мелькнуло. — Она указала на совершенно пустой участок стены под окном спальни.

— Муха, наверное, — сказал я. — Летняя муха.

Но затем, когда мы спустились по лестнице на первый этаж, она отшатнулась назад в ужасе.

— Там опять что-то проскочило. — Она смотрела туда, где была дверь, ведущая в полуподвал. — Ты видел? Как будто что-то живое. Маленькое.

Джеффри начал подтрунивать над ней.

— Глаза мою старушку подводят. Чего только не примерещится в ее-то возрасте.

Она осуждающе посмотрела на меня, словно я был в ответе за ее нелады со зрением.

— Пошли, — сказала она. — Закончим наш грандтур.

Я приблизился ко входу в подвал с некоторой опаской: неужели мать увидела мышь, а то и крысу? Я потряс ручку, стараясь произвести как можно больше шуму, и лишь потом отворил дверь.

— Идем вниз, — позвал я. — И здесь тоже был один из мрачных уголков земли[1].

Не знаю, почему мне взбрело в голову это сказать; она попыталась засмеяться, но по лицу ее пробежал ужас, снова доставивший мне удовольствие. Она пош-

---

[1] Цитата из повести Дж.Конрада «Сердце тьмы».

ла за мной по ступеням, но, дойдя до последней из них и оказавшись в самом подвале, испуганно огляделась.

— Здесь точно что-то есть, — сказала она. — Как будто вижу что-то краешком глаза, но это не соринка. Это здесь. — И вдруг опрометью кинулась мимо Джеффри обратно в холл.

Он повернулся и изумленно поглядел ей вслед.

— Что-то не похоже на вашу мамочку, — сказал он. Я провел его по подвалу и изложил ему гипотезу Дэниэла о постепенном оседании почвы под домом. Он очень заинтересовался этим и подошел посмотреть на метки над замурованной дверью.

— Городские власти тут ни при чем, — сказал он. — Не вижу в этих значках никакого смысла.

Я вдруг ощутил глубокую усталость и повернулся, чтобы уйти. Он с неохотой последовал за мной в холл; мать поджидала нас наверху, сидя на лестнице.

— Что там миленок тебе втолковывал? — она старалась сохранить шутливый тон, но у нее ровным счетом ничего не вышло. Раньше я никогда не видел на ее лице такого выражения — оно было одновременно и озабоченным, и мстительным.

— Я вынес свое суждение как инспектор.

— На твоем месте я не стала бы судить чересчур строго. — С гримасой отвращения она стряхивала что-то с рукава. — Еще напугаешь моего отпрыска. — По-прежнему кривясь, она перевела взгляд на меня. — Говорят, тараканы плодятся от грязи. Стало быть, поэтому у тебя их такая прорва? Какой мерзкий дом. Что-то случилось здесь, верно? Здесь несет дерьмом и помойкой. И все пропитано духом твоего отца. — Я поднимался по лестнице, чтобы помочь ей, но она вытянула руки, останавливая меня. — Ты тоже им пахнешь, — сказала она. — Всегда пах. — Она встала и посмотрела на меня так свирепо, что я инстинктивно прикрылся рукой, ожидая удара. Она рассмеялась. — Не бойся, — сказала она. — Твой отец все еще печется о тебе, правда? — Она спустилась к Джеффри, который взял ее под локоть и мягко вывел из дверей на улицу, не промолвив ни слова.

Я был так потрясен, что отправился к себе в комнату и лег на кровать, никуда в особенности не глядя. Что вдруг всколыхнуло эту безумную злобу? Я подошел к окну; они стояли в конце Клоук-лейн. Джеффри держал ее за талию; они тихо беседовали и бросали на дом взоры, в которых сквозило что-то вроде страха.

Я решил не мешкая принять ванну и дочиста оттерся найденной среди туалетных принадлежностей старомодной щеткой. Затем улегся в воду, как в постель, но вокруг было столько тумана и пара, что мне почудилось, будто я лежу в трубке из матового стекла, а вода омывает мне лицо и тело. Да, это был сон, ибо я протянул руку и коснулся стекла только что сформировавшимися пальцами. Преодолевая сопротивление, я попытался встать, и тут меня буквально обдало ужасом: что, если это была та тварь, которую она здесь видела? Что, если ее ярость подхлестнуло нечто, замеченное ею в подвале? Я медленно вылез из ванны и завернулся в полотенце так осторожно, точно вступал в какой-то совсем другой сон.

На следующее утро я поехал в Национальный архивный центр на Ченсери-лейн. Я часто работал в этом

мрачноватом здании как раз напротив доходного дома Карнака и почти всегда получал от этого удовольствие; знакомые гулкие залы, мягкое освещение, пригл-
шенные звуки, покрытые царапинами деревянные
столы — все здесь как бы защищало меня и приближа-
ло к моему истинному «я». Большинство церковно-
приходских книг и налоговых реестров было уже пе-
ренесено на микрофиши, но я до сих пор предпочитал
иметь дело с обычными томами, хранящимися в зале
Блэр. Давнее знакомство с персоналом позволяло мне
бродить тут как вздумается, и долгие методичные поиски привели меня к трем переплетенным в кожу фо-
лиантам, содержащим записи прихода Св.Иакова в
Кларкенуэлле за шестнадцатый век. Я насилу снял их с
полок; они распространяли вокруг едкий запах древности и пыли, словно я держал в руках тела усопших,
завернутые в саваны. Что ж, это сравнение было вполне обоснованным — ведь в них хранились имена, подписи, длинные перечни мертвых душ, уложенных друг
на друга так же, как тела этих людей, наверное, покои-
лись в земле. Я уже привык к особенностям письма шестнадцатого столетия, однако и мне было непросто
разобрать отдельные слова, потому что чернила, которыми велись записи, совсем выцвели и стали бледно-
коричневыми.

За моей спиной отворилась дверь, и я услышал при-
ближающиеся шаги. Я не обернулся, выжидая.

— У меня есть для вас любопытная история, мистер
Палмер. — Я прекрасно знал голос Маргарет Лукас, ар-
хивариуса и заведующей залом Блэр; это была худая,
почти скелетоподобная женщина, которая любила
одеваться в очень крикливые цвета. Кроме того, она

имела обыкновение говорить самые ошеломительные вещи — в основном, как я подозревал, из-за неуверенности в себе. Она оборонялась от рядового внимания, стараясь постоянно ошарашивать собеседника. — Кстати, вы когда-нибудь читали Сведенборга?

Я повернулся и выдавил из себя улыбку.

— Вроде бы нет. Точно, нет. — Мои руки по-прежнему лежали на исписанных пергаментных страницах, и я чувствовал пальцами, как шероховата бумага — она походила на землю, иссушенную зноем этого современного города.

— Да неужели? А я прямо-таки обожаю его. Вчитайтесь в «Рай и ад», и вы найдете там объяснение всему. Но я вот о чем, мистер Палмер, — она обогнула угол моего стола, и я увидел, что на ней пурпурная пара, а ее тощая шея обмотана ярко-синим шарфом. — Сведенборг учит нас, что после смерти человек попадает в компанию тех, кого он по-настоящему любит. — Я не понял, что она имеет в виду, но мне так не терпелось вернуться к своей работе, что я невольно снова устремил взгляд на старые приходские записи. Она этого будто бы не заметила. — Он говорит, что каждый из нас вступает в некий дом и некую семью — не в те, что были на земле, вовсе нет, но в те дом и семью, которые соответствуют нашим душевным склонностям. Якобы после смерти мы обретаем то, чего жаждали на земле.

Она умолкла, и я не сразу придумал толковый ответ.

— Надо же, какое совпадение, — сказал я. — Я тоже ищу дом и семью.

Она внимательно посмотрела на мою книгу.

— В таком случае, мистер Палмер, вам, пожалуй, стоит сначала заглянуть в записи церковного старо-

сты. Вы найдете их в конце. — Страницы были довольно тяжелыми, и я переворачивал их, год за годом, словно снимая покровы с мертвых; во внезапном открове-
нии каждой страницы их имена являлись на свет Божий. — Видите ли, с этим связана одна необычная
история. — Маргарет Лукас все еще стояла надо
мной. — Недавно сюда зачастил некий молодой человек. Вы его не замечали? Низенький такой толстячок.
Весьма жалко одетый. Его звали Дэн Берри. — Я покачал головой. — Он занимался тем же, чем вы сейчас.
Просматривал реестры и списки. Поначалу я думала,
что он ведет какую-то научную работу, но это оказалось нечто более личное. У него был маленький блок-
нотик, и я видела, как он заносит туда отдельные имена. Он пояснил мне, что это его предки. Но не в том
смысле, в каком мы с вами употребили бы это слово. —
Я перестал листать страницы и поднял глаза на нее. —
Он сказал, что эти имена ему приснились.

— Ученый никогда не совершил бы подобной
ошибки, — заметил я.

— Я, знаете ли, в сумасшествие не верю, мистер
Палмер. По-моему, люди могут на время терять свою
обычную индивидуальность, только и всего. Просто
отодвигаются в прошлое. Так вот, наш друг Дэн Берри
был убежден, что эти имена принадлежат членам его
истинной семьи.

Моя рука до сих пор лежала на старинной книге,
уголок страницы был зажат между пальцами.

— Почему он так решил?

— Некоторые из этих людей были похожи на него.
Чувствовали то же самое. Думали аналогичным образом. Может быть, обладали даже внешним сходством с

ним, хотя я не помню, говорил ли об этом Дэн. — Меня
удивило, что она позволила этому юноше беспрепят-
ственно рыться в архивах, однако я начал ощущать то
же, что должна была ощутить она, — некое очарова-
ние, таящееся в подобных поисках. — У него был перечень человек в десять-двенадцать. Он плохо представлял себе, в какое время они жили, но тут мне удалось
немного ему помочь. Ну где еще искать Раффа Кайтли,
как не в шестнадцатом столетии?

— Но что он надеялся выяснить? Пускай он нашел
некоторые имена...

— Тут имелось любопытное обстоятельство. Он
считал, что все они жили в одном районе Лондона.
Пришел сюда уверенный, что они в разные эпохи обитали на одной улице и даже, возможно, в одном и том
же доме.

— А потом?

— А потом он взял да исчез.

— Понятно.

— Но я-то ничего не поняла. Вот в чем дело. Это было в пятницу после полудня, месяца три назад, — он
явился к нам, страшно возбужденный. За неделю до
этого он отыскал одно из имен в церковно-приход-
ской книге за 1708 год. И думал, что вот-вот отыщет
другое. Хотел установить связь. — Она пододвинула ко
мне стул и, хотя в зале больше никого не было, перешла на шепот. — Как раз в то утро мне случилось просматривать «Справочник по древним церковно-при-
ходским книгам» Ки, весьма неудовлетворительный
труд, и вдруг я услыхала крик Дэна. Сначала я подумала, что ему стало плохо, но тут он примчался ко мне. «Я
нашел его! — завопил он. — Вернусь попозже!» Ну, вы

прекрасно знаете, что я человек тактичный. — Я кивнул. — Пока не подошло время закрывать, я на его стол и краешком глаза не взглянула. Да там и смотреть-то было особенно не на что — лежал только налоговый реестр девятнадцатого века из Сток-Ньюингтона. Однако он до того разволновался, что забыл свою сумку, и я, конечно, ждала, что он вернется. Но нет. Он так и не вернулся. — Она все заплетала свой шарф в косицу, и он угрожающе плотно сомкнулся вокруг ее шеи. — Хотите увидеть его вещи?

Отказаться было бы невежливо, и я последовал за ней в конец зала, в ее маленький кабинет; здесь повсюду валялись книги, старинные и современные, но я заметил журнал «Вог», засунутый под янговский «Путеводитель по усадьбам восемнадцатого века».

— Я держу их тут, — сообщила она, открыла ящик стола и вынула обыкновенный холщовый ранец, на котором было неряшливо написано красными чернилами: «Дэн Берри». — Доказательств у меня нет, — продолжала она, — но, по-моему, с ним что-то стряслось. Я отправила письмо по адресу из его заявки на проведение исследовательской работы, но оно вернулось нераспечатанным. Он жил в общежитии. Я туда заходила. Погодите секундочку.

Мне показалось, что она сейчас выскочит из окна. Она широко распахнула его и далеко высунулась наружу, откровенно рискуя свалиться на Ченсери-лейн; я было решил, что ее пора спасать, но тут увидел над ее правым плечом клуб белого дыма. Она курила в здании, где курить запрещалось, хотя самый вид женщины, вывесившейся из окна на высоте пяти этажей, мог вызвать нежелательные комментарии. Я на мгновение поднял сумку Дэна Берри — ощущение было такое, словно дотрагиваешься до какого-то мертвого существа. И все же в этой истории сквозило нечто трогательное, и я понимал, почему она запала в душу Маргарет Лукас. Связать себя с людьми, жившими прежде, видеть во сне дом, а потом исчезнуть... Она разогнулась так стремительно, что я вздрогнул от неожиданности.

— Не знаю, для чего я ее храню. — Она забрала у меня холщовую сумку. — Ему она больше не пригодится.

Поскольку все было уже сказано, я вернулся за свой стол и к своей книге. В записях церковного старосты, как мне следовало бы знать и самому, было легче всего отыскать нужную информацию; здесь фиксировались взносы прихожан церкви Св.Иакова в Кларкенуэлле, которая раньше именовалась женским монастырем Св.Марии, и для начала я решил изучить промежуток от 1560 до 1570 года. Разбирать написанное не составляло труда — главным образом благодаря тому, что рядом со старым монастырем находилось очень мало частных домов, — и вскоре я увидел то, что искал. Это было упоминание о «доме Клок, за монастырской часовнею». Оно относилось к 1563 году, а в графе против названия дома стояло: «Получ. от Джона Ди — обычная десятина».

Я невольно издал торжествующий клич (теперь мне думается, что Дэн Берри выразил радость по поводу своей находки точно таким же возгласом): «дом Клок» рядом с часовней, несомненно, и был моим домом шестнадцатого века на Клоук-лейн. Имя владельца тоже было мне знакомо, хотя, обрадованный и возбужденный своим открытием, я не мог сразу вспомнить откуда. Ко мне подошла Маргарет Лукас.

— Я услыхала ваш крик, — сказала она, — и решила, что вас можно поздравить.

— Я нашел дом и его хозяина.

Она впилась взглядом в страницу со своей обычной истовостью.

— Знакомое имя. Джон Ди.

— Я тоже его знаю, только...

— Мне очень неприятно, мистер Палмер. — Она улыбалась чрезвычайно странной улыбкой. — Но дело в том, что прежний владелец вашего дома был специалистом по черной магии.

Больница

По дороге в Аксбридж, близ Св.Джайлса-на-Полях, есть старый полуразрушенный монастырь, который в недавние годы сделался богадельнею и лечебницей для престарелых; в субботу спозаранку я отправился туда через Холборн и Брод-Сент-Джайлс, так как получил известие, что отец мой уже при смерти. Это было краткое, но приятное путешествие, по Ред-Лайон-филдс и далее, мимо Саутгемптон-хауса; в это зимнее утро дыханье животных паром поднималось в воздух, а деревянные обручи на бочонках с водой, высокой кучею наваленных у канала на Друри, казалось, вот-вот лопнут. Все вокруг было переполнено жизнью, и на холоде я острей ощущал биение собственной крови. Это наиболее духовная из всех жидкостей, и потому дух мой был свеж и бодр; я даже принялся напевать песенку «Старик — он что мешок с костями».

Больница Св.Мартина, прежний монастырь того же имени (названный так оттого, что рядом лежит поле Св.Мартина), — строенье весьма древнее, возве-

денное, я полагаю, во времена первых Генрихов. Вход
туда расположен в обветшалой башенке у обочины
дороги, и, проезжая под аркой, я чувствовал запах
старого камня и холод иной природы, нежели утрен-
ний морозец. Навстречу мне выбежал слуга. На нем
была куртка буйволовой кожи, усаженная жирными
пятнами — следами пищи, которую он, должно быть,
ронял с бороды. «Приветствую вас, сэр, — сказал он. —
Пусть Бог пошлет вам удачи. Вы, верно, зазябли? Нынче на дворе и мороз, и снег, так что пожалуйте-ка в
стряпную. Прошу вас, сэр, обогрейтесь, покуда я клик-
ну хозяина». Он провел меня по развалившейся галерее
в сводчатую комнату, где весело пылали два очага, однако я не мог выбросить из головы думы о церкви без
крыши, стоявшей неподалеку, — она была столь пе-
чальна и заброшенна, что служить в ней взялся бы
разве что сам Дьявол.

Довольно скоро ко мне вошел содержатель лечебницы, недурной малый по имени Роланд Холлибенд. «Да
благословит вас Бог, доктор Ди, — сказал он. — Мы вам
рады». Он знал меня вполне хорошо, ибо я отдал сюда
своего отца благодаря любезности лорда Гравенара:
отец управлял поместьем сего славного лорда близ
Актона, и, к моей великой радости и удовольствию,
наш господин согласился похлопотать о нем в его ны-
нешнем плачевном состоянии. Я желал проводить
свои дни в покое и уюте, и видит Бог, что натыкать-
ся на отца за каждым поворотом и в каждом коридоре моего Кларкенуэлльского дома было бы немыслимо.
А поскольку прочие члены нашего семейства уже ото-
шли в иной мир, я почел за лучшее подыскать ему пристанище, где он ожидал бы кончины, никому этим не

досаждая. «Ваш батюшка очень плох, — промолвил Холлибенд. — Он все время отчего-то тревожится и дрожит как осиновый лист».

«Ладно, ладно, — отвечал я, — если он уйдет первым, то мы последуем за ним позже».

«Вашими устами глаголет сама мудрость. Но мне жаль, что я не могу сообщить вам ничего более приятного».

«На одну счастливую весть приходится тысяча печальных».

«Прекрасно сказано, воистину прекрасно. А теперь не угодно ли вам пройти к нему?» Он снова повел меня в галерею, до сих пор хранящую следы разрухи и беспорядка после недавних чисток[1], затем мы с ним миновали грубую каменную лестницу и вступили в длинную залу, где было так много толстых колонн, что она более всего напоминала крипту. Вдоль обеих ее стен тянулись убогие койки и тюфяки, на коих возлежали престарелые страдальцы, однако Холлибенд двигался меж ними весьма живо, приговаривая: «Дай вам Бог славного утра», и «Как ваше здоровьице?», и «Не отяготил ли вас вчерашний ужин?» Воздух тут был столь спертым и затхлым, что я поднес к лицу платок, и это вызвало у него улыбку. «Согласно воле милорда Гравенара, — сказал он, — ваш батюшка содержится особо от прочих». Я следовал за ним по пятам, покуда мы не добрались до маленького закутка, или каморки, которую отделяла от общей залы деревянная ширма с искусной резьбой. Внутри были гладкие

---

[1] Секуляризация монастырей была проведена Генрихом VIII в 1536 и 1539 годах.

каменные стены; несомненно, прежде эта комната служила чем-то вроде часовни.

Мой отец отдыхал в постели, сложа руки на груди, и я сразу заметил на его коже черные и красные пятнышки — одни покрупнее, другие помельче, похожие на брызги чернил. Я приблизился к нему, и он с любопытством посмотрел на меня.

«Как вы себя нынче чувствуете, отец?»

«Не слишком хорошо».

«Вы с каждым разом выглядите все лучше».

«Откуда вы это взяли?»

«Я сужу по вашим румяным щекам».

«Нет, сэр, нет. У меня было пять или шесть приступов горячки — она вывернула мне нутро, и я очень ослаб. Я и теперь не пришел в себя, ибо до сих пор не нарушал поста».

«Что ж, вы крепкий человек. Бог ниспошлет вам счастливую и долгую жизнь».

В его взоре все еще сквозило любопытство, но речь стала менее гладкой.

«По-моему, я уже встречал вас однажды, сэр, да не упомню где. Не в Лондоне ли?»

«Вы правы, я из Лондона, хоть родился не там».

«Осмелюсь ли я спросить, как вас зовут?»

На миг мне почудилось, что он смеется надо мною, но на лице его было написано такое замешательство, что я воздержался от грубости. «Полагаю, мое имя вам известно».

«Право? И как же величают вас люди?»

«Они величают меня по-разному, но мое подлинное имя доктор Ди». Я отступил от его кровати и заметил, что Холлибенд внимает нашей беседе с большим интересом и удовольствием; однако, встретя мой взгляд, он поклонился и вышел из комнаты. Но Боже мой, что это за смутные очертания на стене позади него, лишь теперь увиденные мною? С испугу мне померещилось, будто там, обратив ко мне лик, сидит какое-то чудище. Но затем я понял, что это древо жизни, изображенное в далекую пору (несомненно, монахами сего монастыря) и ставшее ныне как бы частью самого камня; полустертые пятна, в коих я узнал ветви и животных, были сплошь изборождены трещинками и покрыты налетом неумолимого времени.

Отец зашептал что-то у меня за спиной. «У меня есть золото, сэр...» На этом он прервал свою речь, издав несколько звуков, подобных звону пересчитываемых монет. Тут я насторожился, ибо помнил, что под конец службы лорд Гравенар одарил его двадцатью золотыми ангелами; а что с ними сталось, мне было неведомо. «У меня есть и серебряные деньги, сэр, не только злато». Он поманил меня к себе и зашептал мне на ухо. «Я положил их в сумку. Связал шнурки хорошим двойным узлом, чтобы не развязались. А сумку закопал у подножья стены, дряхлой обвалившейся стены, где растет терновник. Смотрите, как он истерзал мне пальцы».

«Слова ваши туманны в отношении места. Где мне найти стену, о которой вы говорите?»

«Она называется...» — тут он заелозил рукою, хватая в щепоть одеяло. Увидя это, я спросил, не дать ли ему перо, чернила и бумагу; но он отрицательно покачал головой. Тогда я спросил, не следует ли мне записать то, что он скажет, однако он не ответил ничего определенного. «Поторопитесь, сэр, — промолвил он чуть погодя. — Принесите мне воды умыть руки. Только не речной — она мутная. Подайте ключевой или колодезной.Да поторопитесь».Я вышел за деревянную ширму, заметил в углу таз и кувшин и схватил их не мешкая: меня грыз смертельный страх, что он утеряет нить своего рассказа и я останусь во мраке. Я плеснул воды на его дрожащие руки, хотя, по чести говоря, она была довольно-таки дурна на вид; он поднял их к свету, и капли побежали вниз по его худым запястьям, а затем протянул ко мне сложенные ладони. «Могу ли я омыть и уста, сэр?»

«Прошу вас».

Но он только слизнул воду с запястий и сплюнул ее в таз, а потом зашептал снова. «Идите, покуда не достигнете высокого вяза, затем сделайте двадцать шагов вперед, пятнадцать шагов влево и еще пять направо. Там очень светло, сэр, этот свет слепит мне глаза. Возьмите у меня кусок тафты и прикройте им лицо — он защитит вас от солнца».

Он опять начал заговариваться, но я одернул его. «Боюсь, что не совсем понимаю вас. Я не знаю этого места».

«Там очень сыро, но ведь золото не ржавеет, сэр».

«Так нас учили. Есть ли иные приметы?»

«Ее называют стеной Де-Ла-При, но почему, мне неведомо». И тут я очень ясно увидел заветное место своим мысленным взором; это были руины древнего скита, стоявшего некогда на Актонских полях. Мальчишкой я бродил среди этих руин, грезя о давно минувшей поре и размышляя, сколь бренно все земное. Отец мой не отрывал от меня любопытных глаз, но вдруг черты его исказились. «Прочь от меня, доктор Ди!

Прочь от меня! Довольно вынюхивать да выпытывать. Я еще не в могиле, пока нет. А ты жаждешь лишить меня всего имущества уже теперь, не дожидаясь моей смерти?» Он сел в постели прямо и со столь лютым видом, что я отвернулся, дивясь такой перемене, и обратил взгляд к древу жизни.

«Я пришел сюда, дабы утешить вас, сэр», — был мой ответ.

«Ты пришел обмануть меня. Ты не лучше карманника, шныряющего по подворотням, или тех плутов, что дурачат народ загадками на Варфоломеевской ярмарке».

«Я почитаю вас, отец».

«Что? И это ты зовешь почитанием? Сын, который едва не разорил все мое хозяйство, непрестанно требуя денег, а потом отверг и презрел нас в годину горькой нужды?» Я смолчал. «Пришел ли ты, когда братьев твоих скосила падучая и они умерли? Утешал ли меня после кончины твоей матери, моей возлюбленной жены? Был ли мне опорою в старости? Нет, ты идешь своей дорогой. И ведет тебя сам Дьявол».

«У меня есть работа, отец...»

«Ах, работа! Одни только фокусы да розыгрыши — а коли это не так, стало быть, трудишься ты по бесовскому наущению. Я ставил тебя превыше других сынов и делал все, чтобы выучить тебя; я каждый день старался помогать тебе в твоих занятиях. А в награду получил гордыню и алчность, каких еще не видел свет».

«Я ни в чем не повинен. Я никому не приносил вреда».

«Что ж, открещивайся от своих деяний. Попробуй откреститься от того, что ты использовал меня и бросил, поправ все законы природы в своей погоне за богатством и славой. А если ты не посмеешь сделать это, Джон Ди, то признай все и возопи, что вельми гнусен еси».

Если он хотел вырвать у меня покаяние, то взял явно негодные клещи; однако я решил ублажить его избитым приемом, нацепив на себя личину грешника. «Простите меня за невольные обиды». Затем я добавил нечто более осмысленное: «Но я стремился к знаниям не ради себя, а ради самой истины. Жизнь моя не в моей власти».

На это он рассмеялся. «Сколь убога сила, коей ты хвастаешь! Ты позабыл то, что знал, и ослеп от суетности и тщеславия. Хорошо начал, да плохо кончил. Ты стал обманщиком, и все богатство твое — мишура. Что ж, да воздастся тебе по делам твоим». Он попытался слезть с кровати, но не смог и изнуренно откинулся на валик, заменявший ему подушку. «А теперь вон отсюда. Уходи».

Я рад был покинуть его и на прощанье сказал ему несколько тихих слов. «По крайней мере, мой многоуважаемый и достопочтенный родитель, я не потерплю оскорблений и не сделаюсь посмешищем на склоне лет». Я закрыл ему рот рукою и плюнул на нее. «А вы?»

И тут он снова переменился в лице и поник на своем изголовье. «Леонард, — сказал он, — дожарены ли каштаны? Прошу тебя, порежь этот сыр». Он бредил непонятно о чем, затем опять взглянул на меня. «Пожалуйста, не верьте ему, сударь. Он вас обманет». Потом, ударив себя в грудь, добавил серьезно: «Мне чудится, будто говорят двое, или этот глас отдается эхом. Что вы сказали, сударь?» Он вновь превратился в

слабого, жалкого старика, и я едва мог смотреть на
него: что общего у меня с ним, этим существом в постели, или у него со мною? Что значит смерть, если
она не моя собственная? Ради чего стою я здесь, созер-
цая агонию этого старика? Он опять что-то забор-
мотал, и я приблизил ухо к его устам. «У меня гудит
голова, сэр, точно ястреб сжимает ее когтями». Ища
поддержки, он хотел было взять меня за руку, но я убрал ее и отошел подальше. «Не глядите сюда, сэр, —
сказал он, — ибо, сдается мне, он пересчитывает
деньги рядом с моей кроватью».

Я уже повернулся к нему спиной. «О ком вы толкуете, отец?»

«По душе ли вам эта музыка, сэр? Сэр, как ваше
имя?»

Тут я рассмеялся и покинул его, снова пройдя через
юдоль скорби, где стонали на тюфяках прочие страдальцы. Холлибенд ожидал меня у подножья лестницы
и улыбнулся мне навстречу. «Что вы о нем скажете,
мой добрый доктор?»

«Он человек острого ума».

«Да, весьма приятный и глубокомысленный
джентльмен». Мы уже вступали в галерею, а он все
еще улыбался. «Но, как и все мы, он склонен заблуж-
даться».

«Я побеседую с вами об этом позже, мистер Холлибенд, но теперь мне, к сожалению, недосуг...» Я и впрямь
торопился, ибо у меня вдруг возникло опасение, уж не
подслушал ли он рассказ отца о спрятанном золоте.
«Мне надо попасть в одно место до захода солнца».

«Неужто вы так спешите, доктор Ди? Давайте
хоть обогреемся, а потом, может, и выедем вместе.

Ведь вы, я чай, вернетесь домой, к своим каждоднев-
ным занятиям?»

   Я угадал в словах Холлибенда второй смысл: что,
тебя, аки пса, тянет к своей блевотине? И потому
оборвал его. «Нет. Я думаю совершить небольшую про-
гулку и, скорей всего, не поспею обратно до темноты».
Я быстро зашагал к воротам, но он упорно следовал за
мной. «Скоро я отблагодарю вас за ваши хлопоты, —
сказал я. — Но сейчас — где мой конь?»

   Засаленный слуга привел мне коня, и я поскакал
прочь, вдыхая прохладный воздух носом, дабы изгнать
оттуда мерзкую вонь богадельни. Я направлялся в Ак-
тон, безотчетно выбирая дорогу по местам, знако-
мым мне с детства, — мимо гравийных карьеров Кен-
сингтона, через Ноттинг-вуд, а затем вдоль недавно
огороженных полей Шеппердс-буша. Я не знал, что
найду под стеной Де-Ла-При, но в мыслях своих видел,
как склоняюсь над матерчатой сумой, развязываю
шнуровку и запускаю руки в россыпь эдвардианских
шиллингов, генриховых соверенов и елизаветинских
ангелов. Иного наследства ждать не приходилось, по-
скольку мне никогда не перепадало от отца ни пенни
(даже в пору глубочайшей нужды и гонений), и было
ясно, что после его смерти я не получу ни имущества,
ни денег. Так почему же не взять то, что принадле-
жит мне по праву? Теперь, бредя, он обвинил меня в
краже и присвоении его богатств, но я ни разу не про-
сил у него и фартинга, хотя бывали в моей молодости
дни, когда многочисленные тяготы доводили меня ед-
ва ли не до последнего предела.

   Меня никогда не покидает трепет перед грядущи-
ми невзгодами, и потому я усердно погонял коня, стре-

мясь поскорее добраться до спрятанного отцовского золота. Я достаточно часто уверялся в слепоте госпожи Фортуны и преотлично знаю, что любого состояния можно лишиться в мгновение ока; даже на вершине своего благополучия (впрочем, весьма относительного) я панически боялся, что уже в следующий миг могу очутиться за воротами и стать обыкновенным скитальцем вроде того нищего, забредшего ко мне в сад. Я и сейчас измышляю средства спасения от внезапного голода и подробнейшим образом, с помощью особых записей веду счет своим накоплениям. Боюсь я также угодить в тенета кровососов-ростовщиков. А если дом мой ограбят и умыкнут все серебро, что тогда?

Около полудня я достиг лугов, где играл в детстве; неподалеку высилось старое, побитое непогодой жилище, в коем обитала некогда наша семья. Но сейчас не время было предаваться воспоминаниям. Впереди тянулась стена Де-Ла-При — то бишь всего-навсего редкие каменные глыбы да частью уцелевшие следы кирпичной кладки, что едва виднелись в заиндевелой траве. Я спешился и освежил коня у речушки, чьи воды благодаря зимней поре журчали весьма лениво; позволив ему хорошенько напиться и угостив кое-чем из своей сумы, я отвел его в полуразрушенный амбар около стены, дабы укрыть от холода. Затем побрел вспять, к облетевшему вязу, который рос на краю поля. Солнце стояло довольно низко, и дерево отбрасывало на остатки стены длинную тень; я твердо помнил объяснения отца и подошел к вязу вплотную. Отсчитав двадцать шагов вперед и пятнадцать влево, я оказался у самой кромки стены; затем я сделал пять шагов вправо, и это привело меня к каменному пупырю дюймов в одиннадцать высотою, так густо покрытому мхом и лишайником, что сам древний камень был едва виден; здесь, под землею, и следовало искать мой золотой клад!

Я сразу же принялся за дело — сердце мое так и прыгало в груди — и начал кромсать мерзлую почву своим маленьким карманным ножом; она отваливалась комками не крупнее булочки ценою в пенни, хотя продвижение все-таки было заметно. Я не видел ничего, кроме земли, однако докопался до самого основания стены; там почва и камень рассыпались подобно праху, но золота по-прежнему не было. Не могу сказать, как долго я трудился — солнце, по крайней мере, успело сесть; я вырыл яму с обеих сторон пупыря и, еще не закончив, уже проклял себя за все пустые мечты и несбыточные надежды! Я проклял и отца, смердящего в богадельне, за его подлый обман: разве у меня спина осла, чтобы снести всю его глупую болтовню, и рыло свиньи, чтобы ничего не ответить? Так не бывать же тому! Я не стану крутиться на колесе подобно Иксиону и, уязвленный, найду способ уязвить обидчика.

Итак, я работал на актонских полях точно каторжный, умываясь потом, хотя к ночи крепко подморозило, и за всю свою каторжную работу не получил даже ломаного гроша. Я не нашел ни золотого клада, ни сумы с монетами, нет, ровным счетом ничего. Верно говорят, что приятное минует быстро — на нас непременно наваливается какое-нибудь тяжелое бремя, и теперь, на исходе дня, я успел позабыть о своей утренней душевной легкости и добром здравии. С горечью в сердце вывел я из амбара дрожащего коня и медленно, под темным небом, пустился в обратный путь к Лондону.

Хорошо, что я мог отыскать дорогу и с завязанными глазами, ибо коню моему пришлось брести домой в необычайно густом мраке. И все-таки мне было неспокойно, ибо я опасался внезапного нападения грабителей или карманников; но сильнее гнетущих меня страхов была жестокая досада на самого себя. Я, желавший обитать в золотой башне, пал так низко, что побежал копаться у развалин старой стены, где можно было найти лишь мусор да грязь. А что, если бы я подцепил в этой сырости простуду? Едучи по лугам, я чувствовал в своих сочленениях смутное нытье, и вдруг мое правое плечо и локтевой сустав пронзила такая острая боль, что я едва не закричал в голос — и это несмотря на боязнь угодить в лапы разбойников или иных лихих людей.

Вполне возможно, что сии ужасные схватки и приступы были проявленьями некоего более общего недуга; я помнил, что недели две-три тому назад жидкость столь внезапно бросилась мне в ногу, словно меня ударило камнем, и я испытал такую невыносимую боль, точно все мои сосуды и жилы лопнули от мгновенного растяжения. А осенью прошлого года я мучился почкою, хотя полагал, что ныне уже избавился от этой хвори. И мои теперешние муки были, несомненно, признаком какого-то весьма серьезного недомогания, и я ужаснулся этому про себя; затем у меня в ушах зашумело, и я вперил глаза в окружающую тьму. Что, если мне суждено умереть до срока? Что, если я умру, как отец, в одиночестве и бреду? Я представлял себе самые разнообразные страдания, кои могли угрожать мне, мысленно живописуя бесчисленные язвы плоти и заблужденья ума, покуда меня едва не оставили последние жизненные силы. Свирепую боль я еще, пожалуй, смогу вынести, но потерять разум в горячке или в лихорадке, навек утратить всякую память и затем сгинуть в углу какой-нибудь лачуги или на улице... Но отчего же меня снедают столь жестокие волнения и тревоги, что я еле держусь в седле и напуган своими мрачными думами не менее, чем мраком вокруг? Я все еще пребываю в сетях демонов, повелевающих временем: материя находится в непрестанном брожении, никогда не замирает, и меня укачало на волнах сего потока чуть ли не до смерти. Всю жизнь я пытался продвигаться вверх *gradatim*[1], от вещей видимых к постиженью вещей невидимых, от телесного к духовному, от краткого и преходящего к вечному и нетленному. Но почему же я не могу изменить самого себя? Я во многом подобен стеклу, прозрачней и хрупче коего нет ничего на свете. Как же мне вообще случилось занять в этом мире некое место? Как я уцелел? Вдруг смятение и тоска разом навалились на меня, и тогда я согнулся над тропою и выблевал свои страхи. О Боже, который во мне, я должен быть сильным. *Gloria laus et honor Dei in excelsis*[2]. И теперь, изрыгнув на дорогу содержимое своего нутра, я громко запел старинную песню:

Один да Один всегда одинок, так будет во веки веков.

---

[1] Последовательно (*лат.*).
[2] Хвала и слава Господу в вышних (*лат.*).

А в дальнейшем особливость моя лишь возрастет. Мое искусство превознесет и облагородит меня, я буду восхищен в третье царство и затем вернусь, осененный столь чудной благодатью, что здешний текучий мир станет мне безразличен. Тогда, страх, я распрощаюсь с тобой. Никто больше не превратит меня в легкую добычу для подлых завистников и коварных интриганов, повергнув наземь нежданной подножкой. Я перестану опасаться изменчивости, ибо познаю все, и пигмеи, что ныне окружают меня, будут сметены прочь. Я не убоюсь никого. Я не позавидую никому. Итак, я должен быть железом, стремящимся обратиться в адамант: я должен неуклонно приближаться к великой тайне. Разве я уже не на пути к созданию новой жизни без помощи женской утробы? А если я сотворю бессмертное существо, значит, мною будет найдена та внутренняя божественность, та душа, та искра, то пламя, что движет сферы. Глядите. Я плюю на ваш мир. И, очистясь таким образом от последних следов изрыгнутой из желудка скверны, еду к снова встающему впереди Лондону.

Утром я усердно трудился над составом влажной среды, пригодной для дыхания гомункулуса, но мои занятия были прерваны появлением горничной. Она крикнула: «Вы не спите, сэр?» — а затем громко постучала в дверь моей комнаты.

«Я уж давным-давно на ногах, Одри Годвин. Высоко ли поднялось солнце?»

«Сейчас не так поздно, как вы думаете. Всего лишь

*половина восьмого. Но поспешите, сэр. Это ваш ба-
тюшка».*

На мгновение я побледнел. «Он здесь?»

*«Нет. Из лечебницы прискакал гонец — говорит, он
вот-вот отдаст Богу душу».*

«Что ж, время приспело».

«Торопитесь, сэр, не то опоздаете».

*Несмотря на ее призывы, я оделся со всем тщанием
и только потом выехал вместе с гонцом к последнему
приюту моего отца на этой земле. День выдался еще
более суровый и морозный, чем вчера, и, свернув на Ак-
сбриджскую дорогу, я замотал рот и нос шарфом, дабы уберечься от простуды. Когда мы миновали подъ-
ездную арку, Холлибенда поблизости не было, и я отправился по знакомому пути один: прошел через
галерею, поднялся по лестнице, которая вела в общую
спальню престарелых, и отыскал деревянную ширму,
отделяющую отцовский угол. Но на кровати его не
было, и на миг мне померещилось, будто он уже поко-
ится в могиле; затем я увидел его. Он стоял у другой
стены, рядом с древом жизни, бледный как труп и го-
лый, во всей своей срамоте; руки его были сложены на
груди, и вдруг он зашагал в мою сторону. Я отшатнулся, но он ничем не показал, что узнал или заметил меня. Перейдя комнату, он в молчании возлег на кровать,
затем устремил на меня взор и разразился смехом.
«Не ведаю, что означает сей черный шарф, — произнес он. — Но догадываюсь». Глаза его глубоко запали
или ушли в череп, а плоть так истощилась, что еле
прикрывала кости. Я не вымолвил ни слова, и вскоре он
перевел взгляд на потолок и принялся быстро бормо-
тать что-то невразумительное. Внезапно он спро-*

сил меня, что вы сказали? Я отвечал, ничего; тогда он
подивился, чей же голос он слышал. Затем стал жало-
ваться, будто по нему кто-то ползет, как бы пиша на
спине и поднимаясь к голове. «Я вижу его, — вдруг вос-
кликнул он, сел в кровати и распрямился. — Вон там,
на подушке у окна, маленькое существо — оно заигры-
вает с вами. Разве вы не слышите? Вот оно говорит:
погаси свою свечу, ибо это последнее, что тебе нынче
нужно сделать. *Так вы не видите и не слышите его,*
сэр?»

«Я ничего не вижу. Ровным счетом ничего».

«Да, да, вы правы. Оно уже исчезло. Теперь от него не
осталось и следа. Боюсь, сэр, что и вы также колебле-
тесь и расплываетесь». Я знал, что глаза ему застит
пелена смерти, и, хотя он манил меня к себе, по-преж-
нему держался поодаль. «Мальчик, — сказал он за-
тем, — принеси огня. Разведи огонь, дабы нам отдох-
нуть».

Я улыбнулся на такую нелепость. «Кликните-ка
погромче. Этот пострел вас не слышит».

«Подайте мне штаны. Где мой камзол? Принесите
мои подвязки и обувь. И чистую рубаху, ибо эта гряз-
на». Он вновь погрузился в бредовые потемки и мно-
гажды прикоснулся к своему лицу, точно собирая с не-
го паутину. «Где мой пояс и моя чернильница, моя
куртка гишпанской кожи? Где мои чулки, моя шляпа,
мой плащ, мои перчатки, мои туфли?» Голос его все
возвышался, переходя в страдальческий вопль. «У меня
ничего нет. Ничего нет рядом со мною». И он зарыдал,
что нимало меня не тронуло: когда во мне самом так
много ужаса и мрака, могу ли я обращать внимание
на тьму, окутавшую моего отца? Он был всего лишь

первым в гонках к роковому рубежу и отнюдь не заслуживал особой жалости. Я даже начал досадовать вслух на его визгливые вопли и шепот, ибо почему должен я внимать тому, кто совсем недавно поносил меня, да еще столь жестоко обманул и ввел в заблуждение? Но он ничего не слышал.

«Люби меня». Это прозвучало так ясно, что я возрился на него в изумлении. «И люби мою собаку. Где мой пес? Вы не видали его, сэр?» Затем он изверг на меня такой поток невнятных жалоб, что я едва не заткнул уши. И тогда мне вспомнилось, что прежде у него действительно была собака, сопровождавшая его повсюду и делившая с ним кров (образно говоря), когда он жил один в восточном Актоне. Что с нею сталось, я не ведал. «Славный песик, — сказал он, — славный песик. Славный». Потом опять разразился причитаниями, так что я шагнул к нему и похлопал его ладонью по рту.

«Кто вам дороже — пес или Господь Бог?» — спросил я. Он закивал в беспамятстве. «Ну, так вы вскоре получите свою награду. А теперь помолчите, прошу вас. Право же, вы меня утомили».

Тогда он слегка успокоился, чего я и ждал: во мне есть сила, способная усмирить бурю, коли я того пожелаю. Спустя несколько мгновений он принялся считать от одного до десяти, снова и снова, и хватать нечто невидимое на своих простынях. Затем поднял руку, точно предлагая мне что-то. «Налейте стакан, — сказал он. — Только не до краев, дабы мне было легче пить». Я видел, что он вот-вот отойдет, ибо он смежил глаза и застыл, как труп. Пусть угасает, подумал я, с меня довольно. Я уже нагляделся. Наконец-

*то я сброшу это бремя — теперь, после его смерти,
жизнь станет для меня еще драгоценней. Ну же, сэр,
отправляйтесь прямиком в тартарары! Кажется, я
не произнес этого вслух, однако вдруг он очень широко
раскрыл глаза, как будто уставившись на меня.*

*Нет, нет, повода для страха не было. Я мигом по-
нял, что он уже лишился дара зрения и свет покинул
его. Он разлучился с жизнью. Но меня заворожил его
мертвый взор, и я смотрел бы ему в глаза вечно, если
бы не услышал какой-то шум, доносящийся сверху:
это было посвистыванье, весьма низкое или тихое,
похожее на «ву, ву, ву». Несомненно, его производил ветер или какая-нибудь севшая на крышу сова, и я отошел от мертвеца, желая выглянуть из окна. Снаружи
не было ни дуновения ветерка, ни признаков какой-
либо птицы. Затем я ощутил мягкое прикосновенье к
своему плечу и обернулся с громким возгласом, поспешно, словно лист, подхваченный ураганом. «Не печаль-
тесь». За моей спиною стоял Холлибенд и улыбался.
«Он был человеком высокого ума, и я призываю вас от-
нестись к его кончине с должным смирением».*

*Я посмотрел на усопшего: дух только что оставил
его и грудь еще дышала теплом, но, искренне говоря, я не
чувствовал ничего, кроме благодарности. А я-то жив!
«Вы похороните его, мистер Холлибенд, не так ли?»*

«Если вам угодно, доктор Ди».

*«О да. Мне угодно». Я отвесил ему поклон и, смеясь,
пошел восвояси; его отнесут на погост, а я и палец о
палец не ударю. Я сберег четыре шиллинга за саван и
шесть шиллингов за похороны. Кошка любит рыбку,
но не любит мочить лапы: я предал его сумраку и
тлену, не потратив на это ни единого гроша.*

Я велел подать себе коня и вскоре уже скакал по Брод-Сент-Джайлс, а ветер свистел у меня в ушах; всю дорогу мне чудилось, будто за мной по пятам скачет другой всадник, но, свернув на перекрестке, я увидел позади лишь старый деревянный загончик на колесах. Верно, это копыта моей собственной лошади так звонко стучали по промерзшей земле, что порождали вокруг эхо. Впрочем, холод не мог помешать моей радости, и я решил направиться в Парижский садик, что за рекою. Недавно там была воздвигнута сцена — как раз на старой площадке для стрельбы из лука, рядом с ареной для травли медведей, — а кто откажется от спектакля, когда на душе у него легко? Пьесы трагические или исторические равно воспламеняют сердце и пробуждают дух соперничества в тех, кто стремится к совершенству на сцене этого мира. Я не могу глядеть на образ великого человека и не ощущать желания очутиться на его месте — пускай даже перед зловонной толпой. Тогда я сумел бы повелевать ими всеми, не прибегая к иному средству, кроме чар своего присутствия.

Я проехал по Темза-стрит, где люди кучками грелись у разнообразных костров; дым ел мне глаза, однако, приблизясь к большим часам, я увидел сквозь слезы цирюльню в боковом проулке под названием Палток. Будучи в хорошем расположении духа, я решил постричься и умастить себя благовониями, а посему немедля отдал лошадь прислужнику и вошел в наполненную сладкими ароматами залу. Там уже сидел один посетитель, пестрый и расфуфыренный, точно павлин; усишки его походили на черный конский хвост, завязанный узлом, из коего торчали в обе стороны два пучочка, и цирюльник управлялся с ним, то и дело окуная пальцы в тазик с мыльной водой. Утро — пора праздности, когда те, кто сами себе хозяева — к примеру, стряпчие или воины, свободные от службы, — целиком посвящают себя подобным удовольствиям; я скорее предпочел бы гореть в аду, нежели вот так бесцельно убивать время, однако в сей радостный день отцова успения меня, противу обычного, тянуло усесться и поглядеть по сторонам.

На руках у малютки цирюльника было с полдюжины серебряных колец, на вид не дороже чем по трехпенсовику штука, и от него требовалась немалая ловкость, чтобы не запутаться ими в чужих волосах. Но сидящий перед ним пустомеля ровным счетом ничего не замечал: он то и дело осведомлялся о париках новой завивки и воротниках нового фасона. Затем он стал выспрашивать у цирюльника цены на зубочистки и футляры для гребней, на щетки для головы и щетки для бороды, словно сам решил заняться торговлей. Но по нему было видно, что он не вылезает из таверны, единственного места сборищ для богатых ленивцев, и вскоре он переключился на болтовню об азартных играх и иных развлечениях. «Знаете, что такое триктрак?» — спросил он. Цирюльник покачал головой. «А лурч?»[1]

«Нет, сэр. На досуге я иногда подсаживаюсь к игрокам в рафф[2] или колчестерские козыри, но более ничего не знаю».

«Так приходите нынче, мистер Хадли; вы хоть и новичок, а вполне сможете составить с кем-нибудь

---

[1] Старинная игра наподобие нардов.
[2] Карточная игра XVI века, предшественница виста.

партию в *Novet Quinque* или фаринг. А с игрою в дуп-
леты вы уж наверно знакомы? Эту игру придумали
французы, и число игроков в ней произвольно».

Он все не умолкал, одновременно разглядывая свои
усишки то так, то сяк и под любыми мыслимыми угла-
ми в овальном зеркале, висящем на стене перед ним. Я
не мог дождаться его ухода; видя мое нетерпение, цирюльник поскорей завил ему напоследок несколько ло-
конов и отпустил с миром. Затем он вернулся ко мне,
усадил меня в кресло и с улыбкою взялся за свой гребе-
шок и ножницы. «До чего ж приятно, — сказал он, —
услужить такому солидному и почтенному джентльмену, как вы, сэр. Эти юные щеголи не способны по до-
стоинству оценить наше искусство. То они требуют
подстричь их как итальянцев, кругло и коротко, а то
по-испански, с длинными прядями на ушах. А ваш
предшественник, вот что сейчас ушел, просил сделать ему французскую прическу с локонами до плеч,
но при его волосах это невозможно. Итак, сэр, — что
мы с вами выберем?»

«Я хотел бы подстричься на добрый старый английский лад».

«Вы правы, сэр, это самое лучшее. С английским
стилем ничто не сравнится». И он с превеликим рвением принялся за работу, тараторя, словно девица
сразу после венчания. «Видели вы шествие на Фенчерч-стрит, сэр? — спросил он, подстригая мне бороду. — Ей-Богу, там было на что посмотреть — всю
улицу украсили золотыми полотнищами. На каких
только инструментах там не играли, да так склад-
но! А один трубач, вот вам крест, чуть не целый день
разливался».

«Нет, я был занят».

«Туда явился новый французский посол, и, повери-те ли, сэр, такого воротничища на человеке еще свет не видывал. Он топорщился вокруг его шеи, будто клетка из прутьев, а на голове у него сидела малю-сенькая шапочка с полями, точно крылышки у камзо-ла». Он рассмеялся своим воспоминаниям. *«А мантия этакого темно-багряного цвета, и рукава сплошь расшиты кружевами. Он умудрился нацепить ее так, чтобы выставить напоказ свои белые тафтяные штаны да чулки черного шелка. Ей-ей, кабы с ним ря-дом не было нашего градоправителя, его закидали бы камнями!»*

Тут я расхохотался. *«По мне, лучше отсечь ему го-лову, а туловище спалить у Тауэра».*

«А что, и до этого могло бы дойти, в наши-то дни». Он замолчал и вздохнул, на миг оторвавшись от сво-его утомительного занятия. *«Ах, сэр, сколь превратна мода. И все это, знаете ли, проходит перед моими гла-зами. В Англии нет ничего более переменчивого, неже-ли мода на платье. То здесь одеваются на француз-ский манер, то на испанский, а то подавай им маври-танские наряды. Сначала одно, потом другое».*

«Так уж устроен мир». На мгновенье ко мне верну-лись недавние думы. *«Но я-то вовек не убоюсь их пре-зрения».*

«Конечно, сэр».

«Слыхали, что молва говорит о зависти?»

«Поведайте мне, сэр. У подобных вам я всегда ищу знаний».

«Зависть — это крокодил, что льет слезы, убивая, и со вздохами поглощает каждую новую жертву».

Тут брадобрей притих, ибо это не имело ничего общего с тем, о чем говорил он сам, однако вскоре я снова услышал его голос: «А уж весь этот деревенский люд, что сюда стекается, сэр! В самое летнее пекло они ходят мимо моего заведения и заглядывают ко мне не потому, что им надобны мои услуги, а лишь для того, чтобы спросить дорогу к вестминстерским могилам или львам в Тауэре. Поверите ли, сэр?»

Эти слова напомнили мне о цели моего собственного путешествия, и я попросил его закончить стрижку со всем возможным проворством. Он охотно согласился и спустя несколько минут уже умывал мне лицо душистой водою. «Ну вот, сэр, — сказал он, — теперь вы похожи на живописца».

«Да, — отвечал я, — и на того, кому суждено преобразить сей мир». Я вышел от цирюльника и, сворачивая за угол, заметил, что он смотрит мне вслед.

От Палтока было рукой подать до Нью-Фиш-стрит, а она скоро привела меня к мосту. Многие расхваливают этот мост[1], называя его гордостью Лондона и не забывая упомянуть о двадцати его сводах из обтесанного песчаника, но на самом деле это весьма узкий путь через реку, столь загроможденный лавками и домиками, что по нему очень нелегко пробраться; я медленно вел коня сквозь суетливую толпу, а кругом было такое море носильщиков, уличных продавцов, купчишек и приезжего народу, что я достиг Банксайда[2] только после многократных остановок

---

[1] До 1749 года Лондонский мост был единственным в городе мостом через Темзу.

[2] Банксайд — участок на южном берегу Темзы, известный как «район театров»; именно здесь был позже построен шекспировский «Глобус».

под крики: «Дорогу, дорогу!» и «С вашего позволения,
сэр!» Я проехал немного до Уинчестерского причала и
сдал лошадь хозяину тамошней конюшни, а затем
направился пешком к пустырю у площади Мертвеца,
где травят медведей. Чтобы забраться на деревянные подмостки и увидеть это зрелище, надо заплатить всего-навсего пенни; но я явился одним из последних и вынужден был смотреть на арену поверх
чужих плеч и шапок. Туда только что выпустили мед-
ведя, а потом направили на него пса; и как ликовала
толпа, когда пролилась кровь, какой шум они подняли,
когда пес вцепился медведю в глотку, а тот принялся
охаживать его когтями по голове! Они бросались то
вперед, то назад и так кусались и царапались, что
вскоре превратили арену в кровавую лужу, — и глядеть, как медведь, с его розовым носом, исподлобья на-
блюдает за приближением врага, а пес вертится вокруг и выжидает, дабы поймать его врасплох, было не
менее увлекательно, чем следить за сценическим дей-
ством. Претерпев укус, медведь снова вырывался на
свободу и дважды или трижды поматывал башкой,
перемазанной слюной и кровью; и все эти броски, эти
увертки, эта грызня, этот рев, эти швырки и мета-
ния вконец стали выглядеть достойным символом
нашего безумного града. Воистину, чернь обожает
страданья и смерть.

Я покинул арену в отличном расположении духа и
пошел к Парижскому садику и недавно выстроенному
там театру. Едва миновав Моулстрандский док, я услыхал за спиной чей-то оклик. «Господи Иисусе, —
произнес мужской голос, — ну кто бы мог подумать,
что я встречу вас здесь?» Я обернулся и сразу признал

говорившего по его грязной белой атласной куртке:
это был мой прежний помощник, Джон Овербери. Год
назад он оставил службу у меня и нашел себе (если верить его речам) лучшего хозяина. Я знал его также
как угрюмого и подозрительного малого, весьма
склонного к злословию. «Что привело вас сюда?» —
продолжал он, догнав меня и шагая рядом.

«Ровным счетом ничего, Джон». Мы как раз подо-
шли к Фолконскому причалу, что близ борделей на
Пайк-лейн, и он воззрился на меня с любопытством.
«Вот пьесу хочу поглядеть».

«И только-то, сэр?» Я держал язык за зубами и не
чаял от него избавиться, но он все не отставал. «А
медведей вы нынче смотрели?» — поинтересовался он.

«Постоял минутку».

«Значит, вы, как всегда, с умом выбрали день. Ведь и
месяца не прошло с тех пор, как ихний помост рухнул,
переполненный людьми, — слыхали об этом? Тогда
многих убило да покалечило. Слыхали, сэр?» Я кивнул.
«Бают, без колдовства там не обошлось».

«Мало ли что говорят, Джон, дабы поразить не-
смышленых».

«Истинно так, доктор Ди. Но уж мы-то с вами
знаем, где собака зарыта, верно?»

Я оставил сию дерзость без внимания, хотя видел
его насквозь. После того как он покинул мой дом, я случайно обнаружил ящичек с записями, сделанными его
рукою, — свидетельство того, что этот мошенник
запечатлевал ход моих опытов. Я не сомневался, что
он рассчитывал продать свои бумаги какому-нибудь
невежде, алчущему золота или власти, однако результат его торопливых трудов выглядел весьма убого. К

тому же он все равно не достиг бы цели, ибо нет подлинных секретов кроме тех, что заключены в тайниках человеческих душ.

Впереди уже замаячил помост театра, к которому отовсюду стекался народ, но этот шут и не думал уходить. «Чего желаете, сэр? — спросил он. — Смотреть пьесу вместе с толпою или заплатить за сиденье?» Он говорил о деревянных скамьях, стоявших по обе стороны сцены в отдалении от кипучей толпы, и я окончательно понял, что он решил прилипнуть ко мне теснее, чем подошва к башмаку.

«Где же мы сядем? — отозвался я. — Там все полно. Все скамейки заняты».

«Да уж найдем местечко, сэр. Будьте покойны и держитесь за мной. Я пойду первым, растолкаю их и проложу нам путь». И он направился вперед, вопя: «Дорогу! Дорогу благородному доктору Ди!» В ответ раздались смешки, на которые всегда горазды эти ехидные дуралеи, и лицемер Овербери повернулся ко мне с улыбкой. «Вы не отстали, мой добрый доктор? В жизни не видывал такого столпотворения!» Я промолчал и хотел было шагнуть в сторону и затеряться среди этого зловонного сброда, но он уже взял меня за рукав и подвел к скамьям. «Сядьте здесь, напротив сцены, — сказал он, — и вы ничего не пропустите». Затем он похлопал по плечу одного из зрителей, мужчину в бархатном плаще. «Прошу вас, сэр, подвиньтесь чуток и дайте нам сесть с вами рядышком».

«С превеликим удовольствием», — отозвался тот; но я уверен, что он не мог не услышать, как Джон Овербери пробормотал мне, прикрыв рот рукою: «Ну и задница у него, верно? Страсть сколько места ей надобно». Не знаю, откуда набрался он такой наглости, но я уж давно отчитал бы его хорошенько, если б не подозревал, что, прибегнув к какой-то коварной уловке, он застиг меня тут намеренно. А посему я решил покуда смолчать.

«Всем известно, что вы чересчур много трудитесь, — прошептал он мне, когда актеры начали выходить на сцену. — Приятно видеть вас в театре, на отдыхе».

Тем временем перед нами явилась целая вереница благородных персонажей, облаченных в пышные наряды темно-красного, синего и желтого цветов. По их платью и осанке я понял, что это действующие лица исторической трагедии, и приготовился выслушать пролог на тему круговращений бытия. Персонажей было семеро, подобно сферам над нами, и выступали они весьма торжественно: вот так с помощью живых картин и зрелищ можно отобразить глубочайшие мировые закономерности. Один из главных героев в королевской мантии шагнул вперед, чтобы обратиться к нам, но тут Джон Овербери склонился ко мне и указал на толпу. «Видите Мэрион? — спросил он. — Знаете ее? Вон ту, что задрала юбку чуть не до пояса, дабы все могли полюбоваться ее дивными точеными ножками?» Я устремил взор в ту сторону и увидал среди публики цветущую девицу. «Она родилась под знаком Венеры, — продолжал он. — Гляньте-ка, один уже строит ей глазки. Видите, около нее вьется какой-то старый потаскун?»

О сферы, ваше вечное вращенье
Должно б стократ усилить хор стенаний

Над гробом королевы. Восхищенья
Достойная супруга и страданий
Моих виновница невольная — о небо!
Как буду жить я без тебя, родная?
Я в ад навек переселен из рая.

«А хитрец-то знает здешние обычаи — небось не впервой подбирать себе подружку. Видите, как он заманивает ее сверканьем своих золотых перстней?»

Я снова изготовился внимать сладкозвучной речи актеров, ибо к королю приблизился отрок, несущий факел мудрости.

Отрок. Пусть Скорбь рассеют Разума лучи.
Король. Не вижу я ни проблеска в ночи.
Отрок. Рассудок повелит — Печаль уйдет.
Король. Ярмо Рассудка счастья не вернет.

«А что это за важнецкий господин, доктор Ди, — вон там, сбоку от нас? Вы с ним знакомы?»

Я не откликнулся, хотя слышал его хорошо: я не мог оторвать глаз от сцены, ибо актеры повернулись в танце и король вновь выступил вперед.

Мой сын честолюбивый жаждет власти
И ищет, как со мной покончить разом,
Чтоб опереть сапог на лоб мой хладный
И плод сорвать...

Прочего я не расслышал, так как Овербери снова зашептал мне на ухо: «Видите вон того, в плаще с ши-

рокими рукавами? Сразу ясно, что он любитель мальчиков. Разве не правду говорят, что театр — истинная школа жизни?»

Когда я опять посмотрел на сцену, там произошла резкая перемена, ибо теперь старый король, одетый в платье обычного покроя, был простерт на ложе, а виолы и трубы возвещали о пришествии его сына.

Король. Кто там стучит, как Дьявола подручник?

Тут Овербери подтолкнул меня локтем.

Сын. Я, ваш наследник и послушный сын.

«Злодей, доктор Ди, ручаюсь вам. По лицу видать».

Король. Входи. Нет силы под луною,
Что удержала бы тебя.

Засим принц, облаченный в синие с белым одежды, подошел к нему вплотную и поразил отца шпагой, что означало убийство; наверное, в этот миг на деревянные доски был опорожнен бычий пузырь с кровью, ибо жидкость пролилась даже с края помоста, а виолы и трубы зазвучали снова, на сей раз более тревожно. Джон Овербери глазел на это разиня рот и соглаговолил молчать вплоть до самой интерлюдии, когда четыре фигуры со знаменами, олицетворяющие Смерть, Вину, Месть и Неблагодарность, выступили на сцену, а затем принялись вопрошать друг друга о смысле происходящего.

«Поясните мне это, мой добрый доктор», — сказал Овербери, озадаченный их беседой, слишком глубокой для его куцего умишка.

«В этом пафос всего зрелища, — отвечал я. — Разве ты не понял, что кровь короля символизирует неорганическую природу металлов, а сама шпага означает преображение огнем?»

«Накажи меня Бог, если понял. Но кто ж эти величавые фигуры?»

«Они назвали себя. Кроме того, сия четверица представляет собою четыре звезды, или materia prima[1] философского камня. Что еще осталось тебе неясным?»

«Ох, сэр, это загадка, непосильная для моего ума».

«Думай, думай. Неужто головенка твоя совсем пуста?»

«Я ею доволен, доктор Ди, но коли вы считаете ее глупой, то уж простите меня великодушно». Однако он то и дело посмеивался, а затем вдруг обратил взор на стоявших рядом и начал перекидываться с ними вопросами вроде *«Как живете-можете?»* и *«Что новенького?»* Было очевидно, что он со многими хорошо знаком, ибо тут собралось не меньше негодяев, чем их обычно бывает на Клинк-стрит неподалеку отсюда.

Сын. Зачем ты здесь, отродье Люцифера?
Король. Я призрак твоего отца, восставший
    Из гроба, чтоб проклясть отцеубийцу.

Я поднял взор и увидел смятенного принца, сидящего в кресле с подушкою, и короля, что стоял перед ним,

[1] Первичная материя *(лат.)*.

с ног до головы закутанный в белое полотно, — сие должно было означать его возврат из могилы.

Сын. Прочь, адский выползок, вернись в геенну!
Король. Не упокоюсь я в земле, покуда
    Ты лик ее уродуешь...

«Богом молю, говори громче, — вдруг крикнул актеру Джон Овербери. — Повтори это слово еще разок. Твой саван мешает нам слышать тебя, почтенный призрак».

Но я не присоединился к общему гоготу. Мною овладел странный испуг: мне казалось, что если сдернуть белое дамасское полотно, я увижу на сцене труп своего отца.

Король. Ты лик ее уродуешь собою.

Актер начал снова, однако заметно сбитый с толку криками слушателей, уронил на дощатый пол восковую свечу, которую держал в руке; от нее вспыхнуло его одеяние, но два прислужника тут же выскочили на сцену с кувшином воды и загасили пламя.

В последовавшем за сим волнении (ибо огонь был смертельным врагом всего театра) я поднялся со скамьи, по-прежнему панически боясь увидеть перед собой отца, и повернулся спиною к разноцветным фигурам лицедеев. «Сиди, — сказал я Джону. — Не то потеряешь свое место».

«Но пьеса еще не кончена, уважаемый доктор».

«С меня довольно и этого. А через толпу я проберусь сам».

«О нет, сэр, скажу вам без лести, ваше общество столь приятно для меня, что я не расстанусь с вами по доброй воле». Я мысленно застонал, но он снова ухватил меня за рукав. «Экая толкотня!» — воскликнул он и двинулся вместе со мною, крича «Позвольте же!» и «Дайте нам пройти, умоляю вас!», покуда мы не выбрались на Бродуолл. Тут он остановился и хлопнул в ладоши. «Погодите минутку, — сказал он. — Кажется, я обронил там свой серебряный перочинный нож». И он опрометью кинулся назад к театру, но, пройдя за ним несколько шагов, я увидел его беседующим с той самой шлюхой, или блудницей, которую он назвал Мэрион. Чуть позже они вышли оттуда вдвоем, и я воззрился на рыбацкую лодку посреди реки, как бы погруженный в глубокие раздумья.

«Ну вот, господин мой, — окликнул он меня, приближаясь. — Говорят, что унция веселья лучше фунта печали. Разве это не так?»

«Ты нашел нож?»

«Он завалился в уголок кармана. Ничто не утеряно, сэр, зато кое-что найдено». Тут он улыбнулся Мэрион; это была весьма миловидная и пухлая девица с кожею чистой и белой, точно редчайшая слоновая кость, и, пойдя за нею в сторону реки (причем она то и дело украдкой бросала на меня взгляды через плечо), я ощутил, как напрягся под моим платьем златой жезл Адама. «Помните, — продолжал Джон, замедлив шаг, дабы я мог настигнуть их, — как вы пороли меня по утрам, стоило мне проспать? Да еще приговаривали, будто-де сок молодой березки всякую хворь выгоняет, — так ведь, почтенный доктор?» На слове «березка» он ущипнул блудницу за руку, и та рассмеялась.

«Кабы вы применили свое средство к другому достойному объекту, вы, верно, увидали б новое чудесное преображение». Я хорошо понимал его намеки. «Не прогуляться ли нам еще немного, — добавил он, — и не зайти ли всем вместе вон в тот трактир?» Я знал место, о котором он говорит: это был публичный дом, или клоака для потаскух и блудниц, куда захаживало больше народу, чем в Вестминстер-холл, и где водилось больше заразных хворей, чем в Ньюгейте. И однако я согласился пойти туда. Что ж, и Сократ порою пускался в пляс, а Сципион играл камушками на морском берегу; я не стану ни оправдываться, дабы не сочли это признаньем вины, ни скрывать своих замыслов, дабы не показаться глупцом. Если верить молве, аптекари любят только запах мочи, и в тот раз я уподобился им: я был словно муха, что облетает стороной розу, норовя усесться в навоз.

Когда мы приблизились к дому с вывеской «Лилейная Дева», какая-то полупьяная мегера осыпала нас бранью, но в сем не было ничего удивительного для здешних мест. У дверей трактира нас встретила толстогубая грязнуха с мутным взором и сопливым носом.

«Госпожа Анна, — сказал Джон Овербери, отвешивая ей поклон, — приветствуем вас от всего сердца».

«Входите же, леди и джентльмены, — отвечала она. Изо рта ее несло чем-то зловонным, а голос резал ухо. — Не угодно ли посетить мой трактир? Мою «Деву»? А уж как я вам рада». Она называла себя госпожою, но я прекрасно знал, чем она живет и какой славой пользуется ее заведение.

«Право слово, мадам, — с улыбкой продолжал Овербери, — давненько не припомню я такого морозцу, как нынче. Не найдете ли чем нас согреть?»

«Заходите, сэр, да без всяких церемоний. У меня уж готово вино с пряностями». Я уступил дорогу Мэрион, которая, шагнув внутрь, вежливо присела перед старой сводней. «Вот сюда, в эту дверь, джентльмены, — сказала хозяйка, благосклонно кивнув ей в ответ, — присоединяйтесь к нашей компании». Мы последовали ее приглашению; грязная и закопченная комната, куда мы попали, была полна мужчин и женщин, праздно сидевших на табуретах и тюфячках. Не знаю, мог ли Дедал воздвигнуть лабиринт для таких чудовищ или Апеллес живописать столь уродливые формы, но, пригляде вшись, я увидел в них обычных пьяниц, потаскушек и шлюх. «Ну, детки, — промолвила госпожа Анна, взгромоздясь на покрытый кошачьей шкурой стул с ночным горшком, — что поделываете?»

«Да пошлет вам Бог доброго утра, матушка», ответили ей две неряхи разом.

«Я пришла навестить вас со своими друзьями, детки, и мы очень рады видеть, что вы не теряете времени попусту. За что бы вы ни брались, старайтесь делать это хорошо». Она повернулась к одной из потаскух, рябой девке в заношенном красном платье. «Ты у меня знаешь толк в дамасских тканях», — сказала она, поглаживая ее по обтянутой грязным лифом груди.

«Покорно благодарю вас, матушка, вы так любезны со мною».

Все еще лаская грудь потаскухи, госпожа Анна обернулась ко мне. «До чего же сладко и приятно слышать, как они величают меня матушкой. А вас, сэр, это разве не радует? Поглядите только, какие послушные у меня дочки. Не угодно ли вам побеседовать с одною из них в отдельной горенке?»

Тут Джон Овербери просочился между нами и нашептал что-то ей на ухо. Госпожа Анна поднялась со стульчака (который, казалось мне, она вот-вот использует по назначению) и с глупой ухмылкою шагнула ко мне. «Из дикого винограда выходит славное винцо, — промолвила она. — Кабы я не пила, я высохла бы, точно окорок, подвешенный к печной трубе. А вы что скажете, сэр? Уж лучше расхаживать по моему дому без штанов, чем воздерживаться от питья. Что вам больше по вкусу, сэр?»

«Что ж, хозяйка, — отвечал я, взглянув на Мэрион, — говорят, будто после обедов у Катона Росций всегда бывал под хмельком».

«Я не знакома с этими господами, сэр, но коли встречу их, непременно передам от вас привет».

Тут я громко рассмеялся. «Подайте мне вина с мускатным орехом. И чем пряней, тем лучше».

Она вернулась с дымящейся чашей, и я вмиг осушил ее. «Господи помилуй, — сказала она. — Да вы что сухая губка. А ну-ка, дочка, принеси джентльмену еще».

«Нет, — вскричал я. — Нет, нет. Этак у меня к вечеру разыграется водянка».

«Винцо вам не повредит». Она поглядела на Мэрион, которая с щипцами в руках опустилась на колени перед очагом. «Разве может мужчина прожить на одном соленом масле да голанском сыре?»

«Ладно, хозяйка, будь по-вашему».

«Вот и славно. Вы только не робейте здесь, сэр. Прошу вас, распоряжайтесь как у себя дома, уважьте старуху». И я выпил еще вина, а затем еще, покуда кровь не забурлила у меня в жилах. «Не пора ли вам уединиться с нею? — спросила старая сводня. — Не соскучился ли Джек по своей Джоанне?» Тут она кивнула на Мэрион. «Эта девица приготовит вам такое блюдо с подливою, что слаще некуда». И она отвела нас в соседнюю комнатенку с хлипкой деревянной дверью.

«Разве здесь нет засова?» — спросил я ее.

«Засовы нам ни к чему, — отвечала она. — Мы все живем большой дружной семьей».

«Но ее надо помыть, — сказал я заплетающимся от хмеля языком. — Сначала ее надо вымыть, иначе я до нее не дотронусь». Затем Мэрион стала разоблачаться, а я прочел молитву, точно предваряя трапезу. «Да будет освящено словом Божиим все, что есть ныне и появится впредь на сем столе. О повелитель и властелин мира, позволь нам вкусить от жизни вечной. Аминь. Подайте мне кувшин, лохань и полотенце, дабы я мог смыть с нее грязь».

Старая сводня поспешила прочь, а Мэрион чуть повела рукою, как бы прося меня о чем-то. «Но я ведь мылась, сэр. И с тех пор ничего такого не делала».

Но я не раскрыл рта, пока госпожа Анна не внесла в комнату старую надтреснутую лохань и горшок с мутной водою, словно зачерпнутой из какой-нибудь лужи или канавы. «Уложите ее на пол и вымойте лицо. Поднимите ей волосы и вымойте как следует». Старая карга покорно принялась за дело, а молодая девица тем временем не сводила с меня жалобного взора. «Это общий берег, — сказал я, — где скапливается дрянь со всего города. Не забудьте протереть ей уста. На ней пыли, что на придорожном столбе. Ну-ка, покажи мне язык. А теперь раскрой пошире рот, я хочу заглянуть внутрь».

Хозяйка исполняла то, что я ей велел, с большой неохотой. «Зачем вы ее мучаете? — спросила она. — Мэрион славная девушка, а не какая-нибудь грязнуля».

«Здесь нельзя оглашать причины моих поступков, — ответил я, — не то может свершиться непоправимое». Тут она примолкла. «Какая белая шея, — продолжал я. — Ты мила и тучна, мое дитятко. Вымойте у нее под мышками. О, какая полная у тебя рука, а запястье совсем маленькое. И как ты управляешься по хозяйству с такими запястьями? Открой-ка свою правую ладонь. Смотри, на большом пальце и мизинце у тебя черные пятнышки — это следы блошиных укусов. Нет ли блох в твоем тайничке? А может, ты делишь ложе с тем, кто дает им пристанище? Подрежьте ей ногти, госпожа Анна, дабы она не расчесывалась. И, молю вас, вытрите как следует ее соски, прежде чем я возьму их в рот, не то мне может попасться волос или еще что-нибудь. Теперь переверните ее на живот, я хочу поглядеть сзади. На плечах у нее есть отметины, видите, однако ягодицы мясисты и не искусаны». Мерзкая старуха понимала, что ее товар хорош, и в предвкушении своего золота стала вести себя более покладисто. «Ах, что за чудные лядвеи у этой девицы! Помойте ей ноги от икр и до самого верха. Теперь вымойте подошвы и не забудьте протереть пальцы, большой и все прочие. Так, можете переворачивать снова». Я стал на колени, дабы приникнуть к ней устами, но в этот миг неожиданно облегчился, даже не успев снять платье. Затем на меня напал такой страх и ужас, что я вскочил на ноги, дрожа, и вытер рот рукою.

«Больно уж вы торопитесь, — сказала Мэрион,

удивленно поглядев на меня. — Поспешишь — людей насмешишь, разве не так?»

Но я уже довольно увидел и сделал. «Одевайте ее, — сказал я. — Пусть напяливает свою грязную юбку. Я ухожу».

Угодить в сети легко, но выпутаться из них труднее. «Покажите-ка нам свой кошелек, сударь, — потребовала старуха. — Или мы так низко пали, что нам уже не дотянуться до ваших денег?»

Мне слишком не терпелось уйти, чтобы затевать споры, поэтому я открыл кошелек и швырнул им несколько шиллингов, которые они кинулись собирать на карачках. «Из какой только берлоги он вылез, — крикнула в мою сторону Мэрион, — что ведет себя с нами точно со скотами?»

«Лучшего вы не заслуживаете», — отвечал я.

Добрейшая госпожа Анна поднялась с колен и плюнула мне в лицо; я хотел было ударить ее, но она схватила ночной горшок, угрожая выплеснуть на меня его содержимое. Так что я покинул их и, отправясь вон, миновал скопище шлюх, сидевших в соседней комнате навострив уши. Джон Овербери ковырял ножом в зубах на пороге трактира; я ничего не сказал ему и пошел прочь от этого гнездилища разврата, этого рассадника заразы и приюта блудниц, а вдогонку мне неслись гнуснейшие оскорбления, какие только может измыслить ум, изощренный во всем подлом и низком. Так завершился тот день, когда почил мой отец. Laus Deo[1].

---

[1] Хвала Господу (*лат.*).

4

Садовник обнаружил во дворе кучку костей. Он пришел расчищать участок перед домом, и, хотя было раннее утро, мне показалось, что от него попахивает спиртным. На нем чернели наушники «уокмена», и он чуть раскачивался в такт какому-то однообразному мотиву. Я наблюдал, как он взялся за работу среди сорняков и кустарника; он был еще вовсе не стар, но выглядел совсем хилым, и я тут же пожалел, что нанял такого доходягу. Вид сорняков явно выбил его из колеи, и, склонившись над ними, он на целую минуту замер с лопатой в руке. Потом начал неуверенно изучать каменную дорожку, точно опасаясь, что она вот-вот провалится у него под ногами, и наконец переключил свое внимание на лужок с высокой травой. Он принялся подрезать ее лопатой под корень, без особого, впрочем, успеха, затем вдруг поскользнулся и упал ничком. Больше я не заметил никакого шевеления и потому поспешил наружу; он растянулся в неглубокой ямине, вырытой между кустами, потревожив при этом несколько косточек, которые были аккуратно выложены кружком на ее дне.

— Надо же, какая странная штука, — сказал он, нимало не смущенный своим падением. — Я говорю про кости.

В первый момент мне почудилось, что это останки какого-то младенца, и я посмотрел на садовника в ужасе.

— Чьи они, по-вашему?

— Собачьи. Или кошачьи. В общем, какой-нибудь зверюги. — Он поднял одну из косточек и передал мне; она была неожиданно гибкой и мягкой на ощупь, и мне захотелось прижать ее к щеке, но тут я увидел около ямы что-то блестящее. Это оказалась разбитая стеклянная трубка, и я сразу признал ее: точно такая же, с необычным загибом или выпуклостью на конце, лежала в ящике стола у меня дома. Но эта была расколота пополам так ровно, будто из нее что-то аккуратно вылили на землю.

Я вернулся в комнату на первом этаже и открыл стол у окна; стеклянной трубки там уже не было. Чтобы окончательно убедиться в этом, я пошарил в пыльном ящике рукой и почувствовал, как мои пальцы на что-то наткнулись. Вынув из ящика тонкую стопку неизвестно кем туда положенных листков бумаги, я увидел на верхнем из них надпись, сделанную грубыми печатными буквами: «РЕЦЕПТ ДОКТОРА ДИ». Я изумленно возрился на эти слова, удивительным образом подтвердившие мое вчерашнее открытие: теперь личность прежнего владельца дома можно было считать твердо установленной. Но что это за странный «рецепт»?

Да возрастет он помимо всяческой утробы! Сие есть тайна тайн и пребудет ею до конца времен, когда раскроются все тайны мира. Пусть ятрохимик возьмет семя и поместит его в закупоренный сосуд, желательно из антверпенского стекла, каковое легко пропускает и свет, и тепло. Потом закопай его на сорок дней в конский навоз с четырьмя природными магнитами в форме креста и не забывай каждый четвертый день обновлять воду в сосуде, доливая туда свежей росы; на сорок первый день он начнет дышать и расправлять члены. Он покажется тебе человеком гармонических пропорций, но прозрачным и лишенным глаз. Далее, он должен поглощать arcanum sanguinis hominis[1] на протяжении одного года, все время оставаясь под стеклом, и в конце сего срока превратится в чудесное маленькое дитя. Итак, сей будет истинным гомункулусом и сможет быть воспитуем подобно любому обычному младенцу; мужая и развивая свой ум и дарования, он доживет до тридцати лет, после чего уснет и вернется в свое прежнее бесформенное состояние. Тогда один из Посвященных должен принять на себя заботу о нем и вновь поселить его под стекло, дабы сие загадочное и прекрасное существо могло опять возрасти и выйти в мир. Если ты обратишься к нему со священными словами, он будет весьма мудро пророчествовать о будущем, однако главное его достоинство состоит в том, что при надлежащем уходе и внимании он сможет постоянно возрождаться и сим способом обретет жизнь вечную.

Я поднял глаза и заметил в окне плывущие над домом облака. Они принимали такие странные очертания, что мне померещилось среди них мое собственное лицо; но это видение мгновенно растаяло, и я сно-

---

[1] Тайна человеческой крови (*лат.*).

ва посмотрел на бумаги, которые держал в руке. Поразительно! Маргарет Лукас говорила мне, что доктор Ди занимался черной магией, но это была какая-то чудовищная фантазия. Создать искусственного человека в стеклянной трубке... Я отложил верхний лист бумаги; заголовок на следующем гласил:

Случаи из его жизни

Он избежал Черной смерти[1], принимая раствор дубильной кислоты, изготовленный им по наитию. Он предсказал Великий пожар[2], хотя никто не внял его речам. Собаки отвечали на его приближение лаем, а лошади пугались, хотя более ничто в природе не способно было воспринять его сущность. Однако же кошки его любили.

Он знал Исаака Ньютона, и они провели вместе много ученых бесед, во время которых он объяснял Ньютону научный смысл каббалы. Он присутствовал при кончине Ньютона и был тем, кто закрыл ему глаза монетами.

Он был принят в Королевское общество и поставил несколько важных опытов по определению функций лимфатической железы.

Он изобрел воздушный насос, после чего записал у себя в блокноте: нас выдают только наши мечты.

Он работал на стекольном заводе в Холборне, изготавливая линзы для Гринвичской обсерватории.

Однажды он подвергся нападению лондонской черни, из-за его бледности заподозрившей в нем гугенота.

---

[1] Чума в Европе в XIV веке; в 1348—1349 годах она унесла в Англии и Ирландии около четверти населения.
[2] Пожар 1666 года в Лондоне, уничтоживший половину города.

Он преподавал в Детской школе Св.Марии в Уолтемстоу сразу после ее открытия в 1824 году. Здесь, к великой радости ребятишек, он собрал модель паровоза Тревитика. В обществе малышей естественным цветом его кожи был светло-розовый; остальные учителя приписывали это ускоренному кровообращению.

Он трудился в лондонских подземных коллекторах.

Он пестовал малолетнего Чарльза Бэббиджа[1], усматривая в нем залог будущего преуспеяния.

Он очень любил гулять в районе Уоппингских новых доков, где был железный разводной мост.

Он работал над радаром во время второй мировой войны.

Он побывал на Луне.

Порой он ведет в мире обыкновенную жизнь, не подозревая о своем предназначении, но затем благодаря ему вдруг начинают твориться чудеса. Он имеет столь любящую натуру, что помогает другим обнаружить их истинный гений. Он ничего не помнит ни о своем прошлом, ни о будущем, пока не вернется домой на тридцатом году; но возвращается он всегда.

У него есть своя теория: он верит в прогресс и совершенствование человека. Поэтому в компании людей непросвещенных он меняет цвет с белого на красный.

Вот каким видится ему будущее. Он знает, что современная наука разовьется настолько, что придет обратно к своим истокам, очистится, а затем раскроет тайны прошлого. Тогда представления алхимиков и астрологов, с которыми гомункулус знаком очень хорошо, будут воз-

---

[1] Чарльз Бэббидж (1792—1871) — английский математик, изобретатель счетной машины.

рождены и вольются в грандиозную картину мира, созданную квантовой теорией.

Он знавал Галена и считает, что его положения в основном правильны. Следовательно, теория четырех жидкостей еще возродится. Далее, гомункулус утверждает, что теория четырех элементов также верна в духовном смысле и когда-нибудь войдет в арсенал современной физики.

Больше всего он страшится одной перспективы. Если великим ученым не дано повелевать круговращением времен, тогда конец света (каковой он относит к 2365 году) окажется поворотным моментом. Он знает, что тогда столетия потекут вспять и человечество постепенно возвратится к своему началу. Снова вынырнут из небытия викторианский и елизаветинский периоды, и Рим восстанет вновь, прежде чем кануть во тьму того, что мы теперь называем доисторической эпохой.

Я прочел уже достаточно, но ненадолго задержал взгляд на бумаге; почерк показался мне знакомым, и вдруг я понял, что это рука моего отца.

Раздался стук в дверь, и я, встрепенувшись, поспешил к ней. Это был садовник.

— Что прикажете делать с этими костями?

— Заройте их, — ответил я. — Заройте как можно глубже. — После возни в старом саду он выглядел таким усталым и измотанным, что во мне проснулась жалость. — Нет. Погодите. Я помогу.

Вдвоем мы отправились к яме и засыпали кружок из костей сухой землей; затем я накидал на это место побольше земляных комьев и притоптал получившийся холмик ногой. Две половинки стеклянного сосуда я забрал оттуда заранее и теперь понес их по Клоук-лейн на кладбище Св.Иакова. Я с удовольствием побродил бы немного среди могил, но на развалинах каменной стены, поодаль друг от друга, сидели два старика; они словно ждали воскрешения мертвых. Я решил не тревожить их и, повинуясь внезапному желанию, поднялся по ступеням главной паперти; большая деревянная дверь была не заперта, и я вступил в прохладный церковный полумрак. Я по-прежнему держал стекло в руках и, заметив у бокового алтаря крестильную купель, сразу понял, что нужно сделать. Приблизившись к купели, я наполнил обе части сосуда святой водой, оказавшейся довольно теплой, а затем опустил их на пол, прислонив к маленькому алтарю. После этого я крадучись прошел между рядами деревянных скамей и сел на одну из них. Не знаю, пытался ли я произнести слова молитвы, — *молить* мне было, собственно говоря, не о чем, — но помню, что стал на колени и закрыл лицо ладонями. Я как бы хотел забыться и тем самым обрести покой. Но и преклонив колени в тишине храма, я сознавал, что здесь мне покоя не найти: мой бог обитал там, где была моя любовь, а любил я прошлое. Если для меня и существовало какое-либо божество, то оно было заключено в самом времени. Только одно я и мог почитать и боготворить — эту череду поколений, в которую я как исследователь пытался проникнуть. А здесь, в церкви, для меня ничего не было.

К тому времени, как я вернулся на Клоук-лейн, наступил полдень, и садовник уже ушел. Стараясь не глядеть на свежий земляной холмик, я поспешно миновал дорожку и как можно быстрее отпер дверь: я не хотел признаваться себе, что боюсь входить в этот старый дом, где лежат записи, сделанные рукой моего отца. Ес-

ли бы я хоть раз поддался этому страху, последствия
могли бы быть плачевными. Я рисковал оказаться из-
гнанником, отторгнутым от того, что являлось, в конце
концов, моим наследством.

Меня снова поразила тишина, царившая в старом
доме; присев на лестницу, я слышал свое собственное
дыхание. Уже готовый подняться к себе в спальню, я
вдруг услыхал новый звук: где-то журчала, или шептала,
вода. Не это ли журчанье доносилось до слуха Джона Ди,
когда река Флит бежала по его саду к Темзе? Затем я понял, что источник звука находится внутри дома. По пути
в кухню я все еще слышал шум своего дыхания, но никаких поломок там не обнаружил — просто кран был не-
плотно завернут, и струйка воды текла в раковину, а оттуда в систему подземных труб. А до чего чистой была
эта струйка. Она сверкала в падающих из окна лучах
солнца, и на мгновение я умиротворенно смежил веки.
Когда я вновь разомкнул их, струйка иссякла. Но что
это? Я помнил, что после завтрака оставил свою чашку и
блюдце в раковине, однако теперь они блестели на полке. Наверное, я вымыл и вытер их, находясь в какой-то
прострации, и мне подумалось, что я, пожалуй, уже не в
первый раз брожу по дому точно лунатик. Я отправился
к себе в комнату и с некоторым удивлением отметил,
что постель убрана; мне казалось, что утром я не потру-
дился сделать это. Еще через миг до меня дошло, что аккуратно сложенные простыни накрыты маленьким ков-
риком. И тогда я позвонил Дэниэлу Муру.

Вскоре он приехал и очень внимательно выслушал
мой довольно путаный рассказ обо всех странностях,
творящихся в этом доме. По неясной причине — возможно, оттого, что это было чересчур уж нелепой

фантазией, — я не упомянул о записках, посвященных гомункулусу. Зато сообщил ему о Джоне Ди, а потом, сам не знаю отчего, начал посмеиваться. Дэниэл живо поднялся со стула и шагнул к окну.

— Слава Богу, лето уже на исходе, — заметил он, удовлетворенно потирая руки. — Конец светлым вечерам.

Я хотел было спросить его, почему он так хорошо ориентируется в моем доме — как он нашел каморку под лестницей и почему знает о заложенном окне — но тут зазвонил телефон. Это была моя мать; не дав мне и слова вымолвить, она стала извиняться за свое поведение третьего дня. Она, мол, позвонила бы и раньше, да ей с тех пор нездоровилось.

— Я, видно, уже тогда заболела, Мэтти. Была не в себе. Абсолютно не в своей тарелке.

— Как твои глаза?

— То есть?

— Тебе больше ничего не мерещится?

— Нет, нет. Что ты. Ничего мне не мерещится.

— Похоже, все дело в доме. — Мне было очень любопытно узнать, что она о нем думает. — Понравился он тебе?

— Как он мог мне понравиться, Мэтью, если я плохо себя чувствовала? — Она снова заговорила сдержанно, как тогда, но потом опять извинилась и повесила трубку.

Когда я вернулся в комнату, Дэниэл все еще глядел в окно; он принялся насвистывать. Затем сел на свое место и наклонился ко мне, сложив перед собой руки, точно в горячей, искренней молитве.

— Давай скажем так, Мэтью. Не слишком ли мы всё

драматизируем? Неужто ты и впрямь веришь, будто здесь, с тобой, живет кто-то или что-то еще?

— Но как же посуда, коврик на кровати?

— Может, мы подметали комнату или вытирали пыль и случайно оставили его там. — Он по-прежнему плотно сжимал руки перед грудью. — Тебе не кажется, что в последнее время мы с тобой грешим излишней рассеянностью?

— Ну...

— Говорю тебе, Мэтью, ничего сверхъестественного не было. — Полагаю, что он убедил меня, хотя обратное утверждение — будто бы в этом доме происходит нечто «сверхъестественное» — выглядело чересчур нелепым, чтобы рассматривать его всерьез. — Давай лучше держаться фактов, а не фантазировать, — продолжал он. — Расскажи мне, что именно ты вчера обнаружил.

— Только то, что в 1563 году Джон Ди платил здесь налоги и что, если верить Маргарет Лукас, он был черным магом.

— У этой дамочки богатая фантазия.

— На днях ты спрашивал меня, как далеко я намерен продвинуться в своих розысках. — Я очень устал и слышал свой голос как бы со стороны, точно стоял в нескольких шагах от себя самого, — это было чрезвычайно странное ощущение. — Я хочу знать все, Дэниэл. И не успокоюсь, пока не узнаю. Как там в книжке? Нет такого мрачного уголка, где я не мог бы скрыться.

Он посмотрел на меня с непонятным выражением, словно я ляпнул что-то невпопад.

— Что ж, наверное, это правильно.

— Иначе просто нельзя. Это мой долг.

— Ты говоришь так, словно не дом принадлежит тебе, а ты ему.

— Я чувствую, что принадлежу чему-то. А ты разве нет? — Вдруг у меня в голове мелькнула мысль, что стены можно украсить коврами — тогда их узоры будут отражаться на гладком каменном полу. — Разве ты не согласен, что возникает известная ответственность? Когда селишься в таком месте? Я отвечаю перед этим домом. Отвечаю перед собой.

— И перед Джоном Ди?

— Конечно. Он ведь теперь в некотором смысле мой предок.

Я смежил глаза; видимо, я устал больше, чем думал, потому что мне сразу пригрезилось кладбище, где я недавно побывал. Ко мне шел какой-то бродяга, рядом с ним трусил пес. Наверное, этот сон наяву продолжался всего мгновенье, поскольку, очнувшись, я услыхал слова Дэниэла, отвечающего мне так, точно никакого перерыва не было.

— Значит, — говорил он, — Джон Ди сейчас как будто бы ждет нас где-то. С чего начнем?

Было время, когда библиотеки меня отпугивали. Эти полки с книгами представляли собой мир, почти буквально обращенный ко мне спиной; запах пыли, дерева и полуистлевших страниц навевал меланхолическое чувство утраты. Но, став исследователем, я начал менять свою жизнь: одна книга вела к другой, документ — к другому документу, тема — к другой теме, и я углублялся в сладостный лабиринт познания, где так легко было затеряться. Кое-кто верит, будто книги говорят друг с другом, когда их никто не слышит, но я-то знаю, что дело обстоит иначе: они вечно ведут между собой безмолвную беседу, которую мы можем подслушать, если нам повезет. Вскоре я научился распознавать людей, также понимающих это. Они отличались от прочих тем, что бродили меж полок непринужденно, словно чувствуя надежное и умиротворяющее присутствие тысячи незримых существ. Складывалось впечатление, что они говорят сами с собой, но нет — они говорили с книгами. И вот теперь я вхожу в число постоянных посетителей Английской исторической библиотеки на Карверс-сквер, самой ветхой и необычной из всех лондонских библиотек; коридоры здесь узкие, лестницы винтовые, и на всем лежит печать благостного увядания. Книги тут часто бывают навалены грудами прямо на пол, а шкафы ломятся под бременем томов, которые скапливались в них годами. И все же где-то среди этих руин я надеялся отыскать Джона Ди.

И действительно, к моему удивлению, я нашел целых две посвященных ему книги — они лежали в нише с табличкой, на которой старомодным готическим шрифтом было выведено: «История английской науки». Более поздняя из этих книг, написанная Николасом Клули, называлась «Естествознание Джона Ди: между наукой и религией»; сняв ее с полки, я обнаружил, что это не повесть о черном маге, а библиографический справочник в тридцать четыре страницы. Даже беглый просмотр глав дал мне понять, что этот перечень изобилует серьезными работами по математике, астрономии и философии. Рядом с этим томиком стоял другой, «Джон Ди: мир елизаветинского волшебника» Питера Френча; и когда я взял его, на меня глянул сам средневековый ученый. Он был изображен на обложке, и от внезапного испуга я чуть не уронил книгу. Я не ожидал увидеть его так скоро, и прошло некоторое время, прежде чем я смог вновь посмотреть на портрет. Глаза у него были немного больше, чем нужно, будто художник не знал, как еще передать ясность взора, и что-то в выражении его лица вселяло в мою душу тревогу. Его просторный лоб обрамляла черная ермолка; не слишком длинная седая борода ниспадала на белый кружевной воротник, а одет он был, похоже, в черную мантию. Но что же было не так в его чертах? В них сквозило что-то одновременно угрожающее и доверительное, словно он хранил какой-то секрет огромной важности и пока не решил, поделиться им со мной или нет. Однако его широко раскрытые глаза смотрели так прямо, что я не мог не встретить его взгляд.

Я забрал эти книги к себе на Клоук-лейн и положил их на стол под окном. Пожалуй, это было для меня невероятнее всего: принести книги о Джоне Ди в комнату, где некогда звучали его шаги. Я сам чувствовал себя кем-то вроде волшебника, пытающегося вызвать его из могилы. Потом мне вдруг пришло на ум, что он ведь и умереть мог в этом доме. Чтобы выяснить правду, достаточно было заглянуть в одну из книг, но вместо этого я повернулся к ним спиной и покинул комнату.

Я открыл парадную дверь и вышел в сад. Очередной влажный летний день сменился влажным теплым вечером, и меня одолевали необычное утомление и вялость. Даже если бы передо мной вырос призрак усопшего Джона Ди, я и то вряд ли заметил бы его; я сам ощущал себя почти что привидением. Скоро я добрел до конца сада, где было узкое, и сейчас еще заросшее сорняком пространство, отделяющее мой дом от высокой стены муниципального участка. До сих пор я ни разу не осматривал этот узкий проход как следует, главным образом потому, что заполонившая его беспризорная растительность могла дать приют каким-нибудь живым существам. Но теперь я пересек его и провел рукой по старой стене; она была холодной, и к моим пальцам прилипло немного каменной крошки. Я лизнул ее — вкус был как у древней соли.

Именно тогда я заметил, что на этой стене, у самой земли, чернеют какие-то знаки; сначала мне показалось, что они нанесены краской, но, опустившись на колени, я понял, что эти пятна глубоко въелись в камень. Они походили на отметины, оставленные пожаром. Я повернулся к стене дома — на ней тоже были опаленные места. Что-то здесь горело. Может быть, пламя затронуло и самый дом. И если оно разрушило его верхние этажи, то понятно, откуда взялись надстройки восемнадцатого и девятнадцатого веков. Это не могло случиться во время Великого пожара, так как Кларкенуэлл не входил в число районов, погубленных огнем. Нет, это произошло раньше.

Я перевел взгляд на небо, прикрывшись от чересчур яркого света, затем абсолютно бездумно задрал рубашку, спустил брюки, присел на корточки и опростался. Я был так поражен собственным поведением, что тут же вскочил на ноги и с минуту или больше не двигался с места, медленно покачиваясь взад и вперед. Значит, примерно в таком вот дерьме и рос гомункулус? Я мог бы стоять здесь вечно, упершись глазами в землю, но меня спугнул шум за спиной; он был похож на смех, завершившийся вздохом. Неужели кто-то следил за мной и все видел? Я торопливо натянул брюки и побежал в дом.

Обри называл Джона Ди «гордостью своего века»; королева Елизавета упоминала о нем как о «наемном философе», а один из ее подданных утверждал, что он заслужил титул «короля математиков нашего времени». Питер Френч в своей биографии провозгласил его «величайшим кудесником елизаветинской Англии». Все это я выяснил сразу. Но открытия, сделанные в последующие несколько дней, заставили меня удивиться прежнему хозяину моего дома; он был знатоком математики и астрономии, географии и навигации, древних рукописей и естественных наук, астрологии и механики, магии и теологии. Я заглянул в другие сочинения, отражающие его деятельность, — это были «Джордано Бруно и герметическая традиция» Фрэнсис Йейтс, «Астрономическая мысль в Англии времен Ренессанса» Ф.Р.Джонсона и «Тюдоровская география, 1485—1583» Э.Дж.Р.Тейлора. Эти работы почти не касались его занятий колдовством, а единственным, что не менялось от описания к описанию доктора в прочих найденных мною трудах, было его лицо, теперь уже столь хорошо мне знакомое. Всякий раз, заходя в комнату первого этажа с ее толстыми каменными стенами и узкими окнами, я брал со стола книгу и пытался достойно ответить на его прямой взгляд.

В историческом обзоре Фрэнсис Йейтс доктор Ди фигурировал как «волшебник Ренессанса», продолживший в Англии ту же герметическую традицию, в русле которой трудились Фичино, Пико делла Мирандола и Джордано Бруно. Однако Николас Клули не соглашался с этим, связывая основную часть наследия доктора Ди со средневековыми источниками, и в первую очередь с теориями и экспериментами Роджера Бэкона. В то время как Йейтс склонна была считать доктора Ди ортодоксальным представителем европейской философии, Клули изображал его большим эмпириком и эклектиком. Однако все авторы сходились в одном — что он занимался самыми злободневными проблемами в той сфере, где их нелегко было разграничить. Имелось и другое, столь же важное обстоятельство. Сам Джон Ди так или иначе принадлежал всем эпохам. Он был отчасти медиевистом, комментировавшим древние рецепты, но вместе с тем активно развивал современное ему естествознание; он обращался к прошлому, размышляя о происхождении Британии и погребенных под землей городах, но его же труды в области механики предваряли будущую научную революцию; он был алхимиком и астрологом, пристально изучавшим мир духов, но и географом, который составлял для елизаветинских мореходов навигационные карты. Он был вездесущ, и, бродя по его старому дому, я чувствовал, что ему в известном смысле удалось победить время.

Благодаря тем же книгам я начал понимать, в какого рода волшебство верил Джон Ди. Он считал, что мир наделен духовными качествами — полон «знаков» и «соответствий», вскрывающих его истинную природу. Семя аконита лечит расстройства зрения, так как имеет форму глазного века; псы из породы бедлингтонских терьеров похожи на ягнят и оттого являются наиболее робкими представителями собачьего племени. Каждый материальный предмет есть обиталище универсальной силы, или комплекса сил, и в задачу просвещенного философа и алхимика входит определение этих подлинных компонентов. Например, весьма результативные методы Парацельса научили его исцелять больных путем поиска плодотворного союза звезд, земных растений и человеческого тела. Но была и еще одна истина: согласно Джону Ди, Бог живет внутри человека, и тот, кто познает себя, познает и вселенную. Алхимик находит во всех вещах совершенство, или чистую волю; ему ведомо, что соль — это желание, ртуть — беспокойство, а сера — страдание. Отыскав эту волю или идею, скрытую под материальной оболочкой, алхимик получает возможность подчинить ее своей собственной воле. Через всю жизнь пронес Джон Ди веру в то, что ни на земле, ни на небе не существует ничего такого, чего не было бы в человеке; в подтверждение этого он цитировал слова Парацельса: «Человеческое тело есть пар, материализованный солнечным светом, проникнутый дыханием звезд». Когда астролог видит восход солнца, говорит Ди, солнце радости восходит и в его душе. Вот она, самая драгоценная мудрость.

Такова, по меньшей мере, была теория. Но, читая о его жизни (Марджори Боуэн посвятила ему целую книгу под названием «Я обитал в высших сферах»), я выяснил, что он чересчур увлекался секретами и тайнами — нумерологией, каббалистическими таблицами и магической техникой. Его покорила поэзия власти и тьмы, а это, в свою очередь, создало почву для корыстных и честолюбивых побуждений. Так что бывали случаи, когда он терял из виду ту священную истину, которой вдохновлялся в своих исследованиях.

Теперь я знал весь его жизненный путь: интенсивная учеба в юности, путешествия в Европу, где он приобрел репутацию выдающегося мыслителя, услуги, оказанные королеве Елизавете, научная и математическая деятельность, создание самой большой библиотеки в Англии, занятия алхимией и оккультными дисциплинами. Он утверждал, что разговаривал с ангелами, и пока что у меня не было причин ему не верить. Это был человек, одержимый тягой к знаниям, всю жизнь пытавшийся разрешить загадки природы и благодаря упорной работе достичь своего рода божественного просветления. Он был слишком учен для того, чтобы впечатляться трудами своих современников, и слишком мудр для того, чтобы обращать внимание на злые выпады, которыми они сопровождали его прорывы за рамки общепринятых теорий. Он был тверд, энергичен, целеустремлен; и все же, как я упоминал, его любовь к мудрости имела и негативную сторону. Похоже, что он хотел добиться знаний и власти любой ценой и не важно, за чей счет — свой или окружающих. Что-то гнало его вперед, манило в ту тьму, где он беседовал с ангелами и строил планы духовного обновления мира с помощью алхимии. Многие его современники считали, будто на плече у него примостился Дьявол, но разве мог я поверить в это, сидя в комнате, где он когда-то работал?

А какие книги он здесь написал? Может быть, он сочинял свое математическое предисловие к «Элементам геометрии наидревнейшего философа Евклида Мегарского», поглядывая в окно на спокойное течение Флита? Или шагал по комнате, как я сейчас, обдумывая свои «Общие и частные рассуждения о благородном искусстве навигации»? Не в этом ли доме трудился он над «Monas Hieroglyphica»[1] и «Propaedeumata Aphoristica»? Сначала я произносил названия работ вслух, но умолк, когда это стало звучать наподобие молитвы в церковных стенах. Несколько мгновений спустя я взял в руки другую книгу, современный перевод трактата доктора Ди «Liber Mysteriorum Sextus et Sanctus»[2]; среди иллюстраций мне попалась фотография титульного листа оригинала. На древнем титуле были начертаны четыре знака, которые заставили меня бегом кинуться к лестнице, ведущей в полуподвальный этаж. Внизу я зажег свет и осторожно приблизился к символам над замурованной дверью; они были теми же, что и в книге, но с одним отличием. Под знаками на титульном листе стояли слова «Сунсфор», «Зосимос», «Гохулим» и «Од» соответственно, но над дверью этих имен не было. Еще на иллюстрации был изображен стеклянный сосуд, прикрытый соломой, или грязью, или еще чем-то; под ним я прочел фразу «Ты будешь жить вечно». Не знаю, что тут со мной приключилось; я вертелся и вертелся на электрическом свету, покуда голова у меня не пошла кругом. Тогда я лег на каменный пол.

Вдруг на одном из верхних этажей послышался шум; там что-то упало и разбилось. Я перекатился по холодному камню, пока не желая оставлять его. Но наверху снова что-то грохнуло, и мне пришлось-таки встать на ноги: если бы я промедлил еще, я больше не

---

[1] «Иероглифическая монада» (*лат.*).
[2] «Шестая священная книга мистерий» (*лат.*).

смог бы жить в этом доме. Взойдя по лестнице, я услыхал за открытой дверью какой-то шорох, но, подняв глаза к потолку — мне показалось, что звук доносится оттуда, — ничего там не увидел. Тогда я пересек холл и миновал первый пролет лестницы, идущей наверх; дверь в мою комнату была отворена, и, глянув на свою кровать, я заметил на ней что-то белое, похожее на маленький клуб дыма.

Затем это нечто двинулось по кровати. Я вскрикнул, и оно порхнуло мне навстречу; я отшатнулся назад и полетел бы вниз, если б не схватился за перила. Я вытянул руки, и по ним скользнуло что-то очень теплое. А потом раздался шелест крыльев. Это был голубь. Наверное, он угодил сюда, оторвавшись от одной из тех стай, которые я видел на кладбище у церкви Св.Иакова. Я не хотел трогать его: я боялся ощутить биение его сердечка, почувствовать, как он трепыхается у меня в руках. Птица опять шарахнулась в комнату, я спокойно зашел туда вслед за ней, распахнул окно настежь и оставил ее там — шуршащую крыльями о стены, — притворив за собой дверь.

В этом было что-то забавное. Я снова шагнул в комнату; птица все еще бестолково металась по ней, натыкаясь на стены и потолок. Рядом с моей кроватью лежала книга — исследование алхимических диаграмм Джона Ди, — и, истово взмолясь об удаче, я изо всех сил швырнул ею в голубя. Видимо, я повредил ему крыло, потому что он шлепнулся на пол, и тогда я с победным кличем опустил свой каблук ему на голову. Не знаю, как долго я топтал его, но остановил меня лишь вид заляпанной кровью книги, которая валялась около мертвой птицы.

И тогда я набрал номер Дэниэла Мура и попросил его зайти ко мне сегодня вечером: он явно утаивал что-то, относящееся к моему дому, и в этот миг могущества и жестокости я хотел выяснить все. Когда он пришел, я вытирал с обложки трактата о докторе Ди кровь мертвого голубя.

— Иногда, — сказал я, — у меня бывает впечатление, что где-то в этом доме прячется сумасшедший.

— Почему ты так говоришь?

— Да сам не знаю. Повсюду какая-то дохлятина. Кучи дерьма. — Он изумленно посмотрел на меня, и я рассмеялся. — Не волнуйся. Я просто шучу.

Я отправился на кухню, якобы с целью налить ему виски, но на самом деле для того, чтобы очистить тарелку с печеньем, ожидавшую меня на полке; рядом с ней лежали два пакетика орешков ассорти, и я умудрился прикончить их до возвращения в комнату.

— Если бы в доме кто-нибудь был, Мэтью...

— Знаю. То я уже отыскал бы его. — Я рассмеялся опять. — Хочешь, скажу, почему у меня такие грязные руки?

— Разве они грязные?

— Я тут решил заняться раскопками. Гляди. — Я кивнул на разбросанные по комнате книги и начал подробно рассказывать, что мне теперь известно о Джоне Ди. — Знаешь, почему меня так озадачивает то, что каждая книга говорит о нем по-своему? — спросил я после долгих объяснений. — Ведь все эти Джоны Ди разные. Понимаешь ли, прошлое — сложная штука. Тебе кажется, будто ты разобрался в человеке или событии, но стоит завернуть за угол, и все снова меняется. Это как с тобой. Я завернул за угол на Шарлот-стрит и увидел тебя другим.

— Может, не надо опять возвращаться к этой теме?

Но я отмел его слова прочь взмахом руки.

— Или как с этим домом. Тут ни одна вещь не остается на месте. И знаешь что? Возможно, именно в этой комнате доктора Ди посещали видения. Как я ее сейчас назвал?

— Гадальней. Или кельей для заклинания духов. Что все-таки стряслось, Мэтью?

— Скажи, ты ничего не слышал?

— Нет.

— А мне почудился голос.

— Скоро ты увидишь в углу самого этого доктора.

— Что ж, я и впрямь вижу его. Смотри. — Я поднял книгу с портретом Джона Ди на обложке. — Читатель, — сказал я, — се есть начало и конец.

Мы довольно быстро разделались с виски и неторопливо пошли в ресторан на Кларкенуэлл-грин, где обедали неделю тому назад. Тогда я еще ничего не знал о докторе Ди, но теперь моя жизнь изменилась. Вечер был теплый, и через открытое окно я видел, что творится в маленькой типографии на другой стороне площади. Там горел свет, и кто-то, жестикулируя, ходил туда-сюда; движения его силуэта на ярком фоне навели меня на мысль о хрупкости всех живых существ. Снаружи, у двери ресторана, повис рой мелких мошек; они кружились в вечернем воздухе, а закатные лучи просвечивали сквозь их крылышки. Если бы они перелетели за порог и очутились в этом небольшом зальце, он, наверное, показался бы им сказочным чертогом. Но куда лететь мне, чтобы узреть сияние неземной славы?

Когда мы уселись за столик, меня охватило возбуждение какого-то необычного, едва ли не болезненного свойства. Один или два раза подобное со мной уже бывало, и потому я знал: что-то должно случиться. Что-то изменится. Я взял поданную официантом бутылку «Фраскати», налил себе огромный бокал и лишь затем передал вино Дэниэлу. У меня отчего-то сжималось горло, в груди пылал огонь, который надо было погасить; верь я в такие вещи, я счел бы себя живой иллюстрацией к алхимической теории сухого мира, призывающего влагу. Когда я налил себе второй бокал, Дэниэл попытался принять шутливый вид.

— Нас мучает жажда?

— Да. Мучает. Нечасто приходится мне сидеть напротив прекрасной женщины.

Он посмотрел на меня долгим укоризненным взглядом.

— Тебе непременно нужно снова говорить об этом?

— Но ты меня очень интересуешь, Дэниэл. И чем дальше, тем больше. Откуда ты узнал, что одно из окон наверху заложено кирпичом?

Он поднес к носу указательный палец и понюхал его.

— В старых домах это не редкость. Ты что, не слыхал об оконном налоге Питта?

— А каким чудом тебе стало известно о шкафчике под лестницей?

— Догадался. — Он все еще нюхал свой палец. — Или ты думаешь, что я волшебник?

— Волшебство тут ни при чем. Ты просто вспомнил. — Я снова налил себе вина. — Ты ведь отлично знаешь этот дом, правда? — Он чересчур энергично помотал головой. — Не надо мне лгать, Дэниэл. По-моему, мать тоже тебя узнала.

— Мы с ней вовсе не знакомы. Могу в этом поклясться.

— А еще в чем ты можешь поклясться?

— Ни в чем. — Он опустил глаза и, когда официант подошел к нам принимать заказ, воспользовался паузой, чтобы прочистить горло. Затем отчаянным рывком подтянул узел галстука. — Странная вещь, — сказал он, — но стоит мне приехать в эти места, как меня начинает тянуть обратно в Излингтон. Это и называется «тоской по родному очагу»? Чье это выражение, как ты думаешь?

Я устал от его попыток сменить тему.

— Говори, Дэниэл. Пора.

Теперь он посмотрел прямо мне в лицо.

— Все это очень тяжело. — Я заметил, что его левая рука дрожит, и стал с любопытством наблюдать за ней, слушая его тихий голос. — Ты совершенно прав. Я действительно бывал в твоем доме прежде. Я знал твоего отца. Иногда мы приходили туда вдвоем.

Я замер.

— И что вы там делали?

— Я должен кое-что тебе сказать. Я имел в виду... — Официант принес нам первое блюдо, пармскую ветчину, и Дэниэл принялся нарезать ее на крошечные кусочки.

— Дальше.

— Мы с твоим отцом очень хорошо знали друг друга. — Он опять замолчал, продолжая крошить мясо, но и не думая отправлять его в рот. — Мы встретились в том клубе. Где ты меня нашел.

— Я что-то не пойму.

— Нет. Ты отлично все понимаешь. Мы с твоим отцом были любовниками. — Кажется, я встал на ноги, но под его встревоженным взором снова опустился на место. Он заговорил очень быстро, почти бессвязно. — Это случилось лет десять назад. Дело в том, что мне больше нравятся люди в возрасте. А он был так обаятелен. Так мягок.

То возбуждение или недомогание, которое я испытывал, теперь заполнило все вокруг меня. Я точно купался в каком-то белом сиянии, делавшем отчетливым каждый жест и каждое слово. Я снова встал и направился в маленький туалет в конце зала. Сев на унитаз, уперся взглядом в рисунок на желтой двери перед собой — что-то насчет члена и туннеля. В голове у меня мелькали картины: Дэниэл с отцом в подвале моего дома, обнаженные. Вот они целуются. Вот отец стоит на коленях рядом с замурованной дверью, а Дэниэл с раскрытым ртом опускается на колени перед ним. Вот платье и парик Дэниэла летят в стену, а отец улыбается своей особенной, так хорошо знакомой мне улыбкой. Вот они в «Мире вверх тормашками», танцуют в красноватой полутьме. Потом я подумал, каково это — ощутить прикосновенье отцовского языка к своей шее. Я вскочил, и меня вырвало в унитаз.

Странно, но, возвращаясь обратно к столику, я улыбался.

— Скажи мне, Дэниэл. Он что, тоже переодевался женщиной?

— Господь с тобой. — Его чуть ли не оскорбило мое предположение. — Но ему нравилось, когда это делал я. И ходил в таком виде по дому.

Я услышал вполне достаточно. Теперь я понимал, зачем он купил себе жилье на Клоук-лейн: оно служило отличным прикрытием для его интимной жизни. У него не было ни малейших причин разводиться с матерью, потому что она тоже являлась своего рода камуфляжем. Но она-то, наверное, знала об этом с самого начала; вот почему она так злилась на него даже после того, как он умер. Возможно, у нее было подозрение, что я тоже имел ко всему этому какое-то касательство, почему и стал богатым наследником, — мысль почти невыносимая. За эти несколько минут вся моя прошлая жизнь деформировалась и обрела новые контуры. Теперь я должен был осмыслить свою собственную историю, так же как осмысливал историю минувших веков.

— Он когда-нибудь говорил о докторе Ди? — вот все, что мне удалось спросить.

— Я такого не помню. — Мы оба уже вернулись к привычной для нас манере общения, словно пытались уверить друг друга в том, что ничего существенного не произошло. Он ел очень быстро, жадно глотая пищу и вновь набивая рот. — Но он говорил, что этот дом особенный. Считал, что однажды там случилось некое событие, и хотел вернуть его. Или повторить. Я не совсем понимал, что у него на уме. Но именно поэтому... — он снова запнулся.

— Теперь уже поздновато что-либо утаивать.

— Он верил в то, что называется сексуальной магией. Верил, что можно вызывать духов с помощью, ну... известной практики.

— И как?

— Что?

— Приходили к нему духи?

— Нет, конечно.

Это было еще одной правдой, с которой мне предстояло смириться. В тщетной надежде оживить тени прошлого отец занимался на Клоук-лейн колдовством; по крайней мере, такова была суть сделанного мне Дэниэлом признания. С единственной целью — найти нечто, якобы до сих пор обитающее в его доме, — он создал своего рода сексуальный ритуал. Связано ли это с его размышлениями о гомункулусе? Здесь были темные коридоры и уголки, куда я не отваживался заглядывать. Во всяком случае, он наверняка понимал то, что забрезжило передо мной благодаря знакомству с Джоном Ди: жизнь может быть порождена только любовью. Все прочее — мираж, фокусничество, чепуха.

— Я никогда не верил ни во что подобное, — продолжал Дэниэл, когда нам принесли спагетти. Я уставился на эти белые волокна с чувством, близким к ужасу. — Некоторые историки утверждают, что радикализм и оккультизм были связаны друг с другом, но я считаю, что это был просто акт отчаяния. Способ убедить себя, будто ты повелеваешь какими-то таинственными силами, или вообразить, что твоя мощь способна ниспровергнуть признанных кумиров. Но на самом деле оккультизм — всего лишь убежище для слабых и отчаявшихся. Эдакий прокисший радикализм.

— Но мой отец не был слабым.

— Да. Слабым он не был. Большинство оккультистов действуют группами — им нужна дополнительная поддержка. Но твой отец отличался от прочих. Он был абсолютно одинок. И он искренне верил, что нашел некую скрытую истину. Словно бы унаследовал ее от кого-то.

Я уловил в этом определенный тревожный намек.

— А обо мне он часто говорил?

— Постоянно.

— Но не когда...

— Нет. Перестав быть любовниками, мы остались друзьями. Понимаешь, он питал настоящую страсть к прошлому. Как и ты. Всегда интересовался моей работой. Ты удивишься, однако именно он навел меня на «моравских братьев». Разыскал места их собраний, куда мы с тобой ездили. Помнишь?

— Да. Помню. — Фигура отца обретала все больше зримых черт, и это начинало меня пугать. Я заказал очередную бутылку вина, а Дэниэл тем временем снова подтянул галстук.

— Я должен открыть тебе еще кое-что, Мэтью.

— О Господи.

— Мы познакомились не случайно. — Подали вино, и я вновь принялся пить его бокалами. — Около двух лет назад твой отец узнал, что у него рак. Тогда он и попросил меня приглядывать за тобою. Сказал, что ты необыкновенный человек.

— Необыкновенный?

— Он сказал, что таких, как ты, больше нет. И конечно, был прав. Он очень хотел уберечь тебя от всяких неприятностей. Сообщил мне, какими библиотеками ты пользуешься, а уж встречу организовать было несложно. В конце концов, у нас с тобой общие интересы, а Лондон иногда бывает совсем маленьким городом. — Он вдруг смолк, пытаясь угадать мою реакцию; но я по-прежнему хранил невозмутимость. — Надеюсь, ты не считаешь меня последним негодяем. Ведь мы все-таки подружились.

Наш обед подошел к завершению — по крайней мере, я уже все доел, — но час был еще относительно ранний, и ресторан до сих пор пустовал. Только в углу зала, совсем рядом друг с другом, сидели молодые мужчина и женщина — я давно успел заметить, что они напряженно перешептываются. Я пытался разобрать, о чем они говорят, но уловил лишь отдельные злобные слова: «слизняк», «сука», «овца».

— Извини, — сказал я Дэниэлу. — Не могу больше терпеть. — Я встал из-за столика и направился к ним. Они с опаской посмотрели на меня. — Ну-ка, заткнитесь, сволочи, — прошептал я так же тихо, как шептали они. — Понятно? Заткните свои поганые пасти. — Затем я вернулся к Дэниэлу. — Я кое-что вспомнил, дорогуша. Мне пора домой.

Я покинул его сразу же и, заглянув в окно, порадовался его растерянному и несчастному виду. Не помню, чтобы по дороге на Клоук-лейн я испытывал какие-нибудь особенные ощущения; вместо этого я начал повторять слова песенки, которую слышал, сидя сегодня утром в старом доме. По-моему, она называется «Судьбинушка-судьба», но твердой уверенности у меня нет. Я дошел до кладбища и тут, желая справить нужду после обильного возлияния, перепрыгнул через каменную стену и помочился на одну из могильных плит. Что-то шевельнулось рядом, и, застегнув брюки, я наступил на это ногой. У меня возникло такое чувство, будто я стучусь в открытую дверь.

Монастырь

«Кто-то стучится к нам в дверь, — сказал я своему слуге, Филипу Фоксу. — Погляди, кто это».

Он живо спустился по лестнице, и я услыхал, как он разговаривает внизу со служанкой моей жены.

«Одри, где ключи?»

«Висят на гвоздике у двери, на своем обычном месте».

«Нет! На месте их нет!» Все это время раздавался стук, достаточно громкий, чтобы поднять мертвого; я задумался о старой собаке моего отца, и из забытья меня вывел голос Филипа. «Кто там?»

«Друг, надеюсь. Отворите же мне, здесь очень сильный ливень. Я пришел к доктору Ди». На миг эти слова ужаснули меня, и я поднялся со стула.

«Что вам угодно? Как мне о вас доложить?»

«Скажите ему, что я недавно был в обучении у его доброго товарища».

«Входите, сэр». Я услышал, как отпирают дверь и отодвигают засов; потом внизу обменялись еще несколькими словами. «Сэр, — окликнул меня Филип, — тут джентльмен, он желает побеседовать с вами».

*«Пригласи его наверх. Нет, постой. Я спущусь сам».
Я не хотел, чтобы чужой человек видел меня за работой, и, кроме того, меня снедали сомнения относительно его персоны. Я надел мантию и, слегка встревоженный, спустился приветствовать его. Однако это был всего лишь какой-то нарядный молодец, и, идя ему навстречу, я проглотил свои страхи. «Пожалуйте к нашему очагу, — сказал я. — Здоровы ли вы?»*

«Да, сэр, благодарение Богу».

«Как прикажете величать вас?»

«Келли, сэр. Эдуард Келли. Я семь лет состоял в обучении у Фердинанда Гриффена, а он частенько поминал вас».

«Я хорошо его знал. Хотя мы не виделись уже лет двадцать, ко мне не раз заглядывали его близкие друзья. Как он поживает?»

«Он скончался, сэр, от грудного рака».

«Печально слышать. Однако же он, верно, был в весьма преклонных летах».

«Правда, сэр, истинная правда. Но перед самой кончиной он молил меня свести с вами знакомство».

На нежданном госте была пухлая кожаная куртка и довольно короткий плащ в испанском стиле; покуда он расточал мне любезности, я смотрел, как его одеяние впитывает в себя дождевую влагу. «Прошу вас, обсушитесь в моей комнате, — сказал я. — Вы промокли насквозь. Филип, принеси-ка еще дровишек да разожги добрый огонь. И захвати ведерко угля, дабы мистер Келли мог согреться как следует». Я пригласил его наверх и, ступая за ним, учуял в его дыхании сильный запах вина; он был молод, лет двадцати двух либо двадцати трех, невысокого роста и с рыжей бородою, укороченной, под стать плащу, на испанский манер. Его густая рыжая грива, сколько я мог заметить, поднимаясь за ним по пятам, была смазана маслом и сбрызнута духами. В общем, он гляделся изрядным щеголем, однако в память о Фердинанде Гриффене я решил проявить радушие. «Садитесь у огня, — сказал я, перешагнув порог своей комнаты, — и поведайте мне что-нибудь о моем старом наставнике».

«Он почитал вас, сэр, называя рыцарем ордена Посвященных».

«Пустое, пустое. Полно вам». Я не хотел подпускать этого странника чересчур близко к теме своих занятий. «Кабы не его повседневная и неусытная забота, я никогда не достиг бы начального уровня овладения мастерством. Он всегда шел дорогой праведника, и его деяния были безупречны даже в мелочах».

«Да, сэр. Воистину он был великим чародеем».

«Я этого не говорил, — поспешно добавил я. — Когда я делил с ним кров и труды, мистер Гриффен был философом».

«Но ведь многие философы, несомненно, суть и великие чародеи. Разве это не так, доктор Ди?»

Теперь я увидел в нем не только бойкого юношу и стал подозревать, что его подослали ко мне, дабы он изыскал пищу для навета. «Полагаю, что может существовать некая тайная философия, — произнес я, — однако для меня это предмет весьма туманный».

«А как же тайное знание природы?»

«Что ж, такое вполне возможно, вполне возможно». Теперь я задумал испытать его; тут Филип принес уголь. «Но скажите, чем были заняты его последние дни?»

Он странно поглядел на меня. «С месяц тому назад, сэр, мы вместе побывали в Гластонбери».

«Ах, вот как? Для чего же?»

«О...» Он словно боролся с неохотой. «Иногда о подобных вещах дозволяется молвить вслух, однако...»

Здесь я навострил уши (как говорят в народе), но решил покуда попридержать язык и не торопить своего собеседника; я прекрасно знал, что в Гластонбери издавна процветают науки — такого места не найти более во всем королевстве и, если верить молве, именно там схоронили свои секреты исполины, населявшие наш остров в древние времена. «Вы нагрянули ко мне внезапно, — сказал я с улыбкой, — но, быть может, задержитесь ради легкой закуски? Пища у нас проста, как и полагается в доме ученого, но недостатка в ней, надеюсь, не будет».

«Премного вам благодарен, доктор Ди. Как это говорят — на сытый желудок и дело спорится?»

«Да. Именно так».

Засим мы спустились вниз, где Филип уже собирал на стол. Моя жена возилась с ушатами и полотенцами, однако ответила на поклон Келли и с готовностью вступила с ним в беседу. Впрочем, это была обыкновенная пустая болтовня, и я вскоре наскучил ею. «Ополосни-ка стакан, сударыня, — сказал я, — дабы я мог испробовать вино». Напиток был фламандского урожая, несколько терпкий на вкус; но я люблю горьковатые вина и потому опорожнил свой кубок с охотою. «Нравится вам такое?» — спросил я у нашего гостя.

«До чрезвычайности».

Тут моя жена рассмеялась, и я прикрикнул на нее. «Что в этом смешного, сударыня?»

«Что? Да я прекрасно видела лицо нашего гостя, когда он пригубил его. Хитрец из вас никакой, мистер Келли. Вы не убедите нас, будто вам нравится наше вино».

«О нет, мадам. Вы ищете зло там, где есть лишь благо». Он говорил в шутливой манере, и это, похоже, нравилось ей. *«Винцо преотличное. У него северный аромат».* Филип и Одри уже накрыли на стол, и Келли воскликнул: *«Что вы, сэр, это уж слишком. Такое изобилие, ровно как на свадьбе».* Тогда я почти уверился, что он не лазутчик и не соглядатай, а тот, за кого себя выдает.

Мы уселись и, после вознесения мною молитвы, приступили к трапезе.

«Прошу вас, — сказала мистрис Ди, — прошу вас, муженек, отрежьте себе ломтик вон того мяса с приправами, на которое мистер Келли взирает с таким аппетитом. Или я ошибаюсь, сэр?»

«Отнюдь нет, мадам».

«А не угодно ли телятины, сэр? Или вот эту баранью ножку?» Затем она снова перешла на шутливый тон, заданный Келли с самого начала. *«Однако же вы, верно, чересчур изысканны для того, чтобы вкушать столь грубую пищу. Разве не так?»*

«Я съем все, лишь бы оно было с вашего стола».

«Филип, — сказал я, — подай мне твой нож. Этот туп, он ничего не режет». Я был в дурном расположении духа, ибо меня всегда удручает многословие за обедом. *«А у пирога подгорела корка»,* — продолжал я, глядя на сидящую против меня жену.

«Нет, нет, он весьма неплох, — отозвалась она. — Жаль только, что сок из него вытек. Это вина пекаря; заставить бы его набить им собственную утробу».

«Жена, это все, что у нас есть?»

«Нет, муженек. Быть может, пока режут мясо, мистер Келли отведает наших ракушек? Или вы предпочитаете угрей с корюшками? А рядом с ними славный пармезанский сыр, протертый с шалфеем и сахаром — по лондонскому рецепту, мистер Келли».

«Нынче, в холодную пору, — отвечал тот, — пища не может быть излишне пряной, а прянее ракушек, как утверждают лекари, ничего нет. Сделайте милость, положите их мне на блюдо, и я займусь ими с превеликим удовольствием».

Я люблю радовать странников обилием яств, хотя сам ем быстро и без всякого наслаждения. Ибо разве не предписано человеку алкать того, чего у него нет, и отвращаться от данного ему? Аппетиты велики, их утоленье бедно. *«Не говорите мне о лекарях, — молвил я. — Это невежды. Полные невежды. Есть глупцы, которые, едва пустив ветры, бросаются глотать слабительные пилюли, а увидав на своем лице крохотное пятнышко, сразу принимают средства для обуздания пылкой крови. Я не из таких. Я не стану зазывать к себе в дом аптекаря с его порошками да мазями».*

«Истинно, доктор Ди, вы проявляете большую мудрость».

«А чему аптекарь способен меня научить? Тому, что меланхолия излечивается чудодейственным морозником, а желчность ревенем? Пускай — я в свою очередь скажу ему, что камень инкурий прогоняет обманы зрения. Сии людишки торгуют лишь плотью да кровью да иным мерзким товаром».

«Отщипните белого мяса от этого вареного кап-

луна, мистер Келли, — вмешалась моя жена. — Кое-кто за морем удивляется, что англичане едят каплунов без апельсинов, хотя это нам следовало бы дивиться тому, что они едят апельсины без каплунов. Разве я не права, муженек?»

Но я не обратил на нее внимания, поглощенный собственными речами. «И вы должны знать, мистер Келли, что я научился изгонять из своего тела всяческие хвори. Помнишь, жена, как я страдал почечным недугом?» Она промолчала с удрученным лицом. «В почке у меня застрял огромный камень, и за весь день, мистер Келли, мне удалось выдавить из себя лишь три-четыре капли влаги. Но я выпил белого вина и растительного масла, а затем съел крабьи глаза, растолченные в порошок вместе с косточкой из головы карпа. Потом, часа в четыре пополудни, я съел поджаренный пирог с маслом, сдобренный сахаром и мускатным орехом, и запил его двумя большими глотками эля. И знаете, что за этим последовало? Не прошло и часа, как я выпустил всю свою воду, а с нею вышел и камень размером с зерно смирнии. Так чему же могут научить меня эти лекари, если я и так все знаю?»

Жена посмотрела на меня, как мне почудилось, с состраданием. «Ох, муженек, ты, верно, объелся баранины — уж больно грубы твои речи».

«Нет, нет, — произнес Келли, — это отличный урок для тех из нас, кто все еще льнет душой к аптекарям да костоправам».

Затем они вдвоем принялись болтать на иные темы, а я сидел молча и сожалел о сказанном. Я предпочел бы есть в одиночестве, глотая пищу как пес: смо-

треть, как едят другие, как они смеются и разговаривают, значит видеть, как далеки мы от сфер и звезд. Подобные напоминанья о нашей бренной плоти ужасны. «Прошу тебя, сударыня, — вымолвил я, когда мое терпение исчерпалось, — подай нашему гостю полотенце. Здесь их не хватит, чтобы всем нам как следует утереться».

Услыша это, Келли хотел было встать, но жена поглядела на меня умоляюще. «Не надо спешить, — сказала она. — Разве плохо немножко посидеть после обеда? Как вы считаете, доктор Ди, знакома ли нашему гостю пословица:

> Отобедав, отдыхай,
> А отужинав — гуляй?

«Что ж, — произнес я, — в твоих словах есть резон».

«Истинно, — сказал Эдуард Келли, — я готов на все, лишь бы угодить вам».

Тут она захлопала в ладоши. «Джон, а не спеть ли нам что-нибудь?»

Он поддержал ее. «Да, сэр, славная песня всегда во благо. Долог день без веселой трели».

Куда мне было деваться? «Ноты лежат у меня наверху, — сказал я. — Филип, возьми ключи от моей комнаты. Ты найдешь то, что нужно, в ящичке по левую руку».

Вскоре на столе появились различные нотные партии, а спустя несколько минут они остановили свой выбор на старой песенке «Пока Дышу, Меня Не Забывай». Я слушал их молча и вступал только с началом припева:

Избавь меня и сохрани
От мировых коловращений,
Пусть сей напев звучит в ладу
С тем, что не знает изменений.

Когда мы закончили, я пригласил Эдуарда Келли к себе для продолженья беседы. Сначала я спросил его, зачем он ко мне пожаловал. «Но вы живете не затворником, сэр, — ответствовал он, — и за много лет заслужили доброе имя и славу».

«Рад слышать это. Но я ведь обыкновенный скромный астролог...»

«О нет, сэр, воистину вы более простого астролога».

«Что ж, конечно, мне следует разбираться не только в правилах астрологии, но и в законах астрономии...»

«И вы написали о сих предметах книги, которые будут жить, покуда жив наш язык. Однако же есть, безусловно, и нечто высшее?»

«Здесь уста мои немы».

«Мой усопший наставник...»

«Если вы ведете речь о Фердинанде Гриффене, то он наш усопший наставник».

«Он часто поминал о триединстве».

«И чем же образуется сие триединство?»

«Книгою, свитком и порошком. А еще как-то раз он упомянул о заклятиях, или о начале проникновения в секреты мистических таблиц». Я молчал. «И еще он обучил меня принципам разложения, растворения и возгонки». Келли поднялся со стула и, выглянув в окно, за которым не на шутку разыгралась буря, повторил *на память следующие слова: «Мастерство скрыто внутри тебя, ибо ты сам и есть мастерство. Ты — частица искомого тобою, ибо то, что вовне, находится также и внутри».*

«Продолжайте, если можете».

«Приготовь воду, каковою ничто нельзя увлажнить, затем омой в ней солнце и луну. По завершении сего дохни на них и увидишь, как возрастут два цветка, а из них — одно древо».

«И как же вы истолкуете это, Эдуард Келли?»

«Природа ублаготворяет природу. Природа овладевает природой. Природа порождает природу. Се есть образ воскрешения».

Я был весьма поражен, ибо он произнес известные мне тайные слова. *«Вы запомнили это случайно?»* — спросил я его.

«Нет, сэр».

«Стало быть, вашими устами глаголет само мастерство?»

«И разум, на коем, как не раз повторял мистер Гриффен, всякое мастерство зиждется». Он отвернулся от окна и взглянул мне в лицо. *«Но что о сем образе воскрешения знаете вы?»*

Тайну гомункулуса не следовало поверять ни ему, ни кому бы то ни было другому. *«Это побег природной жизни. У него есть должное время и цель, но большего я сказать не могу».*

«Совсем ничего не скажете?»

«В иных вещах следует рассчитывать лишь на собственные глаза и уши. Выбалтывать свои секреты без нужды или благорасположения — дурное дело, сэр. Весьма дурное».

Тут он разразился смехом. «Я просто учинил вам проверку, сэр, — хотел узнать, можете ли вы держать язык за зубами». Это была откровенная дерзость, и я уже хотел было обрушить на него свой гнев, но он снова сел на табурет рядом со мною и весьма серьезно промолвил: «Ибо я хочу поделиться с вами секретом чрезвычайной важности». Затем провел по лицу рукой, и я увидел, как на его пальцах, точно роса, заблестела влага.

«Вы больны?» — спросил я.

«Да, и тяжкой болезнью».

Я отшатнулся от него, опасаясь заразы. «Что же вас так терзает?»

«Безденежье».

Он снова рассмеялся, но на сей раз не громче меня самого. «О, поправляйтесь скорее, мистер Келли. Безденежье — всем хворям хворь. Уж я-то знаю».

«Поэтому я и пришел потолковать с вами, доктор Ди». Меня снедало любопытство, но я старался не подавать виду. «Была пора, — произнес он, глядя в огонь, — и эту пору отделяет от нас не столь уж много веков, когда чудеса служили людям единственной усладой и единственной темой для бесед. Вот что привело меня сюда, сэр. Я хочу рассказать вам о чуде».

«И что это за чудо?»

«Был некий джентльмен, умерший не более двух месяцев назад, чье имя и место обитания я мог бы открыть...»

«Говорите же. Не таитесь».

«Знали ли вы Бернарда Рипли?»

«Его имя и репутация мне известны. Он был весьма почитаемым и образованным антикварием». Я завер-

нулся в мантию, дабы уберечь себя от сырости. «Здесь, в моем кабинете, имеются его хроники, где он утверждает, что острова Альбион и Ирландия следует называть Брутаникой, а не Британикой, в честь их благородного открывателя и покорителя Брута. Кроме того, именно Рипли в своих летописях, посвященных нашему острову, доказал, что первым истинным королем Британии был потомок Брута Артур. Я не знал, что сей превосходный хронист расстался с жизнью».

«Он умер в безумстве».

«Но как такое могло случиться? Он был человеком вполне разумным, и свидетельство этому — его глубоко продуманные и гармонически построенные опусы».

«Я полагаю, сэр, он чересчур много грезил о былых временах. Он не мог успокоиться, не разведав всего, и потому отправился в Гластонбери».

«Если ехать туда считается признаком сумасшествия, тогда все мы давно уже лишились рассудка. Тамошний разрушенный монастырь — усыпальница многих знаменитых героев, каковые, если тела их тайным образом предохранены от порчи (а люди говорят, что это так), однажды вновь прославят наш народ по всему миру. Там погребен Эдгар; кроме того, где-то под руинами сего аббатства покоятся печальные останки нашего великолепного Артура».

«А если заставить их вновь отверзнуть уста? Что будет тогда?»

«Тогда, возможно, нам откроется тайна времени». Я смотрел в огонь вместе с Келли. *«Но к чему эти вопросы?»*

«Ощутив приближенье кончины, сей Бернард Рипли послал к Фердинанду Гриффену гонца с просьбой

приехать в Гластонбери: он желал обсудить с ним дело необычайной важности. Как вам известно, наставник мой всегда обладал нравом решительным и любопытным, а посему мы недолго думая пустились в путь. Старый трактир, или постоялый двор, где жил Рипли, находился неподалеку от руин городского монастыря, и там, уже почти сломленный недугом, он поведал нам историю своих действий».

«А именно?»

«Снедаемый слепою жаждой знаний, он прибегнул к помощи колдуна из Солсбери. Колдун же сей неоднократно повторял ему, что умеет оживлять мертвых и говорить с ними...»

«Это адский промысел — вопрошать мертвецов о грядущих событиях».

«Не о грядущих, доктор Ди».

«О каких же тогда?»

«О минувших». Теперь он не отрывал от меня взгляда. «Я не оправдываю ни колдуна, ни Бернарда Рипли, но, поверьте мне, мистер Гриффен и я не участвовали в сем жутком предприятии».

«И что было предметом беседы в Гластонбери? Какой великой философской тайной поделился с вами умирающий Рипли?»

«Колдун из Солсбери сказал ему, что, вопрошая мертвых под луною, он узнал о старинных рукописных свитках, хранящихся в одном месте среди руин аббатства; что в сих бумагах содержатся некие сведения и особые заметки касательно нашего острова в былые времена, наипаче же многоразличные арифметические закономерности и описания древнейшего града Лондона».

«О, мистер Келли, это всего лишь праздная болтовня нищего чародея, озабоченного скорее тем, как раздобыть себе денег на пропитание, нежели поисками истины. Сообщил ли он Рипли, как именно рекли мертвые?»

«Насколько мы поняли, он не рассказывал ему о методах черной магии, которые были пущены в ход. Только о том, что, когда они начали говорить, небо пересек странный метеор в форме облака; он сказал, что затем это облако раздвоилось и, хотя небеса вокруг были чисты и звезды светили ясно, пребывало наверху во все время речений».

«Досужие выдумки, и ничего более. Вычислил ли он высоту сего облака над горизонтом или его отношение к зениту? Я никогда не слушаю астрологов, не разбирающихся также и в математике. Странно, что Рипли проглотил подобную чепуху».

«Но вот что самое диковинное, доктор Ди. Эти древние пергаменты, или манускрипты, были найдены Бернардом Рипли точно в указанном месте».

Здесь я насторожился, хотя, полагаю, лицо мое по-прежнему было невозмутимо. «И в каком же?» — спросил я, не переставая между тем обдумывать возможность получения живыми известий от мертвых.

«Близ фундамента аббатства, на западной стороне, была обнаружена огромная каменная глыба, выдолбленная в форме человеческой головы. Когда ее отвалили, под нею нашлись упомянутые мной пергаменты, а еще камень, прозрачный как хрусталь».

«Он был круглым?»

«Да, похожим на небольшой мяч. И, как сообщил Бернард Рипли, в нем можно было увидеть то, что сокрыто от всех ныне живущих. А еще он сказал, что камень этот — память о древнем граде Лондоне, давно уже стертом с лица земли».

«Но кто поверит его словам без надлежащих доказательств?»

«Доказательств довольно, сэр. Ибо я сам видел это».

«Вы сами?»

«Меня удостоили чести подержать камень: я глянул внутрь него, и там, in crystallo, мне открылось видение. Да, я видел».

«И что же вы видели?»

«Светлая пелена разошлась, и я узрел руины, где некогда кипела жизнь, но теперь все умерло. Небо над той местностью было тусклым, как в вечернюю или предрассветную пору».

«А что еще вы там заметили?»

«В самом камне более ничего. А на пергаментах, найденных рядом с ним, я видел английские слова, но у меня не было досуга, чтобы разобрать их не торопясь. Однако моему наставнику с превеликими трудностями и усилиями удалось прочесть их. Он упоминал такие имена, как Сунсфор, Зосимос, Гохулим и Од».

«Боже, — меня внезапно бросило в жар, — я знаю эти имена. Я отлично их знаю, ибо они встречаются в книгах, хранящихся в этой самой комнате». Я вскочил со стула и подошел к маленькому столику, где у меня лежали «Краткая история Британии» Гэмфри Лойда и «Historiae Britannicae Defensio»[1] достойнейшего Джона Прайса. Они были напечатаны лишь недав-

---

[1] «Речь в защиту истории Британии» (лат.).

но, но я уже успел запомнить их содержание наизусть. «Эти имена есть у Лойда, — сказал я, опять усевшись на стул с книгою, — среди имен друидов, основавших город Лондон или, скорее, селившихся близ храмов и жилищ наших далеких предков и исполинов. Получил ли Фердинанд Гриффен возможность серьезно изучить найденные пергаменты? Дали их ему хотя бы на время?»

«Ему дали их навечно, доктор Ди».

«Как так?»

«Умирая, Рипли призвал Фердинанда Гриффена в Гластонбери, ибо знал его как превосходного и добросовестного ученого. Поскольку он согрешил, прибегнув к пособничеству колдуна (таковы были его слова), он хотел снять с себя вину, доверив бесценные древние реликвии человеку, который опубликует их к вящей пользе живых. И, сопроводив свои действия любезными и проникновенными речами, он передал свитки Фердинанду Гриффену всего за несколько часов до своей мучительной смерти». Келли потер глаза, как бы желая отогнать зрелище, до сих пор стоявшее перед его взором. «Затем, как я уже говорил вам, мой благородный и достопочтенный наставник простудился в холодном климате Гластонбери и вскоре отдал Богу душу. Так и случилось, что я стал единственным обладателем камня и свитков».

«Что за невероятная история!» Я не хотел говорить это вслух, но слова вырвались сами.

«Сначала я решил, что документы следует сжечь».

«О нет!»

«Я был столь глубоко взволнован, что долго не мог придумать, где и как спрятать эти сокровища».

«Они сейчас с вами?» Я едва не дрожал, но посильно старался унять беспокойство.

«Нет, сэр. Я купил сундучок, сложил их туда и стремглав помчался в Лондон; один мой добрый друг, ювелир, живущий близ Чипсайда, охотно согласился взять его на хранение, покуда я не найду мудрого советчика. Он не знал, что в сундучке, но, вняв моим настойчивым увещаниям, спрятал его у себя в горнице, под дощатым полом. И вот, доктор Ди, я приехал к вам, дабы испросить вашей помощи в этом деле и получить от вас толковый совет касательно обращения с этими свитками и хрусталиком».

«Какой великой хвалы удостоится тот, — воскликнул я, — кто сможет заново восстановить всю карту нашего Лондона! Без сомнения, мистер Келли, вы на своем веку посетили не один славный город?»

«Я посетил множество городов, сэр».

«Я также. Но, по свидетельствам минувших веков, наш древний, давно погибший и забытый Лондон был воистину великолепным градом — многие говорят, что именно в нем стоял главный храм Британии. Да ведь и самому нашему острову нет равных в целом свете». Я на мгновенье остановился, дабы перевести дух. «Однако ни одна живая душа не ведает всей правды о нашем происхождении».

Когда я договорил, Эдуард Келли взглянул на меня ясным взором. «Тогда, сэр, возможно, что благодаря этим старинным бумагам мы распахнем окно, в котором впервые забрезжит свет. С тех пор истекли два тысячелетия, но теперь все может открыться».

Грудь мою терзало будто лихорадкой — так не терпелось мне взять в руки эти пергаменты, — но внешне я все еще хранил невозмутимость. Разве не был Симонид медлителен на язык и горазд на умолчание, печалясь более тому, что отверзал уста, нежели тому, что держал их замкнутыми? Так и во мне есть нечто, бегущее чужого внимания, как червь бежит пожара. «Существуют факты, — сказал я, — которые могут помочь нам, ибо наш славный город Лондон имеет божественное происхождение. Как сообщает Гальфрид Монмутский, Брут, потомок полубога Энея, сына Венеры, дочери Юпитера, родился около 2855 года от сотворения мира. Далее, сей Брут выстроил город на реке, каковую мы теперь называем Темзой, и нарек его Тронуантом, или Тренуантом. После чего, в году 1108 до Рождества Христова, король Люд не только восстановил его, но и добавил к нему множество прекрасных зданий, башен и валов, в честь себя самого дав ему имя Людстаун. Также и хорошо укрепленные ворота, воздвигнутые им в западной части города, получили от него название Людгейтских, или Лудгейтских».

«Если я видел в камне именно это, тогда он — истинное сокровище».

«Не спешите, мистер Келли, не спешите. Есть и другая история, полностью подтвержденная многими старинными хрониками и генеалогиями, — она повествует о еще более раннем основании града в те туманные дни минувшего, когда Альбион победил самосийцев, изначальных обитателей Британии. Мы зовем их исполинами из-за тех гигантских могильных холмов, или курганов, кои были найдены мистером Лилендом, мистером Стоу и, совсем недавно, мистером Камденом».

«Я знаю о них благодаря вечерним беседам с Ферди-
нандом Гриффеном».

«Но выяснить происхождение этих первых бри-
танцев — задача весьма трудная. В те дни, ныне оку-
танные пеленою и мраком прошлого, остров Брита-
ния был вообще не островом, а окраиной древнего
царства Атлантиды; затем волны поглотили эту великую страну, пощадив лишь ее западную часть,
ставшую нашим королевством».

«Значит, погибший град Лондон...»

«Сейчас мы слишком далеки от того, чтобы угадать истину. Может быть, он возник во времена Брута, или Люда, или в более давнюю пору существования
Атлантиды. Старинные записи говорят нам лишь одно: в этом канувшем под землю городе были триум-
фальные арки, высокие столпы, или колонны, пирамиды, обелиски и тысячи прекрасных зданий, сияющих
бесчисленными огнями».

«Но именно это я и видел! В кристалле мне открылось зрелище старинных арок, рухнувших стен, развалин храмов, театров, усеянных обломками разбитых
колонн, — о Боже, все это словно лежало в земных недрах и очень походило на руины некоего великого града».

«Вы лицезрели чудо, мистер Келли. Если эта картина не была обманной, то перед вами предстало нечто, сокрытое от человеческих глаз в течение многих
тысяч лет. Единственное, что мы могли видеть, —
это Лондонский камень, последний уцелевший осколок
древней столицы. Вы его знаете? Он находится на
южной стороне Кенуик-стрит, близ Св.Суитина, и
всегда напоминает мне о нашем общем прошлом.
Должно быть, во время ваших совместных трудов с

мистером Гриффеном вы слышали о такой теории: иногда земля начинает дрожать, точно в горячке, небо извергает слезные потоки вод, самый воздух теряет свою животворную силу и огонь пожирает все, но камень пребывает неуязвимым. А знакомо ли вам речение многомудрого Гермеса Меркурия Трисмегиста о том, что Господь есть неколебимый столп? Как по-вашему, зачем все мои трактаты помечены особой Лондонской печатью Гермеса?» Тут я прикусил язык, испугавшись, что сболтнул лишнее.

«Так скажите же, доктор Ди, каково ваше мнение о том, что я вам нынче поведал?»

«Ваш смиренный вид и доказательства, извлеченные мною из вашего повествования, убеждают меня, что все это никак не назовешь глупой бабьей сказкой, годной лишь на то, чтобы скоротать у камина зимний вечер».

«Весьма рад слышать».

«Нет, сэр; упомянутые вами имена древних друидов, а также детали, сопутствующие обнаружению старинных свитков...»

«И хрустального камня».

«Да, и камня. Все эти вещи заставляют меня считать, что против вашей повести не может возвысить голос ни одна живая душа. Конечно, теперь я должен увидеть бумаги собственными глазами и увериться в их подлинности...»

«И вы сделаете это очень скоро. Если угодно, отправимся хоть сейчас».

«Однако я не стану бороться с тенью сомнения. Дайте мне руку, мистер Келли. Замысел наш так грандиозен, что до сих пор, насколько мне известно, еще никому не удавалось претворить его в жизнь, а именно — найти среди земных просторов то место, где обреталась наша древняя столица, и путем надлежащего изучения этого места явить миру его сокровища. Совершить сие значило бы совершить чудо. И хотя в нынешнюю безотрадную пору трудно рассчитывать на должное воздаяние за успехи в каком бы то ни было высоком искусстве, я верю, что в случае удачи нас ждет громкая слава».

«Значит, мы будем трудиться вдвоем, доктор Ди? Таково ваше решение?»

«Что ж, — промолвил я, — поскольку иначе вам грозит превращенье в обычного блюдолиза, я дам вам работу». Услыша это, он рассмеялся с большим облегчением. «Но предупреждаю вас, — добавил я, — что все, кто в прежние времена замышлял против меня дурное, расплатились за это сполна».

«Будьте покойны, сэр, ибо я не сделаю ничего, что могло бы лишить вас покоя».

«И мы оба удостоимся славы первооткрывателей».

«И разбогатеем».

Не ответив на это, я снова торжественно взял его за руку, и мы поклялись в верности друг другу. Меня неудержимо влекло к пергаментам, однако на диво темное небо извергало целые потоки воды, и мы решили отправиться на Чипсайд завтра поутру. Келли снял угол в жалком домишке близ Бейнардс-касла, на берегу реки, но я сказал ему, что он не найдет ничего лучше комнаты в моем собственном доме, как в смысле удобства, так и в смысле оплаты. Он охотно согласился и, несмотря на разыгравшуюся бурю, отбыл этим же вечером, вскоре вернувшись с носильщиком и *поклажей. Ужинать он не пожелал, но ради доброй беседы на сон грядущий зашел ко мне в комнату.*

«Скажите, — спросил я, когда мы устроились у камелька, — чему еще научил вас Фердинанд Гриффен?»

«В столь поздний час негоже пускаться в обсуждение тайн...»

«Вы правы».

«...которые вам и без того известны. Но вот, например, он поведал мне, как можно сжечь камень без огня, и еще, я припоминаю теперь, показал, как изготовить свечу, что сгорает без единого следа. Он научил меня уловке, помогающей курам нестись всю зиму напролет...»

«Негоже было ему, большому ученому, забивать себе голову подобными пустяками».

«...и показал, как заставить полое кольцо пуститься в пляс. А яблоко — двигаться по столу. Далее, благодаря его урокам я могу вызывать у человека ужасные сновидения».

«О, я знаю этот дешевый фокус. Надо взять кровь чибиса и перед отходом ко сну помазать ею жилки на лбу. Не так ли?»

«Да. Именно так, доктор Ди. Я вижу, от вас не укрылось ни одно из этих умений».

«Для подобных мне и мистеру Гриффену это лишь способ развлечься. Пустое фиглярство, за которое я не замолвлю и словечка. Знаете, как сделать так, чтобы комната показалась полной змей и аспидов? Убиваешь змею, погружаешь ее в кастрюлю с воском и кипятишь как следует; затем лепишь из этого воска свечу, и вот, если ее зажечь, по комнате словно поползут тысячи змей. Все это чепуха, сэр. Детские забавы».

«Но разве нет и в них капли истины? Ведь они основаны на тех же принципах гармонии и взаимосвязи, каковые великолепно изложены вами в вашем «Facsiculus Chemicus?»[1]

«Вы знакомы с этой работой? Она печаталась лишь для узкого круга».

«Мне показал ее Фердинанд Гриффен. И разве не писали вы в другом месте, не помню точно где, что из мельчайших сопряжений родятся величайшие чудеса?»

«О да, — отвечал я, — и самые крохотные тучки чреваты дождем».

«И тонкая ниточка ладно штопает».

Он явно подшучивал надо мной, и я отозвался ему в тон, платя добродушием за непочтительность. *«И малые волоски отбрасывают тень».*

«А тупые камни острят ножи».

«Мягкий ручеек точит твердую скалу».

«На одной карте можно увидеть весь мир».

«Илиада» Гомера уместилась в ореховой скорлупке».

«А портрет королевы — на пенни».

«Довольно, сэр, — сказал я. — Довольно. Когда-нибудь я покажу вам нечто большее, чем фокусы для невежд. Учил ли вас Фердинанд Гриффен искусству вытягивания благовонных масел? Возможно, я даже поделюсь с вами великим секретом приготовления соляного эликсира».

«Я надеюсь стать достойным подобных посвящений, сэр. Они принесут мне истинную радость, но пусть это случится лишь после того, как я честно за-

---

[1] «Краткое руководство по химии» (*лат.*).

служу ваше доверие и право трудиться в вашей лаборатории».

«Недурно сказано, Эдуард Келли. Но разве у нас с вами уже нет общей тайны, поважнее всех прочих? Завтра мы должны встать чуть свет и сразу же двинуться на Чипсайд. А когда нам вернут старинные документы, мы сможем начать поиски давно исчезнувшего с лица земли града Лондона».

«Сэр, — сказал он, поднимаясь со стула, — вы почтили меня своим знакомством и оказали мне великую милость. Благодарю вас за это».

«На сем желаю вам спокойной ночи. Филип со свечою проводит вас в вашу спальню».

Когда он ушел, я поднялся по задней лестнице в лабораторию, всегда запертую на замок и засов от нескромных глаз; площадка этой довольно широкой витой лестницы выходит на мой Кларкенуэлльский зимний садик, и, выглянув туда через узкое окно, я заметил неясный облик или силуэт некоего бегущего под дождем существа. Затем оно прошмыгнуло внутрь дома, и спустя несколько секунд я услышал, как оно несется по ступеням за мною вслед. Испугавшись, что эта тварь вскарабкается на меня, я запахнул мантию на коленях, а легкий топот тем временем стал громче; наконец неведомое существо выскочило из-за ближайшего поворота, и я увидел, что это моя кошка. Она бежала не так, как обычно, а затем уронила что-то к моим ногам. Я дотронулся до него носком, но оно было уже мертво; это оказался голубь, однокрылый от рождения. Как же, лишенный всякой возможности летать, он вырос таким гладким и жирным? И я захватил его с собою в лабораторию, отложил в сторону, дабы изучить на досуге, и бережно снял с полки особым образом изогнутый стеклянный сосуд, в котором надеялся вырастить своего человечка.

«Дай тебе Бог доброго сна», — сказал я жене, прежде чем удалиться к себе на покой.

«Не притомились ли вы, сэр, — спросила она, — обменявшись столь многими словами с мистером Келли? Прежде вы вели такие долгие беседы разве что в школе Святого Павла».

«Верно, мистрис Ди. Я устал. Не кликнешь ли ко мне Филипа? А, вот ты где, мошенник, — прячешься за дверью, как тот соседский пес из стишка. Войди же и поставь в канделябры восковые свечи; завтра будет нелегкий день, а запаха сала я не выношу. Где щипцы, чтобы снимать нагар? А грелка с углями? Проверь, есть ли под кроватью ночной горшок. Ты не забыл вымыть тазик? Прошу тебя, налей туда чистой воды». Все мои пожелания были выполнены, и все же, улегшись в постель, я не мог спать: меня преследовали думы о сути находок Эдуарда Келли и о событиях грядущего утра, и я не подпускал к себе сон подобно журавлю, что ради этой цели держит ногою камень.

«Вы не спите, сэр?» — голос Филипа пробудил меня от полета в поднебесье: мне грезилось, будто я расстался со своей бренной оболочкой.

«Нет, Филип, нет. Который теперь час?» — простонал я, снова возвратясь в оковы смертного бытия.

«Ранний, сэр. На дворе еще темень, и лавки торговцев закрыты — я только что проходил мимо».

«Вели Одри испечь на угольях дюжину свежих яиц. У нас нынче гость».

«Знаю, сэр. Он полночи тянул вино и распевал сам с собою».

«Входи, Филип. Ни слова более, и помоги мне встать». Я умылся и оделся довольно быстро, однако, спустясь вниз, обнаружил, что Келли уже греется у огня, покуда жена вместе с Одри накрывает на стол. Я пожелал всем доброго утра, и он спросил меня о здоровье. «Все в порядке, хвала Господу. А как вы?»

«Благодарение Богу, недурно для человека, который не мог заснуть всю ночь».

«Вы не могли заснуть? И я также. Я смежил веки не более чем на час, а затем голос слуги вывел меня из забытья».

«Я вас понимаю. Минуты падали у моей кровати, точно желуди, и я коротал время, отлаживая механизм своих часов».

«Однако нынче нам воздастся за все. Где эль, жена, дабы нам утолить жажду?»

«Он рядом с вами, сэр, пейте всласть».

Мы перекусили на скорую руку, ибо нам не терпелось отправиться за пергаментами; не успев встать из-за стола, Эдуард Келли хотел распорядиться, чтобы седлали его кобылу, но я отговорил его. «Близ Чипсайда опасно оставлять лошадей, — сказал я. — Это место знаменито ворами; стоит нам зазеваться, и конокрады сделают свое черное дело, а потом их ищи-свищи. Нет, сэр, мы пойдем пешком».

«Разве вам не жаль терять время?»

«Время никогда не теряется, ибо мы творим его заново на пути вперед. Через Чартерхаус и Смитфилд мы попадем в Сити быстрее, чем вы думаете».

Одевшись потеплее, мы вышли на морозный воздух и двинулись к Олдерсгейтским воротам; вскоре мы уже миновали их и спустились к Чипсайду по улице Св.Мартина. «Где нам искать вашего друга? — спросил я. — Ювелиров в Лондоне не счесть, и мы можем заблудиться, точно в сверкающем гроте Ребуса. Где он ведет торговлю?»

«Я узнаю его вывеску, когда увижу ее. На ней нарисован заяц, который перепрыгивает луну. По-моему, нам нужно идти куда-то за Элинор-кросс».

Мы зашагали дальше, с трудом протискиваясь меж лотков, у которых стояли зазывающие нас торговцы; с утра они подняли такой хай и шум, что с ними не сравнились бы и черти в аду.

«Господа, что вам угодно купить? — орет один. — Я обслужу вас лучше и дешевле любого лондонца».

«Господа, загляните ко мне в лавку, — вопит другой, — у меня непременно найдется для вас что-нибудь нужное!»

Один из них подошел ко мне так близко, что я обонял его смрадное дыхание. «Пожалуйте ко мне, сударь. У меня отличные и превосходные ткани, дорогие сэры. Лучшие в городе».

«Ткани нам ни к чему», — отвечал я.

«Но скажите, какой цвет вам по вкусу?» Он извлек откуда-то штуку материи и забежал с нею вперед, не давая нам пройти. «Я возьму с вас всего по кроне за ярд, сэр. Меньшая цена меня погубит».

«А мне что за печаль, коли вы начнете пускать пузыри?» Эдуард Келли рассмеялся на мои слова. *«А теперь пропустите-ка нас».*

«Вы чересчур суровы, сэр. Бог вам судья».

Мы добрались до угла Бред-стрит, и я огляделся в поисках описанной Келли вывески. *«Как зовут вашего друга? Быть может, спросим о нем?»*

«Его зовут Порклифф, но спрашивать нет нужды — я доведу вас по памяти».

«О, — ввязался тот надоедливый купчишка, не отставший от нас до сих пор, *— негоже вам ходить к Порклиффу. Идите в соседнюю лавку на этой стороне улицы, сошлитесь на меня, и вам все отпустят задешево».*

Тут Эдуард Келли увидел вывеску, наполовину скрытую лестницей какого-то ремесленника и возом, доверху груженным соломой. *«Вон она, —* сказал он. *— Я был здесь только однажды, но хорошо ее запомнил».* И он поспешил вперед, пересекая Чипсайд, а я живо устремился за ним по пятам, слыша, как тот купчишка бросает нам вслед язвительные слова. *«Ну и шут с вами, —* вопил он. *— Скатертью дорога. Вы как те глупые телята, что порастрясут на ярмарке брюхо да и бегут домой».*

Эдуард Келли вновь захохотал и испустил громкое *«Му! Му!».*

Здесь начинался квартал торговцев бархатом и золотых дел мастеров, и чуть далее, под изображением луны и зайца, мы увидели три невысокие ступеньки — они вели вниз, в комнату с зажженными свечами. *«Мадам, —* говорил продавец весьма преклонных лет в камчатной одеже, когда мы появились при *сей занимательной сцене, — мадам, что вам угодно приобрести?» Он выложил на бархатную подкладку несколько камушков. «Сударыня, вы увидите у меня прекраснейшие камни Лондона. Если они вам не понравятся, не берите. Я прошу вас только взглянуть на них, а уж показывать да рассказывать — моя забота».*

Покупательница была древней, под стать продавцу, старухой в синей юбке с фижмами, напоминающей церковный колокол; на ней был французский чепец, но я видел, что губы ее так щедро намазаны чем-то алым, а щеки так напудрены сахаром и нарумянены вишней, что она с успехом сошла бы за портрет, намалеванный на стене. Мистер Порклифф кинул на нас беглый взгляд, но сейчас он был занят другой добычей. «У драгоценных камней, госпожа, есть много чудесных свойств, однако я перечислю вам лишь те, о коих обычно поминают гранильщики. Доводилось ли вам слышать о древних исследователях природы — Исидоре, Диоскориде и Альберте Великом?»

«Нет, не слыхала, но если они столь же солидны и учены, как их имена, то я искренне восхищаюсь ими».

«У вас мудрое сердце, сударыня. Сказать ли вам прямо, что Исидор называл алмаз камнем любви? Видите, как мерцает он в свете канделябров? Его считают главнейшим из камней, от природы наделенным скрытою силой, что вызывает нежные чувства к его обладателю. Вы хотели бы вызывать нежные чувства, госпожа?»

Она тихонько хихикнула. «Ох, я и не знаю, что вам ответить».

«Я не отдал бы этот алмаз малодушной женщине — нет, ни за какие барыши. Только той, что сможет справиться с его ношением».

«Но я не дам вам ни пенса сверху трех фунтов».

«Не спешите, мадам, не спешите. У меня еще есть что вам показать. Видите этот изумруд? Он развеет любые злые чары...» Тут он глянул на меня и улыбнулся. «Подождите минутку, джентльмены, — промолвил он и вновь обратился к старой карге: — Кроме того, изумруд умеряет похоть».

«О, сэр!»

«Приумножает богатства и наделяет даром красноречия. Что же до этого агата вот здесь, перед вами, то он вызывает бури...»

«В душе?»

«Везде, где вам пожелается, сударыня». Она снова хихикнула. «Он также помогает толковать сны и одаряет своего хозяина привлекательностью. Но вы в этом не нуждаетесь. Не взять ли вам вместо него сапфир, камень королей, — древние язычники называли его Аполлоновым камнем? Он изгоняет меланхолию и весьма полезен для зрения».

«Мое зрение, — сказала она, — в полном порядке, как и всегда. А что до меланхолии — пожалуй, иные и впрямь порой поддаются унынию. Теперь, когда мой муж умер...» Она испустила вздох из глубины своих обширных телес. «Покажите-ка мне еще раз тот, что вы называли камнем любви. Его действительно находят в чреве ласточки?»

«Довольно, — пробормотал я. — Предложите ей лучше топаз, коим лечат недоумие».

Не подав виду, что слышал меня, ювелир взял алмаз

и опустил его на свою правую ладонь. «А на каком пальце следует его носить, госпожа? В старинных книгах сказано, что эмблемой Венеры является большой палец, но мы всегда посвящали любви указательный». Затем он снова вернул камень на прилавок. «Какая цена вас устроит, сударыня? — спросил он уже более серьезно. — Сколько вы заплатите мне за такое приобретение?»

«Я дам вам сорок шиллингов». Ее шутливый тон сменился повелительным. «Если согласны, не тяните время, ибо у меня есть дела поважнее, чем препираться с вами».

«Воистину, я не стал бы возражать, если бы мог отдать его за такую цену, но, поверьте мне, это не в моих силах».

«Даю сорок пять, и ни полпенни больше».

«Ладно. По рукам. Согласен. Камень любви нашел достойную владелицу. Я всего лишь исполняю свой долг». Несколько мгновений спустя она покинула лавку, и ювелир обратился ко мне. «Я вижу, — сказал он, — что вам ведомы тайные свойства камней».

«Я знаю их, сударь. Для таких покупательниц, как она, вам надобно надевать на себя халцедон, отпугивающий чертей».

На это он рассмеялся, а затем отвесил поклон мистеру Келли. «Нед, — сказал он, — Нед. Мне ясно, зачем ты пожаловал. Не угодно ли вам пройти внутрь? Осторожней на этой ступеньке, она скользкая». Мы перешли в тесную комнатку, где он нас оставил; потом, очень скоро, вернулся с дубовым ларчиком, о коем я уже слышал. Келли вынул ключ, висевший у него на шее, и дрожащей рукой отпер замок; когда он откинул крышку, я стал рядом с ним и увидел внутри несколько документов и маленький шарик чистого стекла. «Не желаете ли подняться в верхнюю комнату, — спросил хозяин, — дабы рассмотреть все это получше? Ко мне могут наведаться и другие посетители». С этими словами он проводил нас в горницу наверху и ушел, а я затворил за ним дверь.

Эдуард Келли поставил ларец на небольшой столик, и, вынув оттуда часть пергаментных листов, я убедился, что всего их семь — самый малый длиной около восьми дюймов и шириною в пять. «Мы можем утверждать, — сказал я, — что некогда эти листы были свернуты вместе таким образом, что меньший из них находился в середине, запечатанный отдельно вследствие чрезвычайной важности его содержания. Прочие шесть заключали его в себе, составляя как бы несколько обложек, на каждой из коих были свои письмена». На меньшем из документов я заметил некие формулы и значки арифметического характера; вникать в это подробнее не было времени, однако любопытство мое возгорелось. «Перед нами, — сказал я Келли, — алмаз гораздо более драгоценный, нежели те, что хранятся в комнате внизу. Помните слова Исаии: «Небеса свернутся, как свиток книжный?» Перед нами же пророчество иного рода».

«Так вы видите здесь нечто полезное для нас? Что до меня, то я не могу разгадать эту тайну».

Склонясь над самым маленьким пергаментом, я погрузился в размышления и не отвечал ему в течение нескольких минут. «Тут нет тайны, — наконец изрек я, — по крайней мере, для просвещенного ума. Видите эти значки, подобные символам алгебраической цифири, эти кружочки и квадратики? Кто-то усердно трудился, дабы изобразить строения, возведенные на некоем участке земли. Сие есть геометрия, что, как явствует из происхождения этого слова, означает землемерие». Я вгляделся в чертеж пристальнее. «Пожалуй, нам следует заключить, что это старинный град Лондон. Вот, смотрите, — видите здесь змеистую линию? Несомненно, это и есть та река, что ныне зовется у нас Темзою. Видите, как она слегка изгибается в сем месте?» Я ткнул пальцем в рисунок. «Готов поклясться, что это излучина около Уоппингской пристани, где река сворачивает в Шадуэлльские поля». Я на мгновение прервал свою речь и бережно уложил пергамент обратно в ларец. «А потому, если сей документ и впрямь унаследован нами от древнего мира, нужно искать наш погибший град на востоке».

«Но в том районе нет ничего, кроме низких и ветхих домишек».

«Верно, мистер Келли. Однако «нет» не значит «не было». Вы говорите о том, что находится на поверхности, но земля всегда скрывает в себе свои секреты».

«Не этот ли город я видел?» Стремясь поскорее отправиться к старинным местам, я едва не позабыл о камне. Но теперь Келли с благоговением вынул его из ларчика. «Глядя in crystallo, я лицезрел фундаменты древних строений. И коридоры то тут, то там, словно некие тайные ходы».

«Я помню все, что вы рассказывали, мистер Келли». Произнося эти слова, я неотрывно смотрел в камень — он был чист, как хрусталь, но удивительно светел, точно внутри него была пустота, содержа-

щая лишь легкое сияние. «Порою о редких и драгоценных вещах говорят, — продолжал я, — что они старше всех творений Мерлина. И если сей стеклянный шарик пролежал здесь столько веков и не утратил своей прозрачности, то он воистину древней и диковиннее всего, что сотворил Мерлин. Вам открывались видения, мне же покамест нет; а потому вы должны стать моим беррилистикусом».

«Почел бы за честь, сэр, кабы знал, о чем вы толкуете».

«Вы станете посредником, глядящим в камень, очевидцем чудес. Теперь мы будем повсюду носить его с собою завернутым в кожу для защиты от холода, ибо известно, что в кристаллах, наряду с зеркалами и поверхностью воды, открываются наиболее подробные и прекрасные картины минувшего. Итак, не вернуться ли нам в Кларкенуэлл за лошадьми, дабы поспеть на нужное место до захода солнца?»

И мы снова возвратились в мой старый дом, где я с превеликим тщанием и осторожностью сделал точную копию древней карты, а затем убрал все пергаментные свитки в лабораторию, под надежный замок. Хрустальный камень был положен мною в весьма удобный кожаный мешочек; затем нам подали лошадей, мы вновь проделали путь мимо Чипсайда на Леденхолл-стрит и выехали из города через Олдгейтские ворота. Достигнув Св.Ботольфа, мы пересекли Гудманские поля в направлении Темзы; неподалеку от берега реки была знакомая мне тропа, ведущая в деревушку Уоппинг, и мы поскакали по ней. «Если великий изначальный град будет обнаружен, — сказал я Келли, который на узком участке тропы ехал чуть позади меня, — он станет основою всех наших надежд. Мы совершим чудесные открытия, найдем то, о чем нет речи в хрониках и анналах». В этот миг мы поравнялись с несколькими разбросанными по лугу хижинами, и, сверясь с отметками на сделанной мною копии, я пришпорил коня. «Если бы нам было дано ясно прозреть те далекие годы сразу после сотворения мира, когда по земле ступали наши праотцы, раскрылись бы многие великие тайны».

«Какие, сэр?» Теперь он ехал рядом со мной, поскольку тропа стала шире.

«Иные авторы — сейчас я не помню, кто именно, — утверждают, будто Артур не мертв, но всего лишь спит; однако разве не пробудится он ото сна, если целый волшебный град Лондон восстанет из мрака забытых времен? Здесь надо слегка повернуть к северу...» Мы уже немного отдалились от берега и теперь ехали среди скопища деревянных строений — нас окружали только хлипкие, унылые навесы да сараи. Было еще светло, хотя солнце стояло так низко над горизонтом, что я мог смотреть на него не моргая. «Вот это место соответствует пометкам на карте, — сказал я Келли. — Оглядитесь и поищите признаки чего-нибудь необычного — к примеру, углублений или каналов. Подумай мы об этом заранее, можно было бы использовать водомерную рейку».

«Но вам ведь известны и другие способы, доктор Ди».

«Некоторые применяют так называемую ars sintrilla, то есть пользуются сосудами с водой, вином и маслом, ловя отраженье лучей солнца, а иногда блеск луны или звезд. Но у нас есть средство понадежней горящей свечи или капризного солнечного света — наш

*хрустальный камень».Я вынул его из кожаного мешоч-
ка и передал Келли. «Смотрите туда. Не увидите ли
вы какое-либо подтвержденье тому, что мы на вер-
ном пути?»*

«Я полагал, что вы уже определили место поисков».

*«Однако вопросить камень будет нелишне. Смот-
рите же».*

Взяв хрусталик у меня из рук, он поднес его к лицу,
словно потир, и вдруг я заметил, что длинные солнечные лучи, преломляясь в камне, как бы указывают нам
направление.

*«Стойте! — вскричал я. — Вы видите? Не двигай-
тесь и подымите камень повыше. Луч света, исходящий из кристалла, велит нам двигаться в ту сторону».Я живо поскакал вперед, и луч вывел меня на узкую
прямую тропку, столь густо заросшую шиповником
и ежевикой, что по ней едва можно было пробраться.
Однако это меня не остановило; Эдуард Келли устремился за мной, и вскоре мы очутились на каком-то
старом, мертвом и невозделанном пустыре. «Кажется, мне знакомо это место, — по минутном размыш-
лении промолвил я. — Оно зовется Дурацким полем,
где ничто не может благополучно жить и произрастать. Темный люд верит, что это обиталище духов — вот почему здесь нет хижин или иных строений».*

*«Прежде я не говорил вам об этом, однако первый
раз, в Гластонбери, я видел в кристалле нечто весьма
похожее».*

Я спешился и быстро зашагал к земляному кургану
неподалеку. *«Видите там камень? — воскликнул я. —
Вон ту огромную глыбу на краю кургана? Она напо-*

минает остаток древней мостовой — некогда тут могла пролегать улица или переулочек». Ну конечно же, в далекую допотопную пору здесь высился искомый нами дивный град, прекраснейшее из украшений земного лика! Почему я был так убежден в этом? Потому что мысленным взором я ясно видел тот чудо-город, его волшебные здания и сады, его мостовые и храмы — все это вдруг поднялось окрест меня на холодном Уоппингском болоте. Я читал о нем, о древнем городе исполинов, в старинных летописях, однако теперь магия этого места возродила его в моем воображении величавым и сияющим ярче самого солнца.

Эдуард Келли бегом догнал меня, однако так запыхался, что не мог произнести ни слова. Покуда он сопел и хватал ртом воздух, я спокойно обозревал низину.

«Солнце заходит, — наконец сказал он. — Боюсь, что мы не сможем попасть домой засветло».

«Вы устали?»

«Не столько устал, сколько опасаюсь, ибо здесь не след задерживаться до ночи. Давайте поспешим, доктор Ди, прошу вас, не то стража закроет ворота».

«Что ж, для одного дня я видел довольно». Пускай передо мною закроют врата Лондона, зато врата сего древнего города всегда будут открыты для тех, кто способен видеть, — да, были они распахнуты и для меня, когда я стоял на том высохшем болоте, подставив лицо студеному ветру.

Келли двинулся назад; я смотрел, как он в своем желтом камзоле и голубом плаще бредет по темной пустоши медленно, точно ему опалило ноги. «Мы еще вернемся, — сказал я, когда мы подошли к лошадям. — Тут есть для нас работа. Ныне под нами покоятся останки древнего Лондона, однако они не утратили своей силы. И если бы удалось поднять сей погибший град из земных недр, что тогда?»

«Тогда мы снискали бы богатства».

«Да, богатства. Но кроме того, славу и вечное признание. Итак, вы по-прежнему со мной, мистер Келли?»

«Да, сэр. Я с вами».

Я буду с тобою всегда. Сказал ли он эти слова, или их принесло ветром? Я оглянулся на бывшую топь, и мне почудилось, что там стоит вся белая, нагая фигура со сложенными на груди руками.

5

Кто-то, весь в белом, стоял за оградой кладбища. Пока я мочился на могилу и топтал ногой землю рядом, за мной наблюдала женщина, одетая в белое кожаное пальто; подойдя к ней, я увидел, что она довольно молода. Ее окружало непонятное фиолетовое сияние, и на миг мне померещилось, будто это нечто вроде эманации ее души; но потом я понял, что источник света лежит за нею. Там, где-то ниже уровня мостовой, приглушенно билась музыка: это был ночной клуб на другой стороне площади, гораздо больше и шумнее того, который попался мне на Шарлот-стрит. Его расположение показалось мне очень естественным, словно он существовал на этом самом месте всегда, даже прежде того как оно возникло. Но как я умудрился не заметить его раньше? Неужели я был так поглощен историей своего района, что не видел вещей, находящихся буквально у меня под носом? Это страх держал меня в узде, ослеплял меня. Но теперь я уже не боялся. Я вышел с кладбища и приблизился к наблюдавшей за мной женщине. Она стояла неподвижно, глядя на меня с любопытством и опаской.

— Не пугайтесь, — сказал я.

— И не думаю.

— Что вы тут делаете?

— А как по-вашему? — Я вспомнил трех женщин на Тернмилл-стрит, увезенных в полицейском фургоне. — А вы что делаете? Танцуете на могиле своей матери?

— Примерно так. Куда вы сейчас?

— Никуда. Просто ищу чем заняться. — У нее было симпатичное, но не совсем оформившееся лицо, будто ее истинной натуре только предстояло проявиться: карие глаза, скупо вылепленный носик, очень полные губы, и на мгновение, в полумраке, она показалась мне слегка похожей на манекен. — Ну, а вы-то куда?

С той минуты, как я покинул ресторан, меня свербило неотступное вожделение; наверное, я был возбужден чем-то, касающимся связи Дэниэла Мура с моим отцом, и едва сдерживался.

— Да я так, брожу без дела.

— Прохлаждаетесь?

— Вот-вот. Прохлаждаюсь. Как вас зовут?

— Мэри.

— А где вы живете, Мэри?

Она мотнула головой.

— На том берегу.

— Чтоб вернуться, надо речку перейти?

— Что?

— Я говорю, хорошо жить за рекой.

У нее был необычный смех, похожий на внезапный выдох.

— Кому как. А вы где живете?

— Здесь, за углом.

— Да ну? — Мы вместе зашагали мимо церкви, и я украдкой поднес к лицу ладонь, чтобы проверить запах изо рта; вино смыло последние следы рвоты. Мэри засунула руки глубоко в карманы своего белого пальто и шла, вовсе не глядя на меня; она опустила глаза на дорогу и, похоже, угадывала верное направление без всякой помощи. Мы достигли поворота на Клоук-лейн, и она осмотрелась по сторонам.

— Мне надо кое в чем признаться, — сказала она. Я не сводил с нее взора, но молчал. — У меня плоховато с деньгами, понимаете. Я нынче временно без работы.

Я ожидал этого.

— Все в порядке, Мэри. Я тебе дам. Не беспокойся. — Честно говоря, я отнюдь не был недоволен ее признанием; оно возбудило меня еще больше, и по пути к старому дому я обнял ее рукой.

— Это ваш?

В ее голосе прозвучал явный интерес, даже алчность; возможно, тут сказалось мое виноватое воображение, но я не хотел говорить ей, что живу в этом доме один.

— Нет, — ответил я. — Тут живет еще кое-кто. Мой отец.

— Я видела, как там кто-то мелькнул.

— Ты не могла его увидеть. — Я положил руку ей на плечо. — Он ушел. И нескоро вернется.

— Где же он тогда?

— В клубе, играет в бинго.

— Не говорите мне про бинго. Мать по нему с ума сходит.

Она не сопротивлялась, когда я привлек ее ближе к себе и, поцеловав в шею, чуть ли не потащил к дому. Открывая дверь, я уже знал, что хочу сделать.

— Идем в подвал, Мэри. Там нас никто не увидит.

— Годится. Но сначала отдайте деньги.

— Получишь ты свои деньги. — Я хотел ударить ее по лицу, как на моем месте, наверно, сделал бы отец, но вместо этого пошел наверх и достал из конверта, лежащего у меня в спальне, несколько пятифунтовых банкнот. Потом, захватив еще бутылку виски, спустился к ней: я знал, что не смогу сделать то, чего мне действительно хочется, если не напьюсь. Я отвел ее в подвал, не включая света, однако тьму здесь слегка рассеивали скудные лучи, проникающие из холла; они словно высвечивали контуры замурованной двери. Я поволок ее туда и, приперев к стене, начал раздеваться. Затем раздел Мэри, облил ей грудь виски и стал жадно слизывать его.

— Поосторожней с сосками, — сказала она. — Не оставляй отметин. — Однако испустила легкий взвизг удовольствия, когда я ощутимо ее укусил.

Наверное, именно в этом углу Дэниэл и мой отец исполняли свои собственные ритуалы, и, становясь с Мэри все грубее, я понял, что он использовался для той же цели и гораздо раньше; этот дом был посвящен сексу, и мы были последними в череде его обитателей. Не знаю, как долго мы оставались в подвале, но на все это время я словно бы выпал из обычного мира: реальность целиком свелась к наслаждению даримому и наслаждению получаемому. Не было ни обычных этических рамок, ни долга, ни убеждений, ни причин и следствий; а еще я понимал, что такой экстаз и неистовство способны вызвать из небытия любое чудо. Мэри лежала на полу, покрытая синяками, грязная, от нее разило виски, которым я ее облил. «Когда мой отец сделал меня, — сказал я, — он сделал меня сильным».

Кажется, я плевал на нее. «Не в глаза, — говорила она, — побереги мои глаза».

Потом я вдруг уловил другой голос, шепот. «Зачем ты звал меня?» Я оставил ее и, вытирая рукой губы, поднялся по лестнице. Мне удалось найти свою спальню, и я торопливо ополоснулся, прежде чем накинуть на себя какую-то одежду. Когда я вернулся в подвал, она уже исчезла. К тому времени я успел так напиться, что плохо помню дальнейшее; я вывалился из дома в поисках кого-нибудь еще — другой женщины или девушки, — чтобы продолжить начатый обряд. Все переменилось, и дома высились надо мною, точно я навзничь лежал на дороге. Я оказывался в разных местах, не понимая, как попал туда, и говорил с людьми, исчезавшими без предупреждения. Я был в незнакомом баре, или ночном клубе, и таращился на видеоигру, которая вертелась и плясала у меня перед глазами. Затем помню себя в туалете: я стоял на полусогнутых ногах, а по ним струилась моча. Там был старик. Он наклонился ко мне и взял одну мою часть в рот. Напряжение отпустило меня, и я рассмеялся. Довольно. Это было последним штрихом. В тот вечер я открыл правду о своем отце.

На следующее утро я лежал у себя в постели. Не знаю, как я добрался до нее; от прошлого вечера в памяти остались только отдельные моменты, вкрапленные в амбру шока или изумления, но на душе у меня было удивительно спокойно, словно после долгого отдыха. Затем, повернувшись, чтобы заснуть вновь, я заметил, что на кровати рядом со мной лежит еще кто-то. Этот человек тихо дышал в утренних лучах. Сначала я принял его за Мэри, до сих пор не покинувшую моего дома, но это был отец. Он улыбался мне. Я тяжко застонал, и он исчез. Второй раз я проснулся на лестнице, полностью одетый. Дверь была распахнута; каким-то образом в пьяном угаре я отыскал обратную дорогу в старый дом. Но теперь он внушал мне отвращение, и я еле принудил себя подняться по ступеням в свою комнату.

Я чувствовал, что настала пора идти к матери; настала пора поделиться с ней тем, что рассказал мне Дэниэл, хотя я подозревал, что она всегда знала о тайной жизни мужа. Но почему же я никогда не замечал ее отчаяния, не думал о том, чтобы ее утешить? Даже сейчас перспектива заключить ее в объятия взволновала меня больше, чем я хотел себе признаться.

Иногда, если накануне много выпьешь, все органы чувств начинают работать по-иному и окружающее предстает перед тобой в простом и ясном свете. Вот почему я мог теперь увидеть мать в ее настоящем облике. Наверное, я никогда толком не заботился о ней именно потому, что никогда толком не *видел* ее. Я никогда не старался понять ее жизнь, и потому она оставалась для меня все той же двумерной картонной фигуркой, с которой я и обращался соответственно. Я никогда не признавал, что она способна страдать, не пытался постичь природу сформировавшего ее долгого брака; но еще важнее то, что я никогда не давал себе труда любить ее. Вот почему с годами в ней становилось все больше этой напускной бодрости и внутренней отчужденности. Она ведь должна была как-то защищаться от моего равнодушия.

Дэниэлу я сказал, что ничего не помню о своем раннем детстве, но, как вы, пожалуй, уже догадались, слегка покривил душой. Однажды мне довелось прочесть статью о некоем итальянце — он эмигрировал в Америку, но в последние годы жизни рисовал исключительно улицы и дома своего родного поселка. Само по себе это легко объяснить; удивительным было то, что, сличенные с фотографиями, его рисунки оказались верными до мельчайших деталей. После перерыва в тридцать-сорок лет он в точности помнил абрис каждого дома и извивы каждой улочки. Вот и я, возвращаясь мыслями к детству, до сих пор вполне ясно вижу окружавшие меня тогда улицы и дома. Вижу маленькие белые особняки Вулфстан-стрит, ряд муниципальных домов из красного кирпича на Эрконуолд-стрит, скаутский клуб в верхнем конце Мелитус-стрит и небольшой парк рядом с Брейбрук авеню. Но в моем воображении там всегда бывает тихо и безжизненно. Даже мой собственный дом, где я жил ребенком, видится мне совершенно пустым. Людей той поры у меня в памяти не осталось вовсе. Их нет — за одним исключением. Как-то раз, когда я был еще очень маленьким, мать посадила меня к себе на колени и заплакала; я вышел из комнаты, не сказав ни слова.

Это воспоминание ожило во мне на следующий день, когда я вернулся в Илинг. Утро было солнечным и погожим, и я шел по Мелвилл авеню, внимательно глядя себе под ноги; это была старинная детская игра — на трещину наступишь, матушку погубишь. Она «работает» в саду, сказал открывший мне дверь Джеффри. Он точно удивился моему появлению и, идя со мной на кухню, продолжал что-то беспокойно говорить. Я увидел ее в окно: она согнулась над какими-то поздно цветущими кустами, и я еще раз подивился тому, до чего хрупка она стала; наши взгляды встретились, но лица — и у нее, и у меня — в течение нескольких секунд были еще лишены всякого выражения. Затем она улыбнулась и, вытерев руки тряпкой, пошла ко мне.

— Какая честь, — сказала она. — Целуй. — Впервые я не почувствовал отвращения, прикоснувшись губами к ее щеке.

— Я надеялся еще раз увидеть тебя в Кларкенуэлле.

— Уж слишком далеко ехать, Мэтью. А в саду нынче работы невпроворот. Надо побольше успеть до осени. — Я обвел взором лужайку, кусты и мощеные дорожки из разнокалиберного камня: все осталось таким же, как в детстве, хотя тогда я видел в этом целый мир, где можно было укрыться. — И кроме того, — добавила она, — дом у тебя не очень...

— А чем он тебе не нравится?

В этот миг ее внимание приковал к себе какой-то предмет на краю лужайки, и она наклонилась, чтобы поднять его; это был осколок стекла, и она аккуратно засунула его в землю.

— Пойдем отсюда, — сказала она. — Приготовлю тебе кое-что вкусненькое.

— Иногда с тобой бывает ужасно трудно разговаривать. Такое впечатление, будто на уме у тебя больше, чем на языке.

— Разве не потому я так обаятельна? — Это была попытка кокетства, но неудачная. Что-то ее беспокоило; думаю, она уже тогда догадалась о причине моего визита. Мы вошли в дом, и, пока Джеффри варил кофе, она занялась приготовлением толстого сандвича с сыром, какие я ел еще мальчишкой. — Ну-ка, слопай его, — это прозвучало почти мстительно. — Ты всегда обожал сандвичи. — Насколько я помнил, я всегда их терпеть не мог, но покорно начал жевать.

— Да, кстати, — сказала она. — Я тут кое-что нашла в шкафу. — Она все еще держалась со мной очень неловко и покинула комнату с видимым удовольствием; Джеффри проводил ее пристальным взглядом. Но она вернулась почти сразу же и принесла большой коричневый конверт. — Я не хотела оставлять их. — Она помедлила, словно сказала что-то совсем не то. — Я не хотела выбрасывать. Подумала, надо отдать тебе. — Я открыл конверт, и оттуда на стол выпало несколько фотографий. На всех были мы вдвоем с отцом. Вот он держит меня на руках (тогда мне было, пожалуй, лет пять-шесть), а вот мы вместе сидим на низкой ограде. Некоторые снимки казались сделанными совсем недавно — на одном, к примеру, мы поднимались по каким-то каменным ступеням, — но я почему-то не мог вспомнить, когда и где это было.

— Он был красивым мужчиной, — сказал я.

На мгновение она очень широко раскрыла глаза.

— Прошу тебя, убери их, Мэтью. Потом посмотришь.

Ей не удалось скрыть отвращение — оно сквозило в ее голосе. Джеффри тихонько вышел из комнаты, бормоча что-то об автомобиле, и между нами воцарилась недолгая тишина.

— Скоро у тебя день рожденья, — сказала она, водя пальцем по ободку чашки. — Именинничек ты мой.

— Я все про него знаю, мама.

Она поднесла руку к лицу.

— О чем ты? — вопрос прозвучал раздраженно.

— Я знаю, что он был за человек.

— И что же он был за человек?

— Наверно, ты и сама знаешь, мама.

Мне показалось, что она подавила зевок, но затем я понял, что у нее чуть не вырвался вскрик или, может быть, стон.

— А я все это время была уверена, что ты забыл.

— Забыл?

— Ты был тогда такой маленький. — Я ощутил, как что-то вздымается во мне, точно переворачивая вверх тормашками, и я как бы снова становлюсь ребенком. И потом, вдруг, мы оба заплакали. — Ты знаешь, правда? — сказала она. Затем подошла и обняла меня одной рукой. — Но я охраняла тебя. Хоть на что-то твоя мать годилась, даже тогда. Я его остановила. Я только раз поймала его с тобой, но пригрозила, что вызову полицию. — Я смотрел на себя с бесконечным вниманием и любопытством: видел, как я брожу по улицам Лондона, наблюдал, как я роюсь в своих книгах, слушал, как я беседую с Дэниэлом о своем детстве. Оказывается, я себя совершенно не знал. — После этого я никогда не оставляла тебя с ним наедине, — говорила она. — Я защищала тебя. — Я очень пристально глядел в стол — я различал структуру древесины, все ее свилеватости и неоднородности, я так напряженно вглядывался в самую сердцевину этого дерева, что меня стало затягивать туда, точно водоворотом. — Он клялся, что не причинял тебе вреда, Мэтью. Говорил, что и пальцем тебя не тронул. Но после того случая я возненавидела его навсегда. — И тут, покоясь в глубине этого дерева, я понял истину, которая почему-то ускользала от меня прежде: материальный мир есть обиталище вечности. Одна тайна вела к другой тайне, и я медленно сдвигал завесу. — Прости меня, Боже, было время, когда я думала, что ты с ним...

— Твой собственный сын?

Несколько секунд я слушал ее молчание, потом поднял на нее глаза. Сейчас мне кажется, что я не плакал.

— Ты не мой сын, Мэтью. Он нашел тебя. Усыновил. Он говорил, ты какой-то особенный. Уникальный. Мне пришлось с этим смириться: я знала, что сама никогда не смогу родить ему детей. — Теперь я понял, откуда брались ее гнев и горечь, даже в тех случаях, когда она изливала их на меня. Мой отец медленно разрушал ее, так же верно, как если бы кормил ее ядом. Но чего он хотел от меня? Как назвал это Дэниэл? Магией секса? Теперь мне стало ясно, отчего я забыл свое детство и потому забыл себя. Ясно, почему в моих воспоминаниях не было людей. Я утерял все с самого начала. Лишь ценой невыносимого душевного напряжения я мог обращаться мыслями к той поре своей жизни, которую мнил забытой, но которая, по сути, сформировала меня.

До полудня мы успели поговорить обо всем, и я рассказал ей, что выведал о его жизни на Клоук-лейн. Она ни капли не удивилась этому: она уже давно подозревала, что у него имеется, по ее выражению, «логово». По мере того как развивалась беседа, каждый из нас начинал узнавать собеседника; мы походили на чужих друг другу людей, понемногу налаживающих знакомство. Это было чрезвычайно странное чувство: увидев в ясном свете его, мы увидели и себя.

— Мне было так трудно, Мэтью. Ведь он всегда оставался рядом, понимаешь. Ты всегда был, в общем-то, его ребенком, а не моим. Считается, что все дело в любви, но... — Вот в чем была главная тайна. Я вырос в мире без любви — в мире магии, денег, обладания — и поэтому не имел ничего ни для себя, ни для других. Вот почему вместо реальных людей я видел призраков. Вот почему мне слышались голоса прошлого, а не настоящего. Вот почему я мечтал о том, чтобы укрыться под стеклом, в покое и отчуждении. Миф о гомункулусе был всего-навсего одной из сторон лишенного любви отцовского существования — этот образ стерильности и ложной невинности не мог родиться ни из какого иного источника. Теперь же наступило время коренных перемен.

Я встал из-за стола и обнял ее.

— Что ж, мы все-таки можем быть благодарны, — сказал я. — По крайней мере, мы уцелели, правда?

— Вроде бы.

В этот момент на кухню вернулся Джеффри.

— Я не пропустил ничего интересного?

— Нет, милый, — сказала она. — Мы тут просто повспоминали кое о чем.

— А, ну хорошо. — Теперь я понял, отчего моя мать выбрала себе в пару столь заурядного человека: он был символом обычного течения жизни, которого она все эти годы была лишена. Впрочем, что же здесь такого обычного, если это принесло ей счастье? Только начни искать вечность, и будешь обнаруживать ее повсюду. Я стоял у кухонного окна и глядел на лужайку, а он подошел ко мне, точно желая утешить.

— За садом нужен уход, — сказал он. — Пойдемте, я покажу вам, какие подсолнухи вырастила ваша мать. — Я оглянулся, думая увидеть ее, но она уже вышла из кухни, и я последовал за ним к цветочным клумбам, куда вели дорожки из разнокалиберного камня. Он догадывался, что случилось нечто особенное, я знал это, но задать нескромный вопрос было для него так же невозможно, как раздеться донага перед соседями. — Стало быть, потолковали, да?

— Да. Потолковали.

— Ну и славненько. — Мы неторопливо шли по лужайке, восхищаясь каждым кустом и каждым отдельным цветком, и наконец добрели до подсолнечников, которые росли у кучи мусора в дальней части сада. — Удивительно, как они вырастают из всей этой дряни и грязи, — сказал он.

— Не думаю, что это так. Вернее, не совсем. — Он изумленно поглядел на меня, но смолчал. — Отчего они, по-вашему, зовутся подсолнечниками?

— Они всегда поворачивают головки вслед за солнцем.

— Нет. Они и есть солнце.

— Не могу уследить за вашей мыслью.

— Не можете повернуться вслед за сыном? — Я пробормотал это себе под нос, и он меня не расслышал.

— Я знаю, что вас заинтересует, Мэтью. Вы помните, что я работаю в районе будущих лондонских новостроек? — Он уже много раз говорил мне, что исполняет функции топографа на прокладке одного из восточных «коридоров» города. — Недавно мы наносили на карту русло старой реки Соукен — надо было удостовериться, что там не произойдет оседания. Она течет от Уолтем-форест вниз, через Бетнал-грин и Шадуэлл. Понятно, где это? — Я кивнул, хотя слушал его вполуха; я глядел на окно спальни матери. — Мы изучали старые сливные каналы, которые туда впадают, и кое на что наткнулись. — Теперь он завладел моим вниманием, и мы присели на деревянную скамейку перед лужайкой. — Мы нашли несколько узких туннелей, где-то между Уоппингом и Шадуэллом. Конечно, сначала я подумал, что они были построены вместе с каналами, но потом сообразил, что их направления абсолютно друг другу не соответствуют. Абсолютно. И мы решили пройти по одному из них — там было сыро, и скользко, и дух тяжелый, но мы к этому привыкли. И тогда мы наткнулись на удивительнейшую вещь. — Мать помахала из своего окна, и я помахал ей в ответ. — Мы выбрались на открытое место, и там лежали какие-то старые камни. Один походил на кусок колонны, а другой — на булыжник из мостовой. Понимаете, стертый ногами. А еще там был обломок арки — просто валялся на земле. Что вы об этом думаете? — Я думал только одно: обнаружен погибший город. Восстановлена какая-то часть прошлого.

В этот миг кернтерьер моей матери стремглав вылетел из дому и приветствовал нас пронзительным лаем. Прежде я никогда толком не обращал внимания на этого пса, но теперь увидел, какой он живой и веселый. В саду, мире земли и воды, он выглядел порождением мира огня. Но существует ли место, где можно примирить все стихии, где призраки и реальные люди, древние города и нынешние, мои прошлая и настоящая жизни, моя мать и я смогли бы объединиться в любви? Джеффри поднял песика, и тот пылко лизнул его в лицо.

— Мне уже пора, — сказал я. Он хотел встать и проводить меня, но я положил руку ему на плечо. — Нет. Оставайтесь с собакой. Я только зайду к матери.

Она ждала меня на кухне, и мы в первый раз обменялись рукопожатием. Это был очень странный жест, но отчего-то он показался нам уместным. Затем я поцеловал ее в щеку.

— Я еще появлюсь, — сказал я.

Я вышел из дома и уже шагал по Вулфстан-стрит, когда меня захлестнула первая волна чувства. Что-то поднялось во мне и бросило меня на кирпичную стену соседнего сада. Я словно пытался удержаться на поверхности ощущения гораздо более мощного и глубокого, чем все мои собственные душевные порывы. Оно наполнило меня, а потом, спустя несколько мгновений, исчезло. Я все еще стоял, прислонившись к стене, и теперь поднес руку к лицу. Вскоре я завернул за угол, на Брейбрук авеню, и направился к «Илинг-Бродвею». В этих местах прошло мое детство, которое я раньше презирал и отвергал, но сейчас я испытывал странное умиротворение и даже радость. Я видел, как девочка переводит через дорогу старика, и слышал, как кто-то поет неподалеку. Мне кажется, что именно тогда я начал жалеть своего отца.

Келья прозрений

«Очистились ли вы, мистер Келли? Вы хорошо знаете, что, если предпринимающий сие не чист, он навлечет на себя кару».

«Я воздерживался от соития в течение одного дня и одной ночи. Я не грешил чревоугодием. Я вымыл все тело и остриг ногти».

«Тогда смело переступайте порог. Это место священно». И мы вошли в свою тайная тайных, гадальню или келью прозрений, неся с собою кристалл, каковой я с должным благоговеньем возложил на шелковую ткань. «Сядьте за опытный стол, — промолвил я, — и изготовьтесь ко всему, что может быть увидено или услышано».

«Нет ничего более тяжкого, доктор Ди. Сей труд изнуряет меня».

«Что ж, покуда вы еще крепки». Я стал за ним на своем обычном месте, хотя мне не дано было узреть что-либо in crystallo. «Вы еще ничего там не видите?»

«Нет. В камне не видно ничего, даже золотой завесы».

«*Прозрачность камня такова, какою ей надлежит быть по природе?*»

«*О да*».

«*Значит, мы должны преисполниться веры и ждать, ибо в наших руках огромная сила. Мы постигли многое и постигнем еще больше*».

«*Теперь я вижу в камне золотую завесу, — прошептал Келли немного спустя. — Она не шевелится. Нет, шелохнулась. Она словно бы далеко-далеко от меня, а между завесой и своим передним краем камень прозрачен. Под завесой я различаю ноги людей до колен. Сейчас все замерло*».

«*Наберитесь же терпенья, мистер Келли, ибо картины сии чудесны*».

И мы вернулись к своему бдению. Каждый сеанс занимает день, но поскольку всякая попытка сопряжена с величайшими предосторожностями и трепетным волнением, мы входим в эту комнату лишь однажды в неделю. Кроме того, многое требует истолкования, и смысл всего увиденного открывается мне только по мере просмотра моих книг: сии истины не следует схватывать с жадностью, уподобляясь псам, треплющим за уши медведей в Парижском садике.

С той поры, как Эдуард Келли поступил ко мне на службу и мы с ним впервые побывали на пересохшем болоте близ Уоппинга, куда привели нас поиски древнего города Лондона, минуло ровным счетом двенадцать месяцев. Однако туман, коим окутано былое, не так легко развеять: мы возвращались на пустырь несколько раз, но не нашли там ничего, кроме кургана и обломка старинного камня. Как-то зимним вечером, когда воцарилась тихая погода (к вящему неудовольствию Эдуарда Келли), я даже установил на кургане столик, водрузив на него сосуды с маслом, вином и водою: *Агрикола* в своем «*De re metallica*»[1] пишет, что луч свечи, падающий на поверхность сих жидкостей после отражения от гладкого металла, может возродить образ забытых вещей. Однако в свете луча не возникло ничего, способного помочь нам, и все осталось скрытым. Мы могли бы попросту начать раскопки, но лишь рискуя выдать свои замыслы. «Я чувствую себя так, будто родился не в свое время, — сказал я Эдуарду Келли той ночью, когда мы возвращались с Уоппингского болота. — Будто мне предлагают любоваться деревянным глобусом, тогда как я жажду увидеть все небо». Говоря это, я и впрямь был близок к отчаянию, но вдруг обнаружил стрелу, могущую поразить нашу цель иначе. «Впрочем, — сказал я, — почему бы вам не стать моими глазами?»

«А именно?..»

«Мы должны снова обратить свои взоры к камню. Вы хорошо знаете, как действует на солнечные лучи параболический отражатель, или воспламеняющее зеркало. Так почему бы нашему священному кристаллу, нашему дивному камню не увеличить и не сделать зримым окружающий нас мир духов? Где отыщем мы лучших проводников на пути к канувшему в землю граду?»

«Конечно, — ответил он, — сей камень обладает волшебными свойствами, ибо я уже видел в нем чудные картины. Но я не уверен...»

«Нынче не время угрызаться сомнениями, Эдуард. Если он и вправду таит в себе ключ к сокровенному,

---

[1] «О металлическом» (*лат.*).

его следует блюсти и охранять. Я приготовлю маленькую келейку за своей лабораторией, и она будет замкнута и заперта от посторонних глаз — даже моя жена не отважится войти туда. И там, в этой уединенной комнате, мы станем вопрошать камень упорно и терпеливо. Иначе нам ничего не достигнуть».

Так было решено оборудовать для волшебного кристалла комнату, к каковому труду я приступил на следующий же день. На полу я начертал магические круги, символы и заклинания, ведомые мне благодаря «De mysteria mysteriorum»[1] Корнелия Агриппы. Затем с помощью «Mutus Liber»[2] я сделал прозрачный столик, круглый, как тележное колесо, и желтою и синею красками нанес на него необходимые символы и имена; по бокам он тоже был расписан, но алым цветом, а каждая ножка покоилась на восковой печати Гермеса Трисмегиста. Большая печать с выдавленными на ней священными именами была положена мною в центр столика; затем я накрыл все это красным шелком, а сверху поместил хрустальный камень. И наши кропотливые приготовления не были напрасными, ибо, laus Deo, сей камень оказался истинно ангельским, отворяющимся под взором Эдуарда Келли; в сем стекле были замечены многие предметы или образы предметов, посланные нам — в чем я нимало не сомневался — либо самим Богом, либо по его воле.

Первого посещения мы удостоились не более чем через неделю после всей этой тщательной подготов-

---

[1] «О тайне тайн» (лат.).
[2] «Безмолвная книга» (лат.).

ки и начала опытов. «Там брезжит завеса, — сказал Келли, склонившийся над кристаллом, — и вот она поднимается как бы рукою». *Я затрепетал от любопытства и восхищения и стал умолять его говорить обо всем как можно подробнее.* «Теперь я вижу маленького мальчика. Он вынимает из кармана какую-то книжечку. Глядит на рисунок в книжечке».

«Вы видите рисунок?»

«Нет. Он переворачивает страницы книги. Его словно окликнул некто, кого я не слышу. Одежды мальчика испускают сияние внутри камня. Мальчик как бы собирает вокруг себя дымку и исчезает в непроницаемой пелене. Теперь он пропал».

Второй посланец явился на следующей неделе. «Завеса шевелится, — сказал Келли. — Там что-то есть, однако я еще не могу разобрать что. Теперь вижу человека, идущего по белой дороге. Это высокий мужчина преклонных лет, с непокрытой головой».

«И сие происходит въяве?»

«Я гляжу в камень своим телесным взором, доктор Ди, а не мысленным. Сейчас этот человек идет прямо к нашему дому! Он уже поравнялся со старым колодцем».

«Неужели он так близко?»

«Он приближается к дому. Делает взмах, словно желая постучать в дверь. Но вдруг опускает руку и смеется». *Внезапно Келли рывком откинулся назад.* «Он бросил из камня пылью мне в глаза».

«Глядите же в камень, — взмолился я, — ведь сей старец совсем рядом с нами».

«Вот он дернул завесу, как бы обернув ее вокруг камня, и я более ничего не вижу».

Он распрямил спину, лихорадочно дрожа, и я готов был задрожать вместе с ним: что за призрак или демон едва не постучался ко мне в дверь? И тут я вспомнил отца. «Не было ли у того престарелого человека седой раздвоенной бороды?» — спросил я Келли, который уже вновь оперся на столик, вглядываясь в камень точно во сне.

«У него не было бороды. Он был одет в странные одежды». Келли опять разогнул спину и сел прямо. «Но теперь я вижу другого, целиком заключенного в пламень. Да, он состоит из великого множества языков огня. Вот он уподобился большому огненному колесу величиной с колесо телеги, и оно вращается в камне. Вот оно пропало. Теперь исчезло все». Он покрылся обильным потом и провел рукой по лицу. «На сегодня с меня хватит. Лицезрение подобных картин достается смертным чересчур дорогой ценой».

«Что говорить о цене, — сказал я, пытаясь ободрить его, — если нас ждет высочайшая из всех мыслимых наград? Здесь, в камне, заключено сокровище».

«Вы имеете в виду тайну золота?» Его вдруг снова бросило в пот. «Я думал, она вам ведома».

«Нет, не золота, но гораздо более чудесных субстанций. Если сии духи — посланники Бога, в чем я убежден нерушимо, то они способны помочь нам в поисках сердцевины самого времени».

«Но тайна золота вам известна? По сему предмету вам нечего испрашивать помощи?»

«Мне ведомы многие тайны и секреты, мистер Келли, о каковых я расскажу в свой час. Однако ныне мы близимся к разрешению более великой тайны, и я прошу вас вернуться к вашему занятию. Если вы *жаждете злата, алмазов или иных драгоценностей, обратите свой взор к священному кристаллу».*

Через две недели после этого разговора в келье прозрений случились перемены. Я вошел туда чуть позднее своего напарника — меня задержала необходимость сказать несколько гневных слов слуге, не вымывшему мой ночной горшок, — и застал его сидящим на стуле в некоем изумлении. «Вы слышите звуки?» — спросил он меня.

«Где?»

«Где же, как не в кристалле? Там раздается шум. Разве вы его не слышите?»

В испуге я отступил назад, но затем меня одолело любопытство; я приблизился к камню и спустя несколько мгновений услыхал в нем потрескиванье или позвякиванье, хотя его не тревожила ни рука смертного, ни что бы то ни было иное, принадлежащее этому миру. «Я слышу нечто, — прошептал я, — подобное звону связки ключей, которую трясут скоро и сильно».

«Вы надеялись услышать голоса, сэр, но это всего только шум».

«Кто знает, что произойдет дальше? Быть может, это лишь первая нота целой песни».

В последующие недели правота моя была доказана: Эдуард Келли склонялся над камнем, и при его посредстве я обрел возможность беседовать с духами. Первою явилась к нам маленькая девочка не старше семи или восьми лет: он ясно увидел ее сидящей на скале в пустынном месте и спросил, откуда она. Я ничего не видел и не слышал, но он повторял все.

«Я вторая по возрасту в нашей семье, — ответила она. — У меня дома остались малютки».

«*Спросите, где ее дом, мистер Келли*».

Он задал ей этот вопрос, и она отвечала так: «*Я не осмеливаюсь сказать, где мы живем. Меня побьют*». Но тут она протянула к нему обе руки, говоря: «*Прошу тебя, поиграй со мной немножко, и я скажу, кто я такая*».

«*Ангел ли она, — спросил я его, — или некий дух более низкого чина, присланный для беседы с нами?*» Но тут она исчезла.

Я преклонил колени и начал молиться, а Келли тем временем тушил свечи, одну за другой. «*Если вы вступаете в связь с творцом сих существ, — сказал он, снимая нагар с последней, — смотрите, как бы вам не оказаться обманутым*».

Теперь келья прозрений погрузилась в довольно густой мрак, ибо я завесил окно гобеленом и убедился в том, что все двери надежно заперты. «*Какого же обмана вы опасаетесь?*»

«*Дьявол порой принимает странные обличья, доктор Ди, и прежде чем довериться этим духам в камне, мы должны еще о многом вопросить их*».

На следующей неделе нам не повезло, *in crystallo* ничего не явилось, и мы уже собрались покидать комнату, как вдруг я услыхал исходящий от камня весьма громкий шум, словно некие люди крушили земляные стены. Скоро он разросся в ужасный стук и грохот — нам почудилось, будто сотрясается весь дом. Мы оборвали молитву и в испуге воззрились друг на друга; тут шум прекратился, и наступила тишина.

Минула еще одна неделя, и, едва усевшись за опытный столик, Эдуард Келли заметил в кристалле движение. «Я вижу двоих мужчин, — сказал он, — беседующих меж собою».

«Слышите ли вы их речи?»

«Один говорит, что видел второго на Харлот-стрит[1] или Шарлот-стрит».

«Но такой улицы не существует».

«Второй тяжко вздыхает. Теперь оба исчезли».

Это было воистину диковинное видение, но когда мы вернулись к кристаллу в очередной раз, нас ожидало еще большее чудо. «В камне гремит гром, — сказал мне Келли, приблизясь к опытному столику. — Еще там как бы некий расплывчатый свет, в коем я различаю фигуру».

«Нам знаком этот человек?»

«Это мужчина, — сказал он. — На нем черный атласный камзол, раздвоенный сзади».

«Кто же он по своей природе? Ждал ли он нас целую неделю?»

Келли повторил мои вопросы и прислушался, словно улавливая ответ. «Того, кто говорит с нами, не следует спрашивать о подобных вещах», — сказал он.

«Может ли он назвать нам свое имя?»

«Он отвечает, что его имя Зальпор, один из Элохим. Сейчас я вижу его ясно. Вокруг его шеи плоеный воротник. Он широкий, с чернотой или синевою по краям».

«Скорее черный. Вопрошайте же его, покуда он не исчез».

«Погодите немного, ибо он приближается. Теперь засмеялся, ха, ха, ха! это громоподобный смех. Вот он говорит, Ди, Ди, я знаю, кто твой тайный враг».

---

[1] В переводе с английского — «улица шлюх».

Здесь у меня подпрыгнуло сердце. «Кто же?»

«Род людской».

«О, — воскликнул я, — в его шутке скрыта глубокая правда!» Затем я добавил, уже спокойнее: «Да будет так. Он изрекает лишь истину».

«Ди, Ди, по замыслу Господа суждено тебе претерпевать от недостойных хулу и поношения, быть гонимым на своей родной земле».

Тут мне вспомнились те, кто противостоял мне, — Оустлер, Раштон, Дандас и другие, — и на меня нахлынул великий гнев. «Да, — вскричал я, — пусть невежды тешат себя болтовней, покуда судьба благоприятствует им. Но жирный гусь первым попадает на вертел, и я еще увижу, как удача отвернется от них навсегда!»

Келли жестом призвал меня к молчанию. «Дух говорит опять, — прошептал он. — Но я не могу разобрать его слов. О. Теперь я понял. Я слышу все. Он говорит, что вам, верно, радостно видеть, как эти глупые мотыльки играют с огнем, который пожрет их. Вот он сотрясается. О Боже. Теперь его голова как бы вертится на плечах». Келли продолжал глядеть в камень, а затем, словно по чьей-то чужой воле, произнес следующие слова: «Ди, Ди, склони слух к моему предвещанию. Беги, когда можешь бежать».

После сего призрак исчез из камня, оставив Келли в чрезвычайном смятении — ибо, сказал он, откуда нам знать, из какой сферы он пришел и ангел ли он либо некто еще? «Я согласен глядеть и изустно описывать вам все, что он мне явит, — сказал Келли, — но душа моя восстает против него».

Я же оправился довольно скоро и ответил ему, что бояться нечего, зато достигнуть можно многого.

«Сии призраки направляют наш путь в лабиринте знания, — продолжал я. — Добры они или злы — хотя я готов поклясться, что их породили добрые силы, — в любом случае они приносят нам вести из иного мира. Помните, что мы с вами обречены жить здесь, под луною, где материальное тяготеет над нами подобно оковам. Неужто не прислушаемся мы к сим голосам из иных областей или отвратим взор от столь дивных видений? Что же нам делать, как не стремиться к знанию высших сфер? Презрев жалкую человеческую суету, я посвятил кропотливым поискам великой истины всю жизнь, и ничто на свете не заставит меня изменить свой выбор. Я знаю, что вы хотите добыть денег с помощью дистилляции и завершения алхимического процесса...»

«Да нет же, сэр...»

Я поднял руку. «Хотите. И я хочу. Но я вижу впереди сияние, затмевающее блеск любых земных сокровищ, а оно призывает меня сюда, к этому хрустальному камню. И довольно разговоров о демонах. Мы должны идти далее».

Он согласился на это с огромной неохотой, но моя решимость была щедро вознаграждена уже во время очередного сеанса.

«В камне слышится гул, — сказал он мне в тот день, — громкий гул множества голосов. Теперь слышно, как рушатся колонны».

«Вам пока ничто не явилось?»

«Вот возникает некий юноша, он улыбается мне. Он стоит на кафедре, словно уча или проповедуя».

«Что еще вы видите?»

«На нем странная мантия без широких рукавов.

Вместо обычных штанов в обтяжку его ноги прикрыты какой-то тканью. Теперь я вижу другого человека без камзола, в одной рубахе и с такой же тканью на ногах. Между ними происходит краткая беседа или совещание».

«Слышите ли вы, о чем они говорят?»

«Голоса этих людей тихи, словно шепот ветра, но сейчас я, кажется, что-то слышу. Их зовут Мэтью и Дэниэл».

«Святые имена».

«Теперь они говорят о вас и весело смеются».

«Обо мне?» Я был глубоко устрашен этим, однако любопытство возобладало надо всем.

«Вот они ушли. Вот явился другой. Это человек в бархатной мантии, отороченной белым мехом, и он помавает руками, как бы обращаясь к вам. Я повторю его речи слово в слово». Затем Келли стал передавать то, что слышал.

«Джон Ди, Джон Ди, срывался ли ты с лестницы жизни?»

«Да, — отвечал я, — и неоднократно, из-за чужих злоумышлений».

«И потому дорога к благоденствию была для тебя закрыта?»

«Воистину так».

«Что ж, Джон Ди, в сем мире мало дружбы. Но исполнись мужества: в стане врагов твоих есть лишь один властелин, и имя ему страх. Ведом ли тебе некий Ричард Пойнтер, что зовется щеголем Ричардом?»

«Да, отъявленный негодяй, вор и мошенник».

«Он еще жив и распространяет о тебе ложные слухи, но дни его уже сочтены».

«Сладок плод твоей воли».

*«То не моя воля, а твоя. Джон Ди, Джон Ди, будь уч-
тив со всеми, но не доверяй никому. Я знаю, сколь дерз-
ки твои замыслы и мятежна душа, но тебе суждено
покорить все вершины. Помни, что к Сизифову камню мох не липнет, о нет, и к подошвам Меркурия не
пристанет трава: так стремись же дальше, чем на-
деешься досягнуть, пытайся познать весь мир и че-
кань злато как вещественное, так и духовное. Я говорю тебе, Джон Ди: земных лет достанет тебе на то,
чтобы после ухода из сей юдоли оставить по себе
славу и память до скончанья веков. И помни, что
твой маленький человечек уведет тебя далеко за
пределы сосуда, в коем он обитает. Теперь прощай».* И
Эдуард Келли поник в обмороке. Я был поражен, услыша его слова о гомункулусе, который даже в ту пору
был не более чем моею мечтой и моею надеждой, покуда ни во что не воплощенной; но я забыл, что из
той сферы они могут видеть все, даже тайны, хра-
нимые у меня в груди.

Да, врата вечности распахнулись широко, и за недели, прошедшие после этой беседы, мы стали свиде-
телями многих чудес и откровений. Спустя некий
срок Келли стало чудиться, будто призраки покидают камень и летают по комнате, и он был жестоко
уязвляем их злонамеренными проказами. В его голове
раздавались звуки — хотя ничто зримое о сем не говорило, — а когда он садился в зеленое кресло у священного столика, на его правое плечо начинал давить тяж-
кий груз или невидимое бремя. Ему казалось, что некто пишет на нем, но я не замечал никаких слов. Еще
через неделю — мы всегда обращались к магическому

кристаллу по пятницам, — сев после полудня рядом со мною, он ощутил у себя на макушке странное шевеление. Затем потустороннее существо снова угнездилось на его правом плече, и он почувствовал исходящее от него сильное тепло.

Но впереди было еще не одно диво: вскоре после этого, когда я ожидал у столика, Эдуарду Келли привиделся над моей головою клуб белого дыма. Потом вокруг его собственного лица заплясали маленькие дымчатые шарики, круглые и величиною с булавочную головку, и он насилу отогнал их от себя. «Сии духи обладают большой мощью, — заметил я немного спустя, когда мы сидели в моем кабинете и обсуждали наши последние наблюдения. — Они становятся зримыми не только в камне, но и в окружающем мире и способны оказывать на нас вещественное воздействие. Так почему бы им, подобно пчелам, не творить мед наряду с воском?»

«Поясните мне это».

«Я желаю познать все, но, кроме того, желаю и свершить все. Лишь тогда достигну я верхнего предела своих устремлений. Хотите услышать больше об искомом нами древнем граде?»

«Я всегда готов внимать вам, как вы могли убедиться».

«Рядом со мною лежат повествования о далеких временах, отстоящих от нашего века более чем на три тысячелетия, — тогда на земле пребывала такая сила, что все люди были равны богам. Именно представители сей допотопной расы — если я, конечно, не заблуждаюсь — и основали волшебный град Лондон. Где-то под землей, среди древних руин, могут и по-*

ныне лежать эмблемы и символы того священного по-
коления, чья власть была столь велика, что его нарекли поколением исполинов, славных не физической, но
духовной мощью. И кто знает, какую силу мы обретем, найдя оставшиеся от них предметы и реликвии — что-нибудь наподобие нашего магического кристалла из Гластонбери? Не сможем ли мы тогда по-
колебать сферы и дотянуться рукою до самих
неподвижных звезд?»

«Вы замышляете больше, чем я способен помыс-
лить, доктор Ди. Почему вы говорите мне обо всем
этом лишь сейчас?»

«Я бы и прежде упомянул о сих материях, если б вы
умели понять меня». Он хотел было сказать еще что-
то, однако я жестом остановил его. «Но нам мало
только строить планы да догадки. Мы должны действовать, опираясь на то знание, какое у нас есть.
Помните чудесную выдумку Эзопа о мухе, что сидела
на ступице тележного колеса и молвила, экую пыль я
подымаю? Не стоит нам уподобляться сей мухе. Мы
должны вращать колесо собственными силами».

«Я не могу проникнуть в смысл ваших речей».

«Мы должны вызвать призраков в камне, как делали прежде, но теперь нам следует открыто вопросить их о том, что нас гложет. Пусть они направят
наши шаги прямиком к сокровищам древнего града.
Мы приступим к ним с молитвою и душевным трепетом, и однажды они отведут нас под землю, где мы
отыщем своих праотцев. Если они станут нашими
поводырями, нам не понадобится иного компаса». Он
явно ужаснулся моим словам и начал расхаживать
взад и вперед по кабинету, а затем разразился целой

бурей сомнений и попреков в адрес являющихся нам духов.

«*Они будут наставлять нас*», — отвечал я.

«*Я им не доверяю*».

«*Но вы не можете презреть и отринуть советы потусторонних посланцев до того, как услышите их*».

«*Да разве я их не слышал? Кто знает, не отведут ли они нас в царство тьмы и страха?*»

«*Будьте смелее, Эдуард. Они — наши стрелы. Неужто мы не отважимся с их помощью поразить мишень?*» Я на мгновенье остановился, затем добавил: «*Это сделает вас богатым*».

«*Мне не надобно злата, сэр, коли оно от Дьявола*».

«*Прекрасно. Тогда я сделаю вас богатым. Положитесь на меня, а не на те бесплотные создания*».

«*Воистину?*»

«*Воистину. Я ограждаю вас от их слов и поступков, если таково ваше желание. Только продолжайте делать то, что делали до сих пор, и будьте моим посредником. Я не требую большего. Я не стану сжигать ваш дом, чтобы поджарить себе яичницу*». Это немного успокоило его, и после недолгих препирательств он обещал задать им мои вопросы во время следующего сеанса.

В тот день я приблизился к опытному столику с заметным душевным трепетом. «*От камня исходит на диво громкий шум, — сказал он, — словно разом заработала тысяча водяных мельниц*».

«*Вы что-нибудь видите?*»

«*Вижу два существа или двух призраков — не знаю, как теперь величать их. Вот высокий молодец на лошади; у него подстриженная борода и плащ небесного цвета. Мне не видно, каким путем он следует, но места эти мне знакомы: да, он едет по Чаринг-кросс. Рядом еще один всадник — мужчина с худощавым лицом, в короткой накидке и с позолоченной рапирой».*

«Спросите их, куда они направляются. Быть может, им ведомо то, что нам нужно».

Он повторил мой вопрос, а затем прислушался, наклонясь поближе к камню. «У них нет определенной цели, — отвечал он. — Но вот они подъезжают ко мне. Высокий держит в скрюченных пальцах маленькую палочку, на левой руке у него шрам от удара сабель. Другой, с худым лицом, обут в высокие сапоги, тесно облегающие ноги. Он поднимает свой жезл и указывает из камня на вас».

Тут я ощутил чрезвычайно сильный испуг и почувствовал, что белею, точно бумага. «Готовы ли они исполнить мое желание?»

«По-моему, да».

«Тогда просите их скакать к древнему граду. Пусть отведут нас к сей погребенной славе».

«Они слышат вас и начинают смеяться. Теперь вперед выходит девушка, облаченная в длинный белый балахон; она берет коней под уздцы и ведет их от Чаринг-кросса к центру города».

«Возможно, она слышала мою просьбу и показывает нам верный путь». Меня одолел азарт охотника, идущего по следу. «Что вы видите еще?»

«Они скачут во весь опор, а девушка движется впереди с широко раскинутыми руками — ее ноги не достигают земли примерно на ярд. Похоже, сейчас они минуют те поля, что чуть далее Св.Ботольфа, прямо за Олдгейтом».

«Они стремятся туда, где захоронен старинный град».

«Они остановились у той пустоши...»

«Мы и сами стояли там неоднократно».

«Вот они указывают на фундамент древнего здания, видимо, церкви или храма».

«Имеет ли он отношение к той глыбе, что мы там нашли?»

Продолжая вглядываться *in crystallo*, он не заметил моего вопроса. «Теперь все изменилось. Все залито светом. Они стоят посреди города, где дома сложены из камня и очень величавы».

«Возможно ли это? Ужели нам открылось видение самого древнего града?»

«Это не похоже на зрелище, представшее передо мною в Гластонбери, однако я спрошу их». Затем он снова прислушался к камню. «Они не говорят мне имени города или не знают его».

«Но что же они говорят?»

«Человек с худощавым лицом приближается и окликает вас».

«Скажите ему, что я здесь и жду его велений».

«Он слышит вас и молвит следующее. Ди, Джон Ди, я здесь, дабы поведать и преподать тебе суть вверенных мне доктрин, что сокрыты в тринадцати обиталищах или воззваньях. Для пяти врат сего города есть четыре природных ключа (ибо одни врата отпирать не должно), и с их помощью ты по праву удостоишься проникновения в тайну сего места». Слова эти были темны, и пока я не мог постигнуть их смысла. Келли продолжал, не отрывая от хрусталя жадного взора: «Он приближается к широкой, открытой *части города, подобной нашему Смитфилду. Посреди нее возвышается огромный камень около восьмидеся-ти дюймов в длину и ширину, по меркам смертных, и в камне сем пылает огонь. Теперь он берет шкатулку, открывает ее, и вот, внутри нее бледный восковой об-раз, сделанный как бы из свечного воска. Теперь вто-рой, с подстриженной бородою, держит над ним не-что вроде стеклянного сосуда, однако я все еще вижу, сколь дивно выписан сей образ. Или, быть может, он весьма грубо вылеплен, с вмятинами и шишками на ногах. Не могу сказать точно. Теперь они опоражни-вают в пламя лохань с кровью, и это пламя в глубине камня вспыхивает сильнее, и они бросают туда вос-ковой образ, который словно растет там».*

Я отлично понимал всю подоплеку происходящего, ибо сии духи разыгрывали не что иное, как немую сце-ну рождения гомункулуса. «Ну, а сейчас?» — жадно по-торопил я его.

«Сейчас вся картина исчезает». Келли протер гла-за и опять склонился над кристаллом. *«Два призрака обозревают высохшую пустошь, по коей мы с вами не-давно ступали. Оба вздыхают, и один указывает жез-лом на землю. О Боже, теперь он растет и заполняет собою весь камень. Теперь я вижу только его зияющий рот. Господи Иисусе, сохрани меня от этого зрелища!»*

С этими словами он отшатнулся от опытного столика, и его охватил кратковременный *tremor cordis*[1]. Но я был весьма обрадован и ублаготворен — не только беседой с духами, в продолжение коей они повиновались моим приказам, но и тем, что они на-

---

[1] Сердечный трепет (*лат.*).

дежно подтвердили мои расчеты относительно местоположения древнего города. «На сегодня хватит, — сказал я ему. — Завершайте свой труд. Мы увидели довольно и теперь должны подготовиться к завтрашнему сеансу».

«Завтрашнему? Зачем же менять укоренившиеся правила?»

«Следует ковать железо, мистер Келли, покуда оно горячо».

«Но я надеялся отдохнуть, сэр, ибо лицезрение подобных вещей дается нелегко. И вот опять, так скоро...»

«Сейчас нам некогда отдыхать. Мы должны двигаться далее».

Вскоре он покинул меня, еще раз сославшись на глубокую усталость, и я прошел к себе в кабинет, дабы заново обдумать все случившееся. Могу признаться, что рассудок мой был до сих пор смущен, а потому я положил перед собою и раскрыл сочинение высокоученого аббата Фладда «О злых демонах», где он предостерегает нас от вызова любых привидений, какой бы природы они ни были. Однако здесь я не могу с ним согласиться. Если сии призраки знают более, нежели мы сами, и если всякое знание есть добро, то что за беда, коли мы будем укрепляться в добродетели? Дыханье льва способно породить как голубку, так и змею, но стоит ли нам из-за страха перед змеями лишаться и голубок? Я размышлял об этом, когда услыхал на лестнице шаги жены; вскоре она вошла в кабинет, а я притворился, будто читаю книгу.

«Я отдала сапоги мистера Келли почистить», — сказала она, ни пожелав мне доброго дня, ни утрудив себя каким-либо иным приветствием.

«Что ж, прекрасно», — отвечал я, не подымая глаз от книги. Тогда она опустилась на табурет у моего стола и, тихо напевая себе под нос, взяла один из лежащих рядом томов. «Не потеряйте места, где я читаю, сударыня».

«Не волнуйтесь. Эти страницы так жестки, что я и переворачиваю-то их с трудом». В руках у нее был трактат «Maleficia Maleficiorum»[1]. «У меня голова начинает болеть, стоит только увидеть всю эту писанину, — продолжала она. — Что это, муженек?»

Я заметил, что она разглядывает символ звездного демона, находящийся в широком употреблении у некоторых неплохих ученых из Праги и Гамбурга. «Это часть каббалы. Смотри не ожгись».

«Я видела, как мистер Келли изучает ваши книги с пребольшим рвением, а ведь на нем ни волдырика».

«Эдуард Келли — здесь?»

«Он частенько роется в ваших бумагах, когда вас нет дома. Странно, что он не сказал вам об этом».

«Что ж, библиотекой он может пользоваться и без особого дозволения».

«Хорошо, коли так. А то ведь я не раз слыхала, как он тут бормочет, будто пытается затвердить что-то наизусть». Это поселило у меня в душе легкую тревогу; хотя я и постарался скрыть от жены свое беспокойство, здесь имелись бумаги, каковые никто не должен был видеть без моего одобрения или ведома — никто, даже моя жена, ибо разве можно угадать, какими бедствиями чревато опрометчивое выбалтывание важных секретов? Помнил я и то, что здесь ле-

---

[1] «Злодейства из злодейств» (лат.).

жат кое-какие заметки о сотворении новой жизни, отнюдь не предназначенные для чужих взоров. Но что же именно Келли старался заучить наизусть?

«Почему вы хмуритесь? — спросила жена. — Неужто заметили какую-нибудь пропажу?»

«Нет. У меня ничего не пропало». Я пристально посмотрел на нее. «Ты желаешь сообщить мне еще что-то?»

«Да нет».

«Однако мне кажется, ты нынче не в настроении».

Тут она поднялась с табурета и стала шагать взад и вперед по комнате, буквально не смыкая уст. «Мистер Келли уже много месяцев живет с нами в одном доме, но мы и теперь знаем о нем не более, чем о любом случайном прохожем. Он шныряет в ваш кабинет и обратно, словно боясь, что его изловят, и глядит на Филипа и Одри с таким презреньем, будто они выползли невесть из какой дыры».

«Слова ваши довольно вески, сударыня, однако, думаю я, за ними ничего не кроется».

«Ничего? Стало быть, это ничего, что он имеет собственный ключ от ваших личных комнат и роется в ваших записях и книгах, покуда вас нет дома? Что он таскает тома из вашего кабинета и проглядывает их со свечою?»

«Он ученый, мистрис Ди, и его снедает великая жажда знаний».

Она рассмеялась. «Кабы только знаний, сударь. Если он и впредь будет пить так много вина, у него в животе разведутся лягушки».

«У него возвышенный ум, а ведь люди говорят, что более всех пьет тот, кто дальше прозревает».

«И что же он там узрел, сударь?»

«Пока сие должно оставаться тайной». Я был зол на нее и хотел побольней ужалить напоследок. «Вот что я вам скажу, сударыня. Лучше я выброшу все свои бумаги в отхожее место, листок за листком, нежели отдам их на прочтенье глупцу или вору. Но Эдуард Келли совсем из другого теста. Он — мой semper fidelis[1], и я требую, чтобы вы так же уважали его и доверяли ему, как и сам».

«Ну хорошо, будь по-вашему». Она встала с табурета, присела в знак покорности и направилась к двери. «Верно говорят, — пробормотала она себе под нос, — что разбитую голову штукатуркой не склеишь». Я не понял, к чему это, но едва собрался задать ей вопрос, как она стремительно, точно маленький смерч, повернулась и исчезла из комнаты.

На следующей неделе мы ежедневно посещали келью прозрений, однако в кристалле ничего не являлось; побеседовав, мы сошлись на том, что внезапная перемена в порядке опытов возмутила или разгневала духов. Поэтому мы решили не предпринимать новых попыток до истечения целой седмицы.

Между тем мистрис Ди вняла моим увещаниям и во время трапез беседовала с Эдуардом Келли весьма любезно. Встречаясь с ним в коридоре, она также обращала к нему вежливые и почтительные речи. «Скажите, сударь, — промолвила она как-то днем, когда мы сидели все вместе, — что служит вам главной опорой в трудах — память или вдохновение?»

«Это славный вопрос, — отозвался Келли. — До-

[1] Верный товарищ (*лат.*).

вольно будет сказать, что память без вдохновенья неплодоносна, тогда как вдохновенье без памяти подобно коню без всадника, пустившемуся в галоп. Такой ответ вам подходит?»

«Вполне, сударь. Именно такого ответа я и ожидала от вас, истинного ученого, который знает, куда ему скакать».

Это был приятный для слуха разговор, однако два дня спустя она внезапно появилась в моем кабинете. Она была охвачена невероятным гневом и яростью и даже занесла руку, точно собираясь ударить кого-то. «Мои кольца и браслет исчезли, — сказала она. — Как корова языком слизнула». Слова извергались из нее таким бурным потоком, что я велел ей успокоиться. «Я искала большую иголку, — продолжала она, — потому что петельки у вас на штанах обтрепались и шнурок никак не продернуть, и пошла в свою комнату, где у меня лежат коробки со всякими мелочами. А ее уже нет».

«Чего нет?»

«Деревянной шкатулки, где я держу кольца. Господи Боже, до чего ж короткая у вас память! Разве не вы купили ее мне в прошлом году в Олд-Джуэри? Такая чудная шкатулочка, вся в мелкой резьбе и с русалкой на крышке! Вот она и пропала. Стибрили ее вместе с моими кольцами и браслетом!»

«Ты просто не можешь найти свою шкатулку. Куда ты положила ее вчера?»

«Вчера я ее не трогала. Она всегда лежит на одном и том же месте, а теперь ее украли».

«Но кто мог это сделать? Филип? Одри? Больше у нас в доме чужих нет».

«*Филип и Одри вам не чужие, как и я. Вы забыли про своего мистера Келли...*»

«*Кэтрин!*»

«*Будто он не говорил вам, что водит дружбу с чипсайдским ювелиром! А давеча я слыхала, как он рассуждает о полезных свойствах природных камней*». Тут я подумал, что он лишь повторяет сведения, добытые от меня. «*Почем мы знаем, что это не он тайком уволок мое добро и отнес его в город?*»

«*Кэтрин. Мистрис Ди. Человека честней мистера Келли свет не видывал. Не он ли работает со мною и помогает мне на протяжении целого года?*»

«*Вы слепы, как крот, когда сидите зарывшись в свои книги. Взгляните, как он ведет себя и что говорит, — неужто вы искренне верите в его дружеские чувства? Ведь он только и мечтает о золоте, только и думает, как бы выскочить в богачи, а все прочее гори хоть в адском огне. Терпеть его не могу. Больше того — он мне мерзок. И здесь, в собственном доме, я получаю от вас тычки за то, что перестала ему угождать!*»

Слова сии были произнесены в чрезвычайном расстройстве и смятении духа, и я попытался ее урезонить. «*Но все отнюдь не так, жена. Отнюдь не так. Неужто, потеряв кольца, ты заодно потеряла и разум?*»

«*Вот что я вам скажу, доктор Ди*». Она подошла к окну и выглянула в сад. «*Одри видела, как он там с кемто болтал у калитки. Она божится, что он хулил и вас, и вашу работу*».

Я был поражен этим, но даже в первое мгновенье не мог поверить, что возможен столь подлый обман за моей спиной; я отлично понимал, что это происки Одри, и уже изготовился вызвать ее к себе и допросить хорошенько, как вдруг в кабинет вскочил Келли собственной персоной. Я полагал, что дверь закрыта, и теперь весьма испугался его бурной реакции на те нелестные речи, которые он мог ненароком услышать. Жена отступила назад, поднеся руку ко рту. «Девица Одри, — сказал он, — наглая лгунья. Приведите ее сюда, и мы поглядим, хватит ли у нее смелости повторить столь явную ложь мне в лицо!»

Очевидно, слова моей жены произвели большее действие, чем она думала, и будто стальным кинжалом уязвили и поразили его в самое сердце. «Скажите, отчего, — обратился он к ней, — отчего вы не дали себе труда понять чувства, кои я питаю к вам и вашему мужу?»

«Я прекрасно знаю все ваши чувства, — отвечала она. — Вы точно прожорливый крокодил, не жалеющий никого, кроме себя». Тут он заявил, что она заблуждается, а она так разъярилась, что обозвала его лицемером и интриганом. Тогда я велел ей оставить невоздержность и попытался трезвым гласом примирить их, но не достиг цели. «Что ж, я предупредила вас, — сказала она, обернувшись ко мне и пылая очами. — Я вела себя как полагается честной жене. Не надо бы вам менять старого друга на нового». Затем она с сердитым видом вышла вон и захлопнула за собой дверь моего кабинета.

Я встал и устремился за нею, поймав ее за плечи прежде, нежели она ступила на лестницу. «Мое доброе мнение о вас, сударыня, сильно пошатнулось. Как вы могли наплести столько небылиц и лживых историй?»

Она выдержала паузу, не сводя с меня взгляда. «По-вашему, это я плету небылицы, но кое-кто умеет плести их гораздо лучше меня. И еще запомните, сударь. Красильщик может вычернить любую шерсть, какой бы белизны она ни была. Все, больше мне сказать нечего».

«Тогда возвращайся к своим кастрюлям. Да позови ко мне Одри».

Я вернулся в кабинет и со всей возможной веселостью попытался утешить Эдуарда Келли. «Моя жена сущая мегера, — произнес я. — Но слова — это ведь только слова, не принимайте их близко к сердцу».

«Я не держу на нее зла. Ее обманули гнусные наветы вашей безмозглой служанки».

Через несколько минут к нам явилась эта мерзавка, дрожащая как осиновый лист. «Отвечай, — сказал я, — почему ты распускаешь лживые слухи и злобно клевещешь на мистера Келли, который не сделал тебе ничего дурного?» На глазах у нее выступили слезы, и она не могла вымолвить ни словечка, а потом разревелась вовсю. «Когда ты поступила к нам на службу?» Она по-прежнему стояла и плакала, не в силах заговорить. «Не в Михайлов ли день? Я плачу тебе три фунта в год, да еще даю отрез ткани на платье. Так-то ты отблагодарила меня? Что я получил от тебя за свои деньги, кроме вреда?»

«Я хотела как лучше, сэр. Только...»

«Лучше? Значит, по-твоему, это хорошо — ославить моего гостя вором и коварным ругателем?»

«Я видела его в саду, сэр».

«Ладно, а где была ты? Пряталась под изгородью,

вынюхивала да выслушивала, а то и еще что похуже? Итак, ты уволена. Теперь к моему дому и близко не подходи».

Тут Келли выступил вперед, улыбаясь ей. «Не будьте столь суровы, доктор Ди, молю вас. Ее слезы говорят о том, что она раскаялась. Давайте же уподобимся священникам и отпустим ей грехи».

«Слышишь, Одри? Что ты на это скажешь?»

«Я буду благодарна вам, сэр, коли вы меня простите».

«Нет. Не благодари меня. Стань на колени и вознеси хвалу этому джентльмену, ибо он отвратил от тебя кару». Она послушалась, сбивчиво пробормотала несколько слов, а затем ушла от нас, рыдая так, словно ей выжгли клеймо на ухе. «Вы проявили доброту, — сказал я, — к тому, кто не заслуживал и снисхождения».

«Я не считаю ее виновной во всем». Он шагнул за ней и плотно закрыл дверь в комнату. «Здесь есть нечто еще. Кто-то в этом доме трудится и хлопочет, будто пчела».

«О ком вы?»

«О том, чей зловещий обман отравил их разум, так что ваша жена обратилась против меня, а ее горничная видит одни лишь фантасмагории. О том, кто нашептал глупой шлюшке Одри сии подлые слова и кто самым гнусным и наибесчестнейшим образом выкрал у вашей жены ее драгоценности».

«Откуда вы знаете о краже?»

«Мне сказала Одри». И он продолжал еще горячее: «Разве вы не понимаете, что существа, коих мы вызывали в келье прозрений и видели в волшебном кристалле, не вернулись туда, где обитали прежде (где бы ни находилось их обиталище), но остались здесь, в этом доме и в этих самых стенах? В какие черные воды зла заплыли мы, взяв на борт сих пассажиров?»

Меня изумили его речи. «Все это не что иное, как досужее плетенье словес, пустой звук, и не более. Послушать вас, так привидения забрались и в наше отхожее место!»

Несмотря на свое дурное настроение, я не сдержал улыбки, что, однако же, распалило его еще более. Внезапно он обрушил град свирепых проклятий на все и вся, виденное или слышанное нами в потайной комнате. «Наши учители суть обманщики, — заявил он, — и добрых поводырей из них не получится».

Я ответил, что он глубоко заблуждается и перед нами, напротив, распахнут мир знаний и власти. «Какой нам прок поворачиваться спиной к злату граду, первому в Альбионе, когда под землею прячутся несказанные сокровища? Мы должны заново открыть то, что было утеряно нашей страной много тысячелетий тому назад. Теперь уже слишком поздно рассуждать, правильно ли мы сделали, обратясь к сим духам или призракам; мы должны думать лишь о том, как нам двигаться дальше. Я не могу заставить себя бросить начатое, мистер Келли, — нет, я намерен воспользоваться данным мне шансом и исполнить свое назначение».

«И это вы зовете назначением? Более безумного назначения свет не видывал, но коли вам так угодно, будь по-вашему. Я же готов идти с вами только при одном условии».

«А именно?»

«Вы больше не будете скрывать от меня никаких тайн вашего мастерства вплоть до самых высоких и поделитесь со мною всеми секретами ваших ученых занятий и алхимической практики».

Я понимал, откуда ветер дует. *«Вы хотите завладеть философским камнем? Вы жаждете разбогатеть?»*

«Да, в свой час».

«Или это еще не предел? Может быть, вы жаждете какого-то иного знания?»

«Всему свое время».

«Что ж, пусть будет так. Я не откажу вам ни в чем».

Он протянул руку. *«А я не оставлю вас ни теперь, ни в будущем».*

«Значит, вы со мной заодно?»

«Заодно, доктор Ди».

На следующей неделе после сего знаменательного договора мою жену свалила горячка. Сначала у нее было лишь некое томительное урчанье в животе, но едва она попыталась нарушить свой пост сладкими гренками, как тут же извергла их обратно; затем ее прошиб горячий пот, и я положил ей на грудь примочку, изготовленную из яиц, меда и сосновых орешков. Впрочем, мне сразу стало ясно, что недуг сей есть лишь плод ее фантазии, дурацкий самообман, вызванный пропажей колец и нашей недавней размолвкой. Посему я трудился не менее ревностно, чем прежде, с головою уйдя в работу за своим столом, покуда она оставалась в постели. *«Как здоровье моей женушки?»* — спросил я, войдя к ней в комнату через два дня после того, как она слегла.

«Ох, сэр, меня не отпускают ужасные боли и судороги». Она и теперь была в поту и перекатывала голову с одной стороны на другую.

«Это лихорадка, — ответил я. — Терпи и принимай минеральное снадобье, что я для тебя смешал. А тревожиться тут нечего». Затем я с легкой душою покинул ее светелку и отправился к Келли потолковать о завтрашнем сеансе.

Назавтра выдался воистину трудный день, и вечером я сидел у себя в кабинете, изучая очередные сообщения духов. Я взял за правило записывать все происходящее, благодаря чему располагал полными отчетами о наших еженедельных бдениях и обыкновенно корпел над своими бумагами до полуночи. На сей раз передо мною было вот что:

Призрак. *4723 зовется мистическим корнем в наивысочайшей стадии трансмутации.*

Ди. *Твои слова темны.*

Призрак. *Сие есть квадрат труда философа.*

Ди. *Ты назвал это корнем.*

Призрак. *Следственно, сие есть квадратный корень, квадрат коего составляет 22306729. В словесном же истолковании он трактуется как Ignis vera mater[1].*

Ди. *Но что это значит?*

Призрак. *Довольно. Я все сказал.*

Сидя в кабинете, я пытался проникнуть в смысл этих фраз и вдруг услышал некий загадочный стук;

---

[1] Огонь — истинная мать (*лат.*).

затем раздался голос, повторенный десятикратно, —
он напоминал вскрик человека, мучимого болью, однако был тише и протяжней. Я сильно взволновался, а дальнейшее и вовсе едва не повергло меня в обморок, ибо передо мною возникло бесплотное существо, стоящее в углу и простирающее руки в мою сторону. Оно скорой поступью пересекло комнату и остановилось спиной ко мне в противоположном углу. Затем обернулось, вновь издав долгий, мучительный стон, и я узнал в нем отца: он был мертвее, чем год назад, и походил на свой оживший портрет, выписанный чрезвычайно подробно от пят до самой макушки.

«Во имя Иисуса, кто ты?» — воскликнул я. Он безмолвствовал. «Я знаю, что Дьявол может являться в обличье отца или матери, дабы тот, кто увидит его, охотней прислушался к его речам в сем знакомом образе. Так ты и есть сам Сатана? Говори».

Тогда он показал мне ладонь со словами, начертанными на ней как на странице книги: она была столь далека от меня, что я не мог прочесть их, но вдруг, *mirabile dictu*[1], призрак очутился намного ближе ко мне, чем его рука. «Не тщись ускользнуть от меня, — промолвил он. — Отныне тебя не спасут никакие науки. Твоя ладья уж почти на плаву».

«О какой ладье ты говоришь?»

«О ладье скорби, коей быть тебе печальным кормчим».

«Ты — мой отец?»

«А ты сомневаешься в этом? При моей жизни ты не обращал на меня внимания, однако теперь все будет

---

[1] Как ни странно (*лат.*).

по-другому». Я был столь глубоко поражен и изумлен, что лишился дара речи, ибо прекрасно видел сквозь него стену своей комнаты и свечу, мерцающую на дубовом сундуке. «Взгляни в мое изъязвленное чрево! — продолжал дух. — Внутренности мои достойны сострадания, но ты скорее смотрел бы, как они корчатся от яда, нежели помог мне».

«Если ты думаешь, отец, или Дьявол, или кто бы ты ни был, услыхать слова раскаяния или долгий рассказ о том, как терзала меня нечистая совесть, то я тебя разочарую».

«Так вот каков твой ответ? Да стоит мне захотеть, и ты навеки разучишься улыбаться». Он обратил взгляд внутрь себя и выдернул из живота маленькую струйку дыма. «Я вижу, до чего довели тебя твои безумные помыслы и вечное невезение — ты сам стал похожим на мертвеца. А теперь я вижу тебя в большой оконной нише, с вервием на вые».

«Я плюю на твои пророчества».

«Это не пророчество — речь идет о настоящем». Я повернулся, чтобы оставить комнату, но призрак как бы взял меня за горло, хотя я и не ощущал прикосновенья его руки. «Я не собираюсь дать тебе улизнуть и, пожалуй, снизойду до того, чтобы говорить языком рассудка с тобою, его не имеющим. Я скажу тебе слова, запечатленные посредством aqua fortis[1]: ты станешь тем, кто ты есть, ты тот, кем ты станешь».

«Значит, Дьявол говорит загадками?»

«Не гневи меня, жалкий глупец. Ибо я пришел, дабы открыть тебе тайное знание земных недр». Тут я

---

[1] Азотная кислота *(лат.)*. Здесь имеется в виду метод травления, каким изготовляются офорты.

встрепенулся, словно очнувшись от сна, а он издал смех, напоминающий мучительный стон. «Я вижу, как твое сердце скачет вверх и вниз, точно бумажный змей на ветру».

Он понял меня верно. «Воистину, — сказал я, — ради этого знания я трудился всю жизнь».

«Я подарю тебе его. Ибо внемли: мир всегда готов исполниться скорби. Слушай, что будет поведано. Да пошлет тебе Господь доброго отдыха. Я еще вернусь».

Я не знаю, как он покинул меня — растаял ли в воздухе, вылетел в окно или проник сквозь пол моего кабинета; но я уловил как бы слабое дуновение, сорвавшее его с места, после чего он исчез из виду. Я рад был избавиться от него и с облегченьем сел за свой стол, но тут снова раздался голос. Я словно опять услышал глубокий вздох отца, лежащего на смертном одре, где я видел его в последний раз, а потом он заговорил своим прежним голосом: «Никогда никого не любить — страшный жребий. А теперь, добрый доктор, воззри. Воззри на мир без любви».

Город

Воззри же. Воззри на мир без любви. Я очнулся и увидел, что меня окутывает необычайно плотный ночной мрак; но я был уже не в кабинете. Я шел под открытым небом, освещая себе путь фонарем и свечой, а затем уперся в городской вал. Каменный, он вздымался передо мною, словно лик идола из девонширских копей, но, подняв фонарь, я заметил все те щели, трещины, борозды и расселины, кои являют собой печать глубокой древности. Казалось, что стена совсем обветшала и наполовину разрушилась, но как же тогда могла она защищать город? Вдруг один из камней зашевелился у меня на глазах, и я отступил назад с проклятьем, ибо то был паук (весьма редкостный по величине тулова и длине ног); он тронулся с места и столь же внезапно исчез.

Я вошел внутрь через Мургейтские ворота, и сразу послышался глас рога, такой громкий, что в нависшей над Лондоном тьме разнеслось звучное эхо. Я прекрасно знал здешние улицы и не заблудился бы даже без света, однако, подняв фонарь у Большого прохода, уви-

дел множество бредущих по дороге людей в длинных мантиях и бархатных плащах. Каждый из них держал в руке зажженную восковую свечу и вздыхал так, точно грудь его вот-вот разорвется. Они словно меряли шагами темницу ночи — ночи, что была колыбелью тревог, матерью отчаяния и дщерью самого ада. Отчего брели они по Вормвуд-стрит и Брод-стрит с непрестанными стонами? Они как будто были взлелеяны в утробе скорбей и теперь, извергнутые в эти мутные и грязные туманы, стали всего лишь призраками или бесплотными тенями, кои нельзя увидеть при дневном свете. И вместе с тем здесь было разлито невыносимое зловоние, приводящее на память городскую псарню по ту сторону полей.

Меня охватила внезапная грусть, и тут, на углу Бартоломью-стрит, я заметил идущего мне навстречу Фердинанда Гриффена, моего старого учителя. «Я думал, что вас настигла смерть, — сказал я, — но теперь вижу, что вы еще не покинули жизни». Не отвечая мне, он медленно направился к низкому деревянному дому, на крыше коего пылали семь или восемь факелов, — я знал, что в этом доме безраздельно властвует скорбь. Я последовал за ним и, подойдя к двери, увидел сидящего у окна человека в пурпурной мантии. Самый же дом весьма напоминал мою собственную лабораторию, ибо здесь висели разнообразные стеклянные сосуды; во многих из них я заметил гомункулусов, взращивание коих было предметом моей пылкой надежды. Я присмотрелся и понял, что существа эти совершенно бездыханны; итак, сей опыт был закончен. На щеке мужа, облаченного в пурпур, была бородавка; рядом с ним стояли две девочки в зеленых юбках. Одна из них, *маленькая красавица,* побежала по коридору прочь от него, но этот человек призвал ее обратно; он сделал ей знак, ударив одной рукою по другой и проведя ею по шее, точно предупреждая, что грозит непослушной, если она выдаст тайну. Но тайна сия была мне отлично известна. Я знал ритуалы *ator sexus,* ибо она, да поможет мне Бог, практиковалась в тиши и уединении моего собственного дома; это происходило в дни моей юности, когда духи были благосклонны ко мне и глаза демона мерцали в углу. Но вот мой старый учитель, Фердинанд Гриффен, снова очутился перед окном и заговорил со мною. «Глядите, — сказал он, — у меня есть нечто интересное. Я раздобыл последнюю карту Лондона, составленную лишь недавно. Как она вам нравится, любезный доктор?» Он распростер ее передо мной, и я увидел, что все на ней нарисовано верно — ясно обозначены даже совсем новые постройки у Финсбери-филдс и надписаны даже названья переулочков Саутуорка; но когда я смотрел на сей план города, оседлавшего реку, он показался мне изображением мужчины, вскочившего на женщину и свирепо насилующего ее.

И столь велик был мой ужас и столь велика ярость, что я вытянул руки ладонями вперед, точно ограждая себя от своего учителя. «Воистину, я не знаком с вами по-настоящему, — ответил я. — Ни с вами, ни с любым иным человеком, живым или мертвым. Я жажду уединения».

Я повернул назад и спустился по Бартоломью-лейн к Лотбери, где тихой поступью стремились куда-то многочисленные горожане. Глубоко удрученный, я пролагал свой путь сквозь толпу, пока не достиг лечебницы, недавно воздвигнутой на углу Колман-стрит; тут я остановился в изумлении, ибо увидел на ее пороге одного из призреваемых, сплошь покрытого человечьими нечистотами и с ликом жутким и безобразным, усеянным пятнами засохшей крови и разъеденным, словно открытая язва, так что сие зрелище едва можно было вынести. «Зачем дивишься ты моей уродливости, — молвил он мне, — когда нет на белом свете никого, чья душа не была бы столь же немилосердно изувечена? Ты думаешь, это лечебница? Однако, доктор Ди, весь наш мир есть лечебница, и мы томимся здесь в заключении, окруженные таким несметным количеством могил, что не можем и выйти из дверей, не поправ ногою мертвых и умирающих. Видишь сей влажный туман, что стелется над городом подобно пушечному дыму? Это они — вредоносные испаренья земли, густые клубы ядовитых кладбищенских миазмов, что поднимаются отовсюду». Я был страшно потрясен и, обратив взгляд внутрь себя, увидел там лишь гнездилище ужаса, тьмы и смрада. Воистину, сей мир полон скверны и все в нем прогнило насквозь.

Когда я покинул этого страдальца и зашагал по Олд-Джуэри к часам, вокруг стало уже заметно светлее, так как солнце успело немного подняться над горизонтом; вдоль обочины растянулась цепочка людей с пиками в руках, и взоры их были устремлены к Полтри, где стояли бочонки с водой — на эти бочонки забрался человек, громко провозглашающий нечто важное. Я не мог расслышать его речей, но любопытство побудило меня свернуть с дороги, и вскоре я оказался в нескольких ярдах от него. Он произносил не целые фразы, но одни только цифры, словно купец, подводя-

щий итоги своей торговли; он называл денежные суммы, повторяя их столь часто и с такими дикими восклицаньями и ужимками, что я счел его совсем выжившим из ума. Тем не менее я спокойно стоял и внимал ему. «Пятнадцать шиллингов, — выкрикнул он. — И еще парочка пенни сверху. Вы дадите мне пять фунтов? Нет? Один ангел — раз».

Слушая эти денежные подсчеты, я ощутил в душе странное умиротворение, заставившее меня улыбнуться и кивнуть оратору. «Тысяча фунтов золотом», — промолвил я.

Он спрыгнул с бочонков на землю и зашептал мне: «Если вы не против, мы с вами можем попытать счастья на Бирже. Это недалеко отсюда, а мне надо купить шелковой веревки для вешания».

«Но ведь Биржа еще не достроена».

«В нашем городе она достроена. Пойдемте же». Он заметил, что я дрожу, и рассмеялся. «Неужто вы озябли? Застегните камзол — и не боязно вам ходить таким расхристанным? У нас всегда холод». И он быстро зашагал по улице, вскоре приведя меня к величественному зданию из тесаного камня; внутри него был ровный мощеный двор, где прохаживались люди в черных балахонах, с печальными и мрачными лицами, — иные из них, собираясь по двое или по трое, обсуждали друг с другом какие-то дела. «Вы, верно, думаете, что угодили в Вифлеемскую больницу[1], — сказал, улыбаясь, мой спутник, — а эти несчастные маются черной меланхолией и ипохондрией. Однако не заблуждайтесь.

---

[1] Вифлеемская больница (Бедлам) — психиатрическая больница, в ту пору находившаяся в Лондоне.

Все это предприниматели — купцы, посредники, ме-
нялы, ростовщики. Они суть столпы нашего общест-
ва, все более и более возрастающие на обманах, подло-
гах, взятках, вымогательстве и прочих ухищрениях.
Град наш — воистину вселенский, и он расползается
подобно черным тучам, что порождают ливень. До-
вольны ли вы этим, любезнейший доктор Ди?» Тут нас
стали теснить и давить со всех сторон, так что я
еле удерживался на ногах. За шумом и гамом ничего
нельзя было разобрать, да и в самом шуме я не пони-
мал ни единого слова, точно его производили не чело-
веческие уста. Вокруг нас бурлил уже не Бедлам, а су-
щий ад, где царят лишь мрак да разобщение душ. Так
вот во что превратился мой город? Была ли сия жизнь
продолжением смерти или то была смерть, коей за-
вершилась жизнь?

Я ходил по Лондону с фонарем и свечою, рыдая, как
неприкаянный, и вдруг набрел на толпу, образовав-
шую собой как бы полумесяц; впереди нее стояла рос-
кошная сцена для мистерий с золотым занавесом.
Один из лицедеев, одетый музыкантом и с лютней в
руках, выступил на край сцены и обратился к зрите-
лям: «Все радости сей жизни — не что иное, как ребя-
чьи забавы. Вся слава сего мира есть лишь рукодель-
ный фейерверк, что блистает краткое время, остав-
ляя по себе только вонючий дым. Все труды
человеческие подобны усилиям ветра, что борется с
пустотой и вздымает тучи пыли, от коих нет ника-
кого проку». Они смеялись каждой его шутке и захло-
пали, когда он кончил свою речь; все еще улыбаясь, он
взялся за лютню. Музыка его была необычна, в ней зву-
чало страдание, — однако мелодия почему-то не

взмывала ввысь, но как бы попадала в ловушки площа-
дей и переулков, так что вскоре музыка наполнила
Бридж-Роу, Уолбрук, улицу Св.Марии Ботольфской и
Кенуик-стрит. И, слушая его игру, я ощутил свою ни-
чтожность и тщету всех своих потуг. Чего добивался
я, как не славы и мирского успеха, хотя они были голой
видимостью и мишурой, не приносящей счастья даже
в момент ее обретения? Разве я хотел превозмочь время и природу лишь затем, чтобы напороться на них,
точно на кол? Пускай я найду философский камень и
постигну тайны звезд — что мне в них, если я так и
умру непризнанным? Да я, наверное, уже умер и попал
вот сюда. Это был город тьмы. Ибо теперь на сцену
вышла женщина: она приблизилась к музыканту и
связала его сладкогласные уста бечевою.

Затем все большой процессией двинулись по улицам, которые от Абчерч-лейн до Ломбард-стрит были заново усыпаны гравием. На домах висели гобеле-
ны, ковры и шелка, а Берчин-лейн была убрана золотыми и серебряными тканями, а также бархатом
всех оттенков. Возглавляли шествие дети в голубом
и зеленом, с гербом Лондона, вышитым на рукавах.
Потом шли члены всех городских гильдий в костюмах
красного и желтого цвета, неся впереди свои знамена
и вымпелы; на углу Сент-Николас-лейн их встретили
бакалавры в малиновых капюшонах, с барабанами,
флейтами и звонкими трубами, а за ними — шесть-
десят дворян, одетых, согласно обычаю, в голубые
мантии и красные накидки. Далее шагали представители цехов в белом платье, затем олдермены в
алом и сопровождающие их парламентские приста-
вы в богатых желтых и золотых нарядах, затем ры-

цари в синем и пурпурном и, наконец, лорды: каждый из них был облачен в цвета, соответствующие его рангу и положению в обществе, точно так же, как любая из сфер движется и поет особым, подобающим ей образом.

Но что за группа замыкала шествие? В конце его появились пятьдесят священников и клириков в черных одеждах, распевающих псалом «Помилуй мя, Боже», а за ними нищие с белыми посохами в руках. И вдруг я заметил, что улочка у Финч-лейн, близ СвАнтония, завешена черным. «Отчего это так? — спросил я того, кто стоял рядом со мною. — Подобного убранства я еще никогда не видывал!»

«Разве вы не слыхали новость? Нынче день казни. Был у нас некто, отравивший жену одного горожанина, — его потом сварили в кипящем свинце, — но сегодня мы празднуем убиение чрезвычайно искусного и сведущего мужа, который помогал возводить сей город. Вон он едет в повозке; скоро то, что у него на плечах, украсит городские ворота, а прочее сожгут в яме близ Уоппингской пристани. Да помилует Спаситель его душу».

«Но в чем же его вина, если он заслужил столь суровую кару?»

«Он знал слишком много тайн».

Тем временем повозка с приговоренным выехала на Финч-лейн и остановилась у высокого эшафота, покрытого холстом. Но, Господи Иисусе, что сие значит и как это возможно? Я увидел, что с грязной повозки совлекают меня самого, одетого лишь в белый балахон, весьма напоминающий саван. Над моей головою, когда меня пригнули долу и связали крепкой веревкой, *возделось полотнище со словами: «То, что внизу, подобно тому, что вверху, а то, что вверху, подобно тому, что внизу». Я хотел было крикнуть, но вдруг на меня напала необычайная охриплость, сковавшая мне горло до немоты. Я был совсем повержен духом. Констебль не преследовал меня свистками и улюлюканьем, ни бейлиф не вручал мне приказа Королевского суда, однако вот — меня тащат на заклание, точно свинью на вертел. И тогда мною овладела единственная мысль: вверить свою судьбу милости королевы, пускай даже мне придется ждать целую вечность, пока я буду допущен пред ее светлые очи.*

Итак, избрав это решение, я быстро зашагал через Боу-лейн и Гарлик-хилл на Темза-стрит; я стал поспешать еще более, когда заметил некую преследующую меня фигуру, и делал повороты, желая избавиться от нее, покуда не достиг новой пристани близ Уотергейта. Дойдя до нижних ступеней лестницы, так что вода Темзы плескалась у моих ног, я кликнул перевозчика. Один из них подплыл к берегу и явно вознамерился затеять со мною торг, но я мигом положил конец его глупым притязаниям. «Послушайте, любезный, во всем городе не сыскать простака, который не знал бы, какая вам положена плата. Я знаю, сколько с меня причитается за переправу к Уайтхоллу, а потому вот вам пенни».

«Сразу видно, — отвечал он смеясь, — что вы несокрушимы, как адамант».

«Вы ничего не добьетесь, будь у вас в запасе хоть целый мешок оскорблений».

«Ладно, ладно, — сказал он, подгребая к лестнице, — я возьму вас, сэр».

Я слышал, как он пробормотал себе под нос, что меня не мешало бы начинить каленым железом, и готов был уже ответить на его дерзость советом придержать язык, но вдруг увидел у него на шее черный платок; не поняв, какой цели служит сей странный убор, я ступил в его грязный ялик и уселся в нем, не раскрывая рта.

Едва мы, влекомые спокойным течением, миновали мост, как я услышал чей-то приветственный оклик и пожеланье удачи. Я повернул голову и глянул назад, однако, увидя кричавшего, ощутил внезапный и сильный испуг: то был человек моего собственного обличья, с веревкой на шее, машущий мне из лодки, которая плыла совсем рядом с нами. Я издал жалобный возглас, и мой спутник разразился столь громким и неистовым хохотом, что с минуту не мог вымолвить ни слова.

«А я-то думал, — наконец сказал он, — что так пронзительно умеют визжать только женщины. Но наберитесь мужества, доктор Ди, волнам не удастся потопить нас. Вам суждено упокоиться на ином ложе». Я не понял смысла его речей, а также того, откуда ему известно мое имя, но его смех выводил меня из себя; и, снедаемый в равной мере страхом и гневом, я велел ему поспешить к Уайтхоллу и оторваться от нашего зловещего преследователя. «Лучше не усердствуйте в своих понуканиях, — ответил он, все еще смеясь, — не то река перевернет и потопит нас. Истинно вам говорю, сэр, я и так не расположен бить баклуши». Его огромный, висячий, изъеденный червями нос походил на гроздь винограда, и он приложил к нему палец. «У меня есть свои цели и расчеты, доктор Ди. Зачем, по-вашему, на мне этот черный платок?»

«Довольно потчевать меня загадками, говорите яснее. Откуда вы знаете, как меня зовут?» Я снова боязливо оглянулся, но моего двойника уже нигде не было видно.

«Что ж, любезный доктор, я выложу вам всю правду о своих намереньях. Я — Харон и везу вас прямиком в ад!»

В этот миг мы достигли Уайтхолльской пристани, у которой стояли барки с вымпелами и флагами. Бросив на дно лодки монету, я выскочил и живо вскарабкался на берег, подальше от сего опасного безумца. Я слышал, как он вопит мне вслед: *«Вы удираете так быстро, точно палач уже принялся вас потрошить! Скатертью дорога, мой славный доктор! Скатертью дорога!»* Тут он рассмеялся вновь. *«Но запомните вот что. Это придет ночью, по воде».*

Я обернулся, но все кругом было как будто подернуто дымкой — в таком смятении находились мои чувства. Затем я вдруг обнаружил, что стою уже под стеной Уайтхолльского дворца. Передо мною были высокие распахнутые ворота; я вошел туда, пересек роскошную площадку, предваряющую лестничные ступени, и вступил в просторную и великолепную залу, где собралось множество людей с различными грамотами под мышкой. Я счел их адвокатами и судьями, советниками и поверенными; и впрямь, некоторые из них прибивали к резным деревянным панелям какие-то меморандумы. Один законник в блестящей мантии, отороченной лисьим мехом, приблизился ко мне, не сделав ни малейшего движения — как тень от столбика солнечных часов, что скользит по земле неуловимо для наблюдателя. *«Вам следует знать, —* промолвил он, *— что здесь разрешается столько тяжб, сколько на свете жалобщиков и отправителей*

правосудия. Я охрип, мой добрый доктор, оглашая про-
тесты и *audita- queraela*[1], приказы о передаче дел на
апелляцию и *ne exeat regnum*[2], приказы о подавлении
мятежей и приказы о высылке. Вереницы исков беско-
нечны, и приговорам несть числа». Он словно хотел
улыбнуться, но прикрыл лицо мантией. «Но вот что я
вам скажу, — продолжал он. — Я не так уж пресыщен
хлопотами, чтобы не сделать вам одного искреннего
и нерушимого обещания величайшей важности. Ну
же, смелее — протяните мне руку и будем друзьями. Я
знаю, что не в ваших привычках оглядываться на
каждого брехливого пса, но кое-кто здесь желает вам
дурного. Наймите меня, и я отодвину вашу погибель
еще на год, а то и более. Чего вы хотите — обвинять
или защищаться? По уголовной или гражданской части пойдете вы, любезный доктор? Я сочиню вам какое
угодно заключение или протест, а вы можете признать свою вину или отрицать ее. Так на чем же мы
остановим выбор? Мое время слишком дорого, чтобы
тратить его на пустую болтовню. Если закон был
нарушен — по сути или по форме, в ходе процесса или
при вынесении приговора, — вы должны заявить об
этом во всеуслышание». Я собирался ответить ему, но
он выхватил шпагу и нанес мне удар в грудь. «Вот тебе, — сказал он. — Расплатишься, когда сможешь».

Тут вдруг все, бывшие в зале, окружили меня, точно
на некоем тайном судилище. «Вы уже мертвы, — сказал один бледный клирик, — хотя причина сего в неду-
ге, поразившем весь свет».

---

[1] «Выслушанная жалоба» (*лат.*) — судебный приказ о пересмотре
дела в свете новых фактов.
[2] «Да не покинет королевство» (*лат.*) — приказ «о невыезде».

*«За что мне такая кара? — воскликнул я. — Разве я
лгал или обманывал, насиловал или клеветал? За какой
грех меня тащат на виселицу?»*

*Я побежал от них и выскочил на вымощенную плитами
галерею, а оттуда — в другую залу с колоннами.
Тут было довольно шепота, чтобы заполнить им неф
собора Св.Павла, и царила такая темень, будто эту
часть дворца уже принял к себе подземный Аид. Но я
преодолел испуг, огляделся и понял, что нахожусь в
глубине Уайтхолла, среди целого лабиринта галерей,
зал, приемных, кабинетов и опочивален. Здесь, близ
личных апартаментов ее величества, собрались все,
кто ей прислуживал: камергеры, хранители королевского
гардероба, сокольничьи, экономы, лакеи, повара
и посыльные по особым поручениям.*

*Вдруг загремели пушки и затрубили трубы, и при
свете факелов я успел углядеть стражей в рейтузах
и камзолах, расшитых бриллиантами. «Она здесь, —
в великом страхе прошептал некто, стоявший рядом.
— Она прошествовала по нашей зале в приемный
чертог». Сейчас же везде были подъяты черные и белые
стяги, и важные государственные сановники поспешили
в свои собственные покои. Однако я почувствовал,
что фортуна мне улыбнулась, ибо вспомнил
цель своего прихода: пасть ниц перед королевой и вымолить
у нее прощение за грехи.*

*Я не имел понятия о том, каким образом можно
проникнуть в приемный чертог, однако мои шаги направляло
немеркнущее сияние свеч, факелов и каминного
огня в конце богато убранной галереи. Миновав
ее, я вступил в небольшую комнату или залу, предназначенную,
видимо, для одевания и подготовки короле-*

вы к выходу; эта зала была сплошь задрапирована золотыми тканями, где изображались страсти мучеников за прежнюю веру. Далее была другая комната, сверкающая золотом, как солнечными лучами, и здесь я увидел трон, усыпанный на диво крупными алмазами, рубинами, сапфирами и другими редкостными камнями, что блистали среди прочих драгоценностей, словно лед, готовый вот-вот растаять. Ее величества нигде не было видно, но я перешагнул порог и, памятуя, что к Елизавете должно обращаться не иначе как на коленях, опустился на подушечку с золотой вышивкой, а затем, в тиши и уединении, выказал пустому трону свое глубочайшее благоговение и покорность.

«Vivat regina»[1], — вскричал я, точно в беспамятстве.

И тогда раздался тихий женский голос, ответствующий мне из противоположного угла чертога: «Gratias ago. Gratias ago»[2].

Я торопливо встал на ноги и, обернувшись, узрел перед собой королеву. Она была в великолепной мантии из пурпурного атласа, расшитой золотом и весьма роскошно украшенной такими камнями, как аметист, опал и ляпис-лазурь; на груди ее был хризоберилл в форме висельника, а голову венчала целая райская птица в золотых блестках и с султаном из фиолетовых перьев. Сначала я не мог посмотреть ей в лицо, хотя и ощущал на себе ее светлый взор; однако, подняв глаза, я отшатнулся в ужасе и изумлении.

---

[1] Да здравствует королева! (лат.).
[2] Благодарю (лат.).

На ее лике, объемля его весь своими ногами, сидел огромный паук и как бы впивал дыхание из ее рта. «Подойди ближе», — молвила она глухим голосом из-под тулова мерзкой твари. Я сделал три положенных шажка с приседаньями, и она протянула мне руку для поцелуя. «Тебе не нравится мой маленький любимец?» Тут она взяла паука и отбросила его прочь, весело рассмеявшись при этом.

«Ваше величество, — произнес я, — на меня обрушилось тяжкое и внезапное горе. Позвольте же мне прочесть вам всю энциклопедию своих несчастий».

Она улыбнулась. «Все, что с охотою изойдет из твоих уст, будет с не меньшей охотой воспринято моим слухом». И я рассказал ей обо всех постигших меня бедах — о том, что я одинок и окружен врагами, что у меня не осталось ни доброй репутации, ни состояния. «Итак, — отвечала она, — ты желаешь славы и злата, а также почестей, каковые полагаются тебе за твои великие труды».

«Я прошу у вас лишь воздаяния по заслугам, ваша милость, — большего мне не надобно. Я не поведал и не изложил вашему величеству ничего сверх того, что выпало мне на долю благодаря жестокой судьбе; и поскольку жребий мой весьма печален, я взял на себя смелость лично умолять вас о заступничестве перед палачом и об избавлении от петли».

«А затем?»

«Надеюсь, что с вашего благосклонного соизволения мне возвратят отнятое у меня имущество и капиталы».

Она отвернулась и словно бы занялась чем-то в углу залы; вскоре я уловил исходящий оттуда отврати-

тельный смрад. «Мы с тобой проведем беседу по старинному обычаю, — сказала она. — Я буду спрашивать, а ты — отвечать, и слова наши повторит эхо в Храме Костей». Я не понял ее, но поклонился и шагнул ближе к высочайшему присутствию. Тут она чуть отодвинулась, и я пережил мгновенье глубокого ужаса. Перед ней лежал нагой труп с покрытой белым головою; грудь его была рассечена и отверста, и я видел внутри плоть и жир, мышцы и сухожилия, волокна и перепонки. Королева стояла, окунув руки в тело по запястья. «Я всегда пекусь об общем благополучии, — изрекла она. — Подойди же сюда. Силы не должны изменить тебе — таково наше желание». Я не мог ни ответить ей, ни двинуться с места. «Сейчас, — сказала она, — я распахну дверь в тайная тайных природы. Ибо разве мое царство и царство природы не суть одно и то же? Так гляди, какой властью обладаю я над всеми частями и наиважнейшими органами человеческого тела. Вот оно, мое истинное королевство».

Засим она как бы приподняла из разверстого тела косточку. «Видишь, доктор Ди? Кости во всем существе человека наиболее тверды и сухи, они ближе всего к праху земному. И в моей власти крушить и дробить их на колесе, точно так же, как я, сама того не замечая, попираю ногой земную персть. А теперь — видишь ты, сколь искусен и замысловат, словно узоры на моем платье, созданный природою каркас тела со всеми его хрящами и протянутыми везде связками и сочленениями? Подойди ближе, давай поиграем вместе». Тут ее величество от души рассмеялась и спросила меня, разве не весело мы коротаем время? В том же приятном расположении духа она задала мне следующий вопрос. «Как, по-твоему, называется это?» — промолвила она, указывая на комок волокнистой плоти.

«Не могу знать».

«Это мышца. Видишь, сколько в ней мяса, дабы человек был крупен телом?» Тут она прикоснулась ко мне, оставив на моем рукаве кровь и слизь, и я согнулся в почтительном поклоне. «А вот и нервы — благодаря им она исполняет приказы, кои отдает ей владыка-мозг. Все сие подобно государству: ведь его части тоже трудятся в общем согласии, питаемые кровью, которую шлет им их царственная глава». Она вновь обратилась к трупу и погрузила в него дымящиеся руки. «А как ты думаешь, Джон Ди, отчего она зовется мышцей? Это имя дано ей из-за ее сходства с мышью. Видишь — у нее тоже крохотная головка, широкое брюшко и длинный, узкий хвост?»

«Она подобна и рыбе, ваше величество».

«Тогда мы наречем их нашими маленькими рыбками, плавающими в теле. Но как нам назвать само тело? Какое мы подыщем для него имя?» Тут она сдернула с мертвеца покрывало, и я в несказанном ужасе и смятении увидел свой собственный лик, хотя словно бы уже в преклонных годах. «Сей был негодной рыбешкой, — произнесла она, — порожденной самим Дьяволом. Ну что, доктор Ди, по душе ли тебе мой урок анатомии? Ибо здесь, своей властью, я развернула перед тобой всю историю человека. Одна Вера, один Повелитель, одно Солнце, один Феникс[1], один Разум, один Путь».

Я снова взглянул в свои мертвые, белее облака, черты и едва не потерял сознания. «Дивлюсь я, — молвила

---

[1] То есть идеал красоты.

королева, — отчего ты так взволновался. Но я здесь не затем, чтобы бранить, а лишь для того, чтобы показать тебе суть моей власти и законы, коими управляется наш город. Разве ты не согласен, что эти мышцы и жилы очень тебе к лицу?» Тут она вскочила, и подпрыгнула, и хлопнула в ладоши. «Я славно потрудилась нынче, — воскликнула она, — ибо к тому был хороший повод. Теперь время трапезничать». Она взяла пару надушенных, расшитых золотом перчаток и надела их прямо на выпачканные моей кровью руки. «Мой добрый доктор, — сказала она, — я была ласкова к тебе, и моя благосклонность простирается столь далеко, что ты будешь допущен к моему столу».

В проходе показались трубачи и торжественным гласом своих инструментов возвестили о начале трапезы ее величества. Затем вошли многочисленные стражники — каждый из них нес в руке факел для освещения залы, — а также прислуга, усыпавшая пол соломой, дабы скрыть кровавые пятна. «Знаешь старинное реченье, — спросила королева, — бегут меня все жаждавшие встречи, что прокрались босыми в мой чертог?» Она вновь засмеялась, покуда слуги расставляли по столу чаши и золотые кубки, бокалы и хрустальные кувшины, отделанные серебром, а также блюда, судки и подносы, сверкающие в свете факелов. Но что было подано нам на обед, как не части моего собственного тела? Их вид ужаснул меня более мерзких жаб и визжащих мандрагоровых человечков[1]. «Погляди, — сказала она, — все мышцы кончаются жила-

---

[1] Мандрагоровые человечки — корни мандрагоры, которые считались живыми.

*ми, кои мы иногда называем связками. А вот и язык —
не брезгуй, отведай».*

*Я не мог ни вымолвить слова, ни поднять глаз, ни
шелохнуться. Ее уста широко разверзлись, словно угрожая поглотить меня, и тогда я с воплем выбежал
из приемного чертога. Я поспешил во двор и самым
кратким путем выскочил вон через ворота, обращен-
ные к Уайтхолльской пристани. Я думал только о
том, как бы скорее очутиться подальше от сего гнездилища смрада и ужаса, сего второго Гадеса; однако
мне страшно было опять повстречаться на реке с
Хароном, и я направился по ближайшей улочке в сторону Скотленд-Ярда и Чаринг-кросса. Оттуда до
Кларкенуэлла был час ходьбы, и всю дорогу мне мере-
щилось, будто меня преследует нечто столь же мрач-
ное, сколь и покинутые мной королевские покои. Оно
упорно стремилось за мной по пятам, точно существо, гонимое тайным заклятием, но когда я в испуге ог-
лядывался назад, я не видел ничего — ничего, кроме
собственной тени, которая все вытягивалась и вытягивалась по мере моего приближения к дому.*

*Добравшись до своего жилища, я настойчиво за-
барабанил в двери, однако никто не отвечал мне.
Тогда я посмотрел вокруг и заметил, что мой старый дом выглядит теперь совсем иначе — близ него
возвышались громадные здания из камня и кирпича.
Что же это за место, и мое, и не мое? Дверь распахнулась передо мною, и, войдя внутрь, я не увидел ничего привычного. Вот моя комната для общения с духами, но она пуста и чисто выметена. И что она делает здесь, у самой земли, ведь ей следует быть двумя
этажами выше? Я спустился по лестнице в подвал:*

тут была моя лаборатория, но я отшатнулся, заметив на полу обнаженных мужчину и женщину. Он обернулся и крикнул мне: «Зачем ты звал меня?»

Я онемел от страха и снова поднялся в свою бывшую гадальню, а оттуда выглянул в сад: теперь там было лишь несколько облетевших и несколько вырванных с корнем дерев, меж которыми валялись каменные осколки. Эта картина будто зеркалом отразила то, что творилось у меня в душе, и, полный страданья и недоумения, я поднес руку к лицу. Где выход из лабиринта, куда я себя вверг? Все те, кого я знал, давным-давно умерли, и впервые на глазах моих выступили слезы; они застили мне взор, и я словно сквозь тонкий платок увидел мелькнувшую передо мной смутную фигуру.

В тот же миг поблизости раздалось странное легкое постукиванье, и спустя краткое время в углу комнаты, рядом с большим оптическим прибором, появился отец. Он был наг, но как бы в путах дымчатого или пепельного оттенка, обвивавшихся вокруг его груди, и ноги его не достигали пола на несколько дюймов. Лик его был ликом давно умершего человека, и я выпрямился, охваченный сильным трепетом. «Червь уже вызрел, — промолвил дух, — скоро он подточит сердце лилии».

Голос его был глубок, ровен и звучен; но суть его речей ускользала от меня. «Что это значит, отец, или дух, или ангел?»

«Я думал, что тебе лишь то и ведомо». Затем он раздвинул воздух или разверз его перед собою, и там, в миниатюре, как бы в маленьком деревянном глобусе, я узрел себя, снова блуждающего по окутанному тьмой городу. «Это было видение мира без любви, Джон Ди, но того, который сотворил ты сам. Ты надеялся создать жизнь, а вместо этого создал только образы смерти. Поразмысли об этом и раскайся в срок. Теперь же прощай».

И мой отец пошел ко мне, вздыхая. Я отступил назад и хотел было отворить дальнюю дверь, чтобы бежать от него, но он опередил меня. Словно туман, он проник глубоко в мою плоть и кровь, а затем исчез.

6

Я решил просмотреть бумаги отца как можно более внимательно и терпеливо; после его смерти я лишь мельком взглянул на них, но теперь хотел разобраться во всем как следует. Теперь я знал, что он мне не «настоящий» отец; однако наша связь была еще теснее, ибо он сформировал меня путями, которые я едва начинал себе представлять. Узнав что-нибудь новое о его жизни, я наверняка узнал бы что-то и о своей. Среди прочего у меня были и документы, относящиеся к Кларкенуэлльскому дому; после похорон я сунул их в обыкновенный хозяйственный пакет, а затем бросил тут, в одной из пустых спален; теперь же я принес их в кухню и разложил на столе. Пачка счетов, в которых фигурировал «дом на Клоук-лейн», была аккуратно перетянута голубой резинкой, и я быстро проглядел все, что там находилось. Единственным интересным для меня обстоятельством оказалось то, что отец приобрел этот дом у мистера Абрахама Кроули 27 сентября 1963 года — дата, вызвавшая у меня в мозгу целый рой мыслей, так как она всегда считалась моим днем рождения.

Некоторые бумаги относились к другой отцовской собственности; был здесь и коричневый конверт, раньше мною не замеченный. Отец написал на нем что-то печатными буквами — ДОКУМЕНТЫ ПО ТЕМЕ, — и, вынув эти «документы», я увидел, что он, как всегда педантичный, даже перенумеровал их. Бумага тут была разного качества, почерк везде тоже разный; на первом листке он был неровным и угловатым, типичным для семнадцатого века. Я с трудом разбирал слова и поднес листок к свету, льющемуся из кухонного окна.

Мы, верующие в откровение истинного Бога и в возрождение Духа среди людей, призываем и умоляем жителей Лондона ожидать предвещенного мора и пламени[1]. Но изгоните от себя всякий страх и трепет, ибо все вы суть боги и в последний день предстанете друг перед другом в своем божественном облике. Тогда не будет ни мужчин, ни женщин, ни богатых, ни бедных, но все сердца воспылают в радости.

Внизу значилось: «Сходка Лондонцев в Кларкенуэлле, август 1662 г.». Это было достаточно любопытно, но на следующей странице оказался более пространный текст, написанный другой рукой:

Мы никогда не разделяли римских суеверий о существовании призраков, называемых *ангелами-хранителями*, но с той поры, как нужда и хвори вынудили нас уединить-

---

[1] Имеются в виду Великая лондонская чума (1665) и Великий лондонский пожар (1666).

ся в сем старинном доме, с нами произошло нечто весьма поразительное и опровергающее наши прежние воззрения. Как-то летним вечером мой несчастный больной брат лежал у окна, что выходит на реку и поля; в целом свете остались лишь мы одни, и он был как моим неизменным товарищем, так и моей неизменной заботой. «Взгляни, — сказал он. — Взгляни на эту стену. Видишь на ней человеческие черты?» Я ответил ему, что дом был выстроен более двух столетий тому назад и пятна на камне появились просто от сырости. Он словно бы удовлетворился этим и, снова опустившись на ложе, промолчал до конца вечера; но пульс его был очень частым, и я опасался возвращения горячки и бреда. Поэтому я провел рядом с ним всю ночь, держа наготове чашу с ароматической жидкостью, дабы освежать ему лицо. Потом, в предрассветный час, что-то вдруг пошевелилось там, где он лежал; я счел замеченное игрою теней уходящей ночи и мерцающей свечи, но когда оно обрело форму, я понял, что это пришелец из мира духов: фигурой и обликом он не отличался от брата, но был гораздо светлее и поднялся из него, как легкий туман над водопадом. Когда сей призрак выпрямился во весь рост, я увидел, что он на один или два фута выше своего смертного тела. Весь его силуэт серебрился по краям, а руками он как бы стряхивал с себя остатки плоти. Затем он подарил меня улыбкой и низким поклоном, после чего обернулся и указал на брата. Это был мой собственный брат, глядящий на себя самого, и на мгновение я ощутил, как меня объемлет некий свет. Потом призрак смежил глаза и снова улегся в спящее тело. Тут брат проснулся, и я понял, что хворь отпустила его: на нем не было пота, а кровь в жилах стучала ровно, как барабан. Сердце мое было так переполнено, что я тотчас же поведал ему все об этом чудесном пришествии, и мы оба преклонили колени в молитве. Как это возможно, чтобы милость Божья снизошла на двух смиренных обитателей ветхого дома в Кларкенуэлле?

Прежде мы состояли в небольшой конгрегации Божьих Братьев, и местом наших сборов была верхняя комната трактира «Компас» в Крипплгейте. Там мы постигали отдельные важные истины — например, что мужчины и женщины в равной мере причастны божественному огню, что город, где мы обитаем, есть лишь прогнившая видимость, что после того, как распахнутся врата вечности, все мертвые воспрянут. Тогда сильные мира сего падут и их королевства рассыплются в прах, а людей духа осенит слава. Теперь же эти истины, провозвестникам коих мы с братом благодарно внимали в Крипплгейте, получили в наших глазах незыблемое подтверждение: мы сами видели духовное существо, осиянное светом, и поняли, что даже бедные и сирые, наподобие нас, могут удостоиться благодати. Хвала Господу! Писано сего дня, 12 января 1762 года, в Клок-хаусе, Кларкенуэлл.

Кто-то другой подписал на полях: «В Продолжение Той Же Веры». Я перевернул страницу и обнаружил приклеенную к ней вырезку из журнала «График» от 5 октября 1869 года. Первым, что я заметил, была вставленная в текст гравюра: на ней красовался мой старый дом, почти не изменившийся с тех пор, хотя фантазия художника сделала его намного больше. Внизу имелся второй рисунок: сидящая вокруг стола группа людей, один из которых воздел руки в изумлении или ужасе. Заголовок статьи, выполненный псевдоготическим шрифтом, гласил: «Медиум сбит с толку: Стивен Козуэй

в Кларкенуэлле», — но все прочее было достаточно
внятным. Я прочел:

Медиумы-спириты редко заявляют, что их собственное
поведение вызывает у них тревогу, но именно такое признание услышали мы от известного целителя Стивена Козуэя, посетившего один старинный и очень ветхий дом в
Кларкенуэлльском приходе. Он отправился туда по приглашению Лондонского профсоюза рабочих, арендовав-
шего этот дом восемь месяцев тому назад. Если кому-то покажется странным, что общество столь рационального и
прогрессивного толка прибегло к услугам специалиста, за-
рабатывающего себе на хлеб беседами с духами и привидениями, мы можем лишь посчитать это очередным пара-
доксом нашего противоречивого века. В течение нескольких месяцев служащие Профсоюза рабочих наблюдали
периодическое возникновение в нижних этажах здания
некоей странной «атмосферы». Прекрасно знакомые с ис-
следованиями покойного мистера Фарадея в области маг-
нитоэлектричества, они были склонны предполагать, что
эти необычные явления имеют вполне познаваемую фи-
зическую природу. Но вскоре двое из этих почтенных
джентльменов непосредственно столкнулись с призраками: стоя в полуподвальном этаже дома, они оба отчетливо
увидели, по их словам, «юношу и девушку без одежды», тут
же исчезнувших. Именно после этого события туда и был
приглашен мистер Козуэй. Дальнейшее излагается по его
собственным записям, ибо он был настолько любезен, что
на прошлой неделе прислал нам отчет о предпринятых им
действиях. Читатель может верить или не верить его рас-
сказу согласно своему разумению. «Едва войдя в Кларкену-
эелльский дом, — начинает он, — я ощутил, что здесь вита-

ет некая сила, то ли благая, то ли грозная. Однако я не мог предвидеть ужасных последствий...»

Я перевернул страницу, но на обратной стороне было лишь книжное обозрение; конец отчета Стивена Козуэя отсутствовал, хотя кто-то сделал на полях примечание: «Довольно глупостей. Привычка к обману и мошенничеству застит Козуэю глаза». Среди сохраненных моим отцом документов нашлось еще одно признание. Оно было написано на линованной бумаге, словно вырванной из какого-нибудь гроссбуха или приходо-расходной книги. Почерк был очень аккуратный, строчки нигде не вылезали на поля, отчеркнутые красным на каждой странице.

Меня преследует один страх, одна навязчивая идея. Она часто занимает мои мысли, когда я сижу в этом доме за письменным столом, но редко покидает вместе со мной эти стены. Обычно приступ начинается часов в десять-одиннадцать утра, а проходит примерно через час; все это время я обильно потею и брожу по дому, не в силах остановиться или заняться чем-нибудь определенным. Но почему меня мучает опасение столь ничтожное, столь смехотворное, что позже оно не вызывает у меня ничего, кроме улыбки? И тем не менее это чувство всегда возвращается — боязнь, что любая написанная мною строка имеет какой-то иной источник, что я краду у кого-то фабулу и слова, что я использую темы и находки других романистов. Вот почему бывают случаи, когда я покидаю дом и еду в Лондонскую библиотеку на Сент-Джеймс-сквер. Полки английской литературы одновременно и пугают, и утешают меня: я ищу на них подтвержденье своим страхам, но эти поиски оказываются тщетными. И все-таки, даже испытывая облегчение, я не перестаю бояться того, что где-нибудь среди этих томов обнаружится роман, который я сейчас пишу.

Сильнее всего это чувство бывает, когда книга уже завершена и я жду ее публикации. В эти месяцы мой страх принимает весьма разнообразные формы — я начинаю подозревать, что использовал диалог, сочиненный моим собратом по ремеслу, что сюжет заимствован мною из некогда прочитанной и забытой книги, что я просто записал чьи-то чужие слова. А вот самая странная тревога — что, если внутри меня все время живет кто-то другой? В таком состоянии духа я находился вчера, после отправки рукописи своим издателям на Феттер-лейн. Весь роман создавался в этом доме; честно говоря, я не верю, что мог бы написать его где-нибудь еще. Он весь был пропитан здешней атмосферой, и я даже взял на себя дополнительный труд, перенеся в этот район само действие — забастовку медников в 1740 году. На самом же деле эти сцены нищеты и страданий, мятежей и смерти разыгрывались на улицах и в тупиках Верхнего Ламбета; однако я перенес их в Кларкенуэлл, а в качестве декораций взял ныне разрушенные жилые дома рядом с церковью Св.Иакова. По-моему, именно это и допускается в качестве художественной вольности, хотя настоящие художники никогда не бывают свободными.

И вот вчера это наконец случилось. Я сошел в полуподвал старого дома, чтобы выбрать вино к своему одинокому обеду, и тут меня охватил привычный страх. Моя книга уже была написана прежде. Я был уверен в этом. Я не знал, как именуется подобное явление (наверно, этот феномен давно известен врачам), но был убежден, что каким-то образом слово в слово скопировал чужой роман. Даже название было тем же. Не могу передать, какой ужас вызвала во мне эта мысль; из меня точно вынули мою собственную личность, как вынимают сеть из воды, и во мне не осталось ничего своего.

Я немедленно вышел из дома и поехал трамваем на Хай-Холборн; оттуда я пешком добрался до библиотеки на Сент-Джеймс-сквер. У столика с журналами мне встретился Том Элиот, и у меня хватило вежливости поздороваться с ним. Затем я поднялся по лестнице к полкам с художественной литературой и начал поиски, зная, что их исход может стать роковым — роковым, ибо если я найду нужную книгу и мои страхи подтвердятся, жизнь моя как писателя будет кончена. Я перестану доверять своим собственным словам, не смогу больше наивно полагать, что обязан какой бы то ни было находкой своему собственному воображению. Все будет извлекаться из другого источника. И тут я нашел ее. На полке стояла книга с названием, выбранным мной лишь недавно. Ее опубликовали два года назад — на корешке значилось «Лондон, 1922», — и, открыв ее, я увидел те же слова, которые печатал на своей машинке. Это был только что написанный мною роман. «Я — ничто, — вслух сказал я. — Из ничего не выйдет ничего». Я вернулся в дом, который безотчетно считал причиной обрушившегося на меня горя, и равнодушно сел за свой рабочий стол. Но неужели я и теперь пишу то, что давно успел написать кто-то еще? И если так, что же мне делать?

Здесь, на последней строчке второй страницы, рукопись обрывалась. Я перевернул лист и с внезапным испугом вновь увидел знакомый почерк отца. Чистую страницу пересекала крупная надпись: «Его Астральное Тело Вызвано К Жизни». Я убрал бумаги обратно в пакет и тихо отнес их в пустую комнату.

Я всегда легко засыпал в этом доме — глубоким, темным сном, который после пробуждения оставлял у меня во рту привкус ночи, словно кислого съеденного плода. Но в этот вечер, изучив документы, я пришел в такое беспокойство, что не мог сомкнуть глаз. Уличный фонарь в конце Клоук-лейн бросал на стены и потолок мерцающие отблески; вокруг меня двигались странные тени, и я точно видел обнаженную шпагу, всадника на лошади, какое-то полощущееся в небе знамя. Затем я попытался отвлечь себя, произнося слова задом наперед, но некоторые звуки необъяснимо напугали меня. Уже перед самым рассветом я прокрался в прихожую и вынул из-под лестницы ящик с игрушками. Что они здесь делали? Ребенком я не жил здесь ни дня — мать не позволила бы этого, — но изготовлены они были не больше двадцати-тридцати лет тому назад. Однако потом их присутствие в этом доме стало мне понятным: в них играл отец среди порожденных им образов сексуальной магии. Я сел на пол и с величайшей серьезностью принялся собирать из отдельных деталей волчок и складного человечка.

Несмотря на бессонницу, наутро я почувствовал себя достаточно свежим, чтобы ознакомиться с завещанием Джона Ди. Ему следовало бы храниться среди других старинных волеизъявлений в архивах Канцлерского суда[1], но библиографические указатели привели меня в

---

[1] Верховный суд Великобритании до 1873 года.

Отдел рукописей Британской библиотеки. Из этого я сделал вывод, что завещание не было оформлено непосредственно перед смертью; наверное, он умер либо в безвестности, либо в каком-нибудь отдаленном месте, откуда ничего нельзя было переслать. Имелась и другая возможность: оригинал могли потерять, а некоторое время спустя обнаружить в его бумагах копию. Таких бумаг осталось много: в каталожном списке рукописей доктора Ди были навигационные и математические трактаты, гороскоп королевы Елизаветы и рецепт средства от мигрени, карты и схемы, таблицы и родословные. Но меня интересовало именно завещание.

Оно находилось рядом с другим трудом доктора Ди под одним переплетом из зеленой кожи. Название этой второй работы заинтриговало меня: «Благие вести от ангелов», — но я почти ничего в ней не понял. Мне сразу бросилось в глаза, как торопливо устремляются к полям выцветшие коричневые строки; даже здесь, в покойном зале Британского музея, было видно, в каком волнении или панике писались эти слова. Некоторые предложения были подчеркнуты дважды или трижды, а отдельные фразы обведены неровными квадратами и кругами. Основной текст, казалось, состоял из вопросов и ответов, а поля были испещрены приписками, пометками и рисунками. Потом я заметил выведенное большими буквами слово УОППИНГ, а рядом с ним ангела или какое-то другое пернатое создание, словно взлетающее к краю листа. Тогда это ничего мне не сказало, разве что память откликнулась на знакомое слово; впрочем, это была последняя страница «Благих вестей», и я нетерпеливо перевернул ее, чтобы прочесть завещание Джона Ди.

Оно, видимо, тоже сочинялось в большой спешке: буквы были нацарапаны криво, множество мелких пятнышек говорило о том, что перо брызгало чернилами, а пишущий не обращал на это внимания. Были и другие странности. Под документом стояла дата 1588, хотя смерть доктора Ди предположительно наступила двадцатью годами позже, а упоминание о душеприказчиках было чрезвычайно кратким. Доктор оставлял определенные суммы денег двум слугам, «девице Одри Годвин» и «человеку Филипу Фоксу», а все прочее свое имущество завещал «тем, кто придет после». В следующем абзаце он упоминал о доме на Клоук-лейн — называя его «моим ветхим жилищем в Кларкенуэлле», — но потом делал весьма неожиданное заявление, просто-напросто завещая его «тому, кто в нем нуждается». Неудивительно, что такой бумаге не нашлось места в архиве Канцлерского суда. Но продолжение было еще загадочнее: дальше упоминался камень, «предназначенный тем, кто сможет отыскать его». Затем в тексте стояла довольно туманная фраза: «Ступай за мной следом по ту сторону могилы». Может быть, он погребен где-то под домом, а камень возложен на его могилу вместо памятника? Я перевернул страницу и обрадовался, увидев в центре листа грубую схему, или план; мне удалось различить на нем лишь реку да несколько домов. Его размашистой подписи предшествовал еще только один абзац, который я едва разобрал. «Я, сотворивший его, буду жить в нем вечно. Он, обязанный мне жизнью, вернется ко мне». Без сомнения, это была какая-то заключительная молитва, и я оторвался от книги с завещанием.

Младший библиотекарь с готовностью принял ее обратно в свои руки.

— Ну как, нашли, что искали? — Он немного косил правым глазом, и потому было трудно понять, куда он смотрит — на меня или на кого-то за моей спиной.

— Вроде бы да.

— Прочли эти ангельские послания? — Его любопытство удивило меня — отчасти, видимо, потому, что я привык считать доктора Ди объектом своих личных интересов. — Вы, наверное, знаете, что его волшебный хрусталик тут, в музее? — Я покачал головой; на шее у него были два-три белых шрама, и я боролся с желанием уставиться на них. — Здесь и лежит. Наверху, в Тюдоровской галерее. — Он бережно опустил зеленую книгу на стол и ласково провел по ней ладонью. — Как он, по-вашему, умудрялся подглядывать за ангелами?

Найти магический кристалл доктора Ди оказалось довольно просто. Я поднялся по лестнице, ведущей из главного зала Британского музея к останкам древней Британии. Кубки, кинжалы и четки лежали в стеклянных витринах, отражающих мое лицо; я задержался взором на маленьком человечке, вырезанном из камня, потом зашагал дальше. Я быстро миновал Римскую Британию и средневековый период; разнообразные церковные реликвии купались в приглушенном свете, словно плавая в прозрачных аквариумах, и это напомнило мне о воде из святого кларкенуэлльского колодца. Наверно, и ей, как этим старинным предметам, присущ неестественно ровный блеск былого?

Дальше начиналась Тюдоровская галерея, и узкий проход перед нею был освещен теми же скудными рассеянными лучами; я будто вступил под своды склепа. В самом проходе стоял шкаф с несколькими экспонатами — богато расшитой перчаткой, увеличительным стеклом, кучкой монет грубой чеканки. Но нужный шарик я заметил сразу. Он был меньше, чем я думал, размером всего с теннисный мяч; как же ангелам удавалось пробираться в столь тесное пространство и в его границах разворачивать перед доктором Ди целую духовную вселенную? Свет точно омывал хрусталик, не проникая внутрь самого стекла, и я без труда прочел маленькую карточку под ним: «Этот хрустальный шарик использовался Джоном Ди (1527—1608) для гадания, являющегося родом магической практики».

Позади кристалла был кусок ткани, расцвеченной синими, красными и желтыми изображениями; я представил себе, как набрасываю ее на собственные плечи, вздыхаю и поднимаю глаза к потолку своей полуподвальной комнаты. Я услышал, как кто-то кашлянул за моей спиной, но не отвел взора от хрустального шарика. Я видел лишь какие-то мерцающие на стекле световые блики и контуры; внутри все казалось смутным и расплывчатым, будто я глядел сквозь слезы на горящую свечу.

— Видишь, как он сияет?

Голос прозвучал позади меня, но я по-прежнему смотрел в камень.

— Да, — сказал я. — Прекрасно вижу.

— Словно самый драгоценный бриллиант.

— Ну, не так ярко. — Вымолвив это, я повернулся, но рядом никого не было. Кто же говорил со мной таким тихим голосом? Мне почудилось, будто поодаль, в толпе японских туристов, мелькнула чья-то фигура, но это было не более чем ощущением какой-то малозаметной перемены в поле зрения. Я снова посмотрел на шарик, но теперь не увидел в нем ровным счетом ничего.

От Грейт-Расселл-стрит до Кларкенуэлл-роуд я поехал автобусом. Лето уже близилось к концу, и, идя по
площади к Клоук-лейн, я чувствовал в сыроватом воздухе бодрящую осеннюю свежесть. В саду кто-то плакал — похоже, ребенок. Отворив калитку, я сразу увидел сидящего на земле мальчугана; он поник головой и
вцепился обеими руками в траву, а по щекам его текли
слезы.

— Откуда ты взялся? — спросил я. — Тебя что, оби-
дели?

— Меня зовут Мэтью.

— Меня тоже. Значит, мы тезки. Что с тобой стряслось?

— Я ведь совсем маленький. — Он еще плакал, но
между всхлипами уже успевал переводить дыхание.

— Где ты живешь, Мэтью?

— У себя дома. Если я скажу тебе где, отец побьет
меня. — С этими словами он посмотрел мне в глаза и
зевнул. Не могу передать, какой меня охватил ужас,
ибо я глядел на себя самого в обличье ребенка. Я видел
это лицо на фотографиях, сохранившихся у матери.
Но тут мальчишка вскочил на ноги и выбежал прочь
из сада.

Я снова почувствовал то особое недомогание, или
опустошение, которое, казалось, преследовало меня
повсюду. Несколько секунд я простоял, пытаясь отды-
шаться; затем поспешил в дом и с громким треском за-
хлопнул за собой дверь. По-моему, я дрожал, но все вокруг было тихо. Это разбудило во мне злобу, и я помню,
как вызывал на свет Божий того, кто якобы притаился
в этом доме и ждал меня. Никто, понятно, не откликнулся; тогда я чуть ли не в ярости распахнул дверь, ве-

дущую в полуподвал, и опрометью бросился вниз по
лестнице. Едва включив свет, я увидел символы на старой стене, но теперь меня почему-то больше манил
прямоугольный контур под ними. Я прошел по каменным плитам и постучался в замурованную дверь.

Тогда стена раскрылась, и нечто проникло внутрь.
По крайней мере, так мне почудилось тогда, но, пере-
ведя дух, я уже не мог отнести эту фигуру к какому-то
определенному месту; она словно стала неким чувством у меня в груди. Затем мне послышались голоса.

«Я думал, что в камне видны лишь призраки, но теперь вы начинаете видеть и живых людей».

«На то Божья воля, сэр».

«Ах вот как? Божья или ваша собственная?»

«Вы знаете меня и должны помнить, что между нами никогда не было и тени лжи. Постойте-ка. Видите
там нечто? Нечто в человеческом образе?»

«Я ничего не вижу. Совсем ничего».

«Говорю вам, доктор Ди, сей камень отворил врата
ада. Эта комната, этот дом уже полны его исчадьями».

— Скажите, — громко произнес я, — вы верите в
привидения?

«Вы что-нибудь слышите?»

«Я слышу только ветер».

— Есть теория, что они воплощают собой половую
неудовлетворенность, а как по-вашему? А если призраки — это символы поражения, то что означает все прочее — запертая дверь, неубранная постель, плачущий
ребенок? Как все это вписывается в общую картину? И
что связывает вас с моим отцом? — Тут я понял, что в
подвале звучит один лишь мой голос; но вместо того
чтобы поддаться благотворному действию тишины и

пустоты, я ощутил странное смятение. Мне хотелось слышать эти голоса, хотя бы ради того, чтобы уверить себя, что не все еще потеряно. Но разве мертвые могут говорить?

Светелка

О Господи, что это был за сон? Я вновь сидел у себя в кабинете, склоненный над своими бумагами, но видение темного града так глубоко потрясло меня, что я с трудом сдерживал вопль ужаса. До рассвета оставался еще час, и я обонял в горсти свое зловонное дыхание; что за жуткую ночь выпало мне пережить! Я помнил, как плыву в лодке, преследуемый своим двойником, как стою перед королевой, погрузившей руки в мое тело, но, конечно же, все это были только призраки и порожденья кошмара? Однако я ощущал, что внутренне изменился. Я видел мир без любви и отлично понимал, почему это зрелище было открыто мне не кем иным, как отцом: моя любовь к золоту намного превышала любовь к нему, и смерть его вызвала у меня в душе лишь отвращенье да страх. Так вот куда мне грозило попасть, если то был мир, созданный по моему собственному образу!

Кто мог спасти меня от этого мрака? Один-единственный человек, но я так привык к его присутствию и его любви, что считал их почти не заслуживающими внимания; но спасти меня могла только моя жена. Нет, имелся лучший и более верный способ: я должен был спастись сам, вновь обретя те нежность и симпатию, которые некогда питал к ней. Мне следовало освежиться в водах того ключа любви, что есть в каждом человеке; но прежде надо было найти свой путь к сему ключу, к сему началу. Итак, я стал похож на статую, изваянную Праксителем: стоявшему перед ней казалось, что она смеется; стоявшему слева — что спит; с другого же бока она выглядела плачущей. Я повернулся к миру своей скорбной стороной и узрел его в новом обличье.

Вдруг словно из-под земли полилась загадочная и сладостная музыка, но, потихоньку выйдя в коридор, я сразу понял, что это звуки клавесина, доносящиеся из горницы жены. Я на цыпочках спустился по лестнице и некоторое время слушал, не переступая порога ее комнаты; затем отодвинул портьеру, которая загораживала вход, шагнул внутрь и остановился на почтительном расстоянии за ее спиной. Она наигрывала мелодию «Чужие Мы Ныне», но оборвала свою чудесную игру, едва заслышав мое дыхание. Потом обернулась, и я, к своей великой печали, увидел, как исхудало ее лицо. Точно та, кого я знал, ушла навсегда и оставила вместо себя другую; но разве не могло это способствовать возрожденью любви?

«А я думал, тебе нездоровится», — сказал я, пытаясь подбодрить и ее, и себя.

«Так и есть. Но я играла, чтобы разогнать тоску».

«Отчего ты тоскуешь, жена?»

«Отчего? Вы еще спрашиваете?» Я промолчал. «Всю

ночь меня мучили спазмы и колики, сэр, а теперь накинулась мигрень».

Я пощупал у нее пульс и осмотрел ее внимательнее. «Да, ты больна, — промолвил я, — но хворь твоя не опасна. Ступай к себе в светелку и приляг отдохнуть. Я сварю тебе бульон, который успокоит желудок и окажет мочегонное действие. Все будет хорошо, мистрис Ди, все будет хорошо. А еще твою комнатку надо украсить цветами. Засушенные розы навевают мирные думы и исцеляют любые кишечные расстройства».

«Мистер Келли уже лечил меня».

«Келли? И что же он сделал?»

«Он дал мне особое питье с пшеничной мукой и дынными семечками. Назвал его укрепляющим — и горько же оно было, скажу я вам! А я только проснулась и даже ночное платье не успела переменить, но он заставил меня выпить».

«Ладно, — отвечал я. — Ни слова более. Я предписываю тебе строгую диету, а кроме того, ты должна много спать».

Я проводил жену в ее светелку и велел Одри усыпать пол душистыми цветами и благоухающими травами с малой примесью ароматических порошков — всему этому надлежало помочь ей в борьбе с недугом. Потом я принес ей легкий капустный отвар и накрошил туда немного куриного мяса, но она лишь пригубила этой похлебки. Далее, я изготовил фиалковый настой — им смачивают лоб и ноги даже самых тяжелых больных, если те страдают бессонницей. И так минули два дня, а она все угасала да угасала; я уже не знал, что сказать и что сделать, и решил посоветоваться с Эдуардом Келли, который каждое утро гулял в коридоре перед ее комнатой.

«Как она нынче?» — спросил он меня, когда мы встретились.

«Очень плоха». Я только теперь вспомнил о том его лекарстве. «Чем это вы ее потчевали?»

«Всего-навсего вином с мускатным орехом».

«Она сказала, что питье было горькое».

«Нет, нет, — ответил он. — Это все ее фантазии, ведь больному в бреду невесть что может почудиться. Знаете, как лихорадка меняет вкусовые впечатления».

Назавтра он вновь спросил меня о ее самочувствии и весьма расстроился, когда я сказал, что ей до сих пор не полегчало. В тот же день, примерно в час пополудни, ко мне в кабинет прибежала Одри: она пожаловалась, что Келли услал ее от постели госпожи с каким-то поручением, но она подглядела в замочную скважину и увидела, что он дает мистрис Ди какое-то снадобье. Я немедля спустился вниз и застал его возле ложа жены плачущим и возносящим молитвы.

«Что вам здесь нужно, сударь? — спросил я. — Вы ведете себя неподобающим и неблагоразумным образом».

Он прервал молитву и посмотрел на меня сквозь слезы. «Пожалуй, мне недостает благоразумия, — сказал он, — но чего же вы ждали от человека, который всегда любил вашу жену как брат?»

«Одри сообщила мне, что вы давали ей какой-то напиток или лекарство».

«Нет. Я лишь нагнулся, чтобы уловить ее дыхание. Ей нужно смочить десны уксусом или мятной настойкой».

Внезапно лежащая на постели жена очнулась от тяжкой дремы и устремила на меня серьезный взгляд; я попросил Келли покинуть комнату и после его ухода стал рядом с нею. «Он жестоко обманывает тебя», — промолвила она так тихо, что я едва смог разобрать ее слова.

«Откуда ты знаешь?»

«Я чувствую. Уверена». Она помедлила, чтобы перевести дыхание. «И мне он тоже не друг. По-моему, он вливает что-то мне в рот, когда я сплю».

Все это говорилось с великими усилиями и в большом смятении духа, но затем она поднесла руки к горлу и стала напевать «Песнь Углекопа», вскоре перейдя на мотив «Ступай Печальной Тенью За Красным Солнцем Вслед». «Я знаю еще сотню баллад, — серьезно сказала она мне. — Их ноты хранятся у меня, завернутые в пергамент и перевязанные бечевой».

«Ты должна отдохнуть, жена. Ты еще споешь, когда поправишься, но сейчас не надо. Не надо».

«Я слышала, доктор Ди, что двух голубей можно поймать на один боб, а двух куликов — в один силок. А один злодей может поймать двух глупцов?»

Я понимал, о чем она говорит, но мои думы были заняты совсем другим. «Уже поздно. Склони голову на подушку и спи».

«Ты, верно, прав. Не стоит больше толковать о важных вещах. Но поразмысли вот о чем, муженек. Разве, потеряв все, мы не обретем наконец покоя? Кто отдыхает сутки напролет, если не нищие? Что может быть радостней песенки бедняка без гроша в кармане?» Тут у нее начался бред, и горячка про-

должалась весь этот день и всю ночь, вплоть до первых утренних лучей. Она очнулась совсем бледной и ослабевшей до последней степени. «Я почти не помню, что я говорила и делала», — прошептала она мне.

«Ты спала, и сон освежил тебя. Более ничего».

«Нет, сэр. Силы мои на исходе. Я чувствую, как близится что-то другое, новое. Летний день долог, но и за ним наступает вечер».

«Молчи. Не говори так».

«Но, муженек, разве ты не слыхал, что, увядая, земляничные листья издают самый сладкий аромат?»

«Лучше сравни себя с базиликом — чем сильнее его сокрушают, тем упорней он распрямляется снова. Или с маком, что расцветает еще пышней, когда его топчут ногами. Наберись мужества».

Тут над домом послышались крики залетных чаек, и ей, похоже, пригрезилось, будто она лежит у берега моря. «Время надежды ушло, — шепнула она. — Я готова ждать здесь».

Я оставил жену в печали, не ведая, как излечить ее или хоть чем-то облегчить ее страдания. Но ни постоянно треплющая ее лихорадка со свирепыми приступами через два дня на третий, ни ужасные головные боли, которые не отпускали ее ни на секунду, не могли изгнать из моего смятенного ума тревожные мысли об Эдуарде Келли. Он прекрасно знал, что нынче мне было не до гадания по кристаллу, но почему же его несколько раз находили у ее ложа? Я не мог не верить словам жены о том, что он давал ей некий напиток, но неужели это был яд, с помощью коего он надеялся пресечь ее рассказы о его злоумышлениях? Нет, сие было слишком невероятно; однако я попал в тупик и не видел из него выхода.

Как-то вечером, когда я, снедаемый скорбью, сидел у себя в кабинете, он зашел ко мне и тихо стал рядом. «Я почитаю вас за отменного целителя, — сказал он, — знающего больше, чем любой аптекаришка или травник. Разве не можете вы ускорить ее излечение какими-нибудь лекарствами?»

«Вроде тех, что давали ей вы, мистер Келли?»

«Я? Но я лишь молился да проливал слезы».

«Что ж, не буду спорить».

Я пристально поглядел на него, и он отвернул лицо прочь. «Я знаю, что в эти печальные дни у вас нет ни досуга, ни охоты посещать келью прозрений, — сказал он. — Однако не пора ли нам обратиться к волшебному кристаллу?»

«Для чего же?»

«Если земные соки и минералы не способны победить хворь вашей жены, то почему бы нам не оставить наши колбы и реторты, дабы спросить совета у призраков из камня? Да, я клеймил их бранными словами, но теперь, когда на нас обрушилось такое горе, я готов сделать все, чтобы...»

«Чтобы отвратить ее скорую погибель?» — это вырвалось у меня само собой, и я почувствовал, как сердце мое упало.

«Говорят, что страстное желание может принести больше пользы, нежели любое материальное средство...»

«Я надеюсь на это».

«Так если мощь воображения способна преодолеть косную природу, отчего бы нам не обратиться к кри-

сталлу и не воззвать к ангелам, дабы они указали нам, что делать?»

Будучи совсем слаб душевно, я дал свое согласие, и Келли ушел готовиться к завтрашнему сеансу. Я не спал всю ночь, опасаясь дурных вестей, которые могло принести утро; а что, если порчу на жену напустило какое-нибудь зловредное существо, вырвавшееся из камня? Тогда я воистину заслуживаю проклятия. Поутру я тихо проник вслед за Келли в потайную комнату общения с духами и, по сложившемуся у нас обычаю, преклонил колени, покуда он сосредоточенно вглядывался in crystallo. «Сейчас все в тумане, — сказал он. — Теперь туман рассеялся. Вот на самом краю поля, видимого в камне, появляется некто, весьма быстро идущий по широкой дороге. Это мистрис Ди».

«Моя жена?»

«Теперь я слышу в кристалле громоподобный и раскатистый глас, и ваша жена выбегает из своей комнаты и как бы перепрыгивает балюстраду на галерее и лежит точно мертвая». Я встал и крепко затворил все двери, чтобы никто не услыхал его. «Теперь вы выходите из своей собственной спальни, — продолжал он, — и падаете на колени, и стучите руками по полу. Слуги поднимают вашу жену, но голова ее мотается из стороны в сторону. Она мертва. Правая половина ее лица и тела застыла и не может двигаться. Ноги ее босы, на ней белое платье. Они держат ее. Вот они выносят ее из ворот. Вы словно бежите впереди них в поля. Вы бежите по водам. А теперь все исчезает». Странен был его пересказ, и странно само видение — я удивился тому, как легко напророчествовал он кончину моей жены. Я провел по глазам рукою, и мне

почудилась улыбка на его устах. «Воспряньте духом, — сказал он. — Я никогда вас не покину».

«Сударь?»

«Всем нам придется умереть, и лучше обрести утешенье теперь, чем лить слезы потом. Неужто вы не знаете, что после смерти нас ждет покой?»

«Нет, не покой, но слава. Если ей суждено погибнуть, хотя эта мысль для меня непереносима, она соединится со священным огнем, пылающим внутри божества. Но разве облегчит это мой собственный жребий?»

«Я буду рядом и поддержу вас, мой добрый доктор. И мы снова, как два юных бакалавра, отправимся на поиски истинного знания».

Он радовался, что моя жена больше не будет стоять у него на пути, — я видел это столь же ясно, как если бы смотрел *in crystallo*, — и теперь он сможет еще крепче привязать меня к себе. Понемногу я учился постигать его хитрые замыслы и уловки. «Я думал, что в камне видны лишь призраки, но теперь вы начинаете видеть и живых людей».

«На то Божья воля, сэр».

«Ах вот как? Божья или ваша собственная?»

Тут он внезапно впал в гнев. «Вы знаете меня и должны помнить, что между нами никогда не было и тени лжи. Постойте-ка. Видите там нечто? Нечто в человеческом образе?»

«Я ничего не вижу. Совсем ничего».

«Говорю вам, доктор Ди, сей камень отворил врата ада. Эта комната, этот дом уже полны его исчадьями». Он вдруг умолк и словно прислушался к чьему-то голосу. «Вы что-нибудь слышите?»

«Я слышу только ветер. Но довольно этих выдумок, Келли». Я был точно медведь, привязанный к столбу, вокруг коего рыщет лев. *«Вы говорите, что в отношениях между нами царит справедливость, но как обстоит дело с вами и моей женой?»*

Келли был по-прежнему поглощен созерцанием призрака, сотворенного его собственной фантазией, но минуту спустя вздохнул свободнее. *«Тот человек исчез»,* — прошептал он.

«Я говорил о своей жене».

Он взглянул прямо на меня. *«Я не сетую на ее зависть и злобу,* — промолвил он, — *ибо она теперь в таком плачевном положении. Если ей суждено умереть...»*

«Вы так думаете. Или знаете наверняка?»

«Я видел это в кристалле». Тут я разразился смехом, и его негодование возросло. *«С нынешнего дня, сэр, я не стану более иметь дела ни с вами, ни с вашей женой, ни с вашей челядью. Я не боюсь никого на этом свете, и никому не удастся толкнуть меня на дурное. Мои предки были честными людьми, и благородство у меня в крови!»* Он повернулся и протянул руку, как бы желая схватить камень и то ли отшвырнуть его, то ли забрать с собой. *«Разве вы вопрошали сих духов? А не я ли? Не я ли? Эти сеансы, эти явления, и зрелища, и голоса тревожили меня с самого начала. Душа моя не доверяла им и отвращалась от них, но мало того — вы сами помните, сколь часто я искал случая прекратить все это навеки!»* Он запинался от ярости, но я внимательно слушал его слова. *«Их речи и деянья несут на себе отблеск геенны. Разве я не отваживался противостоять им даже в вашем присутствии, понуждая их исчезнуть или хотя бы прояснить свои ту-*

манные и коварные иносказания!» Он по-прежнему
пылал гневом и говорил не умолкая. «А теперь вы кле-
вещете на меня, заявляя, будто я сам все выдумал. Это
несправедливо, сэр. Стыдитесь!»

Он поспешно вышел прочь, и на мгновение я склонился над камнем: взор мой встретил лишь чистое
стекло, такое же пустое, каким было оно на протяжении всех этих дней и сеансов. Я слышал, как он шагает
взад и вперед по устланному соломой полу моего кабинета; затем он вдруг вернулся. «Я раскаиваюсь в своей
горячности, — сказал он, — ибо знаю, какое бремя вы
нынче несете. Стоит ли нам скорбеть над ушедшим,
вместо того чтобы трудиться ради наших потомков?
Ведь вы согласны, что мы должны продолжать работу,
невзирая на недуг вашей жены?» Он взял меня за руку и,
хоть я не выказывал к тому расположения, поднял ее и
поцеловал мой перстень с Соломоновой печатью. «Вы
глубоко увязли в подозреньях и недоверии, — промолвил
он, — а ведь рядом с вами надежный брод».

«Пусть так, — отвечал я, — но я не из тех, кто, за-
мочив ноги, уж не тревожится, сколь глубоко он зай-
дет. Мы с вами выберемся на твердую землю».

«Отлично сказано, мой добрый доктор. И отправимся дальше вместе». Все это время в моей груди ки-
пели подозрения, хотя и не имеющие бесспорных резо-
нов: я, столь преуспевший в изучении древности и удо-
стоенный дивных прозрений, в коих являлась мне
мудрость минувших веков, заблудился в лабиринте
настоящего и не видел из него выхода. Я, мечтавший о
сотворении новой жизни, даже не мог спасти жизнь
своей жене. Не произнеся более ни слова, я вновь спустился к ней.

Она лежала на постели в поту, едва ли различая, что творится вокруг, а Одри сидела обочь нее с чистым полотенцем и каменной чашей, в которой была прозрачная и благоуханная розовая вода для освеженья ее лица. Я сказал ей, что единственное мое счастье заключается в том, чтобы видеть ее здоровой и довольной, и что после изгнания хвори ей предстоит еще много радостных дней, но тут она взяла меня за руку и тихо заговорила: «Доктор Ди, доктор Ди, я больна и не вижу для себя исцеления». Я хотел покормить ее бульоном, но не мог убедить ее съесть ни ложки. И тогда я просто присел рядом с нею, размышляя о том, сколь жалок будет мой жребий, если она покинет земную юдоль; как черепаха, потерявшая пару, бродит бесцельно, не находя услады ни в чем, кроме уединения, так буду скитаться и я. Но затем я жестоко укорил себя за отвлеченные думы — ведь истинное страдание испытывала сейчас она, оставляя сей мир. О, что за великая скорбь наблюдать, как угасает твой единственный светоч!

Я смотрел на нее, спящую, и тут Одри, вытерев ей лоб, шепотом обратилась ко мне: «Она немножко плачет, сэр, когда думает, что никто не видит. А когда я вхожу к ней снова, она встречает меня улыбкой — ей-Богу, ну прямо сердце разрывается».

«Не трави душу, Одри. Довольно».

«Я вам больше скажу, сэр. У нее в крови яд. Не знаю уж, то ли от его снадобий, то ли от его черного колдовства». Я понимал, о ком она говорит, и слушал ее с чрезвычайной неохотой. «Он столько раз угрожал ей на словах и бушевал тут у ее ложа, что самый воздух напитался его проклятиями».

«Откуда тебе это известно?»

«Я боялась за ее жизнь, сэр, и подслушивала у двери».

«Но слова подобны ветру, Одри: едва вырвутся из уст, и вот их уж нет. Нам не в чем обвинить его».

Она пристально посмотрела мне в глаза. *«Я знаю, сэр, в каком укромном уголке он держит свои бумаги и письма. Может быть, наведавшись туда, вы и откроете его истинное лицо».*

«Как же ты это разузнала?»

«Я не доверяю ему, а потому следила за ним и видела, как он тайком прячет свои вещи».

Я прислушался к тяжкому дыханию жены; на ее челе уже проглядывала печать грядущей смерти. *«И где же находится сей тайник?»*

«У него в комнате. Там есть маленькая шкатулка — он принес ее с собой в тот злосчастный день, когда впервые переступил порог нашего дома…»

«Ни слова более. Я слышу его».

Келли был в прихожей и приветствовал меня, когда я вышел из светелки жены. *«Я собираюсь съездить верхом в Саутуорк, — сказал он. — Там живет один мой старый товарищ, он хочет потолковать со мной кое о чем».*

Он явно опасался, что мое недовольство им еще не утихло, однако я отвечал ему как можно более благосклонно. *«Скоро ли вы вернетесь?»*

«Не раньше вечера». Затем он спешно покинул дом, направясь в город по Тернмилл-стрит. *«Так, так, — сказал я Одри. — Стало быть, разделенье у нас опередило растворение[1]».*

---

[1] Каламбур: английское слово solution означает и растворение как стадию алхимического процесса, и разрешение (проблемы).

«Что, сэр?»

«Ничего, Одри. Пустое. Достаточно ли крепок сон моей жены, чтобы нам можно было на минутку отлучиться?» Она кивнула. «Тогда пойдем живее. Веди меня к его тайнику».

Мы торопливо поднялись по лестнице и вступили в его комнату. Одри пересекла ее и, обогнув дальний край каминной доски, сунула руку за кирпичи. «Где-то здесь, — сказала она, — но я не могу нащупать. Ага, вот». Она вынула маленькую, изящную резную шкатулку, вполне пригодную для хранения бриллиантов, монет и тому подобных вещей. «Тут замочек, — произнесла она, — а ключика нет».

«Разве ты не знаешь, что за многие годы занятий я весьма понаторел в искусстве механики? Спустись-ка в горницу да принеси мне серебряную зубочистку».

Она не заставила себя ждать, и вскоре я открыл шкатулку, где лежали бумаги, исписанные вдоль и поперек. Мне удалось прочесть их без особых затруднений, и я обнаружил много любопытного — в одном месте, например, Келли аккуратно записал: «В двадцать пятый день апреля он совершил проекцию красного камня на равное количество ртути. Путем сего действия он рассчитывает получить эликсир добродетели». Затем, несколько позднее, Келли добавил: «Он скажет мне, как то, что тленно и несовершенно, может быть приведено от несовершенства к совершенству». А еще, на другом листке, были поспешные каракули, которые я разобрал довольно легко: «Тело человечка может быть создано из росы, звездного света и сублимации ator sexus. Если сию смесь очистить и заключить в стеклянный сосуд, то драгоценное семя обретет ды-

хание». Тут записи обрывались, но я и так понял, в чем
дело: он нашел в моих конспектах, спрятанных от чужого глаза, секрет порождения гомункулуса. С помощью лицемерия и коварства он добрался до самой ос-
новы моих трудов и был близок к тому, чтобы похи-
тить у меня тайну деянья во много раз более дивной,
чистой и возвышенной природы, нежели все чудеса алхимии, — сотворения существа, которое живет и растет. И на этом мои находки не кончились, ибо под всеми бумагами лежало наспех намаранное письмо: «Он
почти в нашей власти. Когда его жена умрет, он будет
наш. На сем прощай. Джон Овербери».

Овербери. Боже, помилуй меня. Мой старый слуга,
которого я случайно (как мне думалось) повстречал у
Парижского садика, вступил в сговор с другим пройдо-
хой и играл мною, как куклой в балагане. И только теперь я наконец понял всю глубину низости Эдуарда
Келли: хоть я и не мог еще утверждать, что они объ-
единились, дабы погубить мою жену, но в черноте их
замыслов, направленных против нас с нею, у меня
больше не оставалось сомнений.

Не прошло и трех часов после этого открытия,
как в кабинет ко мне заглянул уже успевший снять
сапоги Эдуард Келли. Увидя его, я весь внутренне вски-
пел, однако продолжал делать записи; поздоровав-
шись со мной, он прошел в свой собственный кабинет,
затем вышел снова. Когда он спускался по лестнице
вниз, я покинул свою комнату и окликнул его. «Смотрели в театре какую-нибудь пьесу, — сказал я, — или
развлекались иначе?»

«В театре? Не был я в театре, сэр, и не развлекал-
ся. Ведь я говорил вам, что ездил на встречу с одним

весьма почтенным старцем, моим другом, живущим близ Саутуорка. Вы не знакомы с ним, сэр, но он шлет поклон мудрецу, который, по его словам, постиг все мыслимые науки».

«Благодарю». Затем я продолжал более серьезным тоном. «Я человек пожилой, мистер Келли, и потому подвержен многим сомнениям. Мне кажется, что вы дурно поступили со мной».

«Полноте, здоровы ли вы? Да я скорей взбегу на купол Святого Павла или проскачу верхом по всей Венеции. Я никогда бы не причинил вам зла».

Однако румянец покинул его лицо, и я это заметил. «Одри говорит, что вы возвышали голос у постели моей больной жены и бранили ее».

«Бранить человека в таком положении? — Он вспыхнул гневом. — Эта проныра, эта дырявая корзина для сплетен опять возводит на меня напраслину. Она точно верблюд, что не станет пить, покуда не замутит воду ногами, — она не уймется, пока не обольет меня грязью с ног до головы. Пускай я только ваш слуга...»

«Более, много более, чем слуга».

«Но меня то и дело язвят и шпыняют те, кому должно блюсти благополучие ваше и вашей жены».

«Прекрасная речь, мистер Келли. Но мне довелось познакомиться с речами, ее затмевающими. Не вы ли говорили, что когда моя жена умрет, я буду в вашей власти?»

«Уверяю вас, я никогда не говорил ничего подобного».

«Ах да, прошу меня простить. Это ведь слова Джона Овербери». Тут я вынул из кармана найденное в шкатулке письмо, и он отшатнулся в изумлении. «Меня не раз предупреждали, — продолжал я, — что вы *питаете неприязнь ко мне и моим домашним. Но я не имел ни одного тому доказательства. Теперь же вы не сможете отрицать, что чинили здесь козни и плели интриги».*

«Сударь, — он положил ладони на свою надушенную бороду. — Клянусь, что никогда не замышлял и тени дурного. Этот мерзавец Овербери послал мне письмо без моего ведома и согласия».

«Так зачем же вы спрятали его у себя в комнате? Нет, Эдуард Келли, свет не видел более подлого и низкого лицемера, чем вы!»

Тут он ударился в слезы и поник головой. «Вы знаете, что я всегда стремился быть вам истинным другом, мой добрый доктор. Даже в общении с призраками, хотя я скорее сжег бы все книги в мире, чем погубил свою бессмертную душу!»

«Боюсь, что вы сами измыслили все эти чудеса, всех этих духов и призраков, дабы вернее обмануть меня и завлечь в расставленную вами сеть». Я выбросил вперед руки, и полы моей мантии взметнулись по бокам, точно крылья.

Он обратил на меня неожиданно спокойный взор. «Я сохраню терпение, сэр, и постараюсь снести даже эту обиду. Я и далее намерен творить доступное мне добро, как бы меня ни оскорбляли, ибо никогда не забуду о своем долге и не запятнаю своей чести». Он умолк, видя мое суровое лицо, но потом заговорил снова. «Такова моя доля, и я знаю это. Но я скорее примирюсь с тем, что меня не ценят, нежели унижусь перед кем бы то ни было до мольбы о пощаде. Пусть сей грех останется у вас на совести — я же смиренно склоняюсь под вашей разящей дланью».

Я видел, что злодей думает оправдаться, громоздя ложь на ложь, и что он уже почти погребен под горой кривд и обманов. Я помахал письмом у него перед глазами и разорвал бумажку на три части. «Я изгоняю вас, Эдуард Келли, и отрекаюсь от вас. Я тратил свои деньги на обретение фальшивых надежд и фальшивых друзей и ныне прошу вас не докучать мне более».

«За какую же провинность вы обрушиваете на меня такую кару?»

«Я утверждаю, что вы подло лгали и обманывали меня. Сейчас я говорю лишь о духах, коих вы так ловко изобретали в келье прозрений, но мне еще не ведомо, что содеяли вы против моей жены. Я намерен открыть правду. Можете быть в этом уверены».

«Я не ждал от вас такой бесстыдной клеветы, сударь. Как вы смеете оскорблять меня и обвинять в столь мерзких грехах?»

«Вы сами навлекли на себя этот позор. Довольно препирательств». И я опять указал негодяю на дверь, повелев никогда больше не появляться у меня на пороге.

«Вы обошлись со мной самым бессовестным образом, доктор Ди. И коли я не смогу отплатить вам, то найдутся в стране люди посильней меня, коим будет весьма любопытно узнать о ваших занятиях колдовством и черной магией. Куда как интересно услыхать об искусственном человечке, этом будущем сатанинском порождении!»

Я громко рассмеялся в ответ на его праздную угрозу, заметив, что ни одна живая душа ему не поверит; затем я сказал, что он должен убраться до темноты. Тут он принялся бушевать, заявляя, что не ступит и шагу прочь, покуда я не выплачу ему пятьдесят анге-

лов за всю его работу. Я не пожелал этого сделать, и он занес руку, собираясь ударить меня. Тогда я воззвал к слугам: «Идите сюда, мне угрожают расправой!» И он наконец ушел с проклятьями на устах.

Дрожа, словно лист под ураганным ветром, я опустился на табурет и в течение некоторого времени не понимал, кто я и что я недавно говорил. Но вскоре ко мне в кабинет постучалась Одри. «Ей все хуже и хуже, — сказала она. — Как начало смеркаться, ей совсем занедужилось: она прямо пылает и не может ни есть, ни пить. Не сойдете ли вы к ней, сэр?»

Тотчас позабыв о Келли, я отправился к жене и сразу увидел, что на спасенье нет никакой надежды. Все ее тело отощало и ссохлось, так что кости почти проступили наружу; она более походила на привидение, чем на живое существо, и, приблизясь к ее кровати, я подавил глубокий вздох скорби. «Я нынче слишком худа, — улыбаясь, молвила она, — но ты уж не серчай на меня».

«Да разве могу я сердиться на тебя, Кэтрин? С каждым днем ты все меньше ешь и спишь, и это меня тревожит. Но и только».

«Не надо тревожиться. Я стала так легка, что мне теперь не нужны ни сон, ни пища. Иногда мне чудится, будто я взмываю в воздух в каком-то ином облике».

«Быть может, позвать сюда Одри, чтобы она сыграла для тебя какую-нибудь песенку или мелодию на клавесине? Он стоит там, за занавесью, и пылится».

«Нет, нет. От музыки я расплачусь. Теперь я слышу в ее звуках, как возрастает и гибнет все сотворенное».

«Но ведь в ней есть и истинная гармония. Нас осеняет нетленное небо с эмблемами звезд и планет, твоя настоящая пристань. Ты отправишься туда в свой час, как пчела, что летит на цветок».

«Значит, поэтому мне кажется, будто я возвращаюсь к началу? Будто я вновь стала ребенком?»

«Звезды проникают наши тела своими блаженными лучами, и мы, согласно нашему месту в мире, всегда напоены их волшебным светом. Но отдохни же. Ты полна дум, а думы могут помешать тебе выздороветь».

«Нет. Я уже собралась с силами, теперь, когда ты рядом со мной, и я вполне счастлива. Вполне счастлива. Разве не счастливою нужно сходить в могилу? Ведь мне нечего больше бояться».

«Не говори так».

«Но почему бы мне не говорить о счастье, когда это, быть может, мои последние слова к тебе на этой земле?» Тут я отвернулся, чтобы она не заметила моих слез; повернувшись опять, я увидел, что она смежила веки. «Теперь мне рисуют тебя вера и воображение, — сказала она. — А где нет веры, там нет жизни». Засим я преклонил колени у ее ложа и молился целый час напролет, прислушиваясь к каждому ее вздоху как к последнему и зная, что драгоценное тепло скоро вознесется из ее груди к своему родному обиталищу над звездами. Вдруг она шевельнулась, и я увидел, как глаза ее открылись и нечто ласково глянуло на меня. «Мы встретимся вновь, Джон, а пока — прощай». И после сих слов она испустила дух. Что сделалось со мною, я не могу описать.

Я громко кликнул Одри, которая стояла у порога,

заливаясь слезами. «Убери ей волосы, — сказал я. — Я не в силах более находиться с нею. Я запомню ее такой, какою она была, и домыслю в воображении ту, кем она будет».

Я покинул ее светелку и вышел в холл. Там, брошенная Одри, лежала груда вытканного женою тонкого полотна; оно пахло левкоем, и я прижал его ко рту и носу, точно желая лишить себя дыхания и оборвать свою собственную жизнь. Затем я услыхал позади шаги Келли — он спускался по лестнице.

«Теперь, — промолвил он, — когда мне известна мера вашей неблагодарности, я с охотою ухожу прочь и отрекаюсь от вас». Он еще не знал о смерти моей жены, и я скорее дал бы растерзать себя собаками, нежели открыл ему это. «Но вот что я вам скажу, Ди. Ваша догадка верна. Духов, которым вы так трепетно внимали, придумал я сам, и в Гластонбери никогда не обнаруживали реликвий древнего града. Все эти уловки изобрел Джон Овербери, ибо он хорошо изучил вас и нашел кратчайший путь к вашему сердцу — если в груди у вас сердце, а не жаба. Я проник к вам на службу с единственным умыслом: снискать ваше доверие, дабы с течением времени вы открыли мне секрет философского камня. Узнав же о гомункулусе, я понял, что деньги — это далеко не все, к чему стоит стремиться. Но сейчас мне думается, что вы и золота не умеете сделать». Значит, они с Овербери хотели раздобыть злата, а потом решили выпытать у меня более драгоценную тайну. Что ж, теперь все это нимало меня не тревожило. «Я уйду на рассвете, — продолжал он, — и вместе со мной канет в небытие ваш древний город». Я ничего не ответил; по-прежнему *стоя спиной к нему, я прижимал к лицу вытканное женою полотно.*

Конец дня и ночь я провел в келье прозрений. Я не мог спать и сидел, свесив голову долу и вспоминая о жене — ибо что еще оставалось мне, как не клониться к той самой земле, где вскоре упокоится ее тело? Было четыре часа, самая тихая утренняя пора, когда я услыхал в кристалле слабый зов, или шепот. Не прошло и минуты, как далеко-далеко — хотя это было не далее чем в углу комнаты, — появилась женщина, столь светлая и прозрачная, что я видел внутри нее дитя мужского пола. Она приближалась ко мне с простертыми руками, и я вдруг понял, что ребенок в ее чреве — это я сам.

«Матушка, — воскликнул я. — Нет, ты не мать, но жена! Ты — призрак жены моей, вставший передо мною! Но отчего ты несешь меня в своем чреве?»

«Джон Ди, я послана Богом».

«О, увидеть тебя, и так скоро! Я думал, что никогда больше не увижу твоего лика в сей жизни, никогда не услышу твоего голоса на этой печальной земле».

«Я пришла научить тебя истинному зрению, Джон Ди, дабы ты мог видеть то, что кроется в душах людей. Тогда облачишься ты в новый наряд, и он будет иного цвета».

«Какой наряд? Какого цвета? Я блуждаю во тьме».

«Что ж, оставлю рассужденья и отвечу тебе простой песенкой:

> Пускай твоя мудрость не будет помехой в пути,
> Сожги свои книги и смело за мною иди.

Ну как, понятно?»

«Могу я задать тебе несколько вопросов? Всегда ли любовь начинается скорбью, а кончается смертью? Всегда ли наслажденье полно боли, а радость проникнута горечью? Разве возможно на свете добро, если венец всему — печаль?»

«Ты спрашиваешь меня об этом даже теперь?»

«Да, я и теперь не знаю, какой может быть любовь».

«Вот почему при всей своей учености ты нашел в сем мире лишь злобу да честолюбие. Ты читал свои фолианты вотще и тратил время впустую. Теперь пойми нечто, способное принести тебе гораздо больше пользы: этот мир есть ты сам, Джон Ди».

«Так как же его изменить?»

«Для этого нужно суметь изменить себя. Однажды ты уже видел мир без любви. Теперь раскрой глаза и воззри на мир с любовью».

После сих слов это бесплотное существо, моя дорогая жена, словно бы погрузилось в пол и исчезло в пламени. Затем огонь охватил всю комнату, однако не причинил мне вреда. И стены вокруг меня пропали.

Сад

Воззри же на мир с любовью. Я стоял в своем собствен-
ном саду, что разбит на покатом берегу Флита, од-
нако он дивным образом изменился. Прежде здесь ви-
тали зловонные миазмы, поднимающиеся с ближних
луж и канав, но теперь они исчезли, и воздух был сла-
достен и благоухающ; также пропал куда-то гнус и
иные летучие твари, кои ранее весьма мне досаждали.
Все вокруг казалось светлым, пробужденным к новой
жизни, а посреди деревьев я увидел прекрасную розу,
обвивающую собою дуплистый дуб. Цветы на ней бы-
ли белыми и красными, листья сияли, как червонное
золото, а у подножия дуба бил хрустально-чистый
ключ. «Я знаю, что это, — вслух промолвил я. — Это
Сад Философов, и вход сюда обычно преграждают
такие замки и препоны, что никто не может их ми-
новать».

И правда, здесь были многообразные растения и
цветы, символизирующие стадии великой работы:
роза, которая есть цветок солнца; шелковица, озна-
чающая таинство изменения; и мирт, что является

истинным символом бессмертия. Все они, вместе с неиссякаемым родником, вечно освежающим наши усилия, представляют собой эмблемы химического поприща. Были тут и другие побеги и травы, по природе своей тяготеющие к различным планетам, чьи лучи оживляют, лелеют, холят и взращивают хрупкие семена этого мира. Вот почему все следует сеять и пожинать в соответствии с положением астральных тел над или под горизонтом. Кориандр и укроп должно сеять, когда месяц растет, а собирать на ущербе луны. Травы лучше всего срывать после двадцать третьего марта и до двадцать третьего июня, когда их целебные свойства усиливаются излученьем небесных светил. Однако пусть об этом радеют аптекари, чья главная забота — выделять из растений их драгоценную квинтэссенцию; Сад Философов хранит в себе гораздо более великую тайну, ибо в здешней росе пребывает дух новой жизни. Соберите ее в месяце мае, расстелив по траве чистое белое полотно, и дистиллируйте в стеклянном перегонном кубе...

«Довольно, Джон Ди. Довольно. Я прочла все твои мысли». По правую руку от меня, как раз возле недавно построенного мною причала, клонилась к воде маленькая ива; и вдруг из нее, чудно преображенной и раздвоившейся посередине, ступила на землю моя жена. На ней была синяя мантия, расшитая серебряными нитями, а под мантией — белое шелковое платье, усыпанное бриллиантами величиной с боб. Ее красота едва не ослепила меня, и я закрыл лицо ладонями. Нет, то была не жена. То была моя мать, которую я не видел вот уже многие годы. Нет. Это была не она, но другая — та, кого я видел во снах с самого детства *и кого неизменно терял, пробуждаясь. Да, то была она. «Довольно, — сказала она. — Ты проник в алхимический сад. Теперь отвори угловую калитку и найди то, что будет для тебя самым благим и полезным. Взойди на холм отреченья и избавься от знаний, обретенных из страха и честолюбия. Мне нечего к этому добавить».*

И она исчезла. Маленькая калитка, упомянутая ею, находилась слева от меня, на краю сада, и я весьма охотно двинулся в ту сторону; отворив калитку, я вышел на ровный луг, покрытый мягкой травой и простирающийся до самого горизонта. Он был залит солнечными лучами, но я нигде не видел холма, о котором шла речь; затем он внезапно возник передо мною, и я начал подъем, зная, что вскоре обрету под ногами более надежную почву. Через какое-то время я достиг вершины холма и, остановясь, дабы перевести дух, устремил взгляд на обширные сады, раскинувшиеся внизу великолепным ковром. Здесь были поросшие муравою террасы, чудесные деревья и цветы, восхитительные аллеи, живые изгороди, отбрасывающие прохладную тень, и прочие насаждения, изобилующие увитыми зеленью беседками, скамьями и шпалерами, расставленными с превеликим изяществом, прилежанием и искусством. Даже с верхушки холма я обонял столь сладостные ароматы, источаемые растениями и травами, слышал столь дивную музыку природы и трели птиц и видел клумбы, пестрящие столь многими прелестными цветами, что это побудило меня сказать вслух: «Первым местом обитания, созданным Всемогущим Богом, был сад, и теперь, о Господи, я воочию убедился в том, сколь прекрасна Твоя обитель».

Я спустился с холма и вышел на очаровательную лужайку. Со всех сторон ее окаймляли укромные аллеи, образованные густым колючим кустарником; в самом же этом кустарнике, подобно ежу, что хоронится среди шипов, ибо шкура его полна иглами, пряталось множество неприхотливых растений — я узнал тут гвоздичные, мускатные и фисташковые деревца, а также алоэ, известное своим укрепляющим действием. Все это символизировало пору, когда лучше собирать целебные травы для желудка, нежели благоуханные цветы для услаждения чувств. Ибо сей мир способен как ранить, так и врачевать; и хотя базилик порождает скорпионов, их можно полностью извести с помощью того же базилика. Уловил я и тонкий запах руты, изгоняющий из зеленых насаждений змей и прочих ядовитых гадов. Воистину, все на этой поляне дышало миром и простотою — где еще, если не здесь, следовало учиться смирению и мудрости? Внимая окружившим меня безмолвным наставникам, я почувствовал, что меланхолия покидает меня, и с облегченной душой зашагал по ровно подстриженной мураве к самому саду.

И куда же попал я, как не в царство редчайших и изысканнейших цветов? Тут росли дивные розы, ароматные примулы, грациозные фиалки, лилии, гладиолусы и турецкие гвоздики; были тут и желтые нарциссы, пестрые анютины глазки и сераделла с белыми и красными цветками. Чтобы определить названия и свойства всех этих многочисленных растений, мне понадобился бы какой-нибудь специальный ученый труд, однако я заметил, что они принадлежат к различным сезонам: весенняя примула, эмблема верной любви, и благородный левкой соседствовали с лавандой и майораном зимней поры, желтые январские крокусы цвели бок о бок с июньским водосбором, а белая апрельская фиалка — рядом с сентябрьским маком. Да, подобного изобилия я еще не видывал, и меня обдало такою волной сладких запахов, точно я распахнул дверь в чулан, где хранился заботливо высушенный гербарий, обнимающий богатство целого года.

Затем откуда-то повеяло ароматом желтофиолей, и этот миг вернул меня обратно к детским годам, когда я играл в бабки под стеной амбара, стоявшего на нашем поле в восточном Актоне. А вот и моя мать в белом платье, любовно простирающая ко мне руки. Молю тебя, поговори со мною ласково, матушка, хоть я уже не дитя, ибо теперь, на склоне лет, мне так нужно услышать твой голос и обрести утешение. Помнишь, как крепко ты обнимала и целовала меня, сразу изгоняя все мои страхи! И тут пропало все, что ждало меня впереди и что было за моей спиною, — осталась только сыновняя любовь. Матушка, матушка, там, где есть ты, нет места ночи и мраку, ибо в памяти моей твое сиянье побеждает тьму, как вихри, что вбирают в себя пыль. Так осенил меня аромат желтофиолей, и я замер, покоренный его волшебными чарами.

Потом я еще немного прошел далее и очутился на поляне, где росли стройные вязы, а также ряды молодых деревьев, увитые виноградными лозами. Здесь я заметил ноготки, тимьян, девясил, розмарин и подобные им цветы для города (по моему разумению), и вдруг ощутил благоухание левкоя, схожее с пряным ароматом гвоздики. Где слышал я этот запах прежде? Так пахла маленькая, крепко зашитая ладанка, которую моя жена никогда не снимала с шеи; и тут я отчетливо увидел ее такой, как в ранние дни нашего брака, — в длинном голубом платье, ожидающей меня у дверей дома на Постерн-стрит, где мы тогда обитали. О, как страстно хотел я вновь пережить этот миг — какую радость он принес бы мне, не отягощенному бременем своих обычных страхов! Тогда я не видел и не осознавал всей святости этой минуты, а теперь вдруг отчетливо понял, что она ушла навсегда. Бывает, что злато лежит незамеченным в прахе земном, покуда какой-нибудь ребенок случайно не подберет его; так другие замечали и собирали злато этого мира, а я оставался ни с чем. Я пытался постичь мир, но ни разу не видел его в истинном свете; я жаждал знаний, но, мучимый страхом, не умел оглядеться по сторонам. Я искал определенности в думах о прошлом и грезах о будущем, но упустил тот драгоценный миг настоящего, когда моя жена махала и улыбалась мне на крыльце нашего дома. О, если бы увидеть ее опять, как тогда, и услышать ее голос...

И вдруг она появилась из-за деревьев и стала передо мною, как бывало прежде. Сначала я застыл, испугавшись, что моя мольба вызвала из небытия некий коварный призрак. «Не бойся меня, — промолвила она, догадавшись о моих сомнениях. — Мой приход не сулит тебе ничего дурного — я хочу лишь попросить тебя о том, в чем ты не сможешь мне отказать».

«Разве могу я отказать тебе, при жизни или после смерти?»

«Я хочу, чтобы ты исцелил сам себя. Но язвы следует врачевать не прежде, чем изучишь болезнь, и ради этого мы отправимся в путь. Я предложила свою душу в залог Господу, — добавила она, — чтобы явиться сюда и излечить тебя от всех твоих страхов. В то краткое время, что мы проведем вместе, я по-прежнему буду тебе чуткой и преданной женой. А теперь не пойти ли нам на прогулку, подышать свежим воздухом?»

Я шагнул к ней, и слезы заструились у меня по щекам. Однако она покачала головой, как бы желая сказать, что оплакивать нечего. Тогда я осушил глаза и нежно заговорил с нею. «Куда я попал, женушка? Я не знаю такого места — разве что это алхимический сад, изображения коего есть в моих книгах».

«Нет, это не сад алхимиков. Это сад истинного мира, и среди здешнего многоцветья мы увидим прекрасную розу и жгучую крапиву, робкую лилию и колючий терновник, высокую лозу и низкие кусты. Их уроки ты должен затвердить наизусть, ибо что толку в знаниях, если они не помогают жить?»

«Словно зерно, тихо лежащее в почве природы, пока его не пробудит и не воскресит тепло духовного солнца, стану я внимать тебе и цвести под лучами твоих наставлений». Затем я объяснил ей, что ни прежние мои учители, ни прочтенные мною книги не поведали мне тех истин, к коим я столь жадно стремился.

Она весело рассмеялась. «Я знавала людей, которые с презрительным фырканьем отвергли бы совет, данный женою».

«Но к ним нельзя причислить того, кто возносит дарителю мудрости смиренные мольбы, прося наконец осенить его подлинным светом».

«Что ж, двинемся навстречу ветрам этого мира.

Южный ветер чреват вредными и гнилостными испарениями, однако в сем саду его не бывает. Северный ветер исцеляет от колик, западный нагоняет меланхолию, но восточный всегда мягок, приятен и свеж. Ты увидишь, какой из них будет овевать тебя во время нашей прогулки».

И мы пошли в сад, где нашим глазам вновь открылось несметное количество цветов, среди коих были веселая маргаритка, преданная лаванда и благородная лилия. «Как я хотел бы получить в дар от Бога ключ к этому месту, — сказал я. — Оно мне милее самого прекрасного чертога».

«Но у тебя есть сей ключ. Разве ты не знал и разве твои высокоумные сочинители ни разу не поведали тебе, что цветы и растения суть образы внутреннего мира? Посмотри, как в бутоне розы прячется гложущий ее червь. А шипы на ее стебле говорят нам о том, что не бывает сладости без горечи и наслаждения без скорби. А теперь взгляни на виноградную поросль, оплетающую вязы на дальнем берегу».

«И что же нового должен я почерпнуть из сего зрелища?»

«Да ведь это не столь уж для тебя ново. Как садовник сочетает браком вяз и виноградную лозу, так истинный философ умеет обвенчать землю с небом, то есть элементы дольнего мира с духовным могуществом горнего. Не пойти ли нам туда и не нарвать ли букет фиалок? А может, дамасских роз? Что лучше? Чему ты отдаешь предпочтение — красивым цветам перед благоуханными или аромату перед зримым великолепием? Собирая те или другие, ты выкажешь свою потаенную страсть».

«Но разве не следует ценить их в равной мере? И те и другие всегда свежи и молоды, однако никогда не остаются прежними. Все прочее подвержено увяданию, гибели и тлену; но в этих цветах обитает дух — дух красоты, дух вечной прелести, именуй его как угодно, — который горит неугасимым пламенем, подобно сияющему маяку или искристому факелу; сей дух способен пребывать и в том, что ты нарекла ветрами мира».

«Теперь я вижу, Джон Ди, что ты начинаешь постигать тайную грамоту природы. Идем же. Куда мы отправимся — под сень широколиственных дубов или в солнечный виноградник? А если твои ноги устали, мы можем отдохнуть в беседке. Согласен ли ты со мною?»

«Да, — сказал я. — Если я и устал, в сем благословенном месте ко мне быстро вернутся силы. Не войти ли нам вон в ту рощу, где трава еще влажна от росы?»

«Некоторые зовут эту росу слезами мира. Но чу! Слышишь, как малые птахи славят Господа своим счастливым щебетом? Для созданья божественной гармонии нужен порядок — имеется такой порядок и здесь. Знаешь ли ты, что дрозд никогда не поет вместе с соловьем, дабы избежать неблагозвучия? Так какую птицу ты более всего хотел бы послушать — соловья, коноплянку, зяблика, дрозда, жаворонка или воробья?»

«Я не люблю воробья, ибо его пение не ласкает слуха».

«Однако его шаловливая резвость снискала ему имя Венериной птицы».

«Так значит, вся живая природа есть символический образ человечества?»

«Не только человечества, но и тех ангельских воинств и духовных сил, что приводят в движенье небесные сферы».

«Тогда я хотел бы остаться в этом уголке навеки. Я точно кузнечик — порожденный травою, он скорее умрет, чем покинет ее».

«В таком случае я уподоблю себя черепахе, ибо она всегда хранит верность разлученному с нею супругу».

Тут я вздохнул и едва не заплакал снова. «Женушка, милая женушка, скажи мне, призрак ты или живое существо, вновь ступающее по земле? Конечно, ты лишь воплощение чистого духа, ибо, увы, я видел твою смерть собственными глазами».

Она ничего не ответила мне на это, однако рассмеялась и взяла меня за руку. «Давай отдохнем у тех серебристых струй». И мы вышли из беседки и направились к небольшому ручью, который брал начало в девственной лесной чаще. На берегу его зеленели ивы, ибо они любят произрастать в сырых и влажных местах, а неподалеку от нас ручей впадал в озеро столь совершенной формы, что его можно было счесть сделанным чьими-то искусными руками. «Разве не чудная здесь царит прохлада? — сказала она, глядя вниз, на прозрачный поток. — А как мелодично журчит бегущая по камням вода!»

«Взгляни на озеро, жена, — не правда ли, рябь, поднятая этим легким ветерком, весьма приятна для глаза? Одна волна бежит за другой, а у берега одна нагоняет другую. Это зрелище завораживает и усыпляет меня».

«Нет. Спать нынче не время. Разве ты не знаешь, что кипарис вянет тем быстрее, чем больше его поливают?»

«Я похож не на кипарис, а на миндальное дерево: чем оно старше, тем обильнее плодоносит».

«И что же, Джон Ди?»

«Такова и любовь — с возрастом она укрепляется верой».

«Пожалуй, уроки зачарованного сада не прошли для тебя даром. Не продвинуться ли нам еще на один шаг, побеседовав вон о том дубе, что возвышается в чаще?»

«Я готов внимать тебе бесконечно».

Она засмеялась снова. «Хорошо. Видишь, как много рук вырастает из тела этого дуба и как много пальцев на каждой руке? Вот он, символ твоей силы и счастья: силу дает тебе доброе имя, а счастьем награждает познание истины. Твой дух должен быть подобен дубу, ибо нет ничего крепче и здоровее. Все должно брать начало в одном корне, ибо таков залог постоянства и простоты. Сие есть древо Господа нашего, столь глубоко укорененное, что страх и ненависть, угрызающие бугристую кору, никогда не доберутся до сердцевины; а крона его вознесена на такую высоту, куда не досягнут ни злая зависть, ни жестокое честолюбие. Под сенью этого древа ты обретешь и покой, и защиту от палящих лучей нашего грубого мира».

«Твои наставленья и впрямь драгоценны: они изгоняют из моей души страхи и зависть. Благодарю тебя, жена, ибо ты и сама подобна древу».

«Какому же?»

«Тому, на котором отдыхает феникс. Ведь феникс

на свете один, а значит, одно и древо, где он свивает себе гнездо».

Тут она взяла меня за руку и повлекла мимо ручья и леса в укромный уголок сада; там мы увидели лабиринт. По четырем углам его стояли четыре плодовых дерева, а вдоль аккуратно подстриженных живых изгородей тянулись заросли чабреца и мяты. «Теперь, — сказала она, — мы можем вступить в круг танцующих».

«Но разве здесь кто-нибудь танцует?»

Не отвечая, она повела меня по столь длинным и извилистым аллеям, что я скоро перестал понимать, куда мы стремимся. «Отринь смятение, — сказала она. — Сейчас тебе все откроется. Ведь мир и сам во многом схож с лабиринтом».

Наконец, после бессчетных извивов и поворотов, мы достигли просторной лужайки, где готовились к танцу мужчины и женщины; согласно обычаю, каждый выбрал себе партнера, а затем все они на моих глазах закружились поочередно в гальярде, куранте и паване. «Не думай, — сказала мне жена, — что это легкомысленная, непостоянная и падкая на различные веяния толпа, которая станет плясать под любую дудку. Эти люди избрали в жизни истинный путь, а разве можно найти для него лучший образ и подобие, нежели танец?» Я смотрел на танцоров и видел такие чудеса ловкости в оборачиваниях и подхватах, такие прыжки и подскоки, такие пируэты и кувырки, что не мог не рассмеяться: столь сладостно выглядели вращающиеся, порхающие и огибающие нас пары, что с моих плеч будто свалилось многотонное бремя. Я читал о тех духах, что под аккомпанемент вол-

шебной музыки водят хороводы на прекрасных поля-
нах и зеленых лугах, исчезая сразу же, едва к ним кто-
нибудь приблизится; но здесь были представители
человеческого рода, двигающиеся в ритме мировых
сфер под звуки виол, скрипок, флейт, лютней, цитр,
свирелей и клавесинов.

«Помнишь старинную песенку, что напевала тебе
мать?» — тихо шепнула жена мне, замершему в удив-
лении.

«Да, — отвечал я, — она еще жива у меня в памяти.

> Я дремлю и засыпаю,
> Уношусь мечтами к раю...»

Тогда она взяла меня под руку и повела по другой
аллее лабиринта, откуда мы вышли на яркий свет.
«Взгляни, — сказала она, — на эти стези радости и
счастья». Внезапно кругом заполыхали необыкновен-
ные языки огня, вздымавшиеся высоко в небо и как бы
горевшие неугасимо. «Ибо всякий, кто умирает и кто
рождается, есть светоч, который нельзя задуть. Как
от малой искры или от крохотного уголька возгора-
ется великое пламя, так сияет наша земля в объять-
ях небесной тверди. Вот почему сверканье сего места
ярче солнца, если ты только способен узреть его».

Затем я, к своему изумлению, увидел, что мы находимся в гигантской толпе: кто-то стоит рядом,
кто-то вокруг, кто-то вверху, кто-то внизу, и самый
лабиринт являет собою множество людей, в котором царят безупречный порядок и симметрия. Взоры
их были устремлены на некое скрытое от меня зрелище, и я снова и снова слышал со всех сторон востор-

женные кличи, коими они выражали свою радость. «Куда они смотрят?» — спросил я у жены.

«На мир с любовью».

«Но где же он?»

«Повсюду».

«Однако я не вижу его, несмотря на все мои усилия».

«Сейчас ты попал туда, где потребны не усилия, но скорее вера и молитва. Тебе не надо корпеть над книгами — нужно лишь смирить гордыню и очистить душу. Не найдя ничего, ты обретешь все на свете».

«Теперь эта истина пустила в моей душе столь глубокие корни, — сказал я, — что как ни копай под нее, она только укрепится, как ни ломай ей ветви, ее крона станет еще пышнее, как ни пытайся согнуть ее, она не лишится своей гордой прямизны».

«Твои речи мудры и достойны, Джон Ди. Но возрадуйся же. Однажды ты узрел мир без любви, а ныне вступи в мир с любовью». И она взяла меня за руку, приглашая в ряд танцующих павану. «Теперь ты видишь, что ты звездный житель? — сказала она, когда мы закончили все фигуры танца. — Ты весь — благодать без зависти, легкость без превосходства».

«Я всю жизнь искал того, чья родина — звезды».

«Но он в тебе самом и был там всегда, хотя его нельзя найти с помощью опытов или размышлений. Он божествен по своему происхождению и имеет столь благородную природу, что, едва укоренясь в душе человека, расцветает пышным цветом и приносит нетленный плод».

«Я вижу, ты испытываешь мою старую веру в искусства и науки».

«Теперь ты должен поверить не в знания, а в любовь, не в силу, а в покорство».

«Скажи мне более и помоги».

«Любовь есть драгоценная субстанция, пылающая пред Господом, но суть ее так загадочна, что немногие могут описать ее или понять, какими тайными путями входит она в людские сердца. Немногим знакомы довольство и радость, осеняющие душу в тот сладостный миг узнавания, когда мужчина и женщина устремляются друг к другу всеми своими помыслами. Я — твоя истинная жена; так обними же меня, и наши глубинные сущности сольются в одну. Ведь любовь — это светоч мира».

«Однако пока передо мною горит иной путеводный огонь, милая женушка. Духи научили меня многому, но очиститься я смогу лишь через воплощенье собственной мечты. Есть великий град, который я полагаю своим истинным домом, а разве неправда, что всякий человек должен провести вечность в доме, выстроенном для себя им самим?»

«Правда, — отвечала она, — что воображенье бессмертно, и потому каждый из нас создает свою собственную вечность».

«Так дай мне отсрочку, жена. Я обрету спасение, когда постигну свою мечту».

«Будь осторожен, Джон Ди, и не ошибись в выборе».

Я хотел было сказать ей, что отвергаю путь мирского знания и посвящаю все силы поискам того первичного духа, что обитает во мне, но тут она окуталась сиянием, точно плащом, и исчезла.

7

Так кто в этом мире может заставить мертвых говорить? Кто может увидеть их собственными глазами? Это было бы чем-то вроде волшебства — снова вызвать мертвецов к жизни, пускай даже на страницах книги. Или в моем собственном сознании, когда я той ночью лежал в постели и вспоминал дневные события; просмотр документов, унаследованных от отца, чтение завещания Джона Ди, ребенок в саду, голоса у замурованной двери — все теперь словно выстраивалось в один ряд. Слышно было, как отбивают время колокола Св.Иакова; я уже почти дремал, умостившись головой на руках, и меня посетила одна из тех грез наяву, которые иногда предшествуют сну. Я был на огромной равнине, а по ней, невесть из какого могучего источника, полз широкий поток лавы; некоторые части этого потока обгоняли другие, так что двигалось как бы много различных поверхностей, а маленькие, разбегающиеся в стороны ручейки уже начинали застывать, принимая знакомые формы. Над главным руслом взвивались огненные смерчи, а у края, где я стоял, раскаленное умирающее время излучало такое тепло, что я сразу же погрузился в сон.

На следующее утро пришло письмо для отца. Увидев на конверте его имя, я так удивился, что у меня промелькнуло странное опасение — уж не им ли самим оно написано? Разумеется, это был абсурд: письмо прислала некая Элизабет Скелтон, о которой я никогда не слышал; она благодарила его за «предоставленную нам возможность осмотреть дом доктора Ди», извинялась за задержку с ответом, а потом спрашивала, «как подвигаются ваши разыскания в Уоппинге».

Я выпустил письмо из рук, и оно плавно упало на пол. Вот и еще одно доказательство интереса моего отца к доктору Ди — интереса, в котором я даже теперь не мог полностью разобраться. Что за непонятную симпатию питал он к нему? Зачем скопировал рецепт создания гомункулуса? Я снова поднял письмо и перечел фразу о «разысканиях» в Уоппинге; именно это место было упомянуто в манускрипте доктора Ди, и я вспомнил нарисованного там ангела, вспархивающего к краю страницы. Но что делал в восточном Лондоне мой отец?

В верхнем углу письма стоял телефонный номер, и я сразу же взялся за аппарат. Позабыв назвать Элизабет Скелтон свое имя, я заговорил торопливо и громко. «Вы написали моему отцу, но он умер. — Молчание. — Вы писали ему насчет Джона Ди». Я ждал стандартных соболезнований — с тех пор как отца похоронили, я успел к ним привыкнуть, — но она, похоже, была огорчена искренне. Голос ее дрожал, и я испугался, что она вот-вот расплачется, а потому решил говорить покороче. «Вы не могли бы навестить меня завтра утром? —

спросил я, прежде чем повесить трубку. — Мне многое нужно у вас узнать». Затем я позвонил матери. Я хотел показать ей все бумаги отца, чтобы мы вместе могли начать очищение нашего прошлого; она выслушала меня молча, а потом, хоть и не слишком охотно, согласилась приехать в Кларкенуэлл на следующий день.

Утром на моем пороге появилась Элизабет Скелтон; это была довольно полная женщина, почти толстушка, чьи манеры оставляли желать лучшего. Не принадлежала ли она к тому печальному племени, о котором говорил мне Дэниэл Мур, — к племени людей, живущих в разладе с миром и потому питающих естественную склонность к оккультизму?

— По-моему, дом сильно изменился, — сказала она, вступив в холл.

— Да нет, вы ошибаетесь. Он точно такой же.

— А вы правда его сын? — Этот вопрос поверг меня в ужас, и я безмолвно уставился на нее. — Извините. Я не хотела вас обидеть. Просто ваш отец никогда не упоминал о своей семье. Мы все считали его холостяком.

Я провел ее в комнату первого этажа, но она, видимо, уже не раз здесь бывала.

— А кто это «вы»?

— Ну, члены Общества. — Она без приглашения уселась на выцветший голубой диван. — Общества Джона Ди. Хотя нас не так уж много — живем тут неподалеку, кто где. Вы ведь, разумеется, знаете, что ваш отец состоял в нем много лет?

— Конечно. — Я решил сменить тему. — А почему вам показалось, что дом стал другим?

— Сама не пойму. Когда здесь жил ваш отец, он выглядел каким-то необитаемым, что ли. А теперь нет. Такое ощущение, что в нем всего полно.

Я подавил пробуждающуюся панику.

— Я хотел у вас кое-что спросить, мисс Скелтон.

— Элизабет.

— Что мой отец делал в Уоппинге?

— Проводил одно интереснейшее исследование. — Она отвечала очень азартно, и я с легким испугом осознал, что Джон Ди мог быть живым человеком не только для меня, но и для кого-то еще. — Он выяснил — не могу сказать как, — что доктор Ди занимался какими-то поисками к востоку от того места, где проходила граница города при Тюдорах. Потом он наткнулся на упоминание о той же деревушке, Уоппинге, в его документах...

— Да. Я тоже их читал.

— ...и обнаружил, что Джон Ди купил там участок земли. По-моему, ваш отец был уже близок к тому, чтобы во всем разобраться.

— А что он, собственно, думал найти?

— Наверняка мы не знали, но предполагали, что следы каких-то раскопок. Ваш отец говорил, что хочет снова выкупить эту землю. Но вот успел ли он...

— Это легко проверить, — сказал я. — Подождите.

Я поднялся в пустую спальню и вынул из пластикового пакета документы, удостоверяющие права отца на различную собственность. Здесь перечислялись здание конторы в Барнстапле, жилой дом в Илфракуме, прибыльный участок земли близ Кардиффа, дом в Кларкенуэлле и, на отдельном листе бумаги, маленький частный гараж на Пасс-Овер-стрит, Уоппинг, Ист-1.

Я снова спустился вниз.

— Очень жаль, — сказал я. — Там ничего нет.

— Я так и думала. — Она по-прежнему улыбалась. — В конце концов, это была только теория.

— А теории никому не мешают.

— Да уж. — Она оглядела комнату с необычайным довольством, точно сама жила здесь. — Могу я быть вам еще чем-нибудь полезна? — Пожалуй что нет. Впрочем, еще один вопрос. Скажите, Элизабет, Джон Ди занимался сексуальной магией?

— Что?

— Вызывал ли он духов с помощью секса?

— Нет, конечно. Он же был христианин.

— Но разве вы не чувствуете здесь этого? В самой атмосфере, а, Элизабет?

Я говорил, отвернувшись к окну, но услыхал, как она поспешно встает с дивана.

— Мне правда надо бежать, — сказала она. Я не ответил, но начертил на пыльной деревянной столешнице один из тайных символов. — Нет, правда, извините. — И я услышал, как она вышла из дома.

Когда появилась мать, я все еще стоял у окна.

— Ты оставил открытой входную дверь, Мэтью. Мало ли кто может залезть.

Я глядел на машины, которые текли по Фаррингдон-роуд; мне думалось, что этот поток на месте прежнего русла реки Флит вечен и со сменой столетий лишь принимает разные формы.

— В старые времена, — сказал я, — дверь в доме отворяли, когда кто-нибудь должен был умереть. Чтобы его душа могла вылететь на волю. — Я повернулся к ней лицом. — Но чтобы открыть дверь, миссис Палмер, нам нужно найти ключ! Где он, ключ?

Я взбежал наверх и снова просмотрел бумаги отца, но безрезультатно. Тогда я вспомнил о шкатулке, в которой он держал всякие запонки и булавки для галстуков; она лежала в одном из ящиков у меня в спальне и теперь, открыв ее, я нашел то, что искал. Это были четыре блестящих ключа на железном колечке, завернутые в бумагу. Я с триумфом спустился к матери.

— Мы возьмем их с собой, — сказал я.

— С собой?

— Ну да. Мы едем в Уоппинг.

В такси я попытался объяснить ей, что это место упоминается в рукописи доктора Ди и что ее муж, возможно, отыскал там следы древних раскопок. Она слушала меня довольно терпеливо, но без особенного интереса; мне было ясно, что она не хочет узнавать о его жизни ничего нового. Однако мое небрежное замечание о «кладе», который могли там найти, заинтриговало ее, и она остановила такси, едва завидев по левую руку начало Пасс-Овер-стрит. Эта улица проходила вдоль одного из типичных для Лондона неосвоенных участков, отделяя его от муниципального района высотных жилых домов. Пустырь был обнесен ржавой железной оградой, и где-то за ним торчал церковный шпиль; но частного гаража, принадлежавшего моему отцу, пока нигде не было видно.

Потом мать присела на корточки и заглянула в дырку, проеденную ржавчиной в железном заборе. «На дальнем краю поля что-то есть, — сказала она. — Может, это гараж». Но здесь не было прохода внутрь, и мы вынуждены были двинуться дальше на поиски ворот или калитки. По дороге я объяснял ей, как странно, что наши действия до сих пор направляются кем-то, умершим четыре века назад, и вдруг заметил щель, буквально вырезанную в ограде. Не дав себе труда подумать над тем, чья это работа, я живо воспользовался этим самодельным лазом и очутился на той стороне. Там, в углу пустыря, стоял маленький прямоугольный сарайчик. Чтобы получше рассмотреть его, я прикрыл глаза ладонью и мельком увидел рядом с ним что-то блестящее; оно сверкнуло мне в лицо, и одновременно с этой яркой вспышкой мне почудился стук лошадиных копыт.

Мать шла к сараю впереди меня; вся ее прежняя вялость мгновенно испарилась. Она целеустремленно шагала по гравию и сорнякам, и я впервые задался вопросом, говорил ли ей отец о Джоне Ди хоть раз за всю их совместную жизнь. Мне по-прежнему казалось странным, что этот алхимик и философ оставил по себе такую долгую и действенную память; но, возможно, существуют способность к прозрению или склад ума особого типа, которые никогда не умирают окончательно. Вдруг почва у меня под ногами стала немного зыбкой, я ощутил легкую неустойчивость, точно брел по тонкому слою земли над гигантской пещерой или каверной.

— У тебя есть ключ? — крикнула она мне, добравшись до запертых ворот гаража.

— Погоди минутку. Сейчас подойду. — Кругом валялись порожние банки и бутылки, да и вообще весь пустырь, по-видимому, служил свалкой людям, живущим по соседству: заросли вьюнка и крапивы были усеяны картонными коробками, ржавыми железяками, обрывками старых газет, кусками исковерканного пластика, словно все это тоже могло дать всходы и расцвести пышным цветом. Поэтому я шел осторожно, выбирая путь, и не сразу заметил стоящего на краю поля бродягу. Он высоко поднял какой-то стеклянный или металлический предмет, блестевший на солнце, и помахал им мне, но тут я споткнулся о камень и чуть не упал — у меня даже вырвалось досадливое восклицанье. Когда я снова выпрямился, бродяга исчез.

— Видела того человека? — спросил я у матери, нетерпеливо ожидавшей меня перед гаражом.

— Какого еще человека? Скорей отпирай замок, Мэтью. Я сгораю от любопытства.

Это оказалось совсем несложно: один из ключей, которые я принес с собой, подошел к двум висячим замкам, и она откатила воротину, не дожидаясь, пока я ей помогу. Темнота и затхлая сырость, царившие в этом замкнутом пространстве, заставили меня помедлить у порога. Наверное, гараж не открывали ни разу со дня смерти отца — и, по-моему, в глубине души я боялся увидеть, как он выходит из этой тьмы мне навстречу. Мать явно не разделяла моих опасений.

— Честно говоря, тут вряд ли вообще что-нибудь есть, — сказала она, шагнув в полумрак. — Ах, нет. Прошу извинить. Кое-что здесь имеется.

Я вошел внутрь следом за ней и увидел в одном углу большую каменную глыбу. Ее контуры четко выделялись на фоне темной кирпичной стены, и мне померещилось, что она испускает слабое свечение; только подойдя к ней, я заметил покрывающие ее пятна мха и лишайника, словно камень посыпали зеленой пылью, древней, как прах веков.

— Знаешь, — сказала она, — могу поклясться, что это ступеньки.

Я сразу понял, что она права: в огромном валуне были грубо вырублены три ступени, хотя мы, стоящие на бетонном полу этого современного гаража, могли только догадываться о том, куда они вели прежде.

— Хочу взойти по ним, — сказал я. Говорить это не было нужды, но у меня возникло чувство, что я должен к кому-то обратиться. — Следи за мной, а то вдруг исчезну. — Это, по-видимому, озадачило ее, и я прибавил: — Помнишь такую песенку: «Я доберусь по лестнице до звезд»?

— Может, они вели не вверх, а вниз.

Я уже занес ногу на первую ступеньку.

— Сама видишь, — ответил я, — тут что вниз, что вверх — все едино. — Я поднялся по ним довольно легко и, разумеется, ничего не почувствовал. Однако, дойдя до верхушки глыбы, я вытянул руки, и мать громко рассмеялась; ее голос зазвенел в тесном пространстве сарая, и на миг мне почудилось, что смеется кто-то рядом с ней. Резкий жест вызвал у меня головокружение, которое затем так усилилось, что обратный путь по ступеням на землю показался мне длиной с милю. Если бы она не поддержала меня под руку и не вывела на свежий воздух, я, наверное, упал бы в обморок. Там я и ждал, покуда мать завершит свое, как она выразилась, «расследование». Я не думал, что ее поиски дадут результат; было ясно, что отцовское предприятие пришло к неожиданному концу раньше, чем он обнаружил на этом месте что-нибудь интересное. На земле, среди другого мусора, валялась какая-то стеклянная трубка или бутылка; я хотел было наподдать ее ногой, но вдруг ощутил сильный аромат фиалок и поднес руку ко рту. Примерно так же пахло от Дэниэла Мура, когда он, переодетый, поднимался по ступеням того ночного клуба.

— Хоть шаром покати. — Мать вышла из гаража, брезгливо вытирая руки белым платком. — А я-то надеялась отыскать здесь кусочек истории.

— Никакой истории на свете нет, — сказал я. — История существует только в настоящем. — И тут снова появился бродяга: теперь он махал мне с середины пустыря. — Вроде этих ступенек. Мы видим их сейчас. Так что — они часть прошлого или настоящего? Или и того и другого? — Он что-то кричал мне; по крайней мере, его рот открывался и закрывался, хотя я не мог разобрать ни слова. Мать смотрела в ту же сторону, но делала вид, будто не замечает его; конечно, это было самой правильной реакцией, и, продолжая говорить, я повысил голос. — Не верю я больше в прошлое. Это фантазия.

Потом где-то залаяла собака, и бродяга исчез: возможно, он решил спрятаться, хотя у меня осталось впечатление, что пес был рядом с ним. Я запер отцовский гараж и по дороге обратно к забору снова ощутил под ногами ту же странную пустоту. Нет, пожалуй, не пустоту. Это была какая-то блуждающая сила, словно в недрах земли бушевал ураган. Мы пошли на юг, к реке, и тут мать пожаловалась на сильную усталость. «Совсем вымоталась, — сказала она. — Это все твой отец — опять он меня измучил». Я поймал такси и велел шоферу отвезти ее в Илинг. Можно было поехать с ней и самому, но я вдруг почувствовал такой прилив энергии, что решил отправиться в Кларкенуэлл пешком.

Вечер выдался туманный — по крайней мере, все казалось окутанным легкой дымкой; на город как бы надвинулась грозовая тень, и когда я шел по берегу Темзы, цвета всего, что меня окружало, стали насыщенными, а движения — замедленными. Скоро я достиг Ньюгейта со стороны Грейфрайарс-пассидж; я хорошо знал эти места, так как на близлежащей площади располагался центр генеалогических исследований, однако неожиданно для себя свернул в какой-то незнакомый переулок. Так уж устроен наш город: в любом районе вы можете наткнуться на улочку или тупичок, до той поры ни разу не попадавшиеся вам на глаза. А этот поворот и вовсе ничего не стоило пропустить, потому что за ним тянулась только узкая аллейка с неосвещенными домами и магазинами по одну руку.

Затем я ощутил новое колебание почвы; она словно подалась и слегка накренилась подо мною, но, не успев перевести туда взгляд, я заметил, что мои правые ступня и нога полностью онемели — точно одна половина моего тела внезапно ухнула в бездну. Впрочем, это онемение мгновенно исчезло, и сразу все кругом показалось мне очень славным на вид: старые дома, нависшие над улицей, изящные резные двери, груда деревянных бочек на углу — все это было просто восхитительно. У одного крыльца стоял человек в темном плаще, и я улыбнулся ему, проходя мимо. «Здравствуй, мой человечек», — шепнул он и опустился передо мной на колени. Конечно, это меня изумило, но я ничего ему не ответил; я продолжал свой путь, пока не вышел к Ньюгейт-клоус, и шум уличного движения привел меня в чувство.

Скоро я вернулся в Кларкенуэлл; кажется, переступая порог старого дома, я напевал себе под нос какую-то песенку. Возможно, это была «Судьбинушка-судьба».

Но, едва войдя в комнату первого этажа, я понял: что-то неладно. Кто-то побывал здесь до меня. Диван стоял немного не так, как прежде, из шкафа выдвинули ящик, а под окном валялась книга. Я выскочил в холл, готовый бежать прочь из этого дома, подальше от неведомого пришельца, но меня остановил запах гари. Видимо, в доме вспыхнул пожар — запах доносился откуда-то сверху, — и, взбегая по лестнице, я уже слышал, как потрескивает огонь. Я врывался в комнату за комнатой, но нигде ничего не обнаружил — ни дыма, ни пламени, ни незваных гостей. Досадуя на свою глупость, я медленно спускался вниз и вдруг услыхал на первом этаже голоса. Их было два, усиленных страхом или болью, и они буквально прореве́ли у меня в ушах.

«А что с Келли? Он в огне?»

«Он ушел, сэр. С вашим перегонным кубом и вашими записями».

«Что ж, пусть бежит, пока может. Тот, кто более нас, стремится за ним по пятам».

Я крадучись миновал последние ступени и коснулся ногой пола прихожей; голоса мгновенно смолкли. В комнате никого не было.

И тогда я позвонил Дэниэлу Муру, и он не заставил себя ждать.

— Опять происшествия. Это ты виноват? — выкрикнул я, едва он появился на дорожке перед домом, и сразу увлек его в комнату первого этажа, точно за ним гнались; там я рассказал ему о пожаре и о голосах, а он молчал и слушал, не спуская с меня глаз. Кажется, я даже заметил на его лице улыбку.

— А я думал, ты не веришь в призраков, — наконец вымолвил он.

— Я верю в этот дом.

— Может, кто-нибудь пробрался сюда вслед за тобой?

Тогда я описал ему темную аллею, найденную мной по дороге к дому, и передал слова незнакомца, стоявшего в тени у крыльца.

— Он назвал меня своим человечком, а потом я ушел.

— Гомункулус, — сказал он. — Термин алхимиков. Так называется существо, созданное волшебным путем и выращенное в стеклянном сосуде.

— Но при чем тут я?

— Так разве это не ты? Твой отец говорил мне, что ты и есть он. Гомункулус. — И с этими словами Дэниэл исчез.

Мне оставалось лишь покорство обреченного. Джон Ди ждал меня внизу, и, не издав больше ни звука, я повернулся и зашагал к коричневой двери. Я двинулся за ним по лестнице, стараясь не касаться его и не подходить слишком близко. Он пересек комнату и, очутившись у замурованной двери, провел пальцем по символам, вычерченным над притолокой.

— Интересно, — говорила мать, — а это еще что такое? — Я стоял перед гаражом на пустыре, пытаясь обрести утерянное самообладание; все повторялось снова. Заглянув в гараж, я увидел, что она с любопытством рассматривает какие-то знаки, нарисованные краской на кирпичной стене.

— Не знаю, — ответил я. — Мне надо поймать лодку.

Передо мной простиралась широчайшая водная гладь; вечернее солнце высветило на ней прямую дорожку, и по этой дорожке, в маленьком ялике, плыл ко мне Джон Ди. «Время приспело, — сказал он. — Пора перебираться на ту сторону».

Я все еще смотрел на знаки вместе с матерью, но когда повернулся, бродяга вновь звал меня с середины пустыря. Теперь я видел, что он держит в поднятой руке стеклянную трубку. Я пошел к нему, не отваживаясь взглянуть внутрь сосуда.

— Ты не ко граду ли Риму? — спросил он меня. — Сам-то я тороплюсь домой.

Я поглядел вокруг, на залитые светом улицы, высокие белые стены, усыпанные драгоценными камнями, и блистающие башни.

— Кто бы поверил, что город может быть столь прекрасен?

— И в городе этом, Мэтью, всякий нищий что царь.

— Но что они означают? — Мать была сбита с толку этими символами и поднялась по ступеням, чтобы получше рассмотреть их.

— Не знаю. Оставь надежду, всяк сюда входящий. Чтонибудь вроде этого. — Я помог ей спуститься; она мягко оперлась на меня, но теперь я уже не испытывал при этом никакого волнения. — Мне надо возвращаться, — сказал я ей. — Меня ждут. Ты отыщешь дорогу домой?

Мы заперли гараж, и я взял такси до Кларкенуэлла. Когда я подошел к воротам, на них сидело бесформенное существо, и несколько мгновений мы смотрели друг на друга: человек разглядывал гомункулуса, думая о его долгой жизни и о его видении мира, а гомункулус разглядывал человека.

— Я ждал тебя, — сказал я, — хотя и знал, что ты фантазия и порожденье больного ума. Ты вымышлен теми, кто верит в реальность времени и власть материального мира; пока я разделял эти иллюзии, ты не давал мне покоя. Тебя породил мой отец, и потому ты воплощал собой мои страхи. Но существует высшая жизнь — там, далеко, вне течения времени. И ныне я покидаю тебя. Гомункулуса никогда не было. — Тогда существо раскрыло рот и завизжало. Я двинулся по дорожке и вошел в дом, где ожидал меня он.

Мечта

Я был у себя в саду, когда светлый образ моей жены покинул меня и я опустил взор на собственную одежду, местами заляпанную грязью. Сумерки уже сгустились — после заката солнца прошло, наверное, около часа, — и вдруг за моей спиной что-то ярко вспыхнуло и на тропинке, ведущей к реке, заплясала моя неровная тень. Я обернулся, услыша крики и вопли, доносящиеся из дома, и с ужасом увидел пламя — оно вырывалось из окна моей комнаты на верхнем этаже и почти достигало крыши. Тут меня громко позвали: это Филип выбежал в сад. «Сэр, — сказал он, объятый страхом и возбуждением, — мистер Келли учинил пожар у вас в кабинете».

Я был так поглощен мыслями о своем недавнем видении, что утратил способность удивляться. Тем временем пламя возрастало; бросившись вперед, я окликнул Одри, выносящую из дома гобелен. «Как это случилось?» — промолвил я.

«Он работал в вашей потайной комнате, сэр, и у него перевернулась лампа. А рядом стоял стакан с

винным спиртом, и он не припер его книгами, как
обычно делаете вы, — я видела это, потому что под-
глядывала за ним, сэр, зная, что у вас вышла размолв-
ка, — и этот стакан тоже упал набок, спирт из него
вылился, и сразу загорелось то, что было на столе. По-
лотняная скатерть и ваши книги, а потом, Господи
помилуй, сэр, пламя перекинулось на все вокруг».

Из ее поспешных и сбивчивых речей я уловил главное: прежде чем навсегда оставить мой дом, Эдуард
Келли решил с какой-то низкой целью воспользоваться моим перегонным аппаратом и ретортами. Я вывел ее в сад, к дрожащему Филипу. «А где сам Келли?» —
спросил я ее.

«Он ушел, сэр. Удрал от огня, но не забыл прихватить с собой кое-какие ваши записки».

«И стеклянный сосуд, — добавил Филип. — Тот, который я не единожды видел у вас в руках».

Так вот что произошло: Эдуард Келли утащил у
меня секретные записи о гомункулусе, а теперь верхнюю часть моего дома объял огонь, грозивший полностью испепелить ее. «Он погубил плоды моих трудов,
— сказал я Филипу, — хотя одной ногой уже стоял за
порогом. Все объято пламенем, и я чувствую приближенье свирепой польской хвори, что застит глаза
красным туманом. Ибо взгляни — гибнет наше бедное
обиталище!» Я видел яркий свет в западном окне своего кабинета и понимал, что разом лишился всех
прежних удобств. Настал конец и келье прозрений, а с
нею и магическому кристаллу, и священному столику,
и канделябрам, и расписанному тайными символами
покрывалу — все погибло в огне. А как же мои книги?
Для того ли я столь ревностно собирал библиотеку,

чтобы дать ей бесследно исчезнуть? Однако тут я вспомнил слова жены, услышанные мною в недавнем сне наяву: пускай начало мое в природе, конец должен быть в вечности. Нигде более не отыщешь нетленного града. И тогда с души моей спало тяжкое бремя.

«Я отрекаюсь от своих искусств», — сказал я Одри.

«Сударь?»

«Мой гомункулус, мои поиски новой жизни были иллюзией».

Она поглядела на меня, ровным счетом ничего не поняв, так что я чуть отошел в сторону и обратился к земле и небу. «Духи моего отца и жены объяснили мне, что существует только одно истинное бессмертие. Победить время и слиться с вечностью можно лишь благодаря прозрению, или мечте. Мечта — единственное, что способно изменить жизнь». Я видел сей мир часто, но не с помощью веры и воображения; теперь же мне предстояло пуститься в новое путешествие.

Тут я вновь заметил подбежавшего Филипа. «Все слуги собрались на дворе, сэр, — сказал он, — и пожар уже не причинит вреда ни одной живой душе». В глазах его блестели слезы, и он вытер их полотняным лоскутом. «Дым, — пояснил он, — проклятый дым». Затем подал мне тяжелый, искусно переплетенный том. «Я спас эту книгу, — сказал он. — Она лежала в светелке вашей жены».

Я сразу узнал Библию, с которой жена не расставалась в продолжение всей болезни. И именно ей было суждено уцелеть! «А теперь, Филип, — произнес я, — окажи мне последнюю большую услугу».

«О нет, сэр, не последнюю...»

«Открой книгу, где захочешь, и опусти палец туда, куда тебе вздумается».

Видя мою великую печаль, Филип не отважился перечить мне; залитый светом пламени, он угнездил книгу у себя на колене и открыл ее.

«Я обучил тебя грамоте, — продолжал я. — Теперь прочти мне место, на которое лег твой палец».

Он вытер рот грязным рукавом и, медля и запинаясь, наконец одолел выбранную фразу. «Тогда низведу тебя с отходящими в могилу к народу давно бывшему и помещу тебя в преисподних земли, в пустынях вечных, с отшедшими в могилу, чтобы ты не был более населен».

Шум пожара уже немного утих, но к этому времени появилась приходская стража с приспособленьями для тушения пламени и бочонками воды. Филип закрыл книгу и, перекрикивая вопли и команды, сообщил мне: «Иезекииль. Слова пророка».

Я взял у него Библию, повернулся спиной к гомону и пошел вниз, на берег. Там я опустил книгу в бегущую воду и в тот же миг понял, что должен уйти от этого дома на поиски более прочного очага.

Огонь, пожравший мой кабинет и библиотеку, был уже почти затушен; объяснив Филипу, как следует позаботиться о других слугах, я миновал толпу и направился в свою конюшню на Тернмилл-лейн. Оседлав лошадь, я поехал через Финсбери-филдс, мимо оружейной у Св.Ботольфа, где льют пушки, но тут моей лошади стало так худо от попавшего к ней в легкие дыма, что я отправил ее с посыльным обратно в Кларкенуэлл, а сам зашагал пешком дальше на юг, в сторону реки.

Читатель, здесь запечатлены отнюдь не праздные домыслы. Все, о чем пишу, я видел въяве и как на ладони, но если мое бедное стило где-нибудь и споткнется, вспомни в оправданье о том, сколь чудны и непостижимы картины, кои мне довелось лицезреть.

Всю дорогу до Уоппингских низин дождь лил не переставая; там же по-прежнему возвышался унылый и одинокий курган, а рядом с ним покоилась древняя каменная глыба. Эдуард Келли сказал мне, что он все выдумал и ввел меня в заблуждение, однако я был уверен, что под толщей этой земли скрываются останки былых веков; я и тогда ясно ощущал их присутствие и влияние, а теперь, когда злодея не было рядом, мое внутреннее око стало видеть гораздо лучше. «Я не сойду с этого места, — вслух промолвил я, — покуда все не откроется мне. Здесь распрощаюсь я с миром и пожелаю ему доброй ночи».

Я стоял там целую вечность, пока не переродился, словно обратясь в кого-то иного. Нечто забрезжило в моей душе; кажется, я плакал. Нет, те звуки издавал не я. Моими глазами плакал весь мир, и сквозь туманную завесу слез я увидел, как каменная глыба взмыла вверх и стала частью гигантской арки. Я сделал шаг и почувствовал, что, пытаясь приблизиться к ней, схожу вниз. Двигаясь вперед, я спускался по древним ступеням. Они были вытесаны из старого камня, покрыты мохом, и их зеленая растрескавшаяся поверхность вселяла мне в душу невыразимое умиротворение. Я как бы погружался в прошлое — но не свое, а других людей. Эти ступени несли на себе печать неведомой мне седой старины, и, спускаясь по ним, я услышал свой собственный голос, произнесший на *древнем наречии: Oculatus abis. Смотри, уходя.*

И я очутился в городе с ровно вымощенными улицами, под коими тянулись погреба; здесь были храмы и пирамиды, площади и мосты, высокие стены с башнями и вратами, статуи из чистого злата и столпы из прозрачного хрусталя. Он казался порождением какого-то нового неба или новой земли — этот божественный град, не ведавший времени. И я увидел идущего в мою сторону знакомого человека, за которым бежала его собачонка; однако теперь он сбросил с себя свои прежние грязные одежды и сиял подобно солнцу. «Ты явился по большаку, с ветерком из Иудеи, — сказал он и рассмеялся. — Но довольно бродяжьей музыки. Я уже не скитаюсь сам по себе, но пребываю во всех вещах».

«Благодаря музыке родились Фивы, — отвечал я. — Какою же силой держатся сии великолепные здания?»

«Разве ты не знаешь их секрета? Дух бессмертен, а сей град воздвигнут в духовном теле человека».

«И каждый из нас обладает таким телом?»

«Да, но мы являемся частью друг друга и всякого живого существа». Он наклонился и погладил свою собаку. «Нет более ни смерти, ни горя, ни плача. Не будет и страданий, ибо прежнее минуло безвозвратно».

И разлился свет, как на закате и восходе солнца, так что весь град словно вспыхнул и задрожал перед моими глазами. Я знал о пламени, что пребывает во всех вещах, и теперь город как бы воспарил в сиянии этого вечно сущего огня. Я пошел по Кларкенуэллу в сторону Перс-элли и на углу Тернеген-лейн встретился со своим отцом и женою — они приветствовали меня и взяли за руки. Потом к нам приблизился другой. «Я — Дэн Берри, — сказал он, — тот, что искал свою *семью. Ныне свершилось. Я есмь начало и конец». Идя вниз, к Холборн-хилл, я увидел еще одного, и он улыбнулся мне. «Я искал свои слова в чужих книгах, но это уже позади. Весь мир сотворен мною заново. Теперь мои слова дышат верой и истиной».*

Никогда не встречал я града столь прекрасного, и во время своей прогулки видел все в первый и последний раз. Таким, как будет вначале, и таким, как было в конце. Те, кого я считал погибшими, уцелели, и те, кто принадлежал прошлому, вновь оказались среди живых.

«Да. Я расскажу тебе кое-что очень любопытное. Около года тому назад я гулял вдоль Темзы. Знаешь, рядом с Саутуорком? И вдруг мне почудилось, будто я вижу мост из домов. Мерцающий мост, перекинутый через реку».

«Мост на Темзе обвалился, обвалился, обвалился...»

«Нет, серьезно. Это был словно мост из света. Я видел его только одно мгновение, а потом он исчез. Но на один миг оба берега соединились мостом».

«Это могло быть что угодно, Мэтью».

Я завернул за угол и увидел их, идущих навстречу; их лица показались мне такими знакомыми, что я поднял руки в приветствии. Это был истинный эликсир жизни, который я пытался найти грубыми материальными средствами; это был эликсир, исцеляющий все хвори, ибо он существует прежде их начала и после их конца, тот, что сохраняет жизнь навеки и позволяет беседовать с духами.

«Послушайте меня, — сказал я. — В третьем веке от Рождества Христова мост, о котором вы говорите, был примитивной каменной переправой. В мое

время там жили мастеровые, делавшие иглы, но потом их дома убрали. На этом же самом месте было построено столько мостов, что я не берусь перечислить их все...»

«Но было и еще кое-что. Ты слушаешь, Дэниэл? Когда я смотрел на этот мерцающий над водой мост, мне почудилось, будто я вижу людей, идущих по нему вдоль полосы света. Они поднимались и опускались все вместе, точно шли по волнам. Но ты, конечно, ничему этому не поверишь».

Они свернули в высокий дом, обращенный к улице своим весьма узким фасадом; я последовал за ними, дабы вставить в их разговор еще несколько слов, однако там, где я ожидал увидеть дерево или гипс, сияло сплошное стекло. На пороге вырос маленький мальчик, сказавший мне: «Сейчас я отворю эту дверь, Джон Ди, и узрим свет, что пребудет целое тысячелетие. Все, открытое ныне, смертный да не закроет». Но тут дом пропал с моих глаз. «Видишь, я был прав, — мальчик снова возник передо мною. — Ибо гляди, тысяча лет уж минула». Затем я услышал звон многих колоколов — и церковных, и торговых, и тех, что возвещают о чуме, и тех, что ограждают от привидений.

А потом мне явилась моя мать, чреватая младенцем, и вскричала как бы в родовых муках. «Ты рожден вновь, Джон Ди, и возмужаешь в граде, что зовется Лондоном».

«Но я знаю Лондон...»

«Этого города ты не знаешь. Другой займет там твое место, и хотя ты опять будешь жить в нем, он сведет с тобою знакомство только по книгам. Одна-

ко может статься, что он вновь отыщет тебя, пытаясь найти себя самого».

И это, по крайней мере, чистая правда — поскольку мне неведомо, какая часть этой истории объективна, а какая является моей личной выдумкой. Да и что это, собственно, такое — прошлое? Создается ли оно в процессе писания или представляет собой некую самодовлеющую реальность? Открываю я его или выдумываю? А может ли быть, что я открываю его внутри себя и потому в нем сочетаются достоверность уцелевших фактов и непосредственность сиюминутной интуиции? Сам «Дом доктора Ди» подсказывает мне этот вывод: без сомнения, вы полагали, что книга эта написана человеком, чье имя значится на ее обложке и титульном листе, однако в действительности многие слова и фразы принадлежат собственно Джону Ди. А если не ему персонально, то его современникам. Точно так же, как он взял несколько железных деталей и собрал из них жука, умеющего летать, я взял несколько малоизвестных текстов, перетасовал их — и получился роман. Но кто он, новый доктор Ди, — не более чем проекция моих личных идей и пристрастий или историческая фигура, образ которой я честно старался воссоздать?

Услышь же меня, Ди, явись из того переулка, где я мельком заметил тебя, скитающегося по вечному граду эпохи твоей и моей. И, приблизясь ко мне, застывшему в ожидании, он не выказал желанья говорить со мной: несомненно, причиной тому была скорбь человека, из которого сделали книжный персонаж на потребу читателям. И все же мне думалось, что я не заслужил столь великого негодования, и мы *пошли по городу вместе, обсуждая итог. Он обвинил меня в многократных искажениях истины, на что я заметил, что вызвал его обратно к жизни и возродил в памяти людей. «Ты можешь ввести в заблужденье весь свет, — молвил он. — Но я-то знаю, что твой герой отнюдь не похож на меня, но изъязвлен червоточинами, подобными червоточинам твоего ума. Ты напеваешь фальшиво. Я не твой человечек. Я не твой гомункулус. И потому, говорю тебе, довольно плести байки — пора пожелать твоей истории доброй ночи».*

«Должен ли я проститься с нею раньше, чем увижу, как мой вымысел оживет?»

«Отчего не писать о своем времени? Отчего ты бежишь его? Не оттого ли, что бежишь самого себя?»

Я слышал этот спор, завершившийся долгим смехом. И, шагая по городу, видел столько домов и улиц, которые блекли и исчезали под моим взглядом, будто целую вечность ступал по теням. Здесь были жители, стоявшие на пороге, — когда отворялись двери, их заливало светом, — а еще были силуэты мужчин и женщин, направляющихся к воде, ибо давным-давно тут шумело море; а потом были люди, бредущие мимо холмов, что клубились подобно дыму, мимо гряд из красной глины и кораллов, мимо камней — из них выложат улицы и построят дома, среди которых я иду и иду, размышляя о докторе Ди. Он верил, что материя — это сгустки света и что в самой сердцевине материального мира откроются великие тайны, дотоле укрытые пеленой мрака. Затем, когда я возжег свой фонарь на темных улицах Лондона, его лучи уперлись в толстый купол севшего на город тумана: словно и небеса, и земля, и море, и водяные фонтаны, и уличная пыль перемешались и слились воедино. Рядом же со мной шагали позабытые обитатели Лондона, чьи лица впервые озарились светом, — моравские братья с Эрроу-лейн, «болтуны», последователи Якоба Беме. А кто еще был со мною? Мэри в своем белом кожаном пальто; Натаниэл Кадман; Маргарет Лукас; Фердинанд Гриффен; Мэтью Палмер; Эдуард Келли; Дэниэл Мур; Кэтрин Ди; и множество других, по-прежнему населяющих этот город.

Я начал с природы, где, точно сирота, искал следы божественного дома, спрятанные в темном мировом веществе, но теперь я обрел свой конец в вечности. Однако это не было мертвым подземным градом. Завесу откинули прочь, и хотя ослепительные звезды угасли навсегда, свет воображения залил каждый уголок и каждый квартал, каждую улицу и каждый дом моей родины, куда я теперь вернулся. Воображение есть духовное тело, и оно бессмертно. Быть по сему.

«— В любом случае, тут история кончается. После этого он исчез.

— Как он мог исчезнуть?

— В доме случился пожар. А доктора Ди так и не нашли.

— Откуда ты все это знаешь?

— Да ничего я толком не знаю. Понимаешь, прошлое — сложная штука. Тебе кажется, будто ты разобрался в человеке или событии, но стоит завернуть за угол, и все снова меняется. Оно вроде этого дома. Тут ни одна вещь не остается на месте. И знаешь что? Возможно, именно в этой комнате доктора Ди посещали видения. Как я ее сейчас назвал?

— *Гадальней. Или кельей для заклинания духов. Что все-таки стряслось, Мэтью?*

— *Скажи, ты ничего не слышал?*

— *Нет.*

— *А мне почудился голос.*

— *Скоро ты увидишь в углу самого этого доктора.*

— *Что ж, я и впрямь вижу его. Смотри».*

Доктор Ди слышал все эти слова, и они наполняли его душу радостью. И правда, я вижу его теперь. Я простираю к нему руки, и он тихо напевает мне.

> *Мост на Темзе обвалился,*
> *Обвалился, обвалился...*

О ты, что пытался найти свет во всех вещах, помоги мне построить новый мост меж двумя берегами. И возликуй вместе со мною. Приди же, подойди ко мне, дабы нам слиться в одно. Тогда Лондон будет искуплен, ныне и вовеки, и все те, кто неразлучен с нами, — живые или мертвые — станут вселенским волшебным градом.

Оглавление

Литературно-художественное издание

Питер Акройд

Дом доктора Ди

Серия «ИЛЛЮМИНАТОР» / 018

Художник А.Бондаренко

Корректор А.Михлина

Компьютерная верстка К.Москалев

Изд. лиц. ИД № 02194 от 30.06.2000 («Иностранка»)
Изд. лиц. ЛР № 066298 от 04.02.1999 (Б.С.Г.- ПРЕСС)
Подписано в печать 1.11.2000. Формат 70х100/32.
Бумага офсетная. Гарнитура «Гарамон».
Печать офсетная. Усл. печ. л. 16,25.
Уч.-изд. л. 18,94. Тираж 10 000 экз. Заказ № 486.

Издательство «Иностранка»
109017, Москва, Пятницкая ул., 41

Издательство Б.С.Г.–ПРЕСС
129128, Москва, пр. Мира, 192

Отпечатано с готовых диапозитивов
на ГИПП «Уральский рабочий»
620219, Екатеринбург, ул. Тургенева, 13

Серия

«ИЛЛЮМИНАТОР» —

это лучшие произведения
мировой литературы
в лучших переводах,
выполненных мастерами
отечественной переводческой школы
для журнала «ИНОСТРАННАЯ ЛИТЕРАТУРА»
и издательства «ИНОСТРАНКА».

В серии «ИЛЛЮМИНАТОР»
вышли:

Серия
«ИЛЛЮМИНАТОР» —

это лучшие произведения
мировой литературы
в лучших переводах,
выполненных мастерами
отечественной переводческой школы
для журнала «ИНОСТРАННАЯ ЛИТЕРАТУРА»
и издательства «ИНОСТРАНКА».